北岳·中国文学年选

《名作欣赏》杂志鼎力推荐
权威遴选
深度点评
中国最好年选

黄德海 ◎ 主编

2018 ^年
中篇小说选粹

Selected
Novellas

山西出版传媒集团 北岳文艺出版社
BEIYUE LITERATURE & ART PUBLISHING HOUSE

·太原·

图书在版编目(CIP)数据

2018年中篇小说选粹 / 黄德海主编. —太原：北
岳文艺出版社，2019.1
（2018·北岳·中国文学年选 / 续小强主编）
ISBN 978-7-5378-5787-1

Ⅰ.①2… Ⅱ.①黄… Ⅲ.①中篇小说－小说集－中
国－当代 Ⅳ.①I247.5

中国版本图书馆CIP数据核字（2018）第291093号

书名： 2018年中篇小说选粹	主　编：黄德海 策　划：王朝军 项目统筹：庞咏平	责任编辑：赵　婷 书籍设计：张永文 印装监制：巩　璠

出版发行　山西出版传媒集团·北岳文艺出版社
地　　址　山西省太原市并州南路57号
邮　　编　030012
电　　话　0351-5628696（发行部）
　　　　　0351-5628688（总编室）
传　　真　0351-5628680
网　　址　http：// www.bywy.com
E－mail　bywycbs@163.com
经 销 商　新华书店
印刷装订　山西人民印刷有限责任公司

开　　本　787mm×1092mm　1/16
字　　数　296千字
印　　张　19.25
版　　次　2019年1月第1版
印　　次　2019年1月山西第1次印刷
书　　号　ISBN 978-7-5378-5787-1
定　　价　59.80元

尝鼎一脔（代序）

/ 黄德海

　　有一阵子，或者是一直以来，我很羡慕唐兰（字立厂，厂音ān）讲词的境界，见于汪曾祺《唐立厂先生》——

　　唐先生兴趣甚广，于学无所不窥。有一年教词选的教授休假，他自告奋勇，开了词选课。他的教词选实在有点特别，他主要讲《花间集》，《花间集》以下不讲。其实他讲词并不讲，只是打起无锡腔，把这一首词高声吟唱一遍，然后加一句短到不能再短的评语。
　　"'双鬓隔香红啊，玉钗头上风'。——好！真好！"
　　这首词就算讲完了。学生听懂了没有？听懂了！从他的做梦一样的声音神情中，体会到了温飞卿此词之美了。讲是不讲，不讲是讲。

　　这篇小引，我很希望像唐先生那样，写上一两个字，然后加上感叹号，就此交差。不过这样好像显得太乖于体例，想来想去，决定从六篇小说中各选一点儿文字，加几句评语，说不定有心人可以于此一脔知鼎，忍不住要看看这些小说究竟好在哪里？

　　这件事金安还真琢磨过。将棺材盖支楞着，弄一个像老鼠夹子一样的机关？有一天，动不得了，不要活了，心灰意冷，带十几个杨二嫂的包子馒头，趁天黑，一个人，将新油漆味与沙树板子松香混合着的棺材，背到小潩河堤边提前挖好的墓地里，六尺深，三尺宽，六尺长，头朝东，脚朝西，仰面躺进棺材里，枕着新荞麦枕头，盖着新棉被，一边吃包子，一边由支起来的板缝里看一线蓝天里早晚光线变换，日月星辰隐现，听堤上草木间蛐蛐叫，吱吱嘘嘘，稀里稀里，它们的二泉映月，听小潩河隔着堤在泥岸下石头上流淌，水牛蹭背似的，听村里传来的哗哗的麻将声。妈说馒头要慢慢嚼才好吃，才甜，他将这句话也告诉过儿子。吃完馒头，最后下决心，将引绳一拉，啪的一声，棺材盖带着泥土盖下来，堆在四围的泥沙也瀑布般倒入，将他盖进黑暗里，最后的黑，没有一丝光，也不要魏家河的八个男将黑衣黑裤抬棺，也不要汪梁冈的三个和尚念经，也不要黑龙潭的两个道士作法，也不要匡埠的五人乐队打锣吹唢呐，也不要凤英领着三个女子哭，也不要儿子顶着白麻布，腰里捆着草绳子，在小强旁边抽烟，也不要公安干警儿媳妇在儿子身侧玩手机，也不要小宝向培优班告假说爷爷死了，老师点头同意，又布置作业说回来要写一篇作文《我的爷爷》："我有一个关爱孩子的爷爷，他六十多岁，高高的身材，一头灰黑相间的头发以及一双圆圆的眼睛。"

——这是舒飞廉的《盗锅黑》。一个老人想到自己的死，思绪一路跟头把式地东游西荡，叙述中明显带有轻微的狂欢感，调子也从容舒展，文字顶针续芒般一个赶着一个，流利欢畅得像春日里的轻雷。如此和缓而安稳的人世情致，不闻久矣。

从两边夹持的山中狭道出来，艾薇呆住了。眼前的园子与她设想的亭台楼榭游廊拱桥的园林迥然不同，两岸莽莽苍苍的芦苇，一道白水缓缓流淌，几只木船湾在岸边，众人上船，沿河而下，沿途有两处河汊，三水分流，船不曾转弯，顺水直下，两岸或是乔木森森藤萝累累，或是平原开阔阡陌纵横，拂面的风带着初夏的温热和氤氲的植物气息，进入成熟期的小麦在田里微微摇曳，间或能看到藏在林木之间的建筑一角，随行的工作人员介绍说那些建筑是习修室，共十五座。

艾薇暗忖自己也算见过些世面，却还是颇为意外。她抬头，晴天丽日，几丝流云——她知道天顶是屏幕，看到的"天"是影像，只是这影像太真了，就连那投下的光线都如真的初夏阳光，有些刺眼，温度也是一样的真实。艾薇有了些汗意，前面那条船上有位女嘉宾可能忘了是在室内，从包里拿出伞来撑开。满耳鸟声啁啾，水边的金线菖蒲长出了肉色的花穗，艾薇忍不住伸手去采，惊起了藏在叶底的一只拳头大小的蟾蜍，扑通一声跳进水里游走了。艾薇也被它惊得收回了手，手上沾的菖蒲香气，缭绕了一日。

　　——这是计文君的《琢光》。文字典雅，周致，从容，仿佛从哪部古典里走出来，却又并不是，有时代、地域和家庭的合力灌注其上。这一切与周遭相摩相荡，又生出另一个略经变化的世界，风光依旧，仪态万方，却已流年暗换，非复昔日景致。

　　他不清楚自己要做什么，或者成为什么，又似乎相当清楚，在每天重复到被质疑和瞧不起的生活中搭建着什么坚固的东西。

　　不排他，不污浊，不愤怒，不傲慢，有着青年身上少见的对外界的参与感，以及置身其中的热烈的同情心。

　　不是站内信，不是虚构，他们成了确确实实的朋友。即便他清楚地知道这份友谊存在着明确的边界和他不愿再去探讨的地带。

　　在描述对于致远来说不可思议的经历时，她既不傲慢，也不拘谨，把各种事情都当成平凡的烦恼与快乐。

　　继论坛之后，博客也消亡了，仿佛一场物理性的删除。大家抱怨挣扎了一会儿，便也高兴地去往了下一个时代。

　　——这是周嘉宁的《基本美》。警句层出不穷，却没有泛滥的展开和洞察的得意，维持着抵达准确时低温的"哀矜而毋喜"，勾勒出一类青年人的动人形象，也于此哀起日常的焦虑和怨愤，变而自澄澈中透出柔和却坚韧的向上可能。

夜晚九点，雪又开始纷扬降落，客房里的酒瓶空了，马文醉醺醺地摊在地上。他渐渐醒来，双手撑地，颤颤巍巍直立而起，那条受伤的左腿竟奇迹般站了起来，仿佛某种精神化为实体，替换了他的骨与肉。得到启示般似的，马文猛地张开双臂，朝那面全身镜跑去，企图拥抱镜中的影子。在他眼中，镜中的自己同勇鉴湖里的倒影一样庄严伟岸，透露着一股足以压倒一切的勇武气质。一阵翻倒声过后，镜架歪倒在地，镜面脱离镜框，在地板上洒开一片水银色尖锐的花瓣。

　　——这是魏市宁的《北方狩猎》。野气丛生，榛榛莽莽，差不多是一篇现代传奇。看起来无比现实，却不知什么时候就进入幻觉，渐渐地，幻觉与现实混淆在一起，构造出一个更为丰厚的想象世界，携带着双重的动力，双重的能量。

　　唐山走上前，抓住白布一角，如同抓住一块巨石，缓缓掀开。先看到的是那顶假发，买时妈妈还嫌过于乌黑，现在已经有些发灰、分叉，和前天在视频里、昨天在这里看到的都不一样，他知道周兴说得没错，这次终于是妈妈本来的样子了。果然，接下来看到的就是妈妈少了半个耳垂、耳廓卷曲的左耳，是过于光滑的结疤的左脸、额头、鼻子，微型手术调整过的嘴和下巴，然后是相对完整的右半侧脸，可是那原本正常的皮肤反而在脸上其他部分的映衬下，显得格外虚假。唐山左手放下白布，想要伸过去抚摸妈妈完整的右脸、损毁的左脸，但是他的手在快要触到时停住了。妈妈生前他无法触碰她的脸，妈妈去世之后他也不能。他甚至透过自己颤抖的左手看到妈妈脸上浮现出了往常那期待、宽慰、心疼与阻止交织的神情，他的手只能在空气里，沿着妈妈脸部的轮廓抚摸了一遍。

　　——这是李宏伟的《现实顾问》。精密，细致，复杂，具体的人间情怀，出色的虚构气息，好像来自遥远的另一个世界，却分毫不差地降落在我们置身的日常之中，因而让日常容纳了比现实更多的现实，比幻想更多的幻想。

19世纪英国风景画家希尔普斯，经常被和他同时期的画家杜德放在一起比较。一次群展时，希尔普斯和杜德的画又摆在了一起，且两幅画都是海景。杜德的画比较大，画的东西也多，布展的时候，他还在最后完善自己的画。他的画面上，熙来攘往的码头有斑斑驳驳的大片红色，远看仿佛是红色帆船和游轮的倒影。希尔普斯看了看杜德的画面，转身在自己那幅灰蒙蒙的海景画上也加了一大块耀眼的红色。周围的画家将之视为对杜德的嘲讽，杜德也转身离去，说希尔普斯是个疯子。孰料，希尔普斯站远处看了看，很快用手擦掉了一半红色，并用笔头处理了一下，接着又擦掉了一部分红色，直到越擦越小，希尔普斯突然意识到他不能舍弃这块红色。也是这时，人们才恍然大悟，原来那小块红色是海面上的浮标。这留下的小块红色，让希尔普斯的那幅画朝前拉开了一个空间。那次展览后，当时的画家们说，希尔普斯用一小块红色战胜了红色杜德。

　　——这是王苏辛的《在平原》。小说致力于方向不明的进展，每挪动一步都要付出极大的心力，看起来举步维艰。但这进展位于某个核心之处，每一次更动都蕴藏着巨大的能量，随着那小小的挪移，外在世界必将发生翻天覆地的变化。

　　嗯，好！

2018年11月12日

目 录

盗锅黑

/舒飞廉

金安早上五点就醒了。窗外一团漆黑，繁星在银河里，白霜在田野上，微光荧荧，大概都奈何不了冬月寅时的黑。这是人家铁拐李做强徒后悔了，一夜荞麦枕头上不眠，起床归还偷盗的铁锅的时刻，老天爷替他遮着耻呢。叫醒老金安的，除了膀胱里一泡热尿，还有秋裤里硬得像烧火棍擀面棍褛子棍一样的阳具，老不正经的东西啊，都五六十岁的人了，火气还这么杠，不丢人吗。金安让自己去听黑暗里传来的鸡鸣，南头晏家湾，西头何砦，东头肖家河，北头郑家河，从前乡下人多，养得鸡鸭成群，早上公鸡打鸣打擂台似的，每一只鸡的嗓子里，都含一块铜，或厚或薄，形色不一，喔喔声能织成厚毯子，毯子大红大绿，描龙画凤，现在也不太行了，稀稀落落，无精打采，像孝感商场门口促销的时候搭起的舞台，从前人山人海，眼下已经没几个人挤到台下听，台上的人又唱又跳，意绪索然，混混沌沌，好歹坚持到底。好处是，金安腹部的一点热力，终于也随着一阵阵寥落的鸡啼散掉了，热力一散，人也不用花花肠子、想七想八，"咚"的一声，金安跳下地，穿衣统袜，倒昨天烧好的开水洗脸，对着木镜台刮胡子梳头发，将自己收拾清白，一边柴房里推出电动三轮车，打火出门。

出村口，上小澴河堤的时候，晨色初萌，天也就是蒙蒙亮。他自己种

1

的三亩稻田、菜地一条一条，伸展在澴河堤下面。晚稻上周找郑家河的保志用收割机割了，以前收晚稻，他得将凤英由武汉叫回来，两个人又是割谷，又是打场，又是扬尘，又是晾晒，搭伙忙上七八天，才能将晒干的稻谷装到麻袋里，一二十只，扛到二楼上去。现在保志开着红头绿脑铁苍蝇一般的机器，一个时辰就搞定，抽支"蓝楼"，耳朵上再夹一支，接到钱，数也不数，塞到牛仔裤的屁股袋里，一声多谢金安叔，突突突开着车走，他忙着哪。花钱？凤英坐高铁由武汉回来，打折返，不是钱？她一走，儿子媳妇小宝餐餐下馆子，不是钱？今年稻谷长得好，杆壮腰直，西北风吹来，好像在摇晃着一地低眉顺眼的金子，现在割去了，余下四五寸长的稻茬，印着白霜，茫茫一片，让金安心里也空落落的。不仅是稻棵没了，稻田里的青蛙，泥鳅，水蛇，蛐蛐，都没了，稻田上空的星斗，好闻的稻花清香，也没了。好在一边菜地里，黑白菜已经长圆，萝卜缨子下面的红萝卜也有小宝拳头大，菜薹也在开花，晚蜂子在黄花里爬来爬去，粘一身粉，等菜薹起来了，尺把长，大拇指粗，装一麻袋红萝卜、白菜、紫菜薹，六十多斤，抵得上高铁的票价，他就能去武汉看孙子唉。

菜地的尽头，是金安扎的稻草人，它跟孙子一样，有名字的，孙子叫小宝，稻草人的名字，叫小强。春上二月花朝，他去武汉儿子家住过两周。大学教书的儿子整天关在书房；公安局上班的儿媳忙，晚上回来手机都接不停，凤英接送小宝上下学，做饭，拖地，晚上去领着东亭小区的婆婆们跳佳木斯僵尸舞，围一个圈扭腰摆胯；他一个闲人，喝着儿子喝不完的明前茶，抽各种黄鹤楼牌子的烟，灌稻花香白云边劲酒各种酒，拎着淘宝新换了蟒蛇皮的二胡，去沙湖公园梅花香里拉《二泉映月》《江河水》，又感冒了一周，厌了，跟凤英吵架，背着麻袋回了家。来的时候，麻袋里是腊鱼腊肉腊香肠，走的时候，麻袋里是一只布偶男洋娃娃，十岁？金色的头发，鼻子皱皱的，脸白，有雀斑，小牛仔背带裤已经扯破了，是个外国男孩儿。他去楼下扔垃圾时发现它仰面躺在草丛里，心里一动，捡回来。儿子看了，说是一个俄罗斯娃娃，万卡，契诃夫，俄罗斯忧郁，他老子听毬不懂。儿媳妇扫一眼，就判断是隔壁805那对新婚夫妇扔的，他们刚由莫斯科彼得堡海参崴度蜜月回来，这才几天，蜜月中的礼物就在打斗中扯得七零八落，一地鸡毛，被扔到垃圾堆边小叶黄杨剪出的灌木丛上，去民政局换离婚证就是分分钟的事了，公安局的女干警，火眼金睛。小宝说不好看，他还是喜欢小熊维尼，每天晚上都要抱着睡，将口水蹭到它脸上，小熊也不嫌弃，总是一脸笑。凤英埋怨他，说东亭小区里爱捡垃圾的婆婆爹爹多得很，染上这个臭毛病，戒不掉的，有初一就有十五，快下楼去扔了，不然，老娘就扔你的二胡。已经不是一个老实得力的乡下婆娘，是城里小区的带头"老娘"了，架就是这么吵起来的，金安不扔，将二胡与俄罗斯娃娃塞到麻袋里，闷头坐火车带回来了。

清明节，金安给娘老子的坟拔草、砍去拇指粗细的构树棵，又每人的坟头上培了唐僧帽一般的新土块。娘老子的坟就在小澴河堤下，他家的稻田与菜地的前面，娘走了四十年，老子走了二十年，之后就是金安与凤英领着几个孩子过，后来儿子姑娘们去孝感武汉买房子，将凤英也带出去照看层出不穷的孙女和一个独苗孙子。现在这几亩地是我一个人的了，从前它要养活七个人，两季谷一季油菜，现在对付我一个，绰绰有余了，闲闲地长一点草，没什么，雀子、野兔、田鼠、黄鼠狼来打一点牙祭，也没什么，只是白吃不行，得练练胆子先。清明节的上午，金安放下镰刀与锹，在坟头与地头之间扎了一个稻草人。俄罗斯娃娃万卡是现成的，将破碎的背带裤用稻草密密麻麻地裹起来，戴上他的新草帽，将它绑在十字形的柳架上，两只手合在一起，一上一下，交错握着一条剥皮白柳木棍子，棍子前面，系着一条小宝用旧的红领巾，风一吹，就呼呼啦啦响，好像有一束火苗在绿荫荫的秧苗上飘。银安金凤黑人洋人他们由牌场出来看到，说是金安弄了一个巧板眼，这一下七月半小澴河里的淹死鬼过河堤，都会被这个小洋人版孙猴子给挡住。做得这么洋气，要是金神庙集还"抬故事"的话，这个孙猴子的扮相都可以上大桌子，去抬故事了。小强挡不挡得住鬼，金安不晓得，但他知道，这家伙给往稻田里吃蚱蜢的喜鹊添麻烦了。这几年乡下人少地荒，草虫频密，喜鹊又多又肥，成群结队，脑子没有什么长进，胆子却变大不少，看到红布飘飘的稻草人，难辨真假，总是要犹豫半天。终于有大胆的喜鹊来啄小强，它们特别爱啄小强的两只蓝玻璃球眼睛，啄掉了，金安就去河里找石头，给小强换上新的。

小澴河里的石头多的是，小强的眼睛由淡蓝色，换成明黄色的，乳白色的，墨绿色的，琥珀色的，现在是纯黑的。黑色好，看起来总算有一点像中国娃娃了，没有那个什么俄罗斯忧郁，可能他也是听多了我拉的《二泉映月》《江河水》这样的中国忧郁吧，唉。金安不爱打牌，长牌麻将扑克牌都不爱，所以常被金凤他们那些牌精笑骂，说他个尖屁眼将儿媳妇给的钱，自己收棉花赚的钱，都藏起来，不敢输，"我们死，就睡个沙树板子，你是要打个楠木棺材吧金安，过十几二十年我们都死了，你的屋是金子打的，在河堤下的黄泉里当财主，我们哪个敢去串门！"当年的妇女队长熬成了婆，一脸皱纹菊花绽放，凶样子没了，嘴巴还是厉害的。金安拉二胡给小强听，给娘爷听，母亲去世早，她的身体早化成土了吧，父亲死的时候，背是驼的，现在可直过来了？虽然过年过节，还给他们烧纸，酹酒，跟他们喃喃自语地讲话，但金安已经记不清他俩的长相了，一张照片也没有，他都记不住，世上还有谁记得住呢？有时候，胡弦将手指划出血，金安就将血珠擦在小强的稻草蓑衣上，尿尿，也将尿柱对着埋在地里的柳架，结果到秋天的时候，柳架上都长出了绿色的柳叶。他将擦血跟尿尿的事讲给树堂听。树堂是个瞎子。金安开着电动车去附近的村里收棉花，树堂是戳着个拐棍去给老娘儿们算命，签筒抖得哗哗乱响。"等它长出心窍，它就会成精，又是柳树精，又是石头精，你也莫怕，过年我画个符镇着它。"瞎子树堂翻白眼。金安半信半疑，却并不想要树堂的符。成精就成精，我这个年纪了，怕个什么，兵来将挡，妖精来了吃一棒。它活过来，只怕比小宝还乖些。儿子说暑假让小宝回乡下陪爷爷住几天，结果被儿媳妇报了奥数、英语、作文……培优班，好像长了八只脚的螃蟹，把小宝和暑假夹着。凤英也说，人家屋里的伢都在上课，莫让他回乡下野，乡下的水又不干净。水不干净是学儿子说的，每次他开车回来，都在后备厢装一堆农夫山泉。他这又多少年没回来了？两岁时断了他妈的奶，二十岁断了家乡水。小宝，回不来就算了，爷爷这里的棉花班、稻谷班、种菜班、捉知了蛐蛐班，其实也蛮有意思的，去小澴河里摸鱼，你爸爸当年没上奥数，一个暑假都在河堤下的沟沟坎坎里摸鱼，一天摸七八斤鲫瓜子，背上长刺的鳜鱼也摸到过，就这么着还不是摸到大学，摸到你妈的床上去了。水不干净？他摸鱼的时候，小澴河还有钉螺跟血吸虫呢！不说了，还是小强好，清风明月里，一柱一弦，那个思华年，听着金安拉二胡，好像过去热闹的那个村子，那个七口之家，那些在枫杨树影的炊烟里活跃跳蹿的生产队各色人物，打皮影似的，都在《二泉映月》里活泛过来了。

想这些干啥呢？能当杨二嫂的包子？走，收棉花去。金安朝小强挥挥手，小强手里的红领巾夹着霜粒被西风吹得哗啦响，三只喜鹊在它身边新长起来的构树苗上踏枝子，黑背白腹蓝尾，油光水滑，两大一小，看样子是一家子。东边的霞光已经发起来了，一道道铺满了小半个天空，映在小强弟弟黑曜石的眼睛里，唉，这孩子，灵醒的。小三轮电力很足，顺着长长的坡爬上水泥堤面，往北是金神庙、肖港镇，往南是涂河集、孝感城，金安收棉花的第一站是金神庙集，在那里如果能收一车棉花，就在杨二嫂的早点摊子上趁着豆腐脑，吃两个炸萝卜包子，然后继续往北，将棉花卖给肖港镇收棉花的经纪河南人老徐，一上午就算齐活了。

长堤如蛇，西北风吹得人冷飕飕的，风中已经有一点冰雪的锋刃了，明天要记得戴狗钻洞帽子，感冒了不是个事，要是凤英晓得，会被她发微信用语音骂的："你要是想死在乡里，就自己先挖个坑躺进去，莫麻烦别个，现在村里找得齐八个抬重的？儿子媳妇小宝还有我都很忙，我们都是有事业的人！"凤英骂归骂，这件事金安还真琢磨过。将棺材盖支棱着，弄一个像老鼠夹子一样的机关？有一天，动不得了，不要活了，心灰意冷，带十几个杨二嫂的包子馒头，趁天黑，一个人，将新油漆味与沙树板子松香混合着的棺材，背到小澴河堤边提前挖好的墓地里，六尺深，三尺宽，六尺长，头朝东，脚朝西，仰面躺进棺材里，枕着新荞麦枕头，盖着新棉被，一边吃包子，一边由支起来的板缝里看一线蓝天里早晚光线变换，日月星辰隐现，听堤上草木间蛐蛐叫，吱吱嗫嗫，稀里稀里，它们的二泉映月，听小澴河隔着堤在泥岸下石头上流淌，水牛蹭背似的，听村里传来的哗哗的麻将声。妈说馒头要慢慢嚼才好吃，才甜，他将这句话也告诉过儿子。吃完馒头，最后下决心，将引绳一拉，啪的一声，棺材盖带着泥土盖下来，堆在四围的泥沙也瀑布般倒入，将他盖进黑暗里，最后的黑，没有一丝光，也不要魏家河的八个男人黑衣黑裤抬棺，也不要汪梁冈的三个和尚念经，也不要黑龙潭的两个道士作法，也不要匡埠的五人乐队打锣吹唢呐，也不要凤英领着三个女子哭，也不要儿子顶着白麻布，腰里捆着草绳子，在小强旁边抽烟，也不要公安干警儿媳妇在儿子身侧玩手机，也不要小宝向培优班告假说爷爷死了，老师点头同意，又布置作业说回来要写一篇作文《我的爷爷》："我有一个关爱孩子的爷爷，他六十多岁，高高的身材，一头灰黑相间的头发以及一双圆圆的眼睛。"春上金安读小宝的作文，和儿子像的。老师却说感情不够鲜明，要是爷爷死了就好了……小宝他爷爷我一个人在父母身边沉沉睡去，不再醒来，当然，十一月最好，三月也可得，不太冷，也没有蚊虫苍蝇牛虻往棺材里钻。我也不是没有人陪，小强就很好，到时候将红领巾换成白麻布条，将他手中的金箍棒用白纸包成孝子棍，也是个怀念亡人的意思。

金安放眼去看小潢河。白霜由河堤往下，印在黄黄绿绿的枯草上，草丛里雏菊与红蓼交错开放，一块接着一块，一直连绵到河水边。草坡上是几排白杨与枫杨，白杨是从前公社、生产队种的，长得像四个兜的干部，枫杨则是自生自灭，在鸡嘴牛蹄外，自己长起来的，土头犟脑，现在看顺眼了，也没什么。东边朝霞影里，启明星还在，大别山屏风似的，一片青黑，小潢河由那里来，就在草丛与树影里曲曲折折地流着，升腾起来的一缕缕白雾在朝霞里舒卷变幻，纠缠着树林与林下早起啃草的黄牛水牛、绵羊山羊。在牛羊们身边起起落落的白鹭，仙气迷漫，像演仙侠电视剧似的，三生三世十里蓼花，这样子，并不比沙湖公园差嘛。儿子说沙湖公园讲究的是湿地生态公园，政府投十几个亿，设计师是由德国回来的，他老子天天看的小潢河不生态？不湿地？花了国家半分钱？你们一个公园，说是清朝的一个举人修的，我们往金神庙去的梅家桥，上面的车辙，还是人家赵匡胤推着独轮车压出来的，那京娘嫂子当年就穿着昭君出塞的狐狸衣裳，斜着身子满头汗坐在他的独轮车上。金安忽然有一点想明白了，春上由武汉回来，表面上是被凤英弄气的，实际上，他是不满意他那个俄罗斯忧郁的儿子，大早上刚刚将三轮车开出两里地，就已经腹诽他好几次。花喜鹊尾巴长，娶了媳妇忘了娘。他亲娘没忘，但这三亩地，他记得？我金安能教训他？儿大不由娘，更由不得他老子要横了。

小时候他多乖，像小宝，但比小宝要皮实。小宝是一只被系住的猴子，他就像一只晒得黝黑的野猫。凤英一开始是开瓦窑的，一口气生了三个丫头，才开张生下来这个儿子，三四代的独苗啊。宝贝？是他爷爷的宝，他妈的宝，金安对他，凶着呢。凶是因为太喜欢吗？他看着他长出细白的牙齿，绕着堂屋的桌子跑，闻着他细黑头发里淡腥的气味，在池塘里扑通通学游泳，背着他妈缝了红五角星的军用书包上学，放了学就下地跟他们一起干活，打猪草，捡柴火，插秧，割谷，只穿一条花裤头，头发汗湿成一缕缕，汗流到眼睛里，又滴到他们家的田地里，好多次，金安都觉得忽然眼眶一热，慌忙将头扭过去。可当着他的面，脸又板得像麻将牌上的八万似的，担心给一点好颜色，这小子就会拿去开染行。儿子慢慢长得浓眉大眼、膀大腰圆，越来越像自己年轻时候的样子了，他半夜带着他，一起去涂河集卖菜，骑自行车，后座上吊着两麻袋土豆，结果儿子没怎么睡醒，迷迷糊糊由河堤上冲下去，卡在沙树林里，人却由车笼头上翻出来，捂着下身蹲在地上哭。那是金安一生里最慌张的一次，他将自己的自行车一倒，连滚带爬地跑到儿子身边，将他的身子提起来，抖，摸他的脸，没有血，往下手掌穿过裤带，摸到胯下两粒小丸子还在，温温的，汤圆似的，毛桃核似的，才稍稍松了一口气。那天他们四麻袋土豆卖了六十多块钱，回来他将钱一分一厘数给凤英，儿子冲下河堤的事却不敢跟凤英讲半个字，她要是知道，一定会扔下钱，抓花他的脸。真正地放下心来，要等到十年前，小宝出世吧。唉，莫非就是那个清早，也是铁拐李还锅的时分，这小子在堤林里摔开了心窍？小学，初中，他读书越来越好，奖状多到家里的二十几扇鼓壁都贴不下，郑家河的民办老师金芳还专门提了十斤煤油送家里来，让他晚上好好念书，金芳推着厚厚的眼镜说："要是早六七十年，他中个秀才没问题的，我们这一块湖垸，还没出过秀才呢。"秀才就比木匠好？他后来念到"博士"，文博士就比木博士好？他已经弄不懂这个高深莫测的儿子了，读那么多书有么用？你都忘了自己姓魏，要跟着那个俄国契诃夫改姓"契"了吧！

当年拦住儿子，拯救了他宝贵的蛋蛋的沙树林，十多年前已经砍掉了，那些树的样子，他都记得，跟儿子的年纪差不多，长到二十多年的时候，有合抱粗细，打鼓壁做檩条，做房子的立柱，上梁，都是可以的，但现在乡下都用水泥钢筋做房子了，所以沙树最大的用途，是做棺材。这些年附近死掉的人，都是用那些砍掉的沙树做棺材送走的。沙木棺材轻，防虫蚁，未上漆之前，沙木的纹路像公鸡的翎毛似的，不晓得几漂亮，金凤笑话金安想睡楠木棺材，这个不对，金安想，我要的，是金不换的沙树棺材，何况它们救过我儿子的命，也就是救过我孙子的命。

金安在河堤上迎风开出二三里路，就要由梅家塝边的土坡右拐下堤，向东走过梅家桥。去年镇上派人来修整河堤，几个挖土机填堤脚，十来个人跟着混凝土搅拌机取料铺路，从前附近十里八村的男人一个冬天的活，他们一周就干完了。从前的沙土路，都翻成了水泥路，但梅家桥上的青石板还是留了下来，人家赵匡胤推车走过的桥，随便能动的？坏处是，骑车也好，开三轮也好，过桥的时候得特别小心，要是轮胎卡到石槽里，就得连人带车倒向小澴河洗澡了。现在也还罢了，要是从前，梅家塝的媳妇们丫头们在一边的埠头上打芒槌漂洗衣服，看到了，河水映白牙齿，笑得花枝乱颤，你湿淋淋地爬起来，脸上又是冻得通红，又是臊得通红。

梅家桥下春水绿，曾是惊鸿照影来。金安看儿子在书房里写过这十来个字，他也不太明白是什么意思。看到的时候，他觉得儿子毛笔字写得好，又大又黑。小时候他让他好好练字，因为金安小学都没读满，自己写得不好，家里的春联总比不上人家。现在这小子真的写好了，金安却不知道怎么办才好——这应该是到金神庙集上去卖对联的伙计啊！小澴河水的确是绿得像麦苗尖似的，打着旋，散发出氤氲的水汽，缓缓向西边的中心闸流，到大澴河还有六里河堤折转。

树堂起得比金安还早。河桥边有一块小小的河滩草原，红蓼白芦，绿草未衰，朝阳由东边的河堤下翻上来，丝丝缕缕，将酒红的光线涂抹在草滩上。瞎子树堂穿着对襟的旧蓝袄子，头发又短又密，全都变成了银白色，左手抱着乌紫乌紫的签筒，右手拖着竹竿，脸被西风吹得通红，睁着白白的眼睛，就定定地站在草丛里，被红光照着，身后又是小澴河升起来的条条白雾，那样子，看得金安心里都打了一个突，这瞎子，已经活出神仙的滋味了，这样去骗附近村里的大小嫂子老太太，卦钱怕又要涨了："一个命三十，我向我师傅交了一千个命钱才学的算命，我带徒弟，也要向我交一千个命！"有本事你涨到一百，有本事你用支付宝跟微信收钱，你就发财了老树堂！在瞎子树堂的背后，是五六头水牛黄牛，老了，下岗了，牛眼睛里的光都不比从前亮堂了，啃草也是有一嘴没一嘴，水牛黄牛旁边，是八只黑山羊，大大小小，毛色黑亮，眼神灵光，吃草也迅疾，跑来跳去，也快，常常将站在它们身边的十来只白鹭惊得连连后退。牛羊在河边吃草，将土蛤蟆小蚱蜢赶出来，蚊子牛虻集群飞来吸它们的血，白鹭是

8

飞过来啄吃这些蛤蟆蚱蜢蚊子牛虻的，它们就是白鹭的馒头包子，河中的鱼虾是白鹭的米饭，河滩是牛羊、蚊蚋、白鹭们的集市，所以白鹭耐得烦，牛们这样懒，山羊们这样调皮，它们也只是守在一边，偶尔伸一伸长脖子，吃个虫，偶尔兴头来了，跳个舞，是公白鹭也火烧火燎，想跟母白鹭玩儿，实在无聊了，它们就一道拍起翅膀，天蓝地绿里结成小组，翩然飞过枫杨白杨，去另外一个河曲寻牛觅羊赶新集。

金安问瞎子树堂："它来啦？"

树堂摇摇头，白眼珠映着霞光，瞎子们的笑脸是诡异的。

都找了三十年，差不多每天早上点着竹竿，走上堤，走下堤，来到梅家桥边等它，找到了，是命，找不到，也是命，都算不了什么。

一条小澴河里有多少只白鹭？老天爷养的，金安数不过来。树堂个瞎子，也算不出来。说起来树堂还是天瞎子。生下来，几天都闭着眼睛，接生的荣婆婆去扒他的眼皮到流血，回头对他父母讲："你们要认命，眼珠都是白的，你们得的是一个会算命的儿子。"十六七岁送去王树林塆跟老王瞎子学算命，讲好一千个命钱出师，老王瞎子给树堂起的第一卦是"屯卦"，"刚柔始交而难生"，摸索半天签条，跟树堂讲："你妈怀你的时候，吃过一只白鹭。"回家问树堂爸，树堂爸就哭，对的，那几年，到处饿饭，你妈害伢，想吃鸡，哪来的鸡，鸡蛋都是替"苏修"下的！我没办法，只好去小澴河里，用缝衣针弯成钩，串上蚱蜢，用索子系在牛背上，钓了一只白鹭，炖满满一瓷碗端给你妈吃，是我造的业，报应到我伢头上，我枉为一世人啊。三十六七岁，树堂还清了老王瞎子的一千个命钱，帮他起了三层楼的新房子，老王瞎子要死了，临死前跟树堂讲："树堂你跟我不一样，我是野葫芦蜂子蜇瞎的，你是天报应的瞎子，死了，下黄泉，看到的阴间还是黑的，只有一个办法，我要跟你讲。河里白鹭成千上万，总有一个头头。它脖子最长，叫得也最响，它除了吃蛤蟆跟牛虻，还在找河底的红石头，淡红色，圆圆的，像血，找到两颗填到它嗉子里，白鹭就会变成仙鹤。你看到它，哀求它将红石头吐出来给你，你死了，躺棺材里，将两颗石头放眼皮上，你瞎眼睛烂了，石头就会掉进眼窝里嵌上，你生前看不见，死后就不会做瞎子。"树堂问："它要是不给我怎么办？"老王瞎子停了停，回道："你抢，盗即道。"那时候这方圆十里肖港镇，明

9

面上，大家都听刘青城书记的话，暗地里，其实是听王瞎子的，瞎子管的是天上地下两头，青城管的是中间，日月光下地面上的事。树堂点头答应，说每天早上，只要不落雹子，就会去梅家桥下等，他晓得红石头金贵，怕是杜十娘沉的那个百宝箱里滚出来的，东陵大盗孙殿英由慈禧太后墓里抠出来的，只要出世，只要主席白鹭、书记白鹭将它们找到，他就去求它，他在黑暗里过了几十年，都不知道星斗是么样闪法，花是怎么个开法，女人的脸长什么样，奶长什么样，受的罪统统加起来，抵他妈妈吃的那碗白鹭，够了！再说妈妈也死了，埋在河堤下，血流干了，肉磨完了，都还给小漤河了！白鹭白鹭，你可怜我一个瞎子，不要让我下了黄泉，还要点着竹竿走，阎王殿里外，只怕没有共产党，没有他们热火朝天修好的地铁、铺好的柏油水泥路。

瞎子们都是神神道道的，不然怎么活得下去哟。金安从小跟树堂好，心里想的是，让他去梅家桥玩玩，也就是少赚几个命钱，大清早，嫂子们都在择菜做饭，菜里的虫子米里的石粒，"鼓子"里的热水摇窠里的孩子，铁锅底面积着一层黑盖等刮，哪个有空理他。人有个盼头总是好的，瞎子更要有盼头，等他哪一天死了，自己去小漤河里，找两粒淡红小石头放到他棺材里，安在他眼皮上，也不费什么劲，小强都换过多少双眼珠了。这么说，我还得等树堂先死，才能去给自己挖坟布坑装机关。

"这是涂丽丽的羊，她赶过梅家桥，托我一个瞎子替她看羊，自己去金神庙集上开她的裁缝铺去了。"原来树堂瞎子除了在这里听白鹭鸣叫，抚摸站立在他身边的白鹭的弯脖子，还在替那个女子看羊唉。原来莫道人行早，更有早人行，树堂比他早，涂丽丽比树堂还早。她赶着黑山羊出涂家河村口时，月亮未落，天上都还是一天的星斗吧，这梅家桥青石板上打的白霜，怕也是被她穿着红皮靴，领着这群撒欢的黑山羊，用日后必将炖成火锅的羊蹄子蹭掉的。

"你摸过涂丽丽奶子没有？"金安熄了火，下来发一支蓝楼给树堂，又摸出打火机，火苗一闪，替他点上，坐回三轮的驾驶座上和他讲话。这是每天他们哥儿俩都会做的事。树堂没娶到媳妇，手也没闲着，这附近村子里的小寡妇老娘们，谁的奶子屁股没被他摸过？"年少的观音老来的怪，满筐的桃梨变面袋"，在他乌漆麻黑的脑子里，能勾画出形状的，一个是河堤上下，我们用脚踏出来的大路小路织成的网，一个就是千百只女人奶子的样子吧！王瞎子讲：曲成万物而不遗。人是曲的，事是曲的，路是曲的，理是曲的。直？直是最小曲嘛。唉！我们肖港镇已故的哲学家老王瞎子。你徒弟魏瞎子的曲，就曲在这里了！他坐在那里拉《二泉映月》，黑暗里好像有千千万万条曲线由弓弦上发出来，都是女人的屁股线与奶子线，又让人悲伤，又让人欢喜，又有神，又有鬼，又有观音菩萨，又有婊子妓女，又高又低，又粗又细，又左又右，又丑又美，又善又恶，又冷又热，又干又湿，又麻又痒，冷暖循环，四季轮换，在天上地下绕，在阴间阳间绕，在黑与亮中绕，有时候比娘纺的线还要齐整，有时候比沤在一起的苎麻堆还要缠绕，比金安自己，拉得不晓得好听多少倍。儿子说树堂是搞"性骚扰"，肖港镇最大的"咸湿佬"，要坐牢的。儿媳妇说我看他的犯罪行为已够得上枪毙，要不我明天打个电话，让那边的派出所将他抓起来？这小子，他摸过几个奶子，苕头日脑的。那些小寡妇老娘们不喜欢？她们的奶子不给男人摸，不给毛毛吃，是当成白面馒头供"脑壳"的？树堂摸她们的时候，她们笑他打他骂他，像被洋辣子蜇到屁股，等旁边没人，又会心虚地悄悄问树堂："瞎子我的奶子是不是显小了……"春上早谷发蘖，春雨潇潇，细密如同牛毛，一群人前前后后田间薅苗，树堂点着竹竿在路上走，多少次被她们一拥而上，将他的裤子扯得精光，将泥巴塞了一裤裆，他又打又笑又骂又哭，捂着下身蹦得像个猴子。"树堂长的是驴子鸡巴"，她们都晓得的。这也是性骚扰？儿媳妇你打电话让他们将乡下的公鸡公狗公猪公牛都抓起来，它们都不讲礼。公白鹭可以，它们会先跳个舞，像沙湖公园晚八点跳交际舞的那些男人跟女人。早说过这小子读书读傻了，被他公安局的尖尖脸媳妇管怂了。我，金安，摸过多少奶子？凤英不在，我也不会跟你们讲的……

"人家武汉回来的正经女人，我下不得手哇！但她香！跟我说话的时候，我就闻着她身上的味，兰花似的。她将头羊的绳子交给我，我碰过她的手，又软又滑，是好女人的手。她声音好听，黄莺一样，像汪梁冈老梁的蜂子采的蜜，蜜里面又混进了一点点沙。别人都说她长得好看，金安你一会儿去金神庙，替我多看两眼。"树堂吸着烟，将烟圈用口鼻游龙般喷到小澴河泛起的白雾里。

11

当年赵匡胤走金神庙，推过了高高的石桥，独轮车也是停在这棵老枫杨树下面吗？他带着好看的京娘，也是坐在这张黑漆漆的枣木方桌边，一人坐一个小板凳？吃的也是杨二嫂，不，杨排风，杨八姐，杨九妹，杨大婆……她们炸出来的红萝卜丝包子？就着小瓷碗里热腾腾的豆腐脑？赵匡胤也像他金安似的，能一口气吃掉六个、八个？京娘则小心翼翼地拈着草纸裹好的包子角，指甲上染着凤仙花汁，小口小口地咬着面皮扯出萝卜丝，她能吃两个就不错了！金安端着一碗豆腐脑胡思乱想，好像赵匡胤三十出头，浓眉大眼，红脸膛，长得方方正正，就是匡国清那个形模，与京娘就坐在他对面的空板凳上。金安跟树堂抽完烟，一口气沿着长堤，将三轮开到金神庙集，将三轮停在枫杨树下，也不锁。枫杨树下还站着一头黑驴，鼻绳也没有穿，半大不小，傻傻愣愣地站在那里，看石桥下曲折西流的小澴河水，看水面上翩翩飞过的白鹭。一头不认得的黑驴，它的主人是谁？现在乡下人都时兴骑摩托车、三轮，驴子不是都下了汤锅，驴皮不是都熬了阿胶，给凤英跟儿媳妇这些狠女人补血气去了吗？

"二嫂我只要三个包子，豆腐脑也莫放糖。"金安吃不得糖了，糖尿病已经像鬼缠摸上身。"少吃盐，不吃糖，咸鱼、红烧肉、海鲜，都少吃，南瓜最好，不抽烟，不喝酒。"儿子带他去医院体检，头发染得板栗黄的女医生一脸漠然地吩咐。

"金安你坐，我晓得的。"

杨二嫂也老态了，穿着孙子改小的校服袄子，像被霜打过的枫杨叶片，头发灰黑，齐齐地用木簪子绾在脑后，姜黄的脸被风臊得微红。她由筲箕里捏起三个包子，推滑进翻滚的油锅里，用长长的木筷子抹挑，几个翻滚，片刻就将包子炸得黄亮松软，表皮微焦，哧哧地冒热气。就着她腌的洋芋头、炝的萝卜条、揉的雪里蕻、晒的豆麦酱，一口包子焦爽，一口豆腐脑妥帖，几十年的早饭，都是这么过来的，多舒坦。从前集上人多，太阳由枫杨树梢照到街头，将杨二嫂的铺子一半照在日光里，一半留在金神药坊的暗影里，点卯点卯，这个点是生意最好的时刻，来买菜的人提着篮子走都得侧着身子，像三伏天里浮塘的鱼一样，将街面上的铺子与铺子前的菜摊挤得满满的。那时杨二嫂有五张小桌子，二十多个木板凳，金安来过早，都是站着，一边吃，一边看杨二嫂一手撩垂到脸上的头发，一手捏长筷子翻滚油里的包子，小六小七两个男孩儿花果山的马猴似的五分一角两角五角地将钱票子收在一个红木匣子里。金神庙上一枝花，奶子屁股油当家。她的屁股被树堂摸了多少次！

现在，杨二嫂一早上，能卖出一小筲箕包子就不错了，豆腐脑点好石膏，装在几十年沙树板子箍成的桶里，也只有浅浅的小半桶，这还是因为住在金神庙集边的婆娘们懒得做早饭，烟囱不冒烟，也不愿打煤气灶，蓬着箩筐大的头，来她这里端现成的。满满一街的人，都去了哪里？小六去东北搞粉刷。小七去武汉配钥匙。八姐嫁随州人。九妹成台湾妻。挑豆腐担的老黄得心肌梗死死在茅房里了，临死双手握着屎橛棍。杀猪的郑建桥，下场也不好，他杀掉又在金神庙卖出去的猪，吹个哨，排成队，弯弯扭扭，不会比小澴河堤上长成器的枫杨树少吧，他爱吃猪大肠，得的是直肠癌，痛得唉，就是阎干爷天天往屁眼里钉钉子，最后他熬不住，一根绳子吊死在郑家河他家里。开药店的肖楚生回肖港镇去了，从前他都是大背头梳得油油亮，苍蝇在头上都会滑断后脚，握着绿莹莹的茶杯，茶叶在滚水里描龙画凤，来吃杨二嫂炸出的第一个萝卜丝包子的！那两个由福建莆田来的弹棉花的白脸小伙子，在金神庙最先穿起牛仔裤，也早回老家去了，他们应该已经放下嘣嘣响的弹匠锤，去经纪更大的生意。补锅点锡的何昆清，修自行车的老李，打铁的匡国清，贩黄花木耳香菇的老刘，卖日杂百货的老张，卖筲箕簸箕的篾匠王勇军，箍桶匠，阉鸡匠，桐油匠……记住名字的，记不住的，老的老，走的走，病的病，死的死，他们的脸好像都掩在一扇扇关起来的黑漆门里，被屋顶亮瓦漏下的阳光一缕一缕刻印，那些门从前都是朝向热腾腾的街道开着的，现在贴着门神武将，上了闩，挂着锁，像掉光牙齿的老头老太太，又怕丑，将嘴紧紧地抿着。七八只狗，黄的，黑的，白的，黄黑白交错的，由街尾走到街头，没得屠夫老郑的骨头啃，没得弹棉花的嘣嘣响来养神，它们这些丧家狗，都不像从前它们的祖父辈那样精气神十足，见人就扑咬上来。一二十个附近村里的老头老太太，提着篮子来卖一点自己吃不完的萝卜白菜，茄子莴笋，手拢在袖子里，嘴上吐着细弱的白汽，有一搭没一搭地聊天，面前空空的街道，都可以踢脚行拳，请何砦的龙船队来划旱船了，他娘的个胯子，这也能叫生意？

13

"这金神庙还哪里有脸叫街，叫集，等你将早点铺一收，就一点热气都没有了，二嫂你下个月，要去帮小六看孩子吧，小六有出息，在武汉买一百五十平方米的房子，又装修，铺地板，买家具，几百万的现钱，比我儿子强啊！"想起来杨二嫂前几天一直在唠叨的话头，金安就觉得瀑布一般由屋檐间射下来的太阳光里掺了沙子。你还想临死前带一袋杨二嫂的包子走，那时候，恐怕得打电话给她，让她在武汉小六和盛世家小区的新厨房里，揉面切萝卜丝，煤气灶烧热油，排气扇呼呼响，炸好后叫申通快递，给她的老相好金安专门寄回来了。

"这算个么事，我收了摊，你还可以去涂丽丽那里，你听她踩着缝纫机的声响，呼啦啦呼啦啦，猫子纺线似的，一边吞口水，也听得饱。"她用长筷子拨拉着波涛起伏的滚油中的包子，说得是风淡云清，这一刻她炸出来的包子，未免会有一些酸味儿吧。杨二嫂已经下了决心去汉口，这是除夕看完春节联欢晚会，她答应小六夫妇的。金神庙的一枝花走了，炸了几十年的包子，也够去跟儿子买一套客厅里的欧式田园风沙发的，对于将要与她交班的来路不正的金神庙末代女王，她到底还是有一些愤愤难平。

"唉，二嫂，我听是听得饱，为么事还要流口水呢？"金安揣着明白装糊涂嘛。涂丽丽踩缝纫机的声音是好听，《赛马》似的，万马奔腾，没有《二泉映月》《江河水》的中国式忧郁，这两个月以来，每次开着三轮往她缝纫店门前过，他都希望三轮车的油门能够轻些更轻些。希望在缝纫机呼啦啦的声响里，涂丽丽能抬起头，往街心里瞥一眼，像电焊的弧光，让他觉得身体打了个闪。她缝纫机旁堆满黄白青黑的土布，她将布裁成老头老太太入殓时穿的衣服，长袍，马褂，对襟袄子，棉裤子，一五一十，周全细密，我们活着的时候，穿得随随便便没关系，死了，去阴间见到父母祖辈，七大姑八大姨，得按他们的衣裳，毕恭毕敬地穿好，不是吗？这样的衣服肖港镇没有，武汉没有，网上也没有，老太太们来缝纫店里，与涂丽丽一起做，忙了一辈子，入土的一套衣服，要又体面又合身又舒服，料子是土棉布，绸子也行，样式万万错不得，一个祥扣弄错，都会被爷娘伙的笑话。生意是好生意，也辛苦，也赚钱，就是做一桩少一桩，就像杨二嫂的包子，眼下是炸一个，少一个，就像前面桥下黑驴头顶的枫杨树，冬月间，进了九，叶片掉一片，少一片。

"集上多了一只白老鼠，来嗅的猫也多起来了。你晓不晓得，她在武汉做的什么生意？她是肚子里害毛毛才回来的，谁的毛毛，你自己问她去啊！"杨二嫂你再酸下去，这锅包子就吃不成了。哪门生意都是千难万难，哪个女人都会怀毛毛的。涂丽丽回来的时候，是九月娃娃们开学的日子，肖港镇幼儿园小学初中的黄色校车重新开动起来。涂丽丽爱穿着白色的连衣裙，坐在金神庙集粉刷一新的缝纫店里做衣服，说是"白老鼠"，唉，更像广寒宫里的玉兔精吧，偷偷地瞒着嫦娥仙子下了凡，灵山不远，在金神庙辟了一个山洞，来打她主意的，也不该是猫，而是在河沟里溜来蹿去的野狼嘛。

"我就算是一只猫，也老了，腰不好，糖尿病，就是老鼠在我面前晃，也逮不住了。"想起清早被子里的朝天烧火棍，金安脸有一点发红，不是猫的腰不好，是猫将逮老鼠的本领丢生了。

"说的不是你个没用的老东西，你看，匡埠的宝渝又来了，他是来缠涂丽丽的，人家腰好。"杨二嫂抬头走神，差点炸糊了一个包子。这样的质量事故，对她来讲并不多见。八卦事业之所以永远优胜，我们金神庙集市的一枝花也无法幸免。

由枫杨树下的金神庙桥骑摩托车冲来的年轻小伙子，板寸头，牛仔裤，黑色的皮夹克，左右手腕上各缠着一串佛珠手串，自行车的后座上夹着溜圆的一麻袋稻谷，由金安背后掠过杨二嫂的早点摊，加着油门将车冲到二十余米外的缝纫店前。小伙子跳下车，架起后座，将稻谷麻袋死狗子一样扯下来，甩到门板前的石阶上，腆着小白脸，匪里匪气喊："丽丽，这是我送你的晚稻米，你煮粥吃哈！"门内阳光影里，缝纫机的扎扎声稍停一瞬，又万马奔腾地响起来。

"这是太子冈的晚糯米，熬粥吃，补人的！"看来匡埠村铁匠匡国清的儿子匡宝渝在涂丽丽这里吃瘪，已经不是第一次了，他不以为意，一屁股坐在台阶前的阳光地里，挥手赶走向他嗅过来的两条黑白土狗，又瞪回那里由菜筐上抬起头的爹爹婆婆们，一张张皱纹满满的脸，菩萨罗汉似的。

"拿回去煮给你妈吃，她胆结石，身体不好，要好好补补。"门内飘出来涂丽丽的话，果然是苦楝树上黄莺叫，柔柔的、糯糯的，又有一点沙哑，瞎子树堂眼睛瞎，耳朵灵，蜜里有沙，他说得对。

"让她抓卧单咬枕头角疼死算了，你才是我亲妈！"朝阳照着他半边右脸，右脸上有刀疤，他眯着眼睛，耷着眉毛，刀砍斧削的一张脸，其实是俊的，白白作践了国清传给他的这一副好皮囊。从前国清在金神庙打铁，正月十五搭台唱黄梅戏，蔡鸣凤、金小毛、董永、牛郎、武松这些角色，也只有他演得好、扮得像、镇得住，还在孝感县的黄梅戏会演里得过铜牌牌。

"唉。"门内一声叹息之后，又是缝纫机万马奔腾的踩踏声。

金安已经吃完第三个包子，将瓷碗里余下的豆腐脑温温地倒进嘴里，收棉花的老魏，平日他就该站起身开着三轮车，去金神庙村的后街里一家家挨着门槛问："您老家里，有要卖的棉花吗？"稻田可以全用机器种，侍弄棉花却要凭人工，现在种棉花的人家少了，棉花地也不多，癞痢头似的，夹在稻田中间，多半是为城里的儿子女儿家准备几床被子，没算计好，就会多出来十来斤皮棉。称好秤，一包袱一包袱地收上来，倒在他的三轮车车斗里，一堆棉花小山，差不多个把小时，就可作别杨二嫂，沿着下一个村子往肖港镇去。但是这一天，金安放下瓷碗，并没有站起身去桥边发动他的三轮车。

"昨天他送来的是一只南瓜，歪头斜脑抱在怀里，几十斤重，在涂丽丽门槛下坐了半天，涂丽丽不要，他抱到那边卖给了汪梁冈的梁大姊，要了五块钱。之前还送过西瓜，送过喜头鱼，送过团鱼，送过鸡。有的是他自己在河沟里用夹网夹的，有的是他去人家田里偷的，这袋稻谷，我看十成十也是偷人家的。现在十村九空，也没一个正经劳动力在家，他一个'大男将'做强徒，早上起得早，趁着黑，翻墙盗户，还不是手到擒来，想偷哪家就是哪家？"杨二嫂压低嗓子唠叨着。坐在台阶上的宝渝，你好好的浪子燕青不做，偏要做这鼓上蚤时迁，做时迁作践你这一身皮夹克也还罢了，在满村满乡妇孺老幼里胡冲直撞，塘里一条黑鱼似的，你就不怕你又会打铁又会唱戏的国清老爹，由小澴河堤下的坟垅里爬出来，一锤子锤死你个狗日的，哪怕是冒着他要亲自做这条"狗"的危险？

金安认得宝渝。儿子小时候，与宝渝在何砦初中同班同桌，宝渝脸上的疤，就是儿子用削笔刀划的，儿子的成绩好，班上女同学喜欢，这小子不服气，偷偷将同桌的饭盒，扔进操场下的水塘里喂鱼，儿子看起来老实，脾气其实像他娘，驴一样犟，掏出刀就将宝渝的脸犁得翻出了肉。后来儿子像烧了高香似的，一路读高中，读大学，硕士博士，留在武汉教书，这小子运气却不太好，初中没念完就自己收拾书包回了家，不愿意接国清传了四五代人的铁锤，将国清气死在床上。将铁锤放进棺材里，埋了国清，宝渝带着老娘给他的几千块钱，要出门去学做生意，先是去汉中倒腾由外国运进来的洋垃圾衣服，赔得精光，又借姐姐的钱，去深圳收旧手机，收到人家杀人抢劫的什么苹果手机，被关进看守所，又是姐姐姐夫坐火车到深圳去花钱保出来。姐夫说："以后你跟我学泥瓦匠去哈尔滨做粉刷。我与你姐姐两个人，勤扒苦做，一年上头，东北落雪结凌了，我们捆起被窝行李，也能带八九万块钱回家，你这七八年要是上了东北，现在房子也盖了，媳妇也娶了，儿子也生了。我们农村人去城里，能赚到的都是血汗钱，你想做城里人的大生意，赚大钱，做不到的，你有他们脑子聪明？你爸爸死了，又没个舅舅，就一个姐姐，哥哥我的话，你要听。"姐姐在一边的硬座上抽抽哭。两口子的手摊在膝盖上，手掌糙，关节粗，都被冰碴、石灰与水泥咬脱了形。

不去！我哪里都不去！宝渝赶走了姐姐与姐夫，跟走路歪歪倒倒的老娘吼。不走就不走呗，现在乡下地多的是，容得下你浪子回头金不换，洗心革面重新做人的。学种田，犁把都捏不稳，又不愿意叫保志的机器，好容易栽起来的稻秧，结出来一半瘪谷；学种菜，萝卜长不到拇指粗，包菜都没有包起来的心思，黄瓜茄子结出来，弯弯扭扭像狗鸡巴。说散养的鸡值钱，春天没过完，鸡苗就死了一大半。就是会搞鱼，大澴河小澴河曲曲绕绕，一个坡一个坎，他都晓得，鳜鱼黄颡、泥鳅鳝鱼、螃蟹龙虾、团鱼乌龟，都是大小龙王们在替他养。夏天凫在水里，露个头，两只手，够了，水族的鬼门关，长得个头小的龙崽子都搁得起来！冬天皮衣皮裤，举着夹网在河边的水草里蹚来蹚去，天一亮，半笆篓鱼就有了，金神庙集肖港镇集贸市场，都有人在等着他的清水虾、野生鱼，贩去孝感武汉卖钱。去龙王那里偷鱼虾，回来的路上，偷个鸡，摸个狗，顺只瓜，背袋谷，那也是常事，婆婆们在他身后口沫横飞拿菜刀剁砧板骂，死了的国清爹在棺材里气得发抖，活着的宝渝妈像春雷一样打喷嚏，供婆婆们在牌场外打发掉了半天的光阴，其实也不算个坏事。偷小嫂子？将河水泡凉的身子，趁着铁拐李"盗锅黑"那一个时辰，钻到她们火热被窝里，将冰冷的手合在她们温柔的奶子中间，将国清老爹打铁的本领舞弄出来，大开大阖如罗成舞枪，细雨梦回如杨志磨刀，这个他倒是学得十足，一点也不比当年在金神庙铁铺里吭哧吭哧打铁的老子差。微信上摸一个小嫂子不难，真要找一个姑娘肯嫁他，实打实，巴心巴肝巴肺，生儿育女过日子，好容易？宝渝妈去千央万求媒人们，一个接一个直摆头，偷鸡摸狗的毛病也还罢了，现在乡下出身的年轻人，不在孝感的小区买一套房子，哪个做媒的好意思开得了口？宝渝妈急断了腰，宝渝不着急也是假的，在外面打工的年轻人已经知道将媳妇放家里不是事，这几年，都改成是成双成对出去了，打鱼回来的路上，已经很难遇到一盏为他啪的一声拉亮的灯泡。涂丽丽由武汉回来，赶着黑山羊在河堤上走，那脸蛋，那屁股，那腰，那走路风摆柳的样子，都是十打十的好，这一回，他也不去求媒人了，自己抱着南瓜、糯谷、王八、甲鱼，毛遂自荐上门来了，我摸鱼来你织布，金神庙的寒窑虽破，也能蔽风和雨，更何况，他们都讲，涂丽丽有钱，她由武汉拖回来的红色行李箱，不比杜十娘的百宝箱差到哪里去。

"丽丽你答应我，我们谈恋爱，天快黑时，我带你在澴河堤上散步，我再去养一条黑狗乖乖跟着我们。"匡埠的宝渝斜坐在青条石筑成的台阶上，苦苦哀求在瀑布一般的橘黄光影里缝制孝布的姑娘，她像池塘中的白莲花一样好看，好看得让人不敢去摘，桃花、梨花、油菜花也不是不好看，但宝渝这只细腰的葫芦蜂子什么时候怯过场。

"宝渝你不要脸，你一个媒人都托不到，你还想娶媳妇。"

"南瓜不行，晚糯米也不行，那我明天再去捉两个王八来做媒人！"

"宝渝你是个流氓你晓不晓得？"

"你要是给我做媳妇，我就金盆洗手不当流氓。"

"不可能的，我宁愿嫁给我的山羊，也不会嫁给你这个流氓的，除非小澴河的水往东流。"

小澴河的水向西流，流到大澴河，流到母猪湖，流到涢水，流到汉江，流到长江，已经有几千几万年了，它会为了宝渝你这个流氓娶到媳妇改了性，转向东流吗？这得龙王与土地公公一起同意才行。不可能！涂丽丽一身白色的羽绒服，粉红色的靴子，紧身正蓝牛仔裤勾出浑圆屁股线，裹住的纤细小腿带动脚踝，流水价呼啦啦踏着缝纫机，自己都笑了，她知道自己笑得有多好看，在武汉的时候，他也是这么夸她的："你连嘴唇都会笑，笑起来的时候，我的心会疼，像阳光下被一群野蜂子蜇了。"他多会夸人，多温存，又多勇猛，其实比面前台阶上坐着的这个宝渝……更流氓。

金安由小板凳上站起来，沿着被阳光分成两半的青石条街向涂丽丽的缝纫店走过去，杨二嫂盯着他的背影，不动声色地拨拉着油锅里的包子，油锅沸腾了一个早上，青烟袅袅，一个油花逐一个油花，在锅里掀起油浪，就像夏天发大水时，大别山流下来的洪水在小澴河里掀起的漩涡，夏天的小澴河，可没有冬天这么绵条，管着它的龙王是狂暴的，一心一意要将两岸的河桥、草木、牛羊、白鹭，还有那些玩水的男伢们卷到它的肚子里。

"宝渝，你这袋谷，我要买！"金安一边说话，一边掏出"蓝楼"，抽出一支递给宝渝。

"不卖！"半路杀出来个程咬金，但宝渝并不惧他的三斧头。

"你这晚糯米好，又黄亮又饱满，是蔡家河的蔡腊狗田里种出来的。十块钱一斤，我买！"宝渝不接他的烟，金安自己也不抽，将烟盒重新塞回口袋里。

"我跑到梅家桥将稻谷倒进河里喂老王八，也不会卖给你的！"宝渝的白脸在慢慢挣红，屋里踩缝纫机的声音也在变慢。

金安眯起眼睛往屋里看，又看到涂丽丽那让他触电的眼光。这小女子的一张尖尖脸，唉！这两眼，是我替瞎子树堂看的，他现在该已经挂着竹棍，走过梅家桥，去乡塆算命赚钱去了吧。

"一百块钱一斤！这是我的卡，我告诉你密码，你自己去孝感的银行取，几千块钱，够你在孝感嫖的！"金安将烟盒子旁边的卡抽出来，金凤那婆娘要是看到，不会再笑话他舍不得花钱，是尖屁眼吧，儿子每个月往卡里用支付宝转一千块钱，大半年他都没有动过，除了保志的机器和杨二嫂的包子，钱没什么卵用。

"有几个钱了不起是吧！在武汉上班了不起是吧！你儿子欺负老子，你现在也来欺负老子！今天不弄死你个老狗日的，老子就改姓魏！"阳光一乱，宝渝已经像一条白条脸黑狗一样，向金安扑过来，将金安扑倒在街面上。

"老子今天就替国清除掉你这个肖港镇的祸害!"金安哪里肯示弱,双手架住宝渝的手腕,这小子不枉是铁匠搞出来的种,手腕有力,手臂也粗壮,他这样去搂女人的时候,女人会受用的。两人由台阶上滚下来,在金神庙集的青石板街道中间的朝阳里翻滚,就像杨二嫂热油里的萝卜包子似的。金安在农中读书的时候,跟国清也是同学,那时候看《少林寺》,兴学武,两个人常琢磨着"鲤鱼打挺"啊、"乌龙绞柱"啊、"枯树盘根"啊,"隔山打牛"啊,在小漶河边的草地上练,新栽的白杨树被他们打断了多少根,草地被他们都蹭出一块块"痫痫"。老了老了,国清将这些绝招带进棺材,他金安也忘得精光,面对宝渝这样三十擦边的壮汉,他也只好像婆娘们撕毛一样,摸爬滚打,毫无章法可言。除了鸡公鸡母,集上多少年没打过架了!一时间,老太婆老爹们扔下菜篮子,一脸兴奋地围成圈,跟之前笼着手、曲着腰往前蹭步比较,步伐都变得松快起来,游荡的狗子,也像被火苗燎到似的,脊梁一紧,一下子由一个个松松垮垮的狗皮袋子,变得永保家邦、精神抖擞。连两个蓬着头,夹着眼屎,拎着铁锅在街边刮锅底的金神庙女人,也提着铁锅围拢边。"气由丹田起,拳头要有寸劲,金安你打他时,胳膊肘要弯着来,打他的耳朵后面!"这是汪家竹园的汪苕货,隐藏在民间的武术家嘛。"金安你用两个胯子将他缠倒,他就动弹不得!你的婆娘们没这样缠过你?"嘴里漏风的婆婆热情地指点,她是殷家大塆的翠林婆。"嗷嗷嗷!嗷嗷嗷!"齐声加油的自然是那些重返青春岁月的狗们。一场热闹之外,缝纫店里的涂丽丽要紧不慢地踩着缝纫机,早点摊的杨二嫂不动声色地划拉滚油中的包子,一身腥臊的黑驴在金神桥边淡漠地嚼着枯草,北风嘶嘶吹拂冬日暖阳下的杨树,小漶河又弯又细,清清亮亮地曲折流过金神桥、梅家桥去。

那时候家里的老黄牛还在,清明谷雨一到,金安就将它牵出来,驾上轭头,拖着铁犁,去犁他的稻田,稻田里的霜雪化掉了,土块是湿润的板结的,一圈一圈环绕,一片片剀开,像小宝用削尖的铅笔一行一行写作业。泥土里冬眠的泥鳅会被由泥洞里翻出来,像早上五点钟由美梦中惊醒,在犁沟里几百上千条噼啪乱跳,像一条一条成了精的小扁担,有的被犁头铲成两半,两半一起跳,绿蚯蚓、红蚯蚓,也会被翻出来打滚,有时候还会有水蛇。杀鸡,过年的时候,还有儿子读初中高中长身体的那几年，凤英一大早起来将鸡由鸡埘里面挑选出来，提着翅膀眼泪巴沙地交给金安，让他好生杀，金安接过来，走到门口的楝树下面，念咒，菜刀下滑，拉割开鸡嗦子，鸡血喷出来，鸡在楝树下一簇簇楝树苗里翻跟头咽气。又有一年，金安刚买三轮车时，是贩梨子到孝感街上卖，在孝感商场中心天桥旁边，被城管逮到了，收了秤，又要没收他的车，金安不干，一头钻进旁边的402路公汽下面，将身体像蚂蟥一样贴在底盘上，一两个小时都不出来，将马路堵成一条长龙，最后是公汽的司机与那个年轻城管一起在车外苦苦哀求，城管去米酒店里买来小笼包给他吃，他才松了手，由车底下爬出来。对，像翠林说的，那些将小腿大胯缠到他腰上的女人们，凤英是松松垮垮的，但杨二嫂却很用力，好像缠在沙树上的藤子，一定要等她呼娘喊爷缓过劲，才会松下来，有时候，他觉得自己的腰都会被她夹断了……遭报应的时候到了，老金安，那些泥鳅，那些鸡，那个年轻城管，那些女人们，一起将力气都交给了宝渝，而金安已经老了，丹田里空空荡荡，手臂与腿上的肌肉，年轻的时候，像一群老鼠蹿来蹿去，现在是连蟑螂都不如，你丢盔弃甲，你气喘吁吁，你满头大汗，常山赵子龙长坂坡七进七出杀透重围救阿斗，你第一个进出就会败下阵来，他的阿斗，在井边哭哭啼啼等怀抱，你的阿斗，在那里仙乐飘飘一般踩着黑壳子缝纫机。

金安撑不住了，心里一黯，手上的力气一泄，巴掌心被宝渝摁到了水泥地上，擦得生疼，金安只好偏过头，一口咬住宝渝右手腕上露出来的白肉。金安爱惜牙齿，每次吃完饭，都会漱口，牙口很好，用上的又是六十年前吃奶的力气吧，只觉得牙关如钳，一口咸腥，宝渝的血已经渗到他嘴里来了。啧啧这狠劲，一边围观的狗子们狗脑筋都是佩服的。

宝渝熬得住疼，直瞪着眼，将金安按在身下，双手合龙，掐住了他粗壮的脖颈："让你咬！吃老子的肉，喝老子的血！你儿子跟老子抢女人，现在你也来争！老子就是再去坐牢，去吃枪子，也要先分分钟搞死你！"

一嘴血，肉是吃不到了，金安两排牙松动，铁匠匡国清的儿子，铁箍一样的双手在他的脖子上越收越紧。

在武汉，在鲜花四季常开的沙湖公园拉二胡的时候，他想过自己的死，在路上被来去如飞的汽车撞死，洗澡时不小心被泄漏的煤气熏死，得癌症死在中南医院的冰柜子里，一个人待在乡下早上起床心肌梗死没人管歪过去，这些死法都正常，多少人都是这样死的，没有什么值得大惊小怪，别自杀，别跳河吊颈喝药给子孙抹黑就好。只是万万没想到，想不到会死在这里，金神庙集的街道冰凉，比不上铺在堂屋里的草席，也比不上中南医院里的白卧单病床。想不到会死在这小子手里，一会过了奈何桥，见到国清，一定要痛骂他一顿。还好，有杨二嫂看着，有涂丽丽看着，有黑驴看着，比起大限将近，在小澴河堤下，吃完包子歇口气，自己挖坟自己埋，并不算太坏。

像棟树下艰难倒气的鸡，金安的腿也使劲蹬动起来。在慢慢沉沦的意识里，他感到自己的膝盖顶到了宝渝的裆，鼓鼓的，温热的一团，牛胯里驴胯里偷来的行货吧，难怪讨女人喜欢唉。"鲤鱼打挺"？用最后的一点力气，猛地将膝盖往他的胯里一顶，金安有把握，将他的两颗卵子顶碎，像弄散一个双黄蛋似的，自己围魏救赵，这脖子上的"绞索"会松开。可是他这一顶，国清就绝后了，这金神庙集周边的女人，秋冬长夜漫漫，睡不着的时候，存的一点热乎乎的念想，也就没了，再想想，再想想。

其实是间不容发，金安稍一犹豫，他的意识线就被宝渝掐断掉了，就像大年三十灯火通明的晚上，好好地看着赵本山冯巩赵丽蓉蔡明演春晚，电猛然一下跑得精光。

要不是在爹爹婆婆们的叹息里，在黄白黑狗子们的狂吠里，杨二嫂举着由油锅里捞出来的长木筷子，"滋溜"一声，烫在宝渝的手背上；要不是涂丽丽将缝纫机头上的长针取下，跑过来将它"嗤"地摁进宝渝的肩头，宝渝这个催命鬼，遇到了更凶的黑白女无常，疼得松了手，杀猪一样惨叫，由金安身上触电一样弹起来，金安可能就真的被宝渝活活搭死了。

"你逃过这一劫，会活到八十六岁。"瞎子树堂嘴上抽着金安递上的"蓝楼"，右手由签筒里摸出一根紫莹莹的竹签，手指头摸索半天，慢吞吞地说，"我今天给你抽的签，叫'明夷'，明说的是太阳，夷是灭九族，九个太阳都给杀了，血将云梦泽都染得通红，说来说去，就是太阳落土的意思。太阳落了，英雄遭难，文王箕子坐商纣王的牢，只要明白'用晦而明'的道理，在乌漆麻黑里坐着等，有老天爷在，总会天光，你就可以逢凶化吉。这是我树堂瞎子的卦啊，师傅你活着时，也不给我好好讲讲这个理!"

已经是午后时分，太阳偏西南挂在殷家塆的上空，熠熠发光，白日光斜射在梅家桥的青石条上，映在深碧的小澴河流水里，将两岸草木上的浓霜蒸发一空，还晒出一点阳春热烘烘的暖意。只是与上午中午的太阳比起来，下午三四点的冬阳，少了一点"刚性"，就好像是酒坊里，最后吊出来的几坛谷酒，酒味还有，酒劲却淡泊了。金安蔫头耷脑开着三轮由匡埠村回来，下堤过河，发现树堂还站在桥边的草丛里，站在黑山羊与黄牛水牛中间，身影长长的被阳光投在梅家桥上。这瞎子被冬月的暖和日头晒懒了骨头，不想去算命赚钱啦？

"你上匡埠给丽丽说媒提亲，国清的那个跛胯子女人，高兴坏了吧？给你煮米酒溏心鸡蛋，你吃了四个，还是五个？我早跟她说过莫急莫急，儿媳妇进门，不是今年，就是明年，说不定还会抱孙，她还不信，只肯给我十五块钱，一半的命钱！"树堂的双眼石灰白，脸被晒得龙虾关公一样红。

这个瞎子也有失算的时候，哪里有什么溏鸡蛋，他金安没有被这个狠婆娘糊一脸溏鸡屎，就谢天谢地了。

昨天中午由涂丽丽的缝纫店出来，他就跟杨二嫂商议做媒的事情：他给之前拍拍屁股上的灰走掉的宝渝当男方媒人，杨二嫂给嵌起铺板照顾金安一上午的涂丽丽做女方媒人。早上杨二嫂出师涂家河，首战告捷，她停了早点摊，也不骑自行车，也不开电驴子，穿老红的羽绒服，绾着染黑的头发，穿着半高跟的黑皮靴，扭着腰臀，沿着河堤老柳树弄影一般，走到乡塆涂丽丽家里，涂丽丽已经赶羊出了村，她家里父母去世，哥哥在外，就嫂子一个人。嫂子长得难看，像头抹上口红的骆驼似的，听了杨二嫂的主张，乌云破日一脸笑，掏出华为手机，就给广西南宁做传销生意的涂壮壮发微信语音："有人来给你怀毛毛的妹妹提亲，怎么办？"涂壮壮秒回："好事，定日子，给媒人打鸡蛋！"哽都没打一个。壮壮嫂子去厨屋里砰砰敲蛋，杨二嫂一条报告给金安的消息还没发完，壮壮嫂子就端着一碗红糖放得足足的米酒溏鸡蛋出来。推来推去讲客气半天，杨二嫂吃了四个，留了一个，五个鸡蛋啊！多大的礼数，这丑婆娘心里有数，会讲礼。杨二嫂一边吃蛋皮吸蛋黄，心里一边想：这媒说成，涂壮壮送我双皮鞋一定是妥妥的，这得卖多少个炸包子才换得回来。吃完鸡蛋回程去跟涂丽丽和金安报喜，她觉得腰变细了，腿脚也有力了，嘴里哼着的是黄梅戏《打猪草》，觉得自己就是那个严凤英，金安就是那个金小毛，可不是，四五十年前，他们两个，也是在河堤下的杨荫柳影里"郎对花姐对花一对对到田埂下"，要不是金安妈犟得像头驴，一定要与自己的娘屋侄女老表对亲，哪里会有凤英那个婆娘嫁到魏家河村来的机会，让杨二嫂将好好的一出《打猪草》，改唱成催泪的《小辞店》！

金安将三轮车开进匡埠村，平生的第一次说亲，却没杨二嫂这么顺。村口山墙前晒太阳的几个老家伙一见金安，以为他是来继续找宝渝歪的，朝他嚷："他晓得你儿媳妇是公安上的，有路子，天没亮就搭车上哈尔滨找他姐姐夫了，金安你要报仇，就朝他跛胯子妈的跛腿敲几棍子，你出了气，说不定将她的跛脚还敲直了！"唉！宝渝的姐姐川英，劝了他多少回去东北，他不听，这一回，被金安的一咬、杨二嫂的一烫、涂丽丽的一针，一下子就惊醒了，就像一只不醒抱的母鸡，被扔到春冰未消的池塘，冷水扎心，冰醒了它一腔做妈妈的意思儿。金安与老头子们不知道的，是宝渝在肖港镇火车站一列驼背路灯的黄光里，踏上黑暗里顶着启明星由武汉方向开来的绿皮火车时下的决心："涂丽丽你等的，等我用血汗换来了钱，在孝感的碧桂园小区买上了两室一厅的房子，我就买茅台，专门请金安那老东西替我去提亲！"

乖小伙你用不上茅台，他走后不久，金安自己就开着三轮车来了。国清家的房子好找。国清打铁，赚钱早，他们匡埠村，他是最早盖起两层楼水泥房的。可是三十年后，多少由外面回来的年轻人，盖起了更高的三层四层楼的房子，黄黄绿绿，样式时髦，都搞得像城里人住的别墅似的，空空地放在那里猪拱鸡踏，长绿草晒日影。国清从前鹭立鸡群的楼房，白墙黑瓦，变破了，变旧了，在一群新立起来的白鹭中间，它自己讪讪地退缩回到了鸡的样子。国清婆回的女人，三四十年前，还不是一朵花开得十足！打折返、接亲，金安穿着白衬衣、深蓝西装，打着红领带去给国清做陪亲，两个小伙子，精神得像两只由麦林里钻出来的野公鸡，拜堂时，树堂瞎子讲礼，金神庙集学补锅的昆清、学开药店的楚生吹唢呐，学杀猪的建桥、学篾匠的勇军来打锣，昆清、楚生的唢呐吹得不成调子，建桥、勇军打锣，一小半锣槌都落在了国清女人惠珍肥墩墩的屁股上了。再好的女

24

人，经得起三四十年日影的交替揩磨？惠珍比杨二嫂老得更厉害，还一个人扛稻谷到二楼时摔瘸了腿，镇医院骨头没接正，变成了跛子，屁股呢？那被国清骑得爱不释手，觉得野花不如家花香的屁股呢？风流总被雨打风吹去，金安不晓得这句话，但感慨却是雷同。惠珍蓬着头，在一楼厨屋煤球炉上用瓦瓮炖猪蹄膀，汤水嘟嘟，浓香四溢，萦绕在她家的二层楼房内外。走街串巷的小贩子晓得她好这一口，十里八村的人吃猪肉，蹄膀多半是给她留着，劈劈啪啪用斧头砍了，找块生姜，抓把黄豆，炖一满瓮，三五天的伙食就对付过去了。

金安起得早，杨二嫂的铺子又关了张，没吃着包子豆腐脑，闻香下车，口水一下子就涌了前来说媒的俏皮爹爹一嘴。"国清嫂子，大喜了！"金安站在厨屋的门口，背着阳光，朝站在炉子旁边的惠珍作揖，一屋暖暖的浓香与煤气味扑面而来，舒服的。蕙珍提着夹煤球的火钳，套着蓝色的棉袄子，逆光站着，像小宝画图时张开的圆规似的，不理他，好半天，才拿火钳慢慢敲打铁皮炉子，一字一顿地讲："只要老娘活着，涂丽丽那个婊子，就不要想进我家的门，她睡了多少城里男人，只有她自己知道，她肚子里的孩子，想姓匡，诓谁？也要等我死硬了躺堂屋的草席上才行。"宝渝清早摸黑出门之前，已经与她吵过一架，没有喝她的肉汤，也没有咒她这个"老不死"的，乌黑着脸，带上门，走了，只一晃，就被冷得像刀子似的黑夜吞吃掉一般。惠珍看着他活脱脱像极了国清的背影，又是高兴，又是害怕，破天荒呜呜地哭了一个早上，直到金安来提亲。老娘眼睛哭红了？那是煤烟子熏的！

是不是该去跟卖蹄膀的伙计说，让他别再卖猪胯子给惠珍补身体，这个跛婆娘就会死得早一些？也不看看你儿子，偷鸡摸狗多少年，睡过的野女人比五六点钟时天上的星斗恐怕还要多几个。痫痫莫笑光脑壳，丽丽还配不上你们家这个混混？婊子？丽丽就是睡了比一天星斗还多的男人，也不是婊子。有的女人，睡一个男人就变脏了，有的女人，睡再多的男人，也还是白莲花似的。再向前六七十年，还没解放，我爹说的，我们这里不是有一个唱黄梅戏的旦角白莲花？唱《小辞店》，晚上在稻场上看戏的男人女人们，一个个哭得像泪人儿，她跟变锁骨菩萨的观世音一样，挨过多少男人的身子，她们脏？你们一条条脏水流进澴河里，它还不是清亮清亮的？它在流，能自己干净自己。唉，你让惠珍懂得这个？这些连金安教大学的儿子都未必懂的道理，你要惠珍由又浓又香的肉汤里滋滋喝出来？

金安就是这样满腔愤懑地由匡埠村空着肚子，落荒而逃，来到梅家桥边跟树堂瞎子相会的。瞎子好，他什么都明白，什么都知道，他眼睛瞎了，心里却比谁都亮堂。

"你的白鹭呢？摸到了吗？"金安抽着烟，问他，每天的一问，一问也就过去了每一天。

这一天树堂迟疑了半晌，也没有回答金安。

再抽一支蓝楼，树堂说："昨天是冬至，所以天亮得最晚，冷得像铁。我一个人披着鸡叫，由魏家河沿着堤，过梅家桥，走到这里，在草林里坐下，草上的霜有铜钱厚，天上还有星斗，些微的光照在我肩上，金安，你晓得我是能感觉到星斗的光芒的。我先是听到宝渝过桥，他大踏步走下来，在桥中央站住，朝着小澴河喊：'涂丽丽你这个婊子，我爱你！上帝你帮帮我，阿门！'喊完就过了桥，天太黑，可能伸手不见五指，他走过我身边，没看见我，我能闻到他身上的汗味。他应是去肖港火车站赶早火车。他走了大概半个小时，天蒙蒙亮，太阳在东边大别山里头，像楝树芽，要出土，又没出土，这时候会有一丝丝的热力，针尖麦芒一样，由东方传过来，我师傅他们讲，要是想练内丹的话，可以将这一丝热力牵引到丹田里，养人的！我听到徐丽丽赶着她的八只山羊下了坡，也走到梅家桥上。八只山羊咩咩叫，横冲直撞地过桥，被桥上的浓霜滑得东倒西歪，喜滋滋地朝我坐的草林跑过来。涂丽丽在后面噔噔噔走，她穿皮靴，小腿一弹一弹的，后跟踢着桥面，走得得劲儿。她也在桥中央停下来，我想要是这时候，小澴河是录音的磁带，可以倒回来放给涂丽丽听的话，她就能听到宝渝刚刚吐出来的话'涂丽丽你这个婊子我爱你'，可惜这十个字刚刚沉到桥下面，被桥洞里的喜头鱼跟鳜鱼吃了，被缠着桥墩的荇菜吃了。这些鱼跟水草，马上又迎来了涂丽丽说出来的字：'金神庙的好菩萨，你保佑我将哥哥的孩子平安生下来！'比起宝渝的洋腔洋调，鱼跟水草会喜欢逐吃涂丽丽的话，又温和又婉转，像放了糖，放了桂花碎的糊米酒。她说完叹一口气，又站了一会儿，走过桥，将头羊的绳子捡起来交给我，跟我说：'树堂瞎子你都听到了，你别瞎说啊！我本来想找你算个命，算了，我不信命的。只是我刚才站在桥上，看到有一会儿，桥下的水好像被冻住了，也没有冻成冰，水往下流不动了，鬼打墙一样往回流，瞎子你说，这算是澴河水在往东流吗？'我点点头，这么冷这么黑的早上，河水被冻住一瞬，心怯了，失悔了，想回头返回山里去，也说不定，龙王也怕冬至寒。涂丽丽看我点头，叹口气，一个人上堤去金神庙做裁缝。她上堤的时候，大概就是太阳挣出堤脚线的时候，我扯着黑山羊，朝向她的背影看，只觉得朝阳出生，我眼前一热，好像从前郑建桥杀猪，刀子由咽喉捅进去抽出来，温热的猪血一下子就飙成血箭。河堤被朝阳染得血红，涂丽丽就一个人穿着红皮靴、白羽绒服，得劲儿地走在堤面上。"

树堂你的白鹭呢？涂丽丽又不是白鹭，她的长脖子里也没得石头，可是关于涂丽丽的每一句话，金安都是爱听的。年纪大了，每个人都会在心里一砖一瓦地盖庙，这个女子容容易易就住到庙里来了。

"昨天我让你帮我多看两眼涂丽丽的，这女子长得好看吗？"

"我帮你都看了，你来舔我的眼睛？她好看的，长得像画子上的人儿。尖尖脸，梅花脚，猜到了，做你媳妇。"这是做伢的时候跟树堂常常打的一个字谜。话说昨天金安在金神庙集市，岂止是看到了涂丽丽尖尖的脸，纤细的脚……

金安三魂六魄掉了一大半，断线风筝一般在黄泉路上飘飘荡荡，本该被宝渝搭死在金神庙的街上，幸得两位女侠解救，才得以死而复生，在枕头上悠悠醒过来。是的，是枕头，柔软又温暖，粉红色的枕头，抵着他的后脑勺，一床又轻又暖的羽绒被盖在他身上，也是粉红色的，枕头与被窝都散发着百合的香气——有时候，儿子会买百合花回来，插在他家的客厅电视柜旁的花瓶里，白色的百合，粉色的百合。枕头边堆满了粉红色的芭比娃娃、绒布小熊，金安跟小宝去他的"女朋友"家里做客，也看到女娃娃们的床上堆满了这些名堂。这么滑腻香软，我是重新脱胎到了哪个小姐的闺房里吧？金安朝下看自己的身体，毛衣毛裤已经脱掉了，自己穿着儿媳妇在中百超市打折时买回来的一套藏青色秋衣秋裤，黑山羊一般，蜷缩在粉红色的被窝里，更要命的，是他又犯了老毛病，就像早上五点在自己家床上醒来时一样，他的阳具又硬得像根烧火棍。

"您醒了，再躺一会没事的。"涂丽丽坐在床边的椅子上，侧过头，弯

27

弯的细眉，黑幽幽的眼睛里都是欢喜。她抱腰，杨二嫂抬腿，两个人将金安由街上拖到缝纫店里，拖到她中午睡觉的床上，杨二嫂去肖港镇喊肖楚生来看病，来回得一两个小时，涂丽丽上了铺板，烧了热水，坐在一边看昏迷中的金安，看着头发花白的老男人醒过来，双目灼灼像做贼似的，不会死，也不会傻，自然是高兴得心花怒放。

但是金安，唉！看着被自己的下身顶起来的羽绒被，就像小宝在客厅里支起的野营帐篷，像河堤下爹妈的坟垅似的，这时候，要是匡国清举起铁锤，朝他的裤裆来一锤子，将它打回原形，要是郑建桥用剔骨头的刀子将它割掉扔外面街上喂狗子，要是何昆清倒一盅补锅的锡水将它熔了，要是凤英由武汉跑回来往被窝里泼一盆冰水……这些他都统统愿意。就是倾尽小澴河一春的流水，也洗不尽自己这张老脸上的羞耻了，金安越是觉得难为情，他全身的血液，越是哗哗地朝下身涌去，像立起来的电线杆子，千万伏的高压电，就在它的头顶呼啸着往还来去。

涂丽丽似喜似嗔地看着被子上的"坟垅"，看着金安往被子里缩的脸，叹口气，站起身，脱掉身上的白羽绒服，中午时分，太阳由后窗射进来，将她的粉红娃娃们照得像一个个下凡的小妖精似的，取暖器插上了电，房间里好暖和。

当涂丽丽坐到床边，伸手到被子里，将他的秋裤轻轻拉下来，由双脚中间脱掉的时候，金安的"鲤鱼打挺""乌龙绞柱""枯树盘根"，样样都施展不起来，这一回，不是身上有宝渝那样有力气的强人摁住了他，而是这女子的手，太柔、太轻、太巧，有磁，有电，有粘胶，像凤英擀面时，那些细韧柔软的面皮，左旋右绕，缠裹着用了几十年的，已经变成枣红色的擀面棍。当着这样的法诀与魔咒，他往哪里挣，又如何挣得脱？算了，由她去，由她去，这只是一个粉红色的梦，像他与国清他们一起，在十七八岁时，做过的那些梦，"用目来观看，捉到个贼姑娘，偷我两根笋哪，你往哪里藏？""郎对花，姐对花，一对对到田埂下……"

"他们将这个叫'打飞机'，我刚学会的时候，天天晚上做噩梦。我们那地方叫曲水兰亭，混社会的、做生意的、当官的、医生、律师、警察、会计、老师，都爱来，小伙子，老头子都有。来得最多的客人，就是四五十岁的中年男人，穿着一次性的印花棉布短裤、短袖，棉布上印着沙滩、海水、棕榈树和椰子树，腆着肚皮，缩着粗脖子，四肢又肥又短，在二楼喝酒吃饭，各种各样的洋酒、白酒、啤酒、黄酒、咖啡、可乐、雪碧，菜也多，自助餐，堆得山似的，鸡鸭鱼肉不算什么，他们吃三文鱼、大闸蟹、团鱼、鲍鱼、秋刀鱼、生蚝、皮皮虾、煎牛排，蘸着那种鬼都不尝的芥末，吞到肚子里，吃饱了，一楼几个大池子，四十二三度的热水里，四脚朝天青蛙似的泡半天澡，将一身白肉浸泡得微红，起来让男服务生搓揉干净，穿上印花短裤短袖，按电梯上三楼来找我们给他们'打飞机'。像我妈妈她们铁锅里烙饼子似的，按摩了反面，翻掉过来按正面，男人嘛，都那样，禁不得几个回合，就像我爹搂住脖子杀掉的鸡，在树下一抽一抽的，鸡是求死，他们却觉得很快活。"由噩梦开始，噩梦做得多了，醒了，也就无所谓了。跟他们讲讲话，涂丽丽学会了聊天，他们做不同的事，好像在不同的土地庙里做土地爷，共同的是他们都在武汉混得很好，都很会讲话，并不完全是坏人。人就是这样，好中有坏，坏中有好，洗完澡，干干净净，一出门，又会变脏，人人其实都是不干不净的。他们来这里吃饱喝足，找我们撒完野，之后重新穿起自己的衣服，又会变成好儿子、好丈夫、好爷爷回到家里吧。何况还要收他们那么多冤枉钱。其实也算不上冤枉，钱都是他们造出来、分下去、花光光的。这些男人们啊，涂丽丽常常想着观音菩萨手中的那只杨柳净瓶，她"打飞机"得到的那些汤汤水水，装得满那只瓶子了吧，我为什么会这样去想，南无阿弥陀佛，真的是好罪过。

从前孝感军分区的空降兵，会去西边大澴河河曲的沙滩上练跳伞。飞机轰隆隆由蓝天白云间飞过去，伞兵们列队冲出机腹，背着莲蓬一般的伞花由半空里跳下来，就像《封神榜》里讲的'撒豆成兵'，鸭子白鹅般冲跑到绿水边的黄沙地上，沙地四周，长满了开水瓶大小的白萝卜。金安国清他们爱站在萝卜地里，看他们跳伞，其实是一些比他们只大二三岁的城里孩子，男兵的下巴上，也只有黑乎乎的茸毛，女兵好看，白衬衣扎在绿军裤里，腰细细的，胸脯鼓鼓的，他们想看，又不太敢看。女兵们要是踩坏了萝卜，他们这些"金小毛"，会让她们赔吗？她们将这个叫"跳飞机"，不是"打飞机"。

牛羊啃草，风吹枫杨，喜鹊偷啄人家屋檐下的腌肉，阳光闪耀在窗外

29

的小澴河上，波光离合。金安想入非非，在头脑里追逐着一朵朵白莲伞花，一张张变得清晰起来的苹果一般的女伞兵的红脸，他这样分神，自然是减缓了涂丽丽"打飞机"的效力。涂丽丽皱起眉，责怪他："大叔你这么行，我婶婶吃了多少亏。"这哪里是责怪啊，柔柔的嗓音让金安一哆嗦，就是这样的哆嗦，也没有打败那些列队跳出机腹的伞兵们，让他溃不成军。金安真的很行，那时候与国清比试"挂水壶"，他可以将两只绿色军用水壶盛满水挂在它上面，国清也能挂两只，两只却只能盛大半壶水。

涂丽丽腾出右手，曲到背后解开胸衣的背扣，回来撩起毛衣，让两只饱满的乳房跳脱出来，一边将上身俯到金安头上。

"很大，是吗？可惜是假的，他们要我去做整形手术，往里面注射过硅胶的。"她喃喃地说道，右手抚弄着金安的短头发，左手的动作并没有停下来。

但两粒乳头是真的啊，淡红色，圆圆的，突突的，像对襟袄子上的祥扣，像小学校里肖毛老师用来砸打瞌睡的学生的粉笔头子。树堂树堂，你要等的白鹭，白鹭嗉子里的红石头，像这个吗？又温软又硬挺，金安噙在嘴里，觉得自己的那一架飞机，穿越了六十年一个甲子，那一架往澴河堤边的沙地里俯冲的老飞机，已经被国民党的美女特务打手枪击中，尾翼冒着青烟，一头溅入澴河的碧波里。

此刻，死在这个女子的怀里，是可以的。金安伸直双腿，听任涂丽丽帮他收拾飞机失事后的战地，人生易老天难老，战地黄花分外香。

"您帮我到匡宝渝家说个媒吧，我肚子里的孩子越来越大了，"涂丽丽打来热水，替他擦净身体，自己也洗净了手，她不要金安去死，她要金安去做媒，"我有钱，一个人养得活他，可他总得有一个爸爸吧。跟城里那些男人相比，匡宝渝还算不上坏，他长得白，也很结实。"到这个时候，曲水兰亭归隐的女花魁，也稍稍有一点不好意思。

说媒一话就是这么来的。

是的树堂，就这样，我不仅帮你看了涂丽丽，还摸了她的屁股，亲了她的奶，她的确是长得像由画子上走下来的女子，比年轻时的凤英、杨二嫂她们都要好。我找到那两粒红石头，你呢？你个瞎子，你再不抓紧些，煮熟的白鹭都会飞。

"金安，我接着跟你讲今天早上的事。涂丽丽走上堤，太阳升起来，霞光像泼血一样，射到涂丽丽身上，也射到我的身上。我忽然觉得左边的膀子一沉，耳朵旁边风声呼啦啦响，一只白鹭站到我的肩膀上。"瞎子低头回忆。这并不奇怪，在小澴河的千百只白鹭看来，这个瞎子跟牛跟羊，有什么差别呢？它们常常飞落到他的肩头上，去啄跳到他身上的蚱蜢与牛虻，他不动弹，它们立在他的身上，也不动弹。由那边堤上路过的人，看多了，也不见怪，只是在心里想一想，这树堂瞎子果然就是半个神人。

"它比一般的白鹭要重三四斤，我伸手去摸它的嗉子，光滑温热，比我平常摸到的，也要长一拃多。它的喉结上，突突的，约莫嵌着两颗石头。我心里想，师父你没有骗我，白鹭中的头头终于来了，它就停在我的肩头上。"

树堂讲得云淡风清，金安却听得眼眶发热："石头，瞎子，你搞到了石头，对不对！"

树堂摇摇头："我怎么搞，去偷？去抢？两个手拢着它的脖子，掐死它？让它脖颈吊在我身上，扑打着翅膀，用两条长腿拼命踢我？我做不到啊！做不到啊师父！"两行眼泪由树堂的眼窝里流出来，谁说瞎子就没有眼泪。他们的泪是最黑暗的泉水。

是的，涂丽丽的奶头再好，你也不能将它们咬下来吧。

"活瞎子我都做过来了，死瞎子又怕什么？世间的黑我走过来，不怕阎王殿里的黑了，金安，我也不要你再替我看涂丽丽，只是她的羊，要麻烦你帮她放了。"

"你个瞎子又胡吣些什么！"

"我刚才起的一卦'明夷'，是我算的第五千个命。我们祖师爷写道德经，用了五千个字，我们做瞎子的算命，一辈子也只能算五千个，一千个命钱孝敬师父，余下的孝敬父母养活自己。金安，就像你儿子念到博士后读完了书，我的命，都算完了！"

冬至也是日头最短的一天。引着宝渝去肖港火车站，照着涂丽丽去金神庙做衣服，招来白鹭王飞到树堂肩头，又晒在说媒人杨二嫂、金安脸上的太阳，现在已经斜斜地挂在舒家垸的林树上。

八只黑山羊咩咩叫，日之夕矣，它们要回到女主人的羊舍去。

金安也想回家，他的手机叮咚一响，小宝传来过冬至吃饺子的视频，他想看，但只有回到家里，才有看视频的流量。

要是他再在梅家桥边多抽一支蓝楼。

要是他等到涂丽丽来赶走瞎子树堂照看的黑山羊。

树堂会乖乖地跟着他一起回魏家河村，就不会咚的一声，跳到铺满流霞的小澴河里去。日暮时分，寒衣如铁，这瞎子，那么知疼知热，爱惜自己，平时被野蜂子蜇了，都要敲拐棍找遍各村奶娃娃的女人，挤乳汁给他解疼，他就不怕冷吗？

一个瞎子想寻死，谁又拦得住呢？金安、丽丽，其实也怪不到你们头上。

瞎子哥你沿着河道进地府，一路都是明明暗暗的石头，钻石一样点亮着黄泉路，用晦而明，并不黑，对吗？你裹着你的棉布袄子，背朝上，脸内扣，睁着白眼睛，双手捏着荇菜，浮在水面，两只白鹭踏着你的脊背顺流而下。公白鹭给母白鹭在最后的一点暮色里跳一支舞，然后庄严地跨到母白鹭的背上，低下头，拱起脖子，两只乌黑的手爪压住她的白翅膀，曲起尾雉，抖动、震颤、痉挛，好像是要将由背后深广的宇宙里，汲取的一点生命的热，给予默默低伏的母白鹭。第一颗长庚星跳出来引航。余暮晚星里，并没有丝丝缕缕的炊烟，将远近的村庄粘连起来，婆娘们都改烧了煤气灶，孝感环保局的无人机在天上飞，已经没有人敢烧稻草、棉梗子，烧柴禾。

"这腊月间，鸡叫得比往日都要细些，它们晓得马上就要挨刀了。现在土鸡多金贵，每一声鸡叫后头，就是五百块钱。"杨二嫂光着手去抓金安三轮的车斗，差一点就被冻了一晚上的铁护栏将手咬住。金安连忙在后面推着她的屁股，才让她妥妥地爬进去。车斗里不冷，上次金安在金神庙收的半车棉花，被宝渝打搅，并没有卖给河南人经纪老徐。上次是哪一天来着，对，冬至的前一天，杨二嫂出了最后一次摊子，炸了最后一个包子，将木筷子按在宝渝的手上，第二天，她说媒回来，瞎子树堂跳河死了。这些她都记得，谁想得到哎，真的要走了。杨二嫂的娘，临死前几天，都还站在金神庙街口上炸包子，将忘了给钱的肖楚生骂得像脸上洒了狗血似的。

金安戴上帆布手套，跳上驾驶座，扭开灯，发动车，往堤上开。车的尾灯映亮路边的稻田与菜园，上周下过不大不小的一场雪，寒潮不退，雪堆还未完全消融，和着冰霜，一团一团冻在地里。涂丽丽堆的雪人也还在，胡萝卜的鼻子，黑石头嵌的眼睛，小宝用旧的帽子，脸上涂了一点锅灰，一脸贼分分的笑，与旁边一本正经地举着红领巾的稻草人小强，不是一个路数的孩子，要是将他们送去从前肖毛老师的小学上学堂，小强一定是天天考一百分，小宝——丽丽一定要将这个雪人又叫小宝唉，一定是天天考零蛋。

　　"小强小宝，你们好生看着阳雀，看着老鼠，莫让它们偷吃粮食。你们也好生看着你爷爷，要是他敢去欺负你丽丽阿姨，你们就打110，我将旧三星手机都装在你们口袋里了。"小六小七们淘汰给她的旧手机已经塞了一抽屉。杨二嫂坐在棉花堆上，故意大声说，是想让前面突突开车的金安听到，让他心里有数。二楼涂丽丽卧室里的灯没有亮，昨天晚上吃饭的时候，二嫂嘱咐她早上冷，莫起来讲礼，三个月的毛毛怀在肚子里，还不牢靠，天寒地冻的，上下楼要小心。万一摔坏了，宝渝回来如何交代。涂丽丽听得吃吃笑，她虽然还没出怀，腰却粗了许多，这一个月汤汤水水，他们将这女子照顾得很不错。

　　金安心里有数的。晚上他们两个在一楼客房里早早洗睡，外面是滴水成冰的雪夜，房内却是打阳春的花朝。这时节，老黄牛好像还没有卖去下汤锅，他光着脚板，给它套上轭头，最后一遍？用杨河村淬火倒出来的有名的犁尖，一遍遍犁开身下的地，将野草野花翻下去，将泥鳅菜花蛇蚯蚓青蛙犁出来，植物动物各各黏液的腥气、农家积肥的腐臭、褐黑土壤的腥涩混合在一起，是死的味，也是生的味。犁翻了清明的地，再灌上谷雨的水，换上十几个铁齿的秒耙，赶着黄牛一次一次地将土块耙碎，直到光脚板下的地块熟糯深湿，暖和的黑泥厚黏细密，吱吱地由他的脚掌趾缝间往上挤冒。杨二嫂有时候叫得像杀猪似的，金安想去摀她的嘴，她不让，她是叫给二楼的涂丽丽听的。好不容易下定决心偷来的一个月，是她杨二嫂用一辈子攒到的，要是凤英那婆娘晓得，还不撕了她！涂丽丽这小蹄子嘴巴严，又能扮唱念做打的穆桂英，又能做一眼不眨的刘胡兰，苏三起解，女状元回乡，是个人物。明天去了武汉，听说小六的小区，跟金安儿子的小区，坐地铁都要倒线路绕个把小时，见得着？就是见着了，偷得着？难不成像年轻人那样去宾馆开房，丑死了！这辈子，恐怕就这一回了，所以听到鸡叫起床前，杨二嫂摸到金安不屈不挠的"烧火棍"，又缠着他要了一回，闹得金安讲了树堂之前常讲的话："枪还是把好枪，可惜就是没子弹。"笑纳了金安的几颗游兵散勇的霰弹后，杨二嫂在枕头上悠悠说话，要金安发誓不碰涂丽丽。金安拔身靠在床背上，披袄子，抽蓝楼，对二嫂说："涂丽丽就像我儿媳妇似的，她怀的毛毛，就像我孙子，我先人的坟离这里，也就五六十丈远，我敢？"

夜色如墨，宇宙大铁锅一样，倒扣在小澴河堤上，宇宙中的寒星，点点映在锅边沿。这时候，王母娘娘要是觉得锅太黑，积下的锅盔太厚，找太上老君借铲丹砂的铁铲子来刮锅的话，就会一铲一铲，将这些寒星都由天上纷纷扬扬地刮下来吧。但王母娘娘一定是一个懒婆娘，铁拐李今天偷的这个锅，这么黑，大概千百年都没有好生刮过。金安载着杨二嫂，打着前灯的三轮车，远远像一点萤火绕过曲折的长堤，由梅家塆的林树里下坡，过梅家桥。一年中寒冷的晚上，金安头发上都结了冰籽，讲一句话，就是一嘴的白汽，小澴河却也没有被冻住，在黑暗里流淌，皇帝的玉带似的，它还记得冬至的晚上，倒流的一瞬吗？

"老强徒你也别埋怨，人家赵匡胤送京娘，鸡叫头遍就起来了，比你还早！"

"那是人家京娘的腿，不在赵匡胤的腰上，所以他能充好汉，一骨碌拎着铁棒爬起来了！"

"你这老砍头的，你说赵匡胤千里送京娘，打由我们金神庙过，他就真的忍得住，不睡她？"

"说书人是这么讲的，但你信？你晓得往东去五六里，有一个地方叫太子冈，他们不睡觉，这太子是天上掉下来的？"

深更半夜，匹夫匹妇，在桥上说人家皇帝的不是，好在他坐龙廷的时代已经过去，要是回到一千年前，他还不叫御林军将你们两个奸夫淫妇捉到宫里去，女的游街坐木驴，男的发配到沧州看草料场？

摸黑过了桥，金安停住车，摘下帆布手套，绕后面将杨二嫂由车斗里接下来，她搽了涂丽丽送她的百雀羚，头脸间一股子好闻的热香气。车斗里还有一卷黄表纸，一瓶霸王醉，七只瓷酒盅，一支白粉笔，装在一个提篓中，提篓由杨二嫂拎在手里。

"树堂你接钱去用，今天你过七七，过了七七四十九天，你就还不成阳，你就是个鬼了！这些是我、你二嫂子、涂丽丽烧给你的。可怜你无儿无女，黄泉路上孤苦伶仃，又瞎倒个眼睛。你入棺时，我找不到石头，丽丽编了两个红襻扣，盖在你的眼睛上，也不晓得有没有用。我将你的拐棍也烧给了你，七七四十九天，你摸到阎王殿的门没有？那十殿的阎王长得吓死人，你看不见，还少一点怕处。你一辈子还债，替明眼人指路，做的都是善事，下辈子你再做人，不会再瞎的！树堂你接钱去用！"金安用粉笔在桥边的草地上画了一个圈，很圆，就是树堂瞎子生前常站着等白鹭落的地方，在圈子里，蹲下身将黄表纸一张张点着，一边念念有词地跟树堂讲话，杨二嫂蹲在旁边，帮着他烧纸，听她有情有义的野男将讲的话，眼泪又流出来了，这个瞎子吃她的包子，没欠过账，摸她的屁股，她也从来没有恼过，算过几次命，都是好的，有不好的地方，他也替她一一解开了，小六小七的生意，都是他指的路，这么好的瞎子，武汉的宝通寺门口，有吗？归元寺门口，有吗？古德寺门口，有吗？

火舌将黄表纸吞没，卷起更高的火舌，一时间，火焰升到了二三尺高，飘飘闪闪，忽拉忽拉被黑暗的晨风卷刮着，将金安与二嫂脸上的皱纹、梅家桥上的沟壑、小潩河的水波、水上的层层树影都照亮了。金安由口袋里掏出蓝楼，就着火舌点着了两支，插在桥边的雪堆里，又将那瓶霸王醉的瓶盖拧开，一股凛冽的酒气直冲鼻子。霸王醉有七十多度，他跟树堂讲过，一千多块一瓶，喝下去，由舌头到喉咙，由嗓子到喉管到胃里，就像吞一把刀子。树堂想喝，又说这个名字不好，反过来念，是醉王八的意思。前几天金安发微信给儿子，让他快递一瓶回来，正好用在树堂过七七上。

他将七只杯子倒满，洒在火堆前，黄裱纸的烟火气跟酒香缠绕在一起，顿时就有了过年"贡脑壳"的庄严。酒过三巡，酌到了最后的七杯，他让二嫂帮着一起，将酒杯端到了桥下石埠头上。酒斟六分，将杯子放到水里，不会沉的。金安又掏出打火机，砰的一声打出火焰，七十度的霸王醉，果然一点就着，飘起蓝幽幽的火苗。二嫂一脸仰慕地看着金安，眼光是烫烫的，他们小的时候，她就是常常这样盯着他看的。多么过细的男人，总能做到我做不到的事情。金安将点着的酒杯一个接一个安放到水面，冰凉的河水接纳下这些青瓷杯子，慢慢地将它们推送到河面的中央，排成弯弯曲曲的一条，推着它们往下游流动。酒液在杯子里燃烧，在黑暗的渊面上，闪耀着蓝紫的光，看上去，就像沙湖公园的池塘里，夏天开放的朵朵睡莲似的。

"这个叫曲水流觞。"

"杯子流得弯弯曲曲的，看得人伤心，哎这四个字好。"

"不是伤心的伤，觞是杯子的意思。"

"你跟树堂学得神神道道，跟你儿子学得狗子进厕所文（闻）进文（闻）出，成天摆个二胡杀鸡阵，脸皱得像一碟凉拌苦瓜，老强徒，做人要开心唉！"

"曲水流觞"这四个字，会是儿子讲的吗？是儿子告诉了涂丽丽，涂丽丽又告诉了他的？金安琢磨来琢磨去，这些是杨二嫂不大明白的事。

那天中午在杨二嫂领着肖楚生来金神庙之前，在涂丽丽打下金安的"飞机"央求他去找匡宝渝说媒之后，他们其实还有一段说话。

"你说的那个曲水兰亭，我好像看到过招牌。"住儿子那里的时候，他常常晚饭后出门去散步，由小区门口到沙湖公园，往返四公里，手机上有计步，七点钟之后，街边的灯与招牌花花绿绿的，"曲水兰亭"四个字又大又醒目，后面的高楼灯火堂皇，很高级的浴池，并不是他这样的乡下老汉去看热闹的地方。

"就在沙湖公园的旁边，装修得像宫殿似的，有假山，绕着假山有假的瀑布，由自来水管子里放出来的假河水，河水也九弯八绕，在房间外面哗哗流，河水里有假的荷叶、假的竹子、假的芦苇、假的石头、插的假花，有一些石头里放了音箱，播着他们由农村录来的青蛙叫、蛐蛐叫、黄莺叫。冬天用空调，用地暖，游泳池都是热水，热烘烘的像三伏天。我在里头打三年的'飞机'，很少出门，好像武汉对我来讲，就是这么一幢大房子。哥哥说，这个房子像一艘宇宙飞船，里面灯火堂皇，在空荡荡的宇宙里航行。宇宙是冷的，船里面很暖和。船上的人都睡了，我是操纵着罗盘和操纵杆的女船长，他睡不着，来陪我一起开飞船，看着窗外巨大的星星林立，有的像乒乓球，有的像篮球，有的大得不像话，一间房子都装不下，一个一个迎着我们飞旋过来，有的快，有的慢，颜色也不一样，擦着我们的飞船远去。我不太明白哥哥的意思，我手上摸到的并不是罗盘和操纵杆，只是形形色色的男人们的肋骨，男人们的命根子。他们要我背诵王羲之写的《兰亭集序》的文章，我背会了，也不晓得是么意思。后来哥哥跟我讲，说人家写的是城里人过三月三、寒食节，去城外有山有水有竹子有芦苇的地方洗澡，除掉身上不干净的东西，换上新衣服，然后一起喝酒，一起服散，散是什么？哥哥说就是冰毒，他跟我说千万不要吸毒。那些人喝酒时将酒杯放到河里，流到谁的面前，谁就将杯子拿起来喝。曲水兰亭这个名字好，当初哥哥就是看到这四个字，才走到我们店里来的。从前我不喜欢这四个字，觉得好像四个癞蛤蟆蹲着开会，后来我就喜欢了，没有这四个字，哪里钓得到做学校老师的哥哥。哥哥戴眼镜，长得有一点黑，每一次来，我都最开心，像过节似的，觉得这个假的宫殿光彩焕发，一下子也变成了真的，像龙宫一样，水流是真的，蛐蛐青蛙的叫声也是真的，我们的爱是真的，我打了硅胶的胸也是真的。我愿意将我的一切，好的坏的，贵成的，下贱的，干净的，脏的，都给哥哥，他打我骂我，欺负我，作践我，都可以的，他有时候像头老虎一样凶，有时候又温柔得像一只羊，他一回一回在我身上死去，又一回一回活过来。活过来后，我让哥哥贴着我的奶子，睡在上面，贴着它们两个，希望他能够开心，虽然他常常并不开心。"

并不是她那个叫涂壮壮的混账哥哥，就像金安也不是杨二嫂的亲哥哥。

"之前我最爱钱了，我要攒很多很多的钱，放到银行卡里，放到支付宝里，放到微信里，数着那些数字，我就开心，头一挨枕头就能睡着。那些城里男人的钱来得容易，我给他们打一次飞机，要抵杨二嫂在金神庙炸一个月的包子。哥哥常说我像一个妖精，躲在曲水兰亭这个山洞里，去盗人家的真元，还要人家给钱，这样的狐狸精编到聊斋里，也是第一等。可自从哥哥来了之后，我就不大爱钱了，钱好像变成了纸，又被水泡皱了。他常带我出去玩，去汉口看江汉关的钟，古德寺的塔，数归元寺的一百零八个罗汉，去黎黄陂路，还有龟山北路，长江大桥，在黄鹤楼上看汉江流进长江里，合在一起往北流，他说小潆河也会流到这里，长江里有我们老家的水，老家的人跳河，尸体会流到长江来，被长江的大鱼吃掉，白鳍豚、江豚、鳡鱼、扬子鳄，它们都会吃。我才知道武汉有那么大，上面种的是树林子一般的高楼，下面挖的是蜘蛛网一般的地铁，要不是哥哥，我就会像走迷宫似的。他还爱带我去看附近的省博物馆，也很大，和我们曲水兰亭差不多大，由四楼转到一楼，野人的，春秋战国、明代，一个接一个的墓，阴森森的，摆的都是死人的东西，他说四楼那个女人骨架长得好，像我骨架长得又细又匀称，特别是手，和我一样灵巧，可惜看不出奶子是显大还是显小。又说一楼的那个曾侯爷什么墓，什么做镇墓兽的飞廉鸟，舒舒服服站着，脖子长得，一看就是做鸭脖的货，他还说它跟我们小澴河边的白鹭长得像。是的，哥哥知道小澴河，他就是我们这个地方方圆十里内的乡垮出去的人，读书出去，后来教大学。"

阳光由窗外照进来，照在已穿好羽绒服的涂丽丽身上，黑发如漆，唇红齿白，如花似玉，又正经，又邪（斜）得有得墨。金安听得，脑袋里当然是雷轰电闪，脊背上汗出如浆，老脸像被火烤似的。我的嘴巴、舌头以后长疮长疗，烂穿头烂到笃都是应该的，菩萨我不怪你也不求你，凤英跟杨二嫂都骂得对，我的确是个该砍头的老强徒。

"你晓得你这哥哥的名字吗?"

"我没有问，但他就是我哥哥。我也不想知道他是谁，他姓什么，是附近哪个村的，和我一起念过小学中学没有。他说的话，我都懂，我们有着一样的口音，他的长相，我也好像在哪里见过。我们这一块考出去了多少大学生？多少女的来城里做跟我同样的事？我不会问他。我也不许他知道我的名字，我是谁。他说他认识我之前，是有抑郁症的，没有人知道。他好多次都想死，他带我去的地方，都是他想过死的地方。他想离婚，又担心他儿子，十岁，读小学三年级。他说要是他不到城里来，我也不在武汉，他一定要记住我的名字，托媒人到我们家提亲。"

"你想与你哥哥结婚吗?"

"不，我不想。有一天我发现自己怀上了孩子，我一直想生宝宝，高兴的。我请了假，一个人出门，坐了一天的地铁，一号线、二号线、三号线、四号线、六号线、八号线、阳逻线，在黄浦路、洪山广场、堤角、宗关、常青花园等站牌下胡乱地转乘，听乘务员在广播里报出一百多个车站的名字，好几次由长江底下钻过，武汉三镇就悬挂在我头顶上。上午九点下午六点人很多，其他时间车厢里是空的。我下地铁去洗手间吐了好几次，然后回到座位上，将包里的绛红色毛线拿出来，给哥哥织手套。到晚上十点半，地铁要收班，我走出车厢，坐在岳家嘴站铁轨边的铁椅子上，擦干了眼泪，我想回家，回我们镇，我们村。所以我悄悄回来了，他不知道，他以为我去了上海，想赚更多的钱，终于变成了一个坏女人。"

"你怀上的，是他的孩子？"

"不一定。"

涂丽丽说出"不一定"三个字的时候，脸有一点红。也是这三个字，让金安下了一个决心。她的哥哥，可能是儿子吧！儿子说不定并没有被公安儿媳妇管怂，他关在书房里，所经历的事，认得的人，读过的书，绝大部分是他不知道的。抑郁症？老子要是知道，早一巴掌将你打醒了。老子知道你在城里挣房子挣车子娶老婆不容易，曲水兰亭，曲水流觞，伤就伤吧，活着谁没几条伤口，要么在身上，要么在骨头里，要么在心上，有了伤，就有了黑，又有几个爬得出来？你可以推开书房的门，走到花花绿绿的世界上去，去找一点热，一点火，但你不能离婚，不能让公安局的女人带走我的独苗孙子。我希望这个哥哥最好是你，万一不是，也没有关系，只要你记得回家的河堤，记得小澴河边的白鹭，它们日复一日绕着河堤上的林树，绕着你祖先的坟垅飞。要是白鹭的肉和石头能治你的心病，老子不怕下辈子眼睛瞎，也要弄一碗白鹭来炖给你吃吃。

"你在金神庙做缝纫，想等他回来？"

"他已经变成了城里人，他不该回来的。我要嫁给宝渝。"

"你到我家里坐月子，等宝渝回来？"

"好。"

要是杨二嫂不去武汉，他们这个三口之家，过完年，到春暖花开的时候，就会变成四口人。杨二嫂刚中有柔，比满嘴泼粪的母夜叉口红骆驼涂大嫂好哪里去了，涂丽丽又是送百雀羚，又是送BB霜，帮杨二嫂洗衣做饭，两个女人很快就好得像母女似的，好多晚上，杨二嫂都是饶过金安，上到二楼跟涂丽丽一起睡的，二嫂的金神庙三十年，涂丽丽的曲水兰亭三年，万水千山都是情，够她们由冬月的霜夜八卦到腊月的雪夜的。但是女人的心，谁说得准呢？杨二嫂收了早点摊，左思右想，还是想到武汉去，她被凤英降怕了，万一哪天凤英回来巡按，发现她杨二嫂躺在她的床上，又多出一个不明不白的假儿媳，真假猴王之外，还夹缠着一桩真假太子案，凤英河东狮子吼，共工触倒不周山，这天就塌了啊。她二嫂老了，不跟着儿子，跟一个野男将混日影？金神庙集上还有最后几个人，他们会天天提着菜篮子笑话她，又将这些笑话装到篮子里提回村的，像魏家河的金凤，是好惹的货？

"实指望我们配夫妻天长地久，哥哎，未想到狠心人要将我抛丢，你好比那顺风的船扯篷就走，我比那波浪中无舵之舟，你好比春三月发青的杨柳，我比那路旁的草，我哪有日子出头，你好比那屋檐的水不得长久，天未晴路未干，水就断流。哥去后奴好比风筝失手，哥去后妹妹好比雁落在孤舟，哥去后奴好比贵妃醉酒，哥去后妹妹好比望月犀牛，哥要学韩湘子常把妻度，且莫学那陈世美不认香莲女流，哥要学松柏木四季长久，切莫学荒地草有春无秋，哥要学红灯笼照前照后，切莫学蜡烛心点不到头……"

听了多少遍，现在终于自己弄出一出《小辞店》了。走吧，走吧，烧给树堂瞎子的纸已变成黑蝴蝶，被冰冷的北风吹着上旋，小澴河载上七只盛着火焰的杯子一路向西，渐次不见。黑夜好像就是在这一刻忽然变淡了，金安一下子就看清了杨二嫂密布着皱纹的红脸，就像中百超市里卖的"好想你"枣，他帮她系好围巾，戴好手套，扶上车斗，他们重新发动三轮车，迎着启明星下越来越红的朝霞，往107国道走，二十分钟就会到孝感东站。第一班往武汉的城铁，小白龙一般已经进站，躺在两条绯红的铁轨上，沐浴着晨色，安静地等着这些即将进城的乡下人。对的，从前的小澴河龙王、大澴河龙王、涢水龙王、府河龙王、汉江龙王、长江龙王，现在都换成了动车龙王、地铁龙王、高铁龙王了。

涂丽丽呢？寒冬腊月老人去世频密，像他们嘴里的牙齿说掉就掉，带来的活计哪里做得完？能赚到钱的好生意，不能停，我亲爱的"小宝"，你也得喝新西兰进口的奶粉，妈妈我继续去缝纫店做殓衣。虽然比平时晚了一点点，涂丽丽还是赶着她的八只黑山羊出发了。八只黑山羊冲下堤坡，在霜雪交错的梅家桥上咩咩叫，一行白鹭在枫杨上翩翩飞，小澴河明镜一般在桥下流，照见她的白羽绒服、红皮靴、挽起来的漆黑长发。腹中的毛毛还没有显出怀，所以她还能蹬着小腿得劲儿在桥上走。一边走，她一边想起二十年前的一件小事。

那时候，她也是一个放羊的孩子，暑假里，一边放羊，一边将罐头瓶装上死蚯蚓，在小濮河里捞清水虾玩。有一天她也是这么赶着羊过桥，中午时分，阳光打铁似的，让人都变短了好几寸，枫杨林里南风阵阵，松鼠跳上跳下，黄鼠狼鬼头鬼脑，蝉唱歌，布谷叫，她走得很热，一身汗，但不太敢穿背心，她的胸已经坟垅般悄悄在发育了。她捧着橘子罐头瓶迷迷糊糊走着，瓶子里有一条她刚抓到的"梭子鱼"，幽蓝深红，从容回旋，火苗似的飘闪。忽然由河下桥洞里翻上来两个湿淋淋的穿着内裤的男孩子，前面一个长得白，后面一个长得黑，白的白得俊，黑的黑得俊，好像是小学校里高过她一年级的同学。长得白的，大声说："此路是我开，此桥是我埋，要想从此过，留下买路财。"长得黑的死死盯着她的脸，像做贼，自己的小黑脸涨得酱块似的。她吓了一跳，手一松，罐头瓶摔在桥上，梭子鱼跌到桥面上，立马一弹，绝处逢生，重新回到河水中。她还没反应过来，白小孩已经念完他的强盗偈子打劫咒，约过黑小孩的肩，两个人手拉手跳进河水里，扎着猛子游远了。

那条意外逃脱的梭子鱼已经修炼成一条小龙。

那两个劫道的小土匪，现在本大姐涂丽丽终于想起来你们是谁了。浪里白条宝渝你就要劫到我的财了，我的色，你也劫去。哥哥，黑哥哥啊，来将通名，那个长得像黑脸小包公一样，吓得我一缩，吓掉我罐头饼里梭子鱼的十岁男孩就是你，对不对？你现在长大了，出息了，戴眼镜了，不认得我了，我也不认得你了，你要在城里，在那个迷宫一般的地方，在地铁蚯蚓菜花蛇一般穿来穿去的大集市，好好地活着，不要太想我，也不要怕。宇宙飞船里，没有我也没关系。我给瞎子树堂编了两个红裤扣，你也有的。树堂的宝是假的。你的宝是真的，是我甘愿由我胸前摘下来的心头肉，放到你的心里去的。

选自《上海文学》2018年第8期

舒飞廉的小说写得足够耐心，举凡村庄的节气时令、草木虫鱼、手艺匠作、玩物吃食、家长里短，都能品咂出一番味道。人，便在这时序变化和俗世烟火里存身，村庄里的种种，也就与荒蛮中的飞潜动植不同，有着人的气息温度，算得上草木有思，因人赋形。即便人悄悄来到前景，因为早知道万物有其情实，人便不是置身在布景里，急匆匆在情节里起伏，而必然是在万事万物里行住坐卧，一行一动，便也带动着叶摇犬吠，水起涟漪，有着不疾不徐的内在节奏。小说的情节呢，进进退退，曲曲折折，似乎并没有要奔向固定的目标，遇到什么人间景致、俗世奇观，就牵丝攀藤地写出去，看着随时要停下来，却又不断绵延过去。在舒飞廉笔下，天地人安安稳稳地生长在一起，天干地支、子丑寅卯、日月星辰、阴阳昏晓，都跟人无隔，就是眼前的事事物物。在这样的小说里，那个自在的生活世界就那么活灵活现地在着，给看到这一幕的人带来了切实的安慰。在精神的日常里有了这么一个世界，人是不是会稍微减轻一点对变幻和不幸的执着，试着在思想的流动中走出精神的某些困境呢？如果真的可以这样，这是不是虚构能对世界起到的良好作用之一？（黄德海）

琢　光

/计文君

一叠　司望舒之风园

一

三年前，艾薇第一次来风园。

青灰色水磨石砖墙上开出一道小小的朱漆园门，门额上用金文题着园名，艾薇笑对司望舒，"这名字不打自招——念出来，不就是'疯人院'嘛！"

司望舒浅笑着轻拍她一下。那天望舒心灵生活馆开业，近旁都是应邀来贺的嘉宾，人家听见也装没听见，艾薇低头愧悔唐突，有些歉意地挽住司望舒的胳膊晃了晃——她也只在司望舒面前这么口无遮拦。

艾薇与司望舒相识于1990年。

两个来自不同地市的高二女生，分获全省中学生作文竞赛的冠亚军。

拿了亚军的林爱东，一年后顺理成章去读了中文系，20世纪90年代靠着书写青春的爱与哀愁，成为深受文摘杂志青睐的美女作家艾薇，接着南下深圳做了几年的时尚杂志主笔，2009年来北京，涉足新媒体，她的"临水照花人"成为最早红起来的几个公号之一，拿到投资后有了盛世薇光文化传媒，每日推送的文章和每周三十分钟的视频"薇语"，使艾薇一年半之后坐拥五百万自称"薇蜜"的粉丝，独角戏"薇语"升级为"群英荟萃"的网络综艺谈话节目《艾薇女士的客厅》，过亿的流量带来了微格基金的B轮投资，2016年"出道"APP上线，以UGC（用户生产内容）为基础，规模化筛选、包装、推广有"脱口秀"才华的素人，艾薇俨然已是语言类视频节目的一代宗师。

当年得到冠军的司望舒，却是个理科生，本科毕业后考上了北京医科大学，硕博连读精神病与精神卫生专业，2003年她毕业时，北医已经成为北京大学医学部，司望舒成了北大六院的临床医生，司望舒后来放弃临床，一把年纪重考GRE（美国研究生入学考试），去斯坦福大学心理学系文化与情绪实验室又读了个博士学位，2012年才又回到北京，在中国中医药大学当起了老师。

二十七年来，艾薇与司望舒这对好友，除了读大学时在郑州、最近几年在北京之外，大部分时间分隔两地，联系也不算频繁，但艾薇从未觉得那份亲近少过分毫。艾薇偶然想起，会生出一丝困惑——她无论如何算不上性子好，司望舒特立独行，也不是个随圆就方的人，她俩就一件事产生相同甚至类似看法的概率，约等于小行星撞上地球……她曾经问过司望舒，司望舒笑笑说，缘分。

若是别人在艾薇由衷抒情时，还她一句"缘分"的淡话，定会被判定敷衍，艾薇多半就恼羞成怒了。偏司望舒看着她的眼睛、嘴角噙笑说了，艾薇的心里就掠过一阵空茫的命运感，隐隐还生出了莫名的侥幸与感激来。

艾薇的性子，玉要镶金翠要珠围锦上还得添花，司望舒简洁朴素到近乎枯寂的地步。住着学校提供的过渡性房子，不虑后不着急，坐地铁吃食堂，一年到头青灰黑白。只是司望舒基因太好，北京这种地方，她就靠着一罐神奇油膏皮肤四季静好——其实那就是化妆品添加配方前的基础液，来自业内研究所实验室。司望舒却无一丝寒碜之气，贵重得像她贴身带的那块外祖母留下的羊脂比目珊。

无欲无求的司望舒忽然有了个愿望，想要个能接纳病人的地方。艾薇自然理解为私立医院，立刻说："太好啦！你也该挣点儿钱了。我做过一期关于网瘾戒断的节目，采访过几家这样的医院，都说是中西医结合治疗各种精神心理疾病，中国人信这个。我给你找投资，大概什么规模，你给我个概念。"

司望舒摇头，"临床医护人员的心上是要生茧的，医院就像人间开向地狱的小口，不知道哪一眼就看见了锥心刺眼的惨象——"

艾薇笑问："你成天读佛经，不该普度众生吗？你不入地狱，谁入地狱？"

司望舒说："你成天胡说！佛经于我，只是有字的书……"

如今还常有人找到司望舒求助，无论在学校还是在家，司望舒问一问情况，根据病情推荐相关医生，她甚至一句治疗建议都不会给。司望舒行事严谨——拥有医生执业资格，在非医疗场所外治疗病人，依然是非法行医；这还是次要的，司望舒说，针对精神心理疾患的治疗，其复杂精密程度超过大型心脑外科手术，面对面聊十几分钟，她不敢给任何建议。

艾薇笑说："也不知道有几个不幸中大幸的病人，碰上你这圣手捏金针——比起拎菜刀、抡板斧的，能碰上个拿正经手术刀的大夫就不错了！"

司望舒说也不全是为别人，目前她的研究需要相关的实例支撑，她希望有个地方能有选择地接收病人。艾薇问她目前在研究什么，司望舒说，讲清楚太复杂——艾薇又不喜欢听黑话。

不听也知道，都是以人心为业的人。只是艾薇在给人心做按摩，让人在酸麻痒痛舒服爽之后，拿出香花金银来供奉，而司望舒是在给人心做解剖，一番辛苦不过得到几页满篇学术黑话的论文。

就连这些论文，落到艾薇手里，都能变成钱。艾薇偶然发现，司望舒对奢侈品牌了解之深入，是她这个资深时尚从业者都望尘莫及的。司望舒说她曾做过奢侈品牌文化建构与病态消费心理诱发机制的专题研究。艾薇逼着她找出论文，找人翻译了，妥妥地做了两期收视颇佳的节目。艾薇说司望舒简直就是个金矿，随便刨刨都能卖钱。司望舒收下了盛世薇光转来的十万元版权费，便再无后话了。

人心，是最能赚钱的路径。就算不办医院——怕看见地狱嘛，心理辅导、生命修养之类的也能做呀，咱给晦暗人间透点儿光，给滚滚红尘散点儿清凉，不也很好嘛！司望舒是中西方学术范式下出来的双料博士，放开了嘚瑟也有谱儿。装神弄鬼招摇撞骗的"身心灵导师"有多少啊。《艾薇女士的客厅》第一季收官那集请的主嘉宾就是刚出了畅销书《生长丰盛》

的身心灵导师胡馨月，艾薇还请了权威的心理专家、宗教人士和社会学者，虽然有艾薇这位善于控场的女主人用香茶鸡汤勉强维持着对谈的气氛，那期节目最后还是变成了对胡馨月的"围剿"和"屠杀"。胡馨月的修为也只把"道不同不相为谋"的淡定维持到录像完成，铁青着脸掉头就走，艾薇冷冷地看着工作人员追在后面去取她戴在身上的话筒。艾薇自己也被别人骂贩售"毒鸡汤"，但她理直气壮地认为，可乐和可卡因之间的区别，那可不是五十步笑百步。

司望舒从不和艾薇说什么玄虚灵异的话，虽然艾薇认为她过得跟修行也差不多，就是不知道在修什么。艾薇说，真担心哪天司望舒悟了，悬崖撒手，抛下她出家去了。司望舒就叫她不要胡说。

艾薇胡说过后年余，司望舒有了风园。艾薇兴高采烈地祝贺她有了私（司）家"道场"。艾薇没想到，三年后她会在司望舒的道场里，渡劫转世。

2016年12月，事先毫无征兆、事后无法解释的夫妻冲突，演变成了丈夫候绍祖对艾薇的"施暴"。这场莫名其妙的家暴带给艾薇的伤害远非只有身体，一旦泄露给媒体，贩售婚姻智慧和幸福鸡汤起家的艾薇人设崩塌，盛世薇光将面临一场不大不小的公关危机。

艾薇处理着伤口，想着当晚泄密的最大风险，就是侄女林晓筱叫来帮忙的那个闺蜜酱紫。林晓筱住在海淀，艾薇给她的求救电话拨通没说完话，就被候绍祖抢过去摔掉了。林晓筱在朝北六环赶的路上，给闺蜜酱紫打了电话。酱紫离艾薇工作室所在的别墅小区很近，她过来护住了受伤倒地的艾薇。艾薇的助理和公司别的人陆续赶到，架走了候绍祖。艾薇意识稍微清醒时，发现最早到现场的是酱紫，心里咯噔了一下。酱紫经营着一个入不敷出的公号"后真相时代"，再小也是新媒体同行啊——如今天降猛料到她怀里……

无论如何，再叮嘱一下吧，艾薇催林晓筱打电话，林晓筱正为艾薇不肯去医院噙着泪嘟着嘴，艾薇扭头看见助理一脸惶恐地握着手机——十分钟前，注册名为"风行天下"的微博，已经爆出了艾薇被家暴的消息。

艾薇张嘴刚要说话，扯动受伤的嘴角，血淌下来，她自己迅速拿纱布摁住裂开的伤口，含混不清地说："通知开会……"

讨论危机公关方案的视频会议进行了一个多小时，艾薇接连否决了三个蠢不可及的方案——用谎言遮掩谎言，连希拉里都做不到——你以为自己高明周密，十之八九只会变得更狼狈更难堪……

"如果不知道该怎么做，那就什么也不做——事缓则圆！"

艾薇望着从天而降的司望舒，扭头瞪林晓筱，司望舒过来抓起她的手腕，说："你不要怪晓筱，你现在心跳很快，体温也不正常……这种应激状态持续，即使外伤不严重，你也会出大问题。"

司望舒带来的那两个身穿蓝衫的女孩子，把艾薇"劫"上了一辆改装了医护设备的奔驰威霆。人是被焦灼和疼痛包裹的火山，可艾薇觉得自己的头脑依然如山顶堰塞湖里的水，清澈冷静，无数念头鱼跃其中……量血压时，她还抢着给助理发了条语音：公关方案必须由她亲自批准，任何人都不准擅自表态……

直到被推进风园酒店的房间，输液的针头刺进静脉，艾薇还觉得有事情没有交代完，司望舒握着艾薇的右手，艾薇几次睁眼要说话，她就轻轻嘘一声……终于，艾薇被药物包裹进了云一样清凉柔软的睡眠里，没有梦，没有疼痛，有乐声远远被风吹过来……

二

艾薇再次睁开眼睛的时候，司望舒还坐在床边椅子上，只是屋里的灯光换成了日光，薄薄的纱帘挡着，并不刺眼，乐声在她睁眼的瞬间消失了，她含混地问："你们一直在放维瓦尔第吗？"

司望舒笑了，"你再躺一会儿。"

闭上眼睛，疼痛在安静中浮上来，艾薇的意识真正清晰起来，她忽地坐了起来，"几点了？我手机呢？"

司望舒默默将床头柜的手机递给艾薇，艾薇打开蹙眉刷看消息，看不到一分钟，将手机丢向床脚，颓然倒在枕上，"那个酱紫，进屋后偷拍了视频——"艾薇又呼地坐起来，"晓筱会气疯的！"

她挣扎着抓到手机，打给林晓筱，"……不哭了，晓筱不哭——小姑姑理解，你们十四年的闺蜜……听小姑姑的话，不要再和酱紫发生任何冲突——对，这才是聪明孩子，不制造更多的话题——望舒姑姑在旁边呢……乖，不哭了啊……"

艾薇挂了电话，习惯性抿嘴，扯痛了嘴角，抬头碰到司望舒心疼的目光，她揽住站在床边的司望舒，把脸贴在她怀里，司望舒的手轻轻地摩挲着她的背——艾薇脑子里灵光一闪，突然推开司望舒，"我知道怎么办了!"

司望舒又气又笑地看着她，"你呀——"

艾薇摆拍了一张正在输液的照片，发上微博，一个字也没说。她用微信下达指示：三天内不做任何回应——三天后，盛世薇光董事会因接到艾薇的辞呈而发文向艾薇个人道歉、挽留，道歉文案草稿做完发她，由艾薇亲自定稿。艾薇的人设就此转换成被同行妒忌伤害、被资本胁迫作伪、被不幸婚姻长久折磨、多愁善感软弱无用的文艺女青年——艾薇带着丝得意问："这个谎还算圆吧?"

司望舒点头，"很圆——我都不觉得你是在撒谎。"

三天后的清晨，艾薇坐在自助餐厅落地玻璃窗前，对着餐桌上的手提电脑，发稿前再审一遍文案。她端起手边的咖啡喝了一口，立刻皱着眉头放下了，司望舒的声音耳边响起，"难喝?"

艾薇抬头，"咖啡豆像受潮了，酸——"这时她的电话响了，助理急火火提醒她赶快看酱紫凌晨推出的"后真相时代"特别节目《艾薇女士客厅暴力事件》。艾薇立刻在电脑上搜出视频拉司望舒一起看。看着看着，那杯没喝进嘴里的咖啡，直接倒进了艾薇心里。

司望舒倒看笑了，"这丫头编的故事，逻辑、人设和你的方案一样，立场和角度比你的还好——你该谢谢她。"

艾薇盯着屏幕上的酱紫，不说话。

一种无力感从骨头缝里往外渗——司望舒的话不错。艾薇就是用脚后跟思考，也不会相信酱紫偷拍是为她留作司法证据，更不会相信她公布偷录视频是在消息泄露后还艾薇以清白——证明并不存在网上所谓"捉奸引发暴力事件"，但这不重要。优秀的危机公关方案不是为了澄清事实——其实也没谁真正关心事实，而是把公众的注意力和情绪引到有利于自己的方向，更高明些的还能化危为机，引发公众的同情、肯定等正面情感。酱紫做到了。用本格推理严密铺展事件过程，极度抒情的说理分析，尤其是她含泪对几百万"薇蜜"的锥心一问：面对艾薇的"真实与谎言"，只有人设的消费者，才会觉得上当欺骗；真正的闺蜜，只会心疼她的不得已——你们是谁？

"真像你呀！"司望舒感慨道。

艾薇费力地嗽了一下喉咙，哑声说："比我厉害。"

司望舒笑说："也是。制造幻觉且沉溺幻觉的能力，比你还强大——你努力把虚构说成真实，而她，把真实的自己，活成了虚构本身。"

"不就是撒谎撒得自己都信了——说得那么文艺?!"艾薇白了司望舒一眼。司望舒推她，她闷着不说话——假装被司望舒惹到了，遮掩着酱紫带给她的巨大挫败感——酱紫跟着林晓筱第一次出现在艾薇面前，是艰难困苦中无比上进的孤女姜丽丽，十七岁女孩子的眼睛，底里如此幽深晦暗，两簇难以描述的、火苗似的光闪闪烁烁，仿佛有什么东西在她脑子里燃烧……十四年后，面对镜头，那光还在，更加灼灼逼人……戈壁荒漠一样的生存境况，老天给了一场雨，她就开出了惊艳世人的花……想想自己的晓筱，艾薇的挫败，竟是双重的了。

落地窗外，浓重的雾霾从天上垂进了庭院，远远看去，青灰色砖墙间的红色园门都晦暗起来。不知道的人会以为那道小门通往的是酒店建筑内部，进去才知道别有天地。心里的酸苦泛上来，喉头、唇舌都被那味道蜇得微微发麻，艾薇取了片西瓜放进嘴里，反季节水果，没什么味道，只稍稍缓和了那份难过。

"好了，别假装生气了。穿上大衣，咱们去园子里走走。"司望舒笑说。

艾薇也就开业那天来过一次风园。来之前，听司望舒在电话里约略说，是一处附有高档酒店的室内园林，艾薇想多半是缩小版中国风的"威尼斯人"。那天艾薇跟着司望舒从小小的园门进去，看到插天的石头假山，植被蓊郁，水流潺潺，山中有狭道容人通过，忍不住低声笑，"这儿缺一石碑，上书'曲径通幽处'。"

艾薇嘲笑"开门见山"的俗套设计，司望舒只是笑笑，没有回应。从两边夹持的山中狭道出来，艾薇呆住了。眼前的园子与她设想的亭台楼榭游廊拱桥的园林迥然不同，两岸莽莽苍苍的芦苇，一道白水缓缓流淌，几只木船湾在岸边，众人上船，沿河而下，沿途有两处河汊，三水分流，船不曾转弯，顺水直下，两岸或是乔木森森藤萝累累，或是平原开阔阡陌纵横，拂面的风带着初夏的温热和氤氲的植物气息，进入成熟期的小麦在田里微微摇曳，间或能看到藏在林木之间的建筑一角，随行的工作人员介绍说那些建筑是习修室，共十五座。

艾薇暗忖自己也算见过些世面，却还是颇为意外。她抬头，晴天丽日，几丝流云——她知道天顶是屏幕，看到的"天"是影像，只是这影像太真了，就连那投下的光线都如真的初夏阳光，有些刺眼，温度也是一样的真实，艾薇有了些汗意，前面那条船上有位女嘉宾可能忘了是在室内，从包里拿出伞来撑开。满耳鸟声啁啾，水边的金线菖蒲长出了肉色的花穗，艾薇忍不住伸手去采，惊起了藏在叶底的一只拳头大小的蟾蜍，扑通一声跳进水里游走了。艾薇也被它惊得收回了手，手上沾的菖蒲香气，缭绕了一日。

湾船的码头后面是一片竹林，森森碧绿中掩映一座小楼，颜色从淡黄到浅金渐变，越往上外装的颜色材质就越轻薄透明，艾薇低头看台阶和一楼延伸出的平台，色如玉琮，遍布鳞、羽两种图案连缀的暗纹，楼顶则是略加变形的金色飞檐，翎毛一般迎着光，盈盈欲飞。艾薇站在台阶上，仰头看门额上"如琢如磨"四个字，心下更是确定，问了司望舒，策划人果然是受了《十五国风地理之图》的启发，艾薇好奇是何方高人。

司望舒伸手，拉着艾薇上了台阶，"你的故人——左后卫。"

艾薇一愣，"影视集团那位诗人？"

左后卫不仅写诗，还画油画，搞摄影——艾薇当时在省报编副刊，发过他的作品，记忆中那个90年代末还留着80年代先锋长发的左后卫依然是诗人，司望舒是经由艾薇认识的左后卫，艾薇跟着她往里走，低头想着，笑了，"快二十年了，你们一直还有联系……"

司望舒那天似乎没有回应，艾薇随即也就丢开不提了。

今日进风园，自然是满目冬景。穿过山间夹道，大片芦苇在寒风中萧萧瑟瑟起起伏伏，残存的芦花已然是灰色，被天幕晴空投下的日光，镶了道亮银的边。

这几天司望舒没问过她一句"家暴"始末，艾薇忽然想起来，觉得不交代一下似乎有些奇怪，她搜罗着措辞，"你说过，候绍祖早晚会失控……"

司望舒毫不客气地打断她，"算了，别难为自己了。"

艾薇："为什么不跟我谈这件事？我也有心理创伤……"

司望舒说："你创伤的是软组织——至于心理，更像是场肿瘤摘除手术。没有必要翻着刀口分析肌理——不要跟任何人谈，也不跟自己谈，切下来的都是医疗垃圾，碰都不碰，让别人处理，把自己养好——你都记不清是怎么回事了吧？"

艾薇蹙眉，"好像先是抢钥匙，后来又抢我手机……"她呆呆地看着司望舒，无比真诚地问，"哎，你说我是不是不太正常？"

司望舒嗤地笑了，"别想了，你的心，启动了短路保护。"

艾薇笑着，忽然闻到一丝清冽的香气，抬头四顾。司望舒引着她从河岸迤逦走上一道高坡，翻过去，坡下低凹处，十几株梅花，累累地满枝缀着紧紧的花苞，只有矮矮的一株宫粉开了。

艾薇回头看司望舒，"终南何有，有条有梅——还有钱！"艾薇深吸一口梅花香气，心下估算着运营成本，于是问这里的收益如何。

司望舒微微一笑，"这个账算起来有些复杂——单看风园，一年赔两三千万，酒店是赚钱的，生活馆略有盈余——真是煞风景，对着梅花哪！"

艾薇也就看风景了。

梅林对面的建筑是连在一起几个大小不一的立方形，主体是青砖，嵌入了巨大原木，墙很大面积是透明的，仿佛把一座旧式的砖木房屋切开摊给人看似的。艾薇透过透明的墙体，看到二层的一个房间里，四五人穿白绸裤褂的人跟着一个穿蓝衫的年轻女子在练一种姿势古怪的功，司望舒告诉她说那就是五禽戏。

艾薇看得有趣。天色突然暗了，仰头，天幕飘来一片片乌云，越来越浓，云色从灰暗里生出了红色，风反倒小了。很快，簌簌的雪籽落下来，艾薇伸手去接，雪籽触手化了，渐渐撒盐成了飘絮，越下越大。突如其来的一场大雪，引得房内练五禽戏的人都停下了，站在落地玻璃窗前看雪。艾薇回头看司望舒，她似乎有些不安地望着远处。

越下越紧的雪中，出现一个魁伟的人影，大步走着，敞着的风衣衣摆和长到衣摆的红色围巾在身侧飘举，他远远就冲艾薇伸开双臂，艾薇愣了一下，那人到了跟前，一下把艾薇拥入了怀里。艾薇随即就感到自己的双脚离开了地面，他抱着她旋转一圈，艾薇的裙式大衣转成了雀尾，旋开旋闭。

"左老师，这场'风雪故人来'的戏码，费用单算，我可不替你买单。"司望舒淡淡的口吻里，有着不悦的底色。

左后卫笑答："放心，主席买单。一会儿他带领导来踏雪寻梅，中午在敞轩吃饭。昨天我们去做了二期策划案汇报，领导没有当场表态，说今天来看看……"

司望舒这时接到了董事局秘书的电话，她去忙了。左后卫引着艾薇往园子深处走，走累了，两人站在岗上，隔水能看到"淇澳"的竹林，一时两个人都没了话，左后卫拍拍身侧高大繁茂的松树，松枝上薄薄的积雪簌簌落了他一身，"这种乔松，据说能长到七十米……"

艾薇被"乔松"两字引得特意看了看那树，又看看左后卫，扑哧笑了。

离开风园时，艾薇已把身上的淤青看作转世带来的胎记……幻术带来的大雪，雪夜乔松后的茅屋，兽皮地毯上的意外春光——旖旎，如梦，权做碗孟婆汤……

三

艾薇从风园回来，先去见了徐老师。

徐老师，不是老师，是微格基金的总裁。这个一脸憨厚笑容的小老头儿，是业内屡创风投神话的传奇人物。最早投盛世薇光的天使，就是徐老师，某种意义上，他也是艾薇的老师。去年APP"出道"上线，生是用钱砸出来一个"死亡黑洞"——艾薇觉得做错了，而徐老师却说，不是做错，只是没做好。

徐老师呵呵笑着安慰艾薇，"公关危机"不算事儿，盛世薇光生死存亡的关键在高管团队，留给艾薇除旧布新涅槃重生的时间顶多半年而已。艾薇无奈地对徐老师说，她只能等着一位身披金甲圣衣，脚踩七彩祥云的盖世英雄来拯救了。

徐老师说陆离愿意来。艾薇惊喜之余有些不解——陆离这样的业内大神，为什么愿意屈就来盛世薇光？盘子本就不大，此刻生死未卜，还只是做职业经理人？徐老师笑着说，"他会说的，会说的……"

陆离说了，个人原因，跟没说一样。艾薇对陆离本人了解有限，但她信任徐老师。陆离来的当天，艾薇就把公司丢给了人还没认全的他，带着林晓筱，奔袭六百多公里，去见生死未卜的父亲——做银行行长的大哥、林晓筱的爸爸被带走调查，一辈子官声人缘极好的老父亲听到大儿子的事当时就心梗倒下了。

艾薇坐在医院走廊的椅子上，怀里趴着带着泪痕睡去的林晓筱。手机闪啊闪地提示艾薇有未读的信息，艾薇不想再看了，全是公司几位创业元老对陆离的不满……离开了一周，北京和盛世薇光变得遥远且不大真实，ICU里的父亲，怀里的林晓筱，才是真的，艾薇的手指拂过林晓筱额头柔细的碎发，如今三十二岁、已有一儿一女的林晓筱，在亲爱的小姑姑怀里，还是个孩子……而酱紫……艾薇眼前浮现出酱紫签约盛世薇光时的情景——举止带着几分表示恭敬的怯意，但签下那份协议时笔触流畅决绝，她抬眼看艾薇，眼里闪动的竟有泪光，艾薇不知道那眼泪真正的含义：逆袭者的骄傲，还是百感交集的激动？

收揽酱紫进入盛世薇光，艾薇这点儿判断力和心胸还是有的。但陆离要用酱紫的《后真相时代》接档《艾薇女士的客厅》作为年初公司主推的原创，艾薇还是感到了一种莫名的刺痛。艾薇没有表态，至少此刻，她还可以不表态……

回到北京后，艾薇依然没有表态，但采纳了陆离的建议：补录一期《艾薇女士的客厅》特别节目，请酱紫做嘉宾。本季收官那期已经按时播出，但那是出事之前录的，艾薇总要有一次公开露面，顺带也给酱紫的新节目暖一暖场。

看台本时，艾薇惊到了——出生两天被卖掉，童年被养父母虐待，十五岁被中学老师性侵，自己供自己读完大学，初恋"被小三儿"遭正房暴打……倒实在不辜负这期节目的题目：《想不到你是"酱紫"的酱紫》。

"有必要这么拼吗？"艾薇在会上问酱紫。

酱紫略显愕然地看着艾薇，"我没有——拼……就是，这样……"她见艾薇沉吟，忙说，"艾薇老师，您要是觉得不合适，我可以改……"

艾薇笑了笑，"你倒不必改，"她扭脸对着与会的编导团队，"你们这是准备把我塑造成央视主持人啊——有人罹难，还把话筒举过去问人家亲属心情如何，酱紫十四年没回过家，我得多蠢才会问她想不想爸爸妈妈?!"

艾薇起初只是有些不悦，语带嘲讽，没人敢接话，会议室里一片安静，她心里腾地升起了怒火，摔了台本起身走了。回到办公室，艾薇对自己的失态，有些懊悔也有些惊讶——真正惹恼她的是什么？她心烦意乱地给司望舒打电话。

司望舒听完笑了——大概也只有艾薇不看表情能从鼻息的变化听出她无声的笑，"你太在意了，都忘了自己的看家本事——她讲故事，你上价值啊!"

艾薇叹了口气，说："酱紫的故事五毒俱全，想熬出鸡汤来，难!"

司望舒宽慰她，"难，更显出你熬汤的本事嘛!"

艾薇亲自带队重新整理台本。酱紫务实，艾薇务虚，酱紫的"实"火辣劲爆，伦理梗色情梗暴力梗满铺，但口吻佻达，自黑成碳，偶尔沉重一下，随即用自嘲来解构，艾薇的"虚"一不小心就会显得"假"和"傻"，所以艾薇不碰她的"实"，保持距离，不惊讶不喟叹，酱紫讲到某片叶子，艾薇就指给人看古今中外长满类似叶子的森林。艾薇几次大胆让话头落地——酱紫的故事太过沉重时，艾薇就不说话，默默等着她情绪转换过来。一个勇敢坦诚不抱怨，一个朗风霁月不煽情，两人眼中两个什么事儿都不是事儿，但酱紫是说经历，显得她天性豁达年轻无畏，而艾薇是谈见识，那就是眼界开阔胸襟包容了。

"殿堂级鸡汤婆"的名头也不是白来的，艾薇不仅熬出了鸡汤，还是香而不腻非常应景的清汤——世相纷繁，人心幽微，很多时候，我们以为自己得到的是真相，其实只是得到我们的选择——你可以选择丑陋、残酷、不堪、卑微……也可以选择美好、善良、深情、高贵……酱紫，命运给了她太多的挫折与不幸，但她，无论在何种情境下，始终都做出了朝向光亮的选择……

艾薇控制自己的鼻息——给泪腺施压，恰到好处的盈盈泪光泛了出来，镜头推进，给特写，一颗泪珠刚刚溢出眼眶……音乐起，她牵起酱紫的手，走到"客厅"中间，"这是酱紫，就这样子。"

虽然第二天有公号文章以"绿茶心机婊与殿堂级鸡汤婆令人作呕的表演"为题开骂，但这期节目浏览量破千万，也足以让公司上下精神一振。

开着弹幕几乎看不到艾薇和酱紫的脸，艾薇的那颗眼泪，被很多人提到——没有这颗泪，艾薇会显得过于理性，有了，她此前的表现，包括那几次沉默"留白"，则会被解读为克制和深情。陆离在录制结束之后朝艾薇竖起了大拇指，"姜还是老的辣！"

酱紫也被这颗泪珠打动了，她摘下话筒后，走到艾薇身边说："我很想说说晓筱，她和您，对我很重要，可是您不让……"

艾薇笑笑，"这就是做节目。你好好准备吧。"

艾薇到底表态了。艾薇和综合办主任大年初一去公司慰问值班员工，机房和公号团队要维护APP运行以及正常推送，线上商城"薇店"也正常营业，有人值班正常，艾薇愕然发现陆离、酱紫还有两位新入职的编导也在加班。过年话加场面话说了一车，酱紫和另外两个女孩子都嚷着要红包——因为一直忙，公司群里老板的红包一个都没抢到。艾薇拿出手机连发了八个"过年加班专抢"红包。酱紫想是抢到了一个，叫了一声跳起来，然后冲艾薇甜甜一笑，"真幸福！这是您第二次给我压岁钱！"

艾薇不知道酱紫是心无城府还是居心叵测，当着公司人说这种"我和老板背后有故事"的话——那年除夕，林晓筱把一个人留在宿舍里的还叫姜丽丽的酱紫带回了家，小姑姑发的压岁钱也就有了她一份……艾薇笑笑，离开了公司。从除夕夜开始，一股难言的悲凉就在心里缭绕，酱紫这话像是豆浆里点进了卤水，那点儿悲凉就凝结成了实实在在的难过。

初二上午，林晓筱带着两个孩子和丈夫金天来给小姑姑拜年。金天在楼下玩手机，林晓筱带着孩子在二楼花房苗圃里玩。艾薇去厨房看了看家政阿姨准备的菜——看见林晓筱，脑子里想的全是酱紫——艾薇决定上楼去和晓筱聊聊酱紫，她要破掉自己的心魔。

林晓筱靠着玻璃花房门站着，低声一个人说话，不全是自言自语，那情形仿佛是在和身边一个看不见的人争执，激动到面部抽搐……站在楼梯口的艾薇吓出了一身汗。她没惊动晓筱，下楼来问金天。金天皱眉说她有时候会这样，他也才知道，晓筱可能患了产后抑郁症……

艾薇怒极反笑，"可能患了——这叫什么话？！"

金天吃惊且不悦地看着艾薇，"这是北大六院专家的话。晓筱告诉我的，她自己去看过病，那时候小女儿都一岁了，人家只能推断——我又不是大夫!"

金天与林晓筱同岁,红白微胖的脸,嘟嘟的厚嘴唇,浓黑的眉头常常无缘无故地蹙着,也许是想用深沉些的表情遮掩掉那份与年纪越来越不相称的稚气,却弄得更像一个被宠溺惯的孩子,一脸不耐烦地等着别人拿来糖果或者玩具,下一秒钟他就要发脾气了——那神情,俨然候绍祖附体一般,艾薇不觉心下一凛。

金天可能被艾薇的眼神盯得不舒服了,仰着脖子冲楼上喊:"林晓筱,我们走吧,还得去三叔家呢。"

林晓筱带着两个孩子下来了,在苗圃里挖土正挖在兴头儿上的小女儿不情不愿地在林晓筱怀里挣扎着,林晓筱把孩子塞给丈夫,"你不是说吃完饭再去吗?"

金天说:"说的是去三叔家吃饭!"

艾薇有一瞬间认为刚才是自己出现了幻觉——林晓筱看起来如此平静、正常,她蹲下给儿子穿好鸭绒服,走到艾薇面前,"小姑姑,过两天我再来陪你。他们家过年事儿多,他又特别神经质——"

艾薇哽在喉头的话,只能咽下去了。目送他们一家四口离开,艾薇扭脸看到家政阿姨瘪着嘴站在厨房门口,"做了这么多菜——"

艾薇说:"咱们自己吃。"

事实上她什么也没吃,都让阿姨打包带回家去了。艾薇拿起电话打给司望舒,电话无人接听。算算时间,坎昆是凌晨一点多。司望舒去墨西哥度假了——每年一次的旅行,是司望舒唯一让艾薇觉得她暂时不会出家的证明。艾薇犹豫着要不要再打。这点儿犹豫,让她忽然意识到,那丝生分竟然还在……

风园第四天的早餐,艾薇破例给咖啡加了糖,味道依然不好,伤口结痂的嘴角却有了一丝笑,司望舒照例过来餐厅看她,坐下说:"左后卫,一早走了。"

艾薇不介意左后卫的不告而别,春梦,就该无痕,她嘴角的笑延展开,看了眼司望舒,才发现她脸色略有些沉。气氛瞬间尴尬了。艾薇能想到的可能性无非是狗血情节剧,她低头自嘲地笑笑,扭头望向窗外,"给你讲个晓筱和酱紫的故事吧,体育系一个男生先和酱紫好了,后来丢开酱紫去追晓筱……"

司望舒打断了她，"艾薇，你我之间还需要话术吗？"

艾薇心下的尴尬更重了，加了几分羞恼，她就一直扭头看着窗外。

司望舒叹了口气，"算了，反正你也不知道怎么疼爱自己。扭过来吧——脖子不疼吗？"

艾薇回头，发现桌上多了一套比利时咖啡壶，服务员点上酒精灯离开，司望舒说："我从酒店A区咖啡厅特意给你要来的，这世上能愉悦你的东西也不多，又能娇惯你几次呢？"

艾薇呼吸着咖啡暖暖的香气，抿嘴笑了。

这是她们俩之间第一次生嫌隙——好像是说开了，又好像是摁下了……艾薇忖着那丝生分，犹豫了一两分钟，司望舒把电话打了过来。隔着半个地球，墨西哥的鼓声、琴声和人声传进了艾薇的耳朵里，她忽然有些说不出自己的艰难、焦灼与恐惧了，司望舒的声音渐渐清晰起来——她从酒吧走到了海滩上，切切地叫着艾薇的名字……

四

艾薇听到楼下家政阿姨开门，知道是司望舒，她从机场直接来的。

艾薇一个人呆呆地坐着，告诉司望舒，林晓筱不愿意跟司望舒聊——她自己看过医生也在吃药，她有两个孩子要管，她情绪没问题，精神更没有问题，心理医生的辅导跟她妈唠叨的内容差不多——不用麻烦望舒姑姑再来跟她讲人生道理，她什么都懂……说完，丢下艾薇，冲出门去。

司望舒面色凝重，艾薇忽然意识到自己满脸是泪，她匆忙起身，从茶几上抽了几张面巾纸，捂着自己的脸，靠着花房的玻璃门，努力将哭声吞咽下去，一哽一噎的……司望舒轻拍她的后背，"哭吧。"

艾薇扶着门框，放声大哭。

不管在文字里还是镜头前，艾薇的眼泪招之即来，但她在生活中极少失控地流泪——上一次这样哭，是八年前母亲去世……哭到最后，佝偻着腰不停干呕，司望舒拉起她的手，掐着她的合谷，轻声说："慢慢呼——吸……"

司望舒牵着艾薇的手，坐到那张美人榻上。艾薇的呼吸慢慢平顺起来，"我一直以为晓筱就算不努力，不成功，至少生活得还算轻松，没想到，她这么……"

司望舒说："既然晓筱不肯配合，我就来配合她吧。"

每周四上午司望舒在中医药大学上课，下课后就去林晓筱上班的出版社找她。她握着艾薇的手，"相信我的专业能力。"

司望舒的手是暖的，目光却透着理性的清凉——也许有人天生就该是精神科医生，艾薇的焦灼被镇住了。

接下来的几个月，艾薇一面协同律师打离婚战争——家庭财产不是重点，作为盛世薇光最大的自然人股东，艾薇股份的分割将给公司带来莫测的风险，出于对投资人负责，艾薇只能寸步不让；一面应对监管部门对视频网站和直播平台越来越频繁和严格的检查审核——"出道"是没有播出资质先上的车，必须马上补票。以股份置换的形式并购具有播出资质的快鱼，是陆离提出的方案。公司"元老团"听到消息后围着艾薇苦谏：播出资质买就好啦！明码标价的。陆离在"快鱼"名义上没有股份，但谁都知道，"快鱼"的董事长余菲菲是陆离的情人，并购无异于合伙打劫——艾薇，你是不是真傻呀?！

艾薇看着自私狭隘到不顾公司死活的伙伴，觉得无话可说。此时司望舒打来电话：三周没有见到林晓筱了——此前她们每周都在出版社楼下的咖啡厅见。

林晓筱前两周接电话说感冒了没上班，今天连电话都不接了。司望舒找到她的办公室，出版社的人说林晓筱老公来给林晓筱请了一个月的病假，做个小手术。艾薇听后，那股焦灼的火焰腾地又烧了上来，她挂了电话对元老们说："下周董事会讨论并购方案，会上说吧。"

艾薇直接杀到了林晓筱家，保姆来应门，林晓筱窝在沙发上举着手机在玩"连连看"，看见艾薇懵瞪着坐起来，"小姑姑……"

艾薇下意识用手摁在了胸口，好像不摁住那颗心就会破体而出，她走到林晓筱身边坐下，握住林晓筱的手，"晓筱，跟小姑姑走，好吗？你病了，你得去望舒姑姑那里，那里很好，你不要怕……"

艾薇前所未有的慌乱、软弱、无能为力，她央求地望着林晓筱，找不出什么既不刺激她又能说动她的话，只能这么可怜巴巴地望着她——林晓筱低下了头，执拗地不动，也不说话。

门开了，金天抱着女儿牵着儿子说笑着进来，他看见艾薇愣了一下，还是打了招呼，"小姑姑来了。"

爸爸一松手，男孩就在玄关处踢掉了鞋，跑向沙发上的林晓筱，举着从幼儿园得来的星星，"妈妈，看——我是superstar!"

林晓筱搂住儿子，儿子在妈妈的怀里有些不舒服，挣扎着，"妈妈，太紧了。"

艾薇和金天脸对着脸。明知是徒劳，她还是得和这个手握晓筱命运的男人谈谈——司望舒的判断，晓筱幻听和迫害妄想都有，可能是抑郁症，但也不能排除精神分裂。谈话自然无效且双方不快。艾薇沉着脸坐上车，大嫂打来了电话。金天正告诉岳母，希望小姑姑以后不要对林晓筱施加负面影响，干扰他的家庭生活。

大嫂连哭带埋怨——晓筱爸爸现在这样，晓筱除了老公孩子还能指望什么?! 你过成了"片儿孙"，你有本事，我们晓筱没你的本事，你别管她行吗? 要是咱妈还活着，还有人能管你，我管不了你，我求求你……

艾薇在嫂子未尽的哭声中挂了电话。

"片儿孙"——艾薇咂摸着这个豫东方言词汇，它不只描述了破碎，还有难言的不堪、污浊、晦暗、卑微……沉到底，就是泥淖一般、不见光明的深渊所在……艾薇心底嘭地炸出一团火焰。

艾薇去见了徐老师，一周后召开临时股东大会，"快鱼"并购方案通过，艾薇只担任董事长，陆离继任CEO，高管团队除首席财务官留任，其余全体解职，公司架构调整后由陆离重新任命，报董事会通过。陆离履新的会，气氛肃杀，艾薇象征性地和陆离握手，跟大家说了几句"不忘初心、方得始终"之类的场面话，就离开了公司。

艾薇带着一身兵气再次杀向林晓筱和金天的家。

她在路上打林晓筱的电话，接电话的却是金天。

林晓筱住进了北大六院，确诊为精神分裂。出事那天她差点儿伤了孩子，闹得派出所人都来了。金天向艾薇道歉，说应该早听小姑姑的话，不过现在晓筱的状况已经稳定了，请小姑姑不必担心。

金天语调平和得体，措辞也很有分寸，没有夸张晓筱发病时的情形，艾薇却感受到了溢于言表的傲慢——他没有必要给她解释什么。只是艾薇此刻没心思理会这个男人，她需要立刻见到林晓筱。幸好是周四，司望舒在学校上课，艾薇给她打电话，司望舒下课后午饭都没吃，直奔北大六院，艾薇早就等在那里了。司望舒很快找到了人，领着她俩去了林晓筱的病房。

司望舒和林晓筱的主治大夫在病房外轻声交谈，用药后的林晓筱像一只乖顺的小兔子一样缩在病床上，手指窸窸窣窣地抠着床单，看见艾薇第一件事就是要手机。艾薇佯作平和地从包里拿出另一只手机递给她，林晓筱拿过来熟门熟路地在应用商店里找游戏，下载登陆开始玩。艾薇强忍难过，转身出了病房。

艾薇要带林晓筱走。主治大夫看看司望舒，笑着说："有司老师在，当然没问题。办一下手续就行。司老师知道规定，谁送谁接——艾薇老师您比我们懂，免责文化嘛——出事儿太多，我也怕！"

大夫笑着请她们去办公室坐，护崽母狼般焦灼的艾薇一把抓住了司望舒的胳膊，司望舒安慰地拍拍她的手，对大夫说，还是先给家属打电话吧。

过了一会儿，大夫和司望舒一起回来了。

艾薇一看司望舒表情，劈头就问："他不同意？"

司望舒笑笑，"他希望晓筱能够得到正规的治疗——也是为晓筱好。"

艾薇："不行！晓筱一分钟一秒钟都不能在这儿待下去……"

司望舒抓住艾薇的胳膊，"你冷静点儿！别放纵你那过分文艺的想象力。这是国家三级甲等专科医院，不是维多利亚时代的疯人院——我会常过来，你放心。你去和晓筱的丈夫好好谈谈吧。"

艾薇看看一边满脸堆笑的主治大夫，深吸了一口气，没再说什么。司望舒和大夫客气道别，艾薇跟着往外走，脑子里风暴盘旋，一位护士小姐拿着她的手机追出来，艾薇站下，说："给晓筱留下吧。"

司望舒在旁边伸手接过来，说："谢谢。"

护士小姐从身后拿出本艾薇的书，吐了一下舌头，说："艾薇老师，您能给我签个名吗？"

艾薇叹了口气，问了护士的名字，写了句祝福的话，递回去，说了句："拜托了。"

回去的路上，司望舒反复叮嘱艾薇不要急躁冲动，都是为晓筱好，应该能谈通。艾薇只是应着。她根本没去谈，而是找了圈内信任多年的一位段位很高的"狗仔"，拜托了件事情。数周后，艾薇把几十张照片发给了金天——林晓筱结婚五年生了两个孩子，金天这位新锐导演五年虽然只拍出了部短片，但他有情人是大概率事件。艾薇只是通知他，第二天上午九点去给林晓筱办转院手续。

金天准时来了，签完字要走人，艾薇叫住他，让他签了一份给艾薇的委托授权书，然后让女助理跟他回家收拾林晓筱的东西，复印一些需要的证件。金天戴上墨镜，嘴角挑着丝嘲讽的笑，"没问题，您派人去把我家抄了都行。"

五

艾薇以为把林晓筱抢过来交给司望舒，自己会放心。

望舒心灵生活馆手续严格、烦琐，总台的小姑娘笑容甜美，效率极高，迅速完成信息登记、表格打印，审核、复印金天的授权书和所有相关人的证件，艾薇在一堆表格上签字签得头晕眼花的时候，两个清秀纤瘦的蓝衫女孩子过来陪着林晓筱。晓筱还是低头玩游戏，不愿意和人说话。

总台的小姑娘拿出印刷精美的浅蓝色档案袋，将那一堆表格附上监护人授权书、林晓筱、艾薇和金天的身份证复印件和结婚证复印件装进去，然后抬头，笑对艾薇说预付款最低是十万，刷卡支票都可以。艾薇对这里的费用有心理准备，但还是愣了一下，摇头笑笑，从包里拿出信用卡递过去。跟着信用卡一起递回来的，是另一个档案袋，里面装有各种回执、探视门卡、锦面封皮细绢折页的心灵生活馆介绍，后面还印有机构和从业人员的相关资质证书，收费标准。

望舒心灵生活馆上申领了普通精神专科医院的全部证照，食宿费用是五星级酒店的水准……艾薇粗粗扫了一眼，就扣上了档案袋，两个陪着林晓筱的女孩子过来跟艾薇说话，自我介绍她们一个也姓林，另一个姓夏，是林晓筱的陪修，她们给了艾薇自己的手机号码，工作微信——艾薇可以随时来探视，也可以联系她们，她们会每天给艾薇发送林晓筱的情况，图片视频都有。

细致周到至此，小林和小夏带着林晓筱去房间的时候，艾薇心里仍是空空地疼了一下——她知道自己是糊涂心思，把晓筱一直搂在怀里，就是对她好吗？

　　艾薇跟心里的那点儿难受斗争着，被人引去了司望舒在酒店五楼的办公室。司望舒让艾薇在沙发上坐下，沙发有些软，艾薇闪了一下，心里忽的一慌，挺了挺后背，挪了挪身子，不知道怎么，总有一种坐不踏实的感觉。

　　司望舒说："生活馆接收的是客人，不是病人，至少我们不这样表述……"

　　艾薇看着她，"你我之间还需要话术吗？"

　　司望舒笑了，"我这不是话术——"她翻着手里的病历，"六院的诊断依据充分：幻听是阳性症状，急性发作时意识混乱有自我伤害和伤害他人的行为，脑电图发现异常波、脑部CT发现额叶血流量减少……"

　　艾薇急了，"你直接说。"

　　直接说，就是艾薇面临选择：继续六院的治疗方案，目前主要是注射氟哌啶醇针剂，急性发作期过后，根据病程辅助以心理治疗；停止强干预性药物，采用司望舒的"延展心灵修复"，她会在"修复"过程中根据需要辅助性用药……司望舒解释完，递给了艾薇一张需要监护人签字的治疗方案意见书。

　　艾薇站了起来，居高临下地盯着司望舒："你让我选？我能怎么选？我只有一个选择，就是晓筱好起来。"

　　司望舒没有动，没有说话，凝固的空气开始一点一点碎裂，无声地落下去，让人窒息的真空中，艾薇发出一声近乎抽泣的喘息……

　　司望舒叹了口气，也站了起来，"那，我选——停药。"

　　艾薇指着司望舒，"你保证！"

　　"你真是——霸道！"司望舒握住了艾薇剑一样逼过来的右手食指。

　　艾薇那霸道的手指颤抖着诉说着心里的无助和恐惧，司望舒慢慢蜷起她的食指，双手捂着她的拳头，"晓筱的丈夫，还有母亲，你要把情况如实告诉他们，征求他们的意见——你不能对谁都瞎霸道。"

　　艾薇含混地嗯了一声，随即意识到这一声"嗯"等于不打自招——司望舒太了解她。金天出轨的事，只能说了。艾薇端午节往家里打电话，大嫂说大哥的案子已经判了，从看守所走的那天见了一面，脸青黑，他的肝不好……父亲出院在家，不知道保养还成天发脾气，护工再能忍也没忍过一个月的，幸好家里的阿姨跟了十几年，如今就是她和阿姨在过了，院子里的那棵大樱桃，摘过一次，剩下的都被鸟啄吃了，烂了，摘了也没人吃，也不想送邻居——不愿意见市委大院的任何人……大嫂泣不成声，林晓筱住院的事情，艾薇根本不敢提了。

"和缓些说，还是要说……"司望舒盯着艾薇说。

艾薇回去纠结了一周，才给大嫂打电话。大嫂第二天就到了北京。艾薇看到憔悴衰老脱了相的大嫂，心底一阵酸楚。艾薇还是没敢全部说——只说了凤园条件很好，司望舒是留美博士国内顶尖的专家。艾薇心底未尝不曾想过，司望舒其实是在凤园圈了一群"小白鼠"来实验她的"延展心灵修复"，但她用对司望舒多年的信任，拼命压住了这种可怕的念头……

艾薇和大嫂先去看晓筱。停药后的晓筱，神色活泛了，妈妈问话，也肯应一两句了，艾薇心下稍安。大嫂抹着泪用力抓了抓小姑艾薇的手，接下去自然要问晓筱的丈夫金天和孩子，艾薇犹豫了一下，对嫂子说了实话。回北京的路上，大嫂一言不发。

车下了高速，大嫂忽然说："她小姑，不去你那儿了，我想去看看孩子舅舅。"

艾薇问了地址，让司机导航，把大嫂送到了她弟弟家。

大嫂第二天晚上离开了北京，上了车才给艾薇打电话，哽咽着说晓筱有小姑姑照顾，她放心……艾薇却从那声放心里听出了无法度量的无奈与担忧——大嫂原是老家人说的那种"麦秸火脾气"，一点就着——虽说江山易改本性难移，只是如今的处境，什么脾气也得变成没脾气……

艾薇在自家信箱里看到了海淀法院的传票，才知道自己错了。

金天向林晓筱提起了离婚诉讼，对自己的岳母提起了民事赔偿诉讼——他被岳母带人打成了轻微伤。

艾薇捏着传票，无法抑制的悲哀与无语的荒唐可笑混杂在一起，隐隐还有种失控的恐惧与无措……她努力稳住心神，走回屋内，手机突然响起，她激灵一下，不安爬满了她的身体。

司望舒在电话里告诉她晓筱溺水了，不过及时被救起，人没事，但还是要她来一趟。艾薇飞快地换上衣服，把传票塞进了包里，一边锁门一边打电话给司机。司机堵在路口，艾薇告诉他不用费劲过来，调转车头他们去风园。

艾薇飞跑了将近一公里，气喘吁吁地上了车。幸好是出城方向，还算好走，一个小时之后，她看到了额头带着青红伤痕的林晓筱，安睡在房间床上。

艾薇跟着司望舒去了办公室，司望舒从电脑里调出监控录像给艾薇看。清晨六点多钟出的事。小夏陪着林晓筱进的园子，开始沿着河岸走，七月的芦苇仿佛怀着乔木的幻觉向天生长，在岸上都过了人头，她们渐渐走到了一条窄窄的河堤上，郁郁青青中林晓筱穿的玫红晨褛很醒目，忽然就看不见了。小夏和她不过几步的距离，小夏一边叫着晓筱，一边开始打电话。

司望舒立刻用鼠标放大屏幕上角另一处刚亮起的画面，解释说，"芦苇挡住了虚室的这个侧门，晓筱进去了，小夏打电话问了中控室，很快就跟进去了。"

录像中，林晓筱有些诧异地环顾冰室雪屋一般的所在，中间有一个圆形池子，池中有圆台，她沿着窄窄的通道从池边走上了圆台，盯着脚下波光粼粼的水面，人栽了进去……小夏冲进来的时间不超过三分钟，她用力把林晓筱拖出水面，安保和医护跟着也就到了。

艾薇扭身抓住司望舒，"她要自杀？"

司望舒说："也许是出现了某种幻觉，现在还很难说——"

艾薇松开了司望舒的手，软哒哒的胳膊落在自己身上，她毫无感觉，司望舒挪开电脑屏幕，艾薇脑子里忽然划过一道闪电，"每个修习室，都……"

司望舒说："每个，全天候。包括C区的特护房间——部分客人情况特殊，不能不全天候监控，也为了少起纠纷，不过因为涉及客人隐私，启动房间监控和查看录像都有严格的权限管理……"

一盆雪水从头顶浇下来，艾薇瞬间冻住了，成了冰雕，有一点滚烫的愧悔从心底烧起来，慢慢烧过了肺腑、喉头，烧到了脸上——那晚茅屋内……

司望舒的手放在她肩上，低声说："你放心。"

艾薇捏着自己的包——那张法院传票还是得去处理……一次又一次抿紧嘴唇，最后只说出句，"我晚上再过来……"

艾薇走到门口的时候，司望舒叫了她一声，艾薇回头，司望舒又说了一句："你放心。"

艾薇艰难地笑了一下，"我知道。"

菩萨畏因，众生畏果——不知道为什么会想起这句话，艾薇是真的害怕了，她害怕此刻心里任何的起心动念，害怕自己发出的任何一点力量，不知道经由何等吊诡的路径，再催生出无法承担的结果……艾薇竭尽全力吸了口气，再怕也要往前走，周遭的人和事，不会因你的恐惧稍做停留……

艾薇约了金天的母亲——长辈与长辈，谈谈孩子。

艾薇这些年也只见过林晓筱的这位婆婆大人数面，印象颇为深刻，年过花甲依旧娇滴滴的，嘴角永远噙着说不清道不明的微笑，不管什么话题，兜兜转转都能落到她的旗下出身上。

如今再见，依然如此。艾薇把两张传票放在了茶几上，正招呼保姆倒茶的金天母亲从茶几旁的藤制书报架上拿起那副带珠链的玳瑁眼镜，约略看了，皱眉微笑着说："胡闹！真是胡闹！她小姑姑，您放心，我骂他——让他马上去撤诉。这成什么了?！天下无不是的父母！别说他也有错，就是没错，打了也就打了！"

保姆斟了一杯红酽酽的茶递给艾薇。金天母亲说："这是大吉岭红茶，她小姑姑还喝得惯吧？要不要加糖？我额聂只喝花茶，阿玛倒很洋派……"

艾薇含混敷衍地笑笑，端起茶啜了口，香气刺鼻满口生涩，忍着咽了，把话题从"大清国"拉了回来，"您这么通情达理，我很感动。打人总是不对，长辈错了也是错。在晓筱治疗期间，不该再激化俩人的矛盾。是否离婚，我想等晓筱好转了，让她和金天两个人自己决定吧。"

"我们家不会闹出离婚这种事——"金天母亲也喝了口茶，淡然一笑，"晓筱是我们金家的长孙媳妇，是我一双孙男娣女的亲娘，她病了，天天比谁都着急。那个望舒什么馆的，我也托人打听了，花钱倒在其次，别让歪门邪道把孩子的病给耽误了。她小姑姑，您是为晓筱好，只是如今人心坏得很，杀熟也不是什么新鲜事——我让天天去把晓筱接回来……"

"不可能！"艾薇脱口而出——这位"旗下格格"耗尽了艾薇对她原本就有限的隐忍。调到震动的手机，焦灼地在包里嗡嗡着，艾薇站起身，"抱歉，有时间咱们再聊，我得走了。"

艾薇出门接起陆离的电话：《后真相时代》被勒令停播、节目下架，"出道"暂停运营、全面整改——她的盛世薇光，也"溺水"了。

二叠　酱紫之兔子洞

一

坠落，晕眩……

温厚的床垫，托住了酱紫的躯体，坠落却仿佛还在继续，眩晕中她抚摸着身下顺滑的织物，猜度着它们的颜色……身体变得如此柔软，软如春泥——那是时光从大地最深处呵出一口热气，透过层层的岩石砂砾，蒸腾软了的泥，痒痒的有透明的东西穿过春泥一样的肌肤在长出来，复杂的香气氤氲起来……酱紫嘤咛一声，把那颗正在抽条开花的心，抱住了……

熏风吹过原野，拔节的麦苗随风摇曳，远远的村庄藏在树荫背后，繁枝茂叶的大树，所有的树叶在风和阳光中抖动，风铃一样的叶声，一点斑驳的红衣，渐渐看出那是蜷缩在树枝上的小女孩，黑色短发，黑色大眼睛，微微嘟起的小嘴，似有所思，似有所盼，望着田野中那条蜿蜒的路，白绒绒的一团，跳跃着，那是只不知从哪里跑出来的白兔，小女孩滑下树来，追着那只白兔奔跑……

村庄田野飞速后退，一张巨大的白纸从天边垂下来，旋转的无法辨识的文字瀑布般倾泻，可以辨认的只有标点，女孩跟着白兔跳过不断飞快撞上来的逗号、句号、问号、叹号……最后跟着白兔跌进省略号的某个黑点中去了——摩天大楼一样的植物摇曳着五彩斑斓的叶片和花朵，密密麻麻西装革履的大蚂蚁在枝条上奔忙，黑壳千足虫在藤蔓上奔跑，红色火烈鸟在头顶飞过，蓝色的毛毛虫冲小女孩喷出烟雾，小女孩在烟雾中变成了黑衣长发的纤瘦少女，惊魂未定的她被浩浩荡荡的皇家仪仗队撞倒在地，那只白色的兔子，却在离她脑袋不远的地方，拿着白手套擦汗……

黑衣少女爬起来，白兔继续跑，她继续追，景物越来越奇幻：疯癫的魔术师撒着绿色钞票，红桃皇后大叫砍头砍头，扑克牌士兵慌乱地撞在一起，林中跳舞的仙女，被生着血红舌头的猪笼草一口吞下，满脸黄色虬髯的矮人挖倒了大树，鸟儿惊飞，尘土飞扬，一脸贪婪的渔夫站在草地上撒网，从空中捞出满网的金币，恋爱中的牧羊人和粉衣女孩儿浑然不觉在他脚下接吻……

白兔撞上了一棵无花果树，黑衣少女捧起瘫软的白兔，白兔在她手中化作一枝仙女棒，喷出闪光的银色烟雾，黑衣少女则如被仙女施咒的辛德蕾拉，旋转变身丰盈曼妙的女神，花钿满头霓裳飘举……幻境中所有的人物都目瞪口呆，看着她不断上升，上升……

四十八秒的动画片头，定格。

定格的画面，舞美做成了门——节目开始，门打开，画面分离，服饰绚烂造型夸张的酱紫手执那枝"仙女棒"出现——穿越现实的幻境，找到属于你的真相……酱紫伏在床上低低地笑——有了幻境，谁还要寻找真相？

卧室门打开，一道光扫进黑暗，逆光站着的，是她的疯帽匠，约翰·尼德普版的疯帽匠，不，是她的刘易斯·卡罗尔，创造爱丽丝和幻境的男人，抑或，此刻，是她的猎人，她知道自己像一头蜷卧仰头的小兽，春草茵茵，皮毛油亮，即使此刻他拿出利刃，她也会亮出柔软的肚腹……

他会猝不及防地拔出吹毫断发的利刃，初见陆离，酱紫就有这种感觉。

那是她第一次参加盛世薇光的工作会议——《后真相时代》节目片头设计方案的乙方汇报。酱紫来之前不知道自己的节目还会有动画片头——后来发现连主持会议的CCO（首席内容官）事先也不知道，正在那儿发牢骚。

陆离推门进来，冲着CCO一点头，"开始吧。"

汇报人是设计公司合伙人提迪斯，方案主题是"爱丽丝与幻境"，提迪斯是创造票房奇迹的国产动画《逍遥游》的原画主创，这个名字就足以让酱紫心跳加速，更不要说他还生了张宛若年轻版金城武的脸，酱紫完全忽略了会议室里的诡异气氛，自顾自地开始犯花痴了。

提迪斯汇报完草案，CCO劈头一句："我们是儿童节目吗？"

提迪斯也算江湖成名人物，听见这话啪地扣上电脑，拔掉数据线，

"您要这么理解，那就没必要谈了。"

投影成了一片尴尬的死蓝，酱紫则想冲过去打人。

"年轻人要宽容，要怀抱理解之同情，关心、帮助我们这些70后、80后的老人家。"陆离开口，表情严肃，语调平缓，口吻认真。

提迪斯被陆离的话逗笑了，将数据线接上，画面恢复。

"我来说说吧，"陆离的目光掠过会议室里一片耷拉着的脑袋，也毫无感觉地掠过坐在对面角落里无比期待的酱紫的脸，回到了投影幕布上，"'后真相时代'，就是有舞美灯光，明星之间的'真心话大冒险'，游戏感有，不够！信息，符号，情绪，情感，情节，四十八秒里你要给足！我说个老词儿，你是清华美院的硕士，应该听老家伙们逼逼过——能指的狂欢。你够狂，看的人才够欢！放心，我们这些退行性半文盲不懂，有人懂。你就是曹雪芹，弹幕里也埋伏着十万脂砚斋……"

CCO冷冷地说："《后真相时代》的定位，艾薇总的意见应该不是这样吧？"

"艾薇总的意见，我的意见，你的意见，都不重要——这是数据的意见！"陆离起身说，"散会！会议记录整理好，发给艾薇总一份。酱紫，你要参与乙方的修改。提迪斯，见见你的爱丽丝！"

酱紫突然被叫到，反应太大，起身时带倒了椅子，弯腰扶椅子的时候，提迪斯走过来，含笑看她，酱紫的脸颊热起来，鼻尖冒了汗。与会者散去，都没能惊动酱紫，她陷在提迪斯那黏稠若蜜的目光里，动弹不得。设计团队的另一个男孩举着相机要拍酱紫的照片做资料。提迪斯给她对光线，示范姿势，用手轻轻调整她下颌的角度，掠去她额头的散发……拍完照，酱紫和提迪斯他们互加微信，告别，回去拿自己的东西，愕然发现陆离竟然没有离开会议室，隐身人似的坐在后面一排，他起身把一片纸巾拍在酱紫的手里，表情依然温和严肃，用近乎耳语的声音说："擦擦口水。"

陆离起身走了，酱紫前心后背四肢肌肤上忽然有利刃游过的感觉，微微的麻，微微的凉……这世上还有一种令人愉悦战栗的冒犯……

"女频爽文玛丽苏小说吗？霸道总裁爱上我？！"乌迪夹着烟的手点着酱紫。

酱紫跳开，抖掉落在新裙子上的烟灰，乌迪伸手揪住白底金色图案的裙摆，翻起来看，"Versace——陆离那孙子送的？"

酱紫躲，拽开她的手，"不是——他帮忙挑的，赞助商礼物。"

去年酱紫辞职做公号后，认识了江湖前辈乌迪。乌迪的公号"羊驼牧场"虽然没赶上最好的时候，但她靠大胆和毒舌撕出了一条生路。当时酱紫一心想着盛世薇光这个豪门，就没有接受乌迪的招揽，但两个人却越走越近。改变酱紫命运的那期"艾薇女士客厅暴力事件"，乌迪是幕后英雄。不知不觉乌迪替代了曾经的林晓筱，成了酱紫分享一切秘密的人——签约那天在艾薇的工作室见过林晓筱一面，酱紫已经好几个月没见过林晓筱了……

乌迪捏她的下巴，"瞧这忧伤的小眼神儿……"

酱紫打掉她的手——和惯常中性打扮的乌迪在一起，举止亲密总会招来异样的眼光。两个人在中国大饭店外吸烟区站着说话，乌迪和一位大投资人约了十五分钟的时间，酱紫等她谈完两个人一起去吃日料，为酱紫庆祝。

酱紫这半年值得庆祝的事太多了——签约盛世薇光，《后真相时代》卖给公司后拿到钱，去交了顺义新楼盘的首付，为自己买下了一套九十七平可以拎包入住的精装房，新节目开局不错，试用期结束直接升职进入管理层——酱紫和原CCO的观念之战，直接导致CCO换人……酱紫真觉得自己是掉进兔子洞的爱丽丝，看着地铁站广告牌上自己都认不出的自己：她竖起食指挡在嘟起的红唇前——千万别对我说谎……大红一字领小香风无袖连衣裙，短不及膝，十五厘米的大红高跟鞋，中间是目测两米亮白笔直的长腿……她的腿没那么长那么白那么直，裙子和鞋子其实都是黑色的……陆离否决了前几稿方案中的黑白两色，改成烈焰般灼灼的红——不要是非分明，要煽风点火！

酱紫想到陆离，撩了下头发，嘴边带出一丝微笑。

乌迪摁灭烟头，扭头看她，"花痴！"抓起酱紫的右手，"爱情线长出来了？"

酱紫夺回手，"我不是没长爱情线，是爱情线和事业线重叠了。"

乌迪笑起来，"陆离给你看手相时说的吧？用这么老土的招儿撩妹——暴露年龄！你别瞎浪，陆离没那么简单——你不觉得余菲菲的存在很奇怪吗？"

盛世薇光调整后的架构大幅度消减了层级，除了总裁办和基本职能部门，下面就是独立核算的业务矩阵：陆离把盈利能力最强的线上商城分给了"元老团"，缓和矛盾；"快鱼"和"出道"团队合并运营，陆离从腾讯OMG挖了个1989年的技术数据派大男生来掌舵；原创网综，新任CCO是陆离此前合作打造过爆款网综的总编辑。余菲菲作为"快鱼"的董事长兼总经理，并购后进入盛世薇光出任副总，但分管的却是职能部门，基本处于"赋闲"状态。

余陆做局的传言满公司都是，酱紫关心的重点在别处——男未婚，女未嫁，盛世薇光也没有禁止办公室恋情的规定，陆离和余菲菲为什么要把关系悬置在尽人猜疑的状态？

酱紫曾经在微信里假装鲁莽地试探过陆离：他们说，余总是您女朋友……

陆离回：我找他们和余总确认后，给你份报告。

酱紫不知道这算是否认还是某种程度的承认，只能装傻：哦，好吧。

酱紫在大堂等乌迪的时候，意外收到一条陆离发来的微信：回头。

酱紫带着被捉弄的担心，慢慢转身——陆离真的在她身后。那颗浆果一样被揉搓了几个月的心，最后这一下，汁水四溅地裂开了……

二

只发了条"有事先走，回家解释"的微信，酱紫把乌迪一个人丢在了中国大饭店。她给乌迪解释的时候，已经是第二天下班之后了。

酱紫在回龙观分租的那间卧室到期了，买的新房明年才能下来，乌迪就说："来跟我付费同居吧。"酱紫回到和乌迪同居的家，客厅落地飘窗前的榻榻米上，乌迪敲着电脑，扭头看了她一眼，没说话。

酱紫乖乖地坐在了她对面，乌迪开始骂她色胚、花痴，撩汉子狂魔，重色轻友，色令智昏……乌迪停下来，喘口气，酱紫做可爱状，"晚上我们吃什么呀？"乌迪丢下一句"厚颜无耻"，起身去做晚饭。

酱紫趴在开放式厨房的岛台上啃苹果，看着乌迪把要焗的蔬菜摆进烤盘，蒙上锡纸。乌迪房租的一半是每月九千，这够酱紫此前租半年的房

——忍不住还会这样算，带着刺刺的快感去算。

乌迪在房东极简风的装修基础上，按照"侘寂"原则进行装饰，酱紫捧着盛米饭的碗，领悟到"侘寂"的本质就是看上去不起眼却贵得吓人。吃米饭用美浓烧，从波斯珐琅盒里拿牙签，赤脚去踩北投蔺草编……习惯起来比想象的要容易；被热爱美食擅长烹饪的处女座乌迪严厉"伺候"，习惯起来也比想象的要容易……酱紫感觉如同蛇蜕一般，与旧生活彻底剥离了。

她甚至觉得伏在岛台上的身子都柔软起来，乌迪关上烤箱，抬眼看她，酱紫有点儿不好意思，直起身笑。乌迪顺手拿起抹布，擦干操作台上的几滴水，"宝贝儿，你开心一下就好，别认真蹚他们的浑水！"

乌迪转身去搅火上的汤锅，在牛肉的香气中酱紫听到匪夷所思的一句话："陆离和余菲菲，连他们自己都未必知道，彼此是情人，还是仇人！"

乌迪盖上汤锅，转身看着酱紫，"五年前，余菲菲艳照逼宫，陆离怀着二胎的妻子自杀，一尸两命，遗产继承的事闹了两年，陆离已在申请IPO的公司弄到破产清算，人也一蹶不振，余菲菲卖了豪宅，帮助陆离东山再起，这才有了'快鱼'——恩怨情仇，狗血四溅。"

酱紫听得心惊肉跳，烤箱"叮"的一声，吓得她啃了一半的苹果差点儿扔了。乌迪皱眉说："我真他妈有点儿受不了——白雪公主范儿哎，恶不恶心？你是见过惨淡人生淋漓鲜血的呀？装嫩也是哥特萝莉，不是傻白甜！"

酱紫笑着继续啃苹果，"见过也忘了！不忘留着灌血肠过年吗？天天有人问候我，生于1985的中年妇女装萝莉，你的良心不疼吗？——不疼！"

乌迪戴着隔热手套，端出烤盘，"你的微博、公号谁在弄？"

酱紫说："维护团队在做——'出道'上所有签约主播都是他们做。"

"烂泥般的往事里长出你这么一朵白莲花？"乌迪从岛台下的柜子里拿出餐垫和盘子，递给酱紫，"你的形象维护方案有问题——洗得越白，黑得越快！"

酱紫说："对了，这几天一直有人给我发私信，说我亲妈在找我！"

乌迪说："有人跟进吗？是真的，还是有人想蹭热度？"

酱紫说："跟了——发过来时间地点，不见不散。五道营一家希腊餐厅，看来我亲妈对文青集散地挺熟。退一万步，就算是真的，我也不理。老家的爸妈这半年也一直给我打电话，要钱给他们儿子在县城买房子，我就不理。"

乌迪摇头，"你得向公司报备，你的私事是盛世薇光的公事——想想艾薇！"

提及艾薇，酱紫想起件事，期期艾艾地说："那个——端午节，我得去艾薇家过——半年没见林晓筱了，她约我——对不起——对不起！"

乌迪似笑不笑地看着她，"旧爱新欢摆不平了吧？闺蜜尚且如此，将心比心，想想陆离和余菲菲——过去，没那么容易过去！"

酱紫很想反驳乌迪——自己的过去，真的就过去了，现在就算认真去回想，都不大能想清楚，像玻璃上的霜花，一碰就成了模糊一片……她为丢下乌迪一个人过节有些抱歉，也就咧嘴一笑，算了。

酱紫从艾薇那里回来时，心里揣了块又沉又冷的石头。她滚在榻榻米上，枕着乌迪的腿，乌迪问，她不肯说——仿佛说出来，就成了无法改变的事实，不说，这件事就会过去……

酱紫去风园看林晓筱，先见到司望舒。这不是她们第一次见面，但司望舒没让酱紫多讲那次意义重大的初见，直接嘱咐酱紫该如何应对病中的林晓筱：不惊讶，不纠正，全面配合。林晓筱看见酱紫，热情而客气地笑了，从床头柜里摸出几个青中泛黄的杏子给她，说这是闺蜜姜丽丽从老家仰韶带来的响铃杏，熟透的杏子摇动时，杏仁会在杏核里响……

虽然有心理准备，但酱紫看着摇动杏子认真去听的林晓筱，还是浑身掠过一阵疼痛和恐惧的战栗，她接过杏子咬了一口，酸得眼泪出来了，还是笑着咽下去了。她每周两次去风园看林晓筱，再忙也去，一次明知道晚了，林晓筱睡了，她跑去在房间门口站了一会儿——仿佛在遵守奇怪的仪轨……可是，第四次来，她听到林晓筱和幻觉中的姜丽丽说话时，情绪失控了。司望舒及时出现，带走了她。酱紫被内疚和负罪感压垮了，她把胳膊掐出了血都止不住浑身的颤抖，哆嗦着等司望舒宣判她有罪。

司望舒平和却斩钉截铁地否定了酱紫对晓筱病因"自作多情的文艺想象"，酱紫在她清凉如水的目光中安定下来，司望舒笑着说，"太自恋了会生病的。"

酱紫略带羞愧地笑了。

从风园出来，酱紫接到CCO的电话，让她立刻回公司。酱紫挂了电话才发现自己的助理刚刚发了个直播的链接过来。酱紫在出租车上打开链接——多年不见的养父母和主播坐在一起，同座的还有一个陌生的五十岁左右的女人——从主播的介绍中知道，那个女人是酱紫的亲生母亲。

直播接近尾声，题目是：女儿，你会不会来？

原来那个"不见不散"的私信不是恶作剧，而是陷阱。酱紫那一刻感觉胸口要爆裂开——乌迪的电话打进了，中断了直播，酱紫接起电话时，整个人都在哆嗦。乌迪问她在哪儿……酱紫在公司楼下下车，乌迪站在楼前的吸烟区抽烟。酱紫看着乌迪，想起她的话——沙尘暴一样的过往，呼啸着刮过空旷荒凉的心底，看不清一切，呼吸困难……乌迪看见她，熄灭了烟头，大步走过来，伸手把她搂进了怀里，轻拍着后背，让浑身颤抖的她平静下来。

雪亮的车灯扫过来，车门打开，陆离从车上下来，扭头看到她们，站住了，"换个时间地点再抒情，好吗？酱紫你先去我办公室——"

乌迪安慰地拍拍酱紫，转向陆离，"我马上走！再流氓我他妈也有底线，不会什么便宜都占！"

陆离笑着说："乌迪老师，我不知道该替多少人庆幸，你这会儿手里没刀！"

乌迪头也不回地接着他的话："先算上你自己！"

陆离办公室的外间是个小会议室，他关上通过外间的门，"给我说实话，你对养父母还有这个找过来的亲妈，一直不理，是赌气，还是真的不愿意再有联系？"

酱紫仰头看着陆离，她的脑子根本不转。

陆离有些急躁，"你别猜我的态度——我没态度！你要是爱恨交织，咱就给亲情留点儿余地；你要是想斩断过往，我就彻底帮你解决问题，不留后患。"

酱紫说："我选第二个。"

外面的会议室陆续有人进来，陆离示意酱紫听着就好，他也出去了。直播还没结束，陆离就通过人脉联系上了捣鼓这件事的公司——三个年轻人的创业公司，主播就是老总，见到"爱豆"陆离颇有些激动。

一拍即合的事儿，自然好谈。养父母夫妇，看到小老板的空头支票在大老板这儿变成了五万现金，做完节目还有十五万，先激动起来，满口答应，亲妈没表态，但没人把那沉默误会成拒绝。总裁办秘书、综合办职员、会计、出纳、法务助理各色人进进出出，商讨条款，签协议，给钱……小会议室呈现出一派工地开工农家过年般的热火朝天欢欢喜喜的气氛。

酱紫从开着的那条门缝后走开，哆嗦着给乌迪发微信：你能回来接我吗？

乌迪秒回：我没走，不放心。

酱紫一下哭了。

她抹了把泪，从衣架上抓了陆离打高尔夫的球帽戴上——很大，帽檐的阴影遮住了整个脸，她如入无人之境快步穿过会议室。陆离追了出来，在走廊上，酱紫摘下帽子塞给他，哑声说："节目台本准备好，发我就行。"

"酱紫身世"上热搜的当天，盛世薇光推出了噱头十足的特别节目预告："真相女王的真相"——直播酱紫和养母、亲妈见面：是否亲生为何送养，是父母予取予求情感勒索还是女儿无情无义怨念深重，见面后亲妈有何故事养母如何解释酱紫又做何反应，是尽释前嫌抱头痛哭还是恨海难填不欢而散……预计大概率会出现场面失控，于是请善于控场的艾薇亲自主持……

酱紫的态度是节目的悬念，她除了照例溜去风园看了林晓筱外，其余时间都待在家里。待在家里的酱紫开始在网上搜司望舒的著作，酱紫的英文水平不够读懂那些链接，中文链接都和大学课程、讲座和学术会议报道相关，顽强地搜了好久，终于看到有本中文书《延展心灵》，点开看是家专门卖佛教书籍的网店，是旧书，酱紫还是当即买下了。没想到给送书的快递开了楼道门，跟着上来的还有媒体，幸亏乌迪那天回家早，毫不客气地给哄走了。酱紫这期直播的广告招商拍出了八位数，舆论越发沸沸扬扬，敬业的媒体自然也越发下功夫。

"这帮傻鸟！"乌迪在厨房岛台上做寿司，"刚才还在小区门口拦我的车——我要是爆料还轮得到他们？"

酱紫沉默半天，说："比起你，我对不起艾薇，更对不起晓筱——最初爆料的那个'风行天下'，就是我……"

乌迪用力摁着寿司帘子，"瞎矫情！艾薇就是知道，她也无所谓——"乌迪抬头，愣了——酱紫在哭。

酱紫哭着说："艾薇知道！她告诉我的，但晓筱不知道……"

乌迪抽出寿司帘，铺上紫菜，从电饭锅里挖出一勺米饭，开始做下一卷，"你到底在哭什么？"

酱紫被乌迪问愣了——心里糨糊般黏稠混沌的一团难过，究竟是什么？

乌迪卷着寿司继续说："为艾薇，大可不必。我们就是干这个的，人为刀俎我为鱼肉，或者我为刀俎人为鱼肉，都不能简单做道德判断——你要是眼泪富余，顺便为这条挪威三文鱼哭上两秒，我们的晚餐是以它的痛苦牺牲为代价的。"

酱紫含泪啐乌迪，乌迪伸手把她拉进怀里，用纸巾给她擦泪，"至于林晓筱，我不清楚你们之间究竟是怎么回事——我只能告诉你：不轻易判断任何人——这个任何人里，包括自己……"

酱紫趴在乌迪的怀里，闻到她新换的香水CKfree，干燥木质的香气很好闻，像初秋晴日的树林，暖暖的……乌迪拍拍她的背，"吃完饭我帮你看台本。"

台本中最让酱紫不舒服的地方，就是宣布亲子鉴定的结果——她不愿意去测DNA，但还是答应了明天去鉴定中心拍采样的镜头。不做，节目怎么做？前戏了半天，你穿上衣服走了，观众干吗？！这是陆离的原话——再说，卖奶的金主也不干呀，那首好奶如亲娘的MV就要在悬念揭晓前放……

乌迪："不会换个姿势吗？！哎，陆离在床上也挺乏味的吧？"

酱紫认真想了想，"还好，我内心戏足。"

两人同时大笑。乌迪拿起台本，大删大改起来。酱紫虽然觉得好，还是担心CCO会介意，没想到拿到公司获得交口称赞。

一期所有人都以为会泪雨倾盆的节目，开场后欢声笑语。虽然事先助理告诉酱紫，她那位年过七十的养母直播过后能成网红，在休息室候场的酱紫还是被养母久遭埋没的综艺天赋惊呆了。台本要求就是坦率要钱，那一套套合辙押韵的农村大道理纯属个人才华——什么家鸡打得团团转，野鸡不打满天飞，什么鸡皮热，鸭皮凉，鸡皮贴不到鸭身上；什么生恩深似海，养恩比海深；什么"情"的孩子典的地，早晚都是一场气……高声大嗓，理直气壮，拊掌拍腿，还跟现场观众年岁大些的互动：她姨她婶儿你想想，养她十七年，总值县城一套房……观众又是笑又是嘘又是鼓掌。

亲妈摆的是青衣范儿，演的是苦情戏，说到未婚生女万般无奈只能送人，凄婉的二胡声一起，观众哄堂大笑，主持人艾薇故作一脸无奈地说："正常情况下，这里是泪点，不是笑点。"

养母一脸认真地插话说："不是送，我给过你三千块钱——你得说实话！"

观众越发大笑，鼓掌，亲妈的尴尬是真实的，艾薇搂住养母，宽慰亲妈，"情非得已，生活所迫。"艾薇略带夸张地撩撩头发，一语双关地说，"这般盛世美颜，遇上个把渣男，有什么可奇怪的呢？"

观众鼓掌，有人吹口哨，艾薇笑道："我也豁出去了！受伤无助时，喝口好奶——"笑声和尖叫压住了艾薇的广告口播，艾薇带笑念完，开始播放亲子鉴定中心采样时的VCR。导演在门口出现，"酱紫，三分钟倒计时，艾薇路上一分钟，广告一分钟三十秒，三十秒你一个人在房间的镜头，然后艾薇进门……"

摄像已经进门，酱紫整理情绪，好在她的戏份很轻，几分钟和艾薇的对话，含蓄表达坚强外表之下的困惑、怀疑、悲伤与渴望，继续推悬念——亲子鉴定的结果是什么？

亲妈会从装鉴定结果的信封里抽出一张白纸，那时酱紫早已离开休息室，直播画面是空镜头，酱紫的座位上放着一个白信封——那才是等待揭晓的秘密……

三

黑场，音乐起，追光次第亮起。

妈妈，今天是我的生日，十岁生日，我第一次给你写信。以后每年生日，我都会给你写一封信。我不知道你在什么地方，所以不能寄给你……

十岁的小姑娘，红袄黑裤赤脚，站在麦秸垛的背景前读信。

妈妈，今天我十七岁了，我来郑州读大学了，你会为我高兴吧……

白衫蓝裙马尾辫的女大学生，站在校园的背景前读信。

妈妈，今天我二十一岁，我发表了一篇小说，很短……

身穿印染服务员制服的女子，站在餐馆的背景前读信。

妈妈，今年我三十岁了，还是一个人，一个人在北京，从地铁站走回来，很累，很冷，妈妈，你把我生在了冬天，难道我的人生是永远过不完的冬天……

牛仔裤鸭绒袄和短靴，裹着大围巾的女孩子，在都市夜的背景前读信。

观众席掌声如雷，有人开始喊"酱紫，加油！我们爱你……"灯光亮起，前排几位五十多岁的老阿姨哭得稀里哗啦，亲妈哭得从椅子滑到地上，养母抹着泪去拉她……那首实为乳品广告的抒情MV播放了将近五分钟，画面回到现场，酱紫的"与母书"已经收集整齐，放在了艾薇面前，镜头推近，没有一封信纸是一样的，十岁那封用的纸是从作业本上撕下来的，还经过磨损做旧——道具师真是业界良心。

酱紫留下的白信封已经被工作人员递到了艾薇的手里，艾薇打开，里面装着一张信用卡——给养父母的钱，还有一封留给亲妈的信，艾薇打开读这"最新"的"与母书"：……重逢，不是故事结局，而是故事开篇，我更愿意用憨憨的信任、暖暖的情感而不是冷冷的生物学鉴定，开始我和妈妈的故事……生命是场修行，不管我们曾经多糟，我们都有机会变好，只要我们愿意学习，学着去了解，学着去爱，学着去成为好的母亲，好的女儿，好的自己……

片刻安静之后，低低的惊呼声，掌声起，泪眼婆娑的艾薇，继续说，"我们不要忘了，还有好的奶……"不少观众破涕为笑了，"虽然这会儿念广告，显得特别不是人，不是人就不是人吧……"观众开始鼓掌起哄，艾薇喊着念完的广告口播——艾薇也很拼……酱紫关掉了直播，在回家的车上闭上眼睛。

盛世薇光今年的日子不好过，陆离似乎也回天乏术……隐隐觉得有些什么事情在发生，他肯定忽略掉了什么，是什么呢？

酱紫郁郁地进了家门，乌迪的声音从厨房传出来，"先去洗澡，有好吃的。"

酱紫洗完澡出来，看到冰桶里放着香槟，"庆祝什么？"

"情绪不高嘛！"乌迪倒显得兴致勃勃，她递给酱紫杯子，砰地打开酒，"庆祝我们的节目成功——"她用手势阻止酱紫反驳，"关键词，我们的——宝贝儿，对即将成为你老板的人，不需要阿谀奉承一下吗？"

香槟泡沫淌到了手上，酱紫只顾盯着乌迪问，乌迪一边解释一边给她擦手，又蹲下擦干净地板——乌迪准备接下余菲菲的股份，加入盛世薇光。

酱紫本能地觉得和余菲菲相关的一切都有问题。

乌迪笑了，"余菲菲的确一句话十八个坑，我认识她也不是一天两天了。盛世薇光如果不是遇到了大问题，她也不舍得走——老鼠要离开将沉的船了。"

酱紫不解地看着乌迪，乌迪摸摸她的头发，"你在船上，我得去救你呀！"随即一笑，"我有数——微格基金的钱撑到年底，'出道'肯定能熬成爆款。"

酱紫和她碰杯，喝了口酒，"我对这些事，没能力做判断——只是担心。"

酱紫的担心，第二天就变成了现实。

陆离请酱紫吃午饭——在家里，叫外卖，他们的约会模式，第一次是例外。

陆离的家，有种洞府幽深的感觉。顶楼复式，朝南的落地大窗，采光应该是很好的，银灰窗帘后的遮光布总是拉着，若没有乳浊色地毯上那道明亮日影的提示，进到室内，就从正午进入了夜晚。

陆离叫了湘菜，就着最喜欢的那道白辣椒炒鸡胗吃了两份米饭。酱紫才察觉自己的舌头被乌迪的厨艺惯刁了，满嘴咸辣油腻，吃不下几口，只在那里喝水。陆离一推外卖餐盒，端着茶杯去了客厅。

陆离瘫在沙发上，呼噜着自己的脑袋，"余菲菲的股份可能要转给乌迪——我听艾薇的助理说了这么一句，余菲菲先跟艾薇打招呼，怕她不同意。艾薇就是再讨厌乌迪，这时候也不会不同意的。微格基金今年也不顺，钱紧，想让盛世薇光第三季度按照原价赎回相应股份，双方都合适。趁着还有几档节目撑门面，'出道'赔钱赚吆喝好歹还热闹，艾薇赶快找接盘侠。撑到年底，按照和微格基金的对赌协议，溢价百分之十赎回——盛世薇光就没有明年了。我手机忘在会议室，余菲菲拿了还我的。艾薇和我在微信里讨论过这事儿——余菲菲套现走人，肯定是看了我手机，解锁密码我从未换过——对了，这事儿你不能告诉乌迪。"

酱紫听得半边身子都木了，耳朵里嗡嗡直响，"那你为什么告诉我?!"

陆离看着她，"不是你、我，是我们——余菲菲走，乌迪来，对我们是好事。"

酱紫低头说："余菲菲套现走人，乌迪跳进一个坑——她的钱是借的。"

"谁的钱不是借的？乌迪加盟盛世薇光，还陪嫁了个羊驼牧场，对融资是利好，对业务是助力，尤其是对你——不是哪家公司都像盛世薇光这样，拿你当心肝宝贝！乌迪是老江湖，要你这个傻孩子替人家操心?!"

陆离的手隔着沙发扶手伸过来抚摸她，酱紫下意识退了一下，再想掩饰却也来不及了，那只手就撤回去了。酱紫瞬间想哭，但生生把那股泪意憋了回去。酱紫浑身僵直地坐着。陆离清了一下喉咙，先打破了沉默，他站起身，"你那堆爹妈，公司留有他们签约拿钱时的录像和协议，他们也难再用舆论勒索你——想缓和关系随你，你要是不想搭理——就不搭理吧！"

酱紫准备自己叫车，陆离说："算了，今天一起走吧。"

两人一起回了公司，各自去忙。晚上七点多钟时乌迪打过来一次电话，酱紫说加班。十点离开公司的时侯，酱紫提出请大家去附近的"南岛"喝一杯，别人都说有事，只有助理跟她去了。

一杯长岛冰茶喝了半个小时，助理小姑娘一直在回微信，酱紫就让她先走。助理环顾，酱紫说卸了妆没人认识她。助理跳起来，没出酒吧就开始打电话。酱紫也起身，坐到吧台去，看留着两撇小胡子的调酒师为她调马提尼。

酱紫一下一下戳着酒里的橄榄——乌迪会游泳，会潜水，就算沉到水底，说不定还有个天堂般的新世界……用你替人家操心?！酱紫一砖一瓦填塞着千疮百孔的心理防线，抹上道自怜的水泥，也就固若金汤了。

近午夜，南岛乐队那位不知是菲律宾还是印尼口音的歌手，开始晃着身子唱爵士风的《I am just a lucky so and so》，生生把英文唱出了西班牙文的感觉，酱紫的酒也换成了莫吉托——冰和薄荷，丝毫压不住胃里

79

的烧灼。吧台前的人多起来，酱紫被人一碰，差点儿从高高的吧台椅上掉下来——她是醉了。

醉眼蒙眬都有了幻觉，酱紫看到了乌迪生气的脸，直到下巴狠狠被捏疼了，酱紫才知道真是乌迪，"电话不接，微信不回——到家再跟你算账！"

乌迪买完单，伸胳膊揽住酱紫，不留神胳膊肘撞到了身后一个女孩的胸。那女孩一声尖叫，骂了句脏话。乌迪扭头，松开酱紫，让她站好，转身盯着女孩，一个人高马大的男生晃着车钥匙进来，见状把那女孩拉到身后，伸手推搡乌迪，酱紫都没看清楚是怎么回事，那个男生就躺在了地板上。周围响起了口哨声和嘘声，保安立刻出现了，酱紫拽着乌迪离开，那女孩尖利的骂声传过来，"死变态！百合了不起啊……"

乌迪扭身要回去，被酱紫死命拉住。夜风一吹，酱紫摇摇晃晃有些站不住，只是拉着乌迪，不撒手，不肯先上车。乌迪拖着她站在路边抽完一支烟，把她塞进副驾驶，发动车时冒出句："你这个助理得换！"

酱紫摸索拉扯，半天没有系上安全带，"我让她走的。"

"你让她走她就走?!"乌迪的火还是没压住，"出事儿算谁的?"

酱紫说："我又不会跟人打架！"

乌迪一脚急刹车，"我他妈多余，是吗?!"

酱紫被甩向前又摔回座椅，她揉着被撞得生疼的胸口，血冲进了大脑，脸滚烫起来，开始朝乌迪吼回去，语速快到没有地方加标点，一口气将陆离今天和她的对话全盘托出。说完她才用力喘气，以至于呛咳起来。

乌迪火气下去了，脸色凝重，伸手把她拉进怀里，摩挲着她的后背，"不会有事儿的……"乌迪放开酱紫，给她系好安全带，"我先送你回家。"

半个小时后，酱紫歪在余菲菲堆满毛绒玩具和印花抱枕的布艺沙发里——酱紫死命也要跟来，她不知道乌迪要干出什么。酱紫一身酒气，乌迪站着抽烟，余菲菲开窗户，开香薰喷雾，托着个咖啡碟追着乌迪转，怕她乱掉烟灰。

乌迪夺过碟子，让余菲菲安定，把一切都摊开说了，余菲菲愣了一下，"等等，让我捋捋——陆离告诉酱紫，我套现让你入坑，不让酱紫告诉你，可是酱紫告诉了你……"她笑起来，"我十九岁在阿里做前台时认识陆离，跟他跟到三十七，陆离什么人我清楚。最高级的谎言，所有的细节都是真实的。他忘手机是真的，解锁密码没有换也是真的——她女儿生日！我看了他的手机也是真的，但艾薇和他商量找人接盘，我没看到。我告诉你，如果微格基金退出是真的，他不可能告诉酱紫，君不密则失臣臣不密则失身，这是他教导过我的话。告诉酱紫，就是让她告诉你——她这么一朵重情重义的白莲花，哪受得了这个？不可能不说！陆离就是要你毁约，就是要把我困在盛世薇光继续折磨我！"

余菲菲的雄辩似乎让乌迪愣了，歪在沙发里的酱紫听完也糊涂了，觉得又悲哀又可笑胃里又难受，发出一阵吭哧吭哧的声音，余菲菲紧张地凑过来，"你是在笑，还是想吐？"

乌迪把烟头撚灭在咖啡碟里，"我不蹚你们的浑水，占小便宜吃大亏，既然没这事儿，盛世薇光前途无量，你自己留着或者再找别人也不难，保证金退我！"

余菲菲丢开酱紫，坐进单人沙发，"我拿去付律师和会计师的费用了。"

乌迪斜眼看她，"还没估值，你就花了两百万？——我不是不讲理，我毁约，前期费用我认——"

余菲菲笑着说："既然是你毁约，保证金我也可以不退——"

茶几上，玻璃水果盘上几只青色牛角酥的缝隙间露出一枚鲜红的刀柄，乌迪在咖啡碟里撚灭了烟头，伸手抽出了水果刀，"跟我耍横——你才认识我吗?!"

酱紫不知道自己闯下了什么祸——只知道自己闯祸了。乌迪抄起刀的时候，酱紫感觉心脏停了一下，接下来就是一阵狂跳，也不知道为什么傻到用手去抓，手掌抓到了刀刃，血顺着胳膊流下来……乌迪忙撒手，水果刀当啷掉在地上。

余菲菲手忙脚乱地拉开抽屉，棉签、纱布、碘伏、创可贴堆了一茶几。

"傻丫头，真是傻丫头！她吓唬我呢！"余菲菲抱怨里有无比真实的疼惜，"先缠紧止血，去医院处理一下，破伤风也要打……头晕吗？"

血流得吓人，伤口其实不深，也不怎么疼，酱紫伏在沙发肘上，沙发背后，香薰器喷出的乳白水雾缭绕过来，清甜的香气，让人想起洋槐开花的晚上……

余菲菲的神情恳切到了悲怆，"乌迪，我绝逼没有骗你——如果不是受够了，死心了，我也不会走……"说到最后，她哭了。

乌迪架着东倒西歪的酱紫，又操心不要碰到她受伤的手，扭头说，"你慢慢哭——我先送酱紫去医院。"

余菲菲跟到门口，"楼道黑，你们小心点儿……"

余菲菲住在一栋连电梯都没有的老楼里，从粉红嫩白明亮清甜的房间出来，幽暗肮脏的楼道里全是灰尘、过夜的垃圾和宠物尿液的味道，踩着满地落叶般的外卖广告走下来，酱紫觉得自己陷在一个癫狂的幻梦里……

缠着雪白纱布的右手，搁在梳妆台上，乌迪用化妆棉蘸着卸妆水小心地替酱紫擦去眼影腮红唇膏……酱紫一直盯着自己的手，那些被她忽略的疑惑的碎片翻飞着落下来，像被吸引的铁屑，渐渐勾勒出那隐形磁石的轮廓……

"余菲菲这下该放心了……"酱紫喃喃自语。

乌迪的手顿住了，酱紫笑了一下，"余菲菲的戏真好，你的不好……"

乌迪笑了，"还真是柯南！我也是没办法才陪他们演这狗血剧，投资那么难找，好不容易逮着个机会——那天在中国大饭店，你要不是跟陆离走了，我和投资人谈完，出来就会告诉你——后来陆离警告我不能告诉你，余菲菲试探过你几次，幸亏你不知道，不然你肯定露马脚。他还让一个HRBP提出辞职，在和分管副总余菲菲进行离职谈话时，透露猎头公司的内部消息，陆离已经在找下家了。他不走，余菲菲也不会走——陆离被这个多疑偏执的女疯子缠了这么多年，弄得家破人亡负债累累，也是桃花劫……"

酱紫晕眩得有些恶心，伏在自己胳膊上，乌迪说什么她已经听不大清楚了。那种坠落的晕眩，开始终日纠缠酱紫。坠到底，哪怕在破碎和疼痛中醒过来，趴在冰冷的现实上，也会好受些……

长富宫日料"樱"，乌迪翻着菜单，笑着对酱紫说，"这里的海胆可以吃……"

房间纸门被拉开，陆离进来，酱紫低了头——自那顿不甚愉快的午餐后，两人再没说过话。酱紫缠着纱布的手搁在桌边，陆离忙问怎么了。

乌迪边点菜边说："我要手刃余菲菲，阿紫姑娘宅心仁厚，空手夺白

82

刃——怨我，戏有点儿过！"

"咱们家酱紫真是难得啊！"陆离笑说，"在这个随时都会图穷匕首见的无情世界里，还怀揣一份不惮受伤的温厚与深情！"

酱紫抬起头来，点菜的和服女孩近乎耳语地低声问着乌迪什么，乌迪说："当然。"她笑着合上菜单，看着酱紫说，"生死与共了，酒还是要喝一杯的。"

陆离笑道："我听说估值都估出白菜价了？"

乌迪说："烂白菜价！你和艾薇怎么谢我？"

陆离不只甩掉了如附骨之疽的余菲菲，还利用随之而来的恐慌心态扫荡了盛世薇光的"创业元老团"，顺带解决了艾薇的离婚困局——"负资产"估值让对方律师放弃了公司股份要求，艾薇成功协议离婚……

榻榻米椅的后背略带弹性，酱紫靠上去晃了两晃，晕眩又起来了，落地窗外的山水庭院，游廊空无一人，檐下灯笼初亮，暮霭中光色昏黄——是梦境，一重梦坠到底，落进了另一重梦里……在这个梦里，酱紫的心空了……陆离身后半人高的落地竹灯笼，灯纱上缤纷的落樱在光影里飘了出来，一只毛茸茸的猫满屋追着蝴蝶一样的落花，酱紫恍惚地想，这个兔子洞到底有多深啊……

三叠　艾薇之水中央

一

"暗红尘霎时雪亮，热春光一阵冰凉，清白人会算糊涂账……"

风园北面，有一道半真半假的长城，前半段是园区景观，有垛口城墙，拾级而上，高处的烽火台是可以望尽全园的观景台，蜿蜒两段之后的部分，就是围墙上做出的画面了。城下几棵龙爪槐，三五个穿蓝衫的陪修女孩子，看着一个灰衣女子槐荫下唱戏。昆腔入耳，城墙上的艾薇不由得停下听，然后摇头赞叹，"女子唱生末，如此浑厚苍凉，这声笑，做得更难得……"

司望舒知道艾薇的感慨不在声腔——前两个月，艾薇以移星换斗的本事，同时完成了盛世薇光和自己人生的重置重启，烈火烹油热锅撒盐地炒自己旗下的几个小网红，没想到炒锅起火，不仅折了锅里的酱紫，连带着厨子陆离都烧伤了，一纸禁令彻底冷了她的灶。亏得陆离颇有先祖陆贾的本事，主管部门也算通情达理体贴下情，盛世薇光认罪态度良好整改方案全面，酱紫草根出身诚实坦荡也颇有几期可证清白的正能量节目，加上还楚楚可怜地晕倒在了冷气充足的会议室里，一周后"出道"就恢复了正常运营。只是下架节目赞助商那里的天价违约金还在协商处理方案，起火烧新灶的钱也不是小数，被逼出来化缘的艾薇，听见这几句唱词，难免有些刺心。司望舒拉她继续走了。

昆腔在她们身后遥遥延宕，"……重来访，但是桃花误处，问俺渔郎……"

见中海集团的董事局主席，本是艾薇提出来的，有枣没枣打一竿子，司望舒略费了些心思，给安排成了主席要见艾薇——但司望舒没有告诉艾薇。以司望舒对这位主席和艾薇的了解，各自带着这样的心理预期，才有可能完成"亲切友好"的会谈。

从"长城"下来，走进片杂树林，远远听见酱紫在喊："林晓筱，停下来！"

接连几次晕倒又查不出任何器质性问题，酱紫在艾薇的建议下来咨询司望舒，问题不大，但林晓筱不肯让她走——林晓筱依然没有把现实中的酱紫和自己幻觉中的姜丽丽"缝合"为一个人，但对酱紫的接受程度比一般人高，而酱紫留下，是因为不想回到和乌迪"同居"的那个家。

《后真相时代》停播、下架的原因是过度炒作明星私生活，主播酱紫本人负面新闻频出，造成不良社会影响。所有的负面新闻中最让酱紫不堪的，既不是性侵过她的高中老师对那段充满同情和善意的"师生婚外恋"的朴实讲述，在媒体报道中不无"援交"色彩，也不是被深挖出当年是"做小三"而非"被小三"的黑历史，而是与乌迪的疑似女同关系——从对面楼上伸出的神奇镜头捕捉到了乌迪与酱紫在厨房相拥的"非日常生活场景"。酱紫这个十五岁失贞、性倾向复杂的"荡妇"，自然人人得而诛之。"键盘侠"们在虚拟世界里"泼粪泼尿泼硫酸"，击倒了现实世界中的酱紫。

司望舒对艾薇说："你快一个月没见晓筱了吧？"

林中空地上有一架秋千，林晓筱和酱紫面对面站在秋千上，林晓筱双腿用力屈伸，秋千越荡越高，酱紫紧紧抓着秋千绳，闭着眼睛喊着停下来。司望舒警告地叫了声晓筱，林晓筱不再用力，秋千荡着荡着慢下来，陪修小夏上去扶住秋千绳，林晓筱几乎是跳下来的，笑着跑过来，"望舒姑姑！小姑姑！"

司望舒知道艾薇戏剧化的情绪要出来，拍了她一下，艾薇忙点头示意明白，司望舒对林晓筱笑道："衣服都湿透了！人家酱紫本来就不舒服……"

酱紫拽着秋千绳，坐在秋千上，在她的陪修搀扶下，艰难下地，面对艾薇三个人，满脸羞惭。司望舒说："我知道你的眩晕还没好，是为了让林晓筱高兴。以后你不要事事都依着她——你越惯她，她越欺负你！跟她小姑姑一样！"

艾薇拉着有说有笑的林晓筱舍不得撒手，司望舒回头见酱紫也出神地看她们，拍拍她说："羡慕了很多年，是吗?"

酱紫叹了口气，司望舒低声说："不必羡慕，都是有代价的。"她叫艾薇，"走吧，不能让资本家等我们。"

艾薇勉强维持着淡定，一出杂树林，抓住司望舒的胳膊，"你真是神通广大，这才几周——晓筱那么抗拒——她说什么了？她为什么病？怎么好起来的?"

司望舒笑着抽出胳膊，"好啦！找时间跟你细说，办你的正经事要紧。"

盛夏温度，艾薇抱怨走得妆都花了，说话间进了片竹林，凉意森森，汗很快就下去了，艾薇站下，拿出粉盒补妆，环顾四周说："这儿倒凉快——屋顶挡住真的天，弄出一片假天空，造风造雨，还要调出不同的温度来，图什么?!"

司望舒笑笑，艾薇这话，其实是在喟叹风雨凉热背后不菲的费用。艾薇的粉扑停在脖子上，沉脸看司望舒："你笑什么?"

司望舒知道艾薇在缓解上阵前的紧张。她穿了那套宝蓝底子纳纱绣喜相逢团花的高定裙子，据说设计师为这条裙子几次去故宫看服饰展，团花不在胸前，在斜裁的裙摆处，图案中的几痕明黄纹路与颈间的金璎珞相呼应，仿佛一条见首不见尾的金龙钻进裙子，缠出了玲珑腰身——战袍金甲，她果然是来打仗的。

司望舒叹了口气，上去拿开她的手，从脖子上摘了那套金饰，放进艾薇的手包里，摘下她别在头发间的那颗鸡油黄的蜜蜡发饰，卡在斜开的襟前，口中提醒她，今天主席请的陪客是中海旅游和中海地产的两位总裁。旅游和地产是中海集团盘子最小的两个子公司，旅游去年股票表现不好，地产还没有上市，嚷嚷了几年的"文化＋"，加来加去总会掉下来，司望舒拉起艾薇的手，"现在，文化她老人家本人，来了！"

艾薇笑了。两人一起走进竹林深处的敞轩，完成介绍寒暄，司望舒就退场了，自己不在，艾薇会更挥洒自如——那点儿莫名的羞，来自艾薇内心深处，但她总歪派司望舒影响她，司望舒也就笑笑。

除了自己，司望舒观察最为长久细致的另一个人就是艾薇。看着她赤足在荆棘丛中奔跑，看了这么多年，看着她解完一重困再破一重局，仿佛有用不完的聪明，看着她面对岁月，不肯退让分毫的美丽——你以为她要凋败了，展眼再看，她又光艳如初了……只是这一切，不会无缘无故……油尽灯枯的黯然结局到来时，以艾薇的心性来说，太难接受……此刻思之无用，司望舒走出竹林的时候，就让那点儿忧虑，散在了迎面而来的热风里。

艾薇带着薄醉午宴归来。司望舒的办公室隔壁就是她住的套房，绕过办公桌后的屏风遮挡的门，可以直接过去。艾薇进带卫生间的主卧卸完妆、换好衣服出来到套房的小客厅，酒店A区的服务生送来了一杯咖啡，还有未拆包装的高尔夫球服、鞋和帽子，司望舒也从办公室进来坐下。

艾薇端起咖啡来喝，含混说："约好三点去打球。"

司望舒端详艾薇，"看来很顺利。怎么显得有点儿歉疚……"

艾薇放下咖啡杯，"很歉疚——没想到，我搅了你的清净道场！"

"望舒心灵生活馆"这种天然"政治不正确"的地方，存在了三四年，已是难得的因缘，能由艾薇来收尾，也算是难得的因缘……司望舒觉得心里一松。

艾薇带着不安和慌乱摇晃她的胳膊，司望舒回过神儿来，忙笑了，"不是你我的事儿——凤园的地，政府批的是文化用地，还给了一部分配套投资，现在的定位，很难摆脱高档会所的嫌疑，开放、转型是必然的事情。二期的雅园、颂园的方案，本来上一任主管领导已经同意了，没来得及签字他出事儿了，继任领导来风园考察了一次，回去否决了雅园和颂园的方案，施工证办不下来，配套用地上的商品房和综合体也动不了工——你是来帮忙的，不是来捣乱的。"

艾薇松了口气，随即埋怨："你早告诉我，我还能再加点儿价！"

"现在也不晚。对于丰海来说，董事局主席不会花一顿饭外加一场球的时间，只跟你谈'孙子公司'下面的一个小项目的。"司望舒说。

艾薇端起咖啡一口气喝完，开始打工作电话。

司望舒站起来，指着主卧，对正打电话的艾薇说："不用看我也知道会乱成什么样子，去打球之前，把战场清理干净！"

司望舒有个两点钟的单人课程，约课的客人，就是上午唱昆腔的灰衣女子。她已经是巩固阶段，相对比较轻松，下课时司望舒告诉她不必再约课了。司望舒走回办公室，发现套房的屋门开着，朝里看了一眼——她也没指望艾薇真会清理战场，虽然艾薇答应时拼命点头——司望舒呆住了。小客厅沙发上摊着四五套罩着防尘袋的裙子，地上一堆鞋盒子，茶几上还放着个三层的螺钿首饰盒，一个玫红的无纺布收纳盒，艾薇的助理从卧室里掬着要扔的球服球鞋的包装盒出来，不好意思地说："司老师对不起，艾薇总要换衣服……"

活得如交响乐般浩大，艾薇啊……司望舒不想让艾薇的助理尴尬慌乱，立刻退了出来，回到办公室去做自己的事了。

司望舒在电脑上填完刚才那女子的记录，点结束课程，工作流程系统会通知客服中心，协调安排离开的时间和方式，减少刺激平稳过渡……最后一个蓝色的未完标志消失了，屏幕上一片灰白……

有人轻敲开着的办公室门，司望舒闻声抬头，门口那人拎着三个大购物袋抱着一大捧花，朝司望舒笑着伸出手，自我介绍，"司老师好，乌迪。"

司望舒忙把她让到隔壁套房，乌迪环顾小客厅，笑道，"侵略者来了！"

二

盛世薇光团队，当天就"进驻"了风园。

艾薇再次出现在司望舒办公室的时候，换了条抹茶色的真丝无袖长裙，松松地系着秋香色手编腰带，她近乎是冲进来的，腰带的流苏穗子飘起，挂在了瘿瘤木茶海不规则的边缘上，只得停下小心地去解那团丝线。

司望舒扣上了电脑，"干吗？慌张成这样！"

艾薇说："惹你不高兴，被扫地出门，急着过来道歉呀！"

乌迪是被艾薇叫来开会的。她提前买了食材，向司望舒提出了个"不情之请"——借用厨房。司望舒让服务生拉了辆行李车上来，装上艾薇的各色行头首饰化妆箱，先拉去了开给她们的客房，再带乌迪拉着食材去风园里的小厨房——主席今晚没客人要招待，跟那里的主厨对接一下，乌迪就可以用了。司望舒让助理通知艾薇，打完球回来直接去房间洗澡换衣服、化妆，然后去吃午饭的地方吃晚饭，司望舒开始整理自己的资料，没想到艾薇又跑了过来。她嘴里说着是来"道歉"，司望舒知道她实际上是来"报喜"的。

艾薇走到她身边，依着桌边，低头摩挲着胳膊上缠的一长串细小的冰种黄翡珠子，说得颇为矜持含蓄，最后爱娇地推推司望舒，"陆离晚上带团队过来，明天一早开始谈判，给我个小会议室呗。"

司望舒拿起艾薇的胳膊，一圈一圈地解下那串珠子，莹润透明，触手生凉，司望舒摩挲着珠子，看着艾薇，"我安排好了和你们对接的负责人，心灵馆的收尾一周之内应该能完成……"

艾薇愣了，"你未卜先知？"

司望舒笑说，"先知谈不上，的确也未卜，五月份我就开始在做结束的准备了。"她把那串珠子拍在艾薇手上，"走吧，咱们去鉴赏乌迪的厨艺。"

艾薇挽着司望舒朝风园走，"我真不喜欢这个乌迪……"

司望舒说："也不能勉强你喜欢，今天我见了，还算正的一个人。"

艾薇站下了，"你不知道她有多恶毒、刻薄、阴暗——骂我龙团凤饼婊！她还正？弯弯肠子不要太多！她这次和陆离一起设计余菲菲——余菲菲最后拿到的钱，买不回当初卖掉的那套房……"

司望舒叹了口气，"你比谁都明白她的真假邪正，可你还是心里不舒服！"

艾薇笑了，挽起她的胳膊继续走，"你好可怕！"

那片竹林是从淇澳竹林蔓延过来的，里面藏着那个小小的竹栏敞轩，敞轩内的餐桌已经布置好，乌迪带来的花插满了敞口玻璃花缸，怒放的深红色重瓣雏菊，衬着暗绿色的桌布，朱碧两色浓郁得像在流淌，音乐一般溢出了物的边界，那是遥远异族民歌里听不懂原委的甜蜜忧伤……

花下是伏在桌边发呆的酱紫——像是感觉到了司望舒凝视的目光，回过神来，对着她们一笑，"晓筱非要回去换掉绿T恤，她不能忍受自己和餐桌撞衫。"

艾薇笑着看司望舒，央告地晃晃司望舒的胳膊。司望舒知道她还是想问晓筱如何好起来的，故意笑着说，"你这一路撒娇，还没够？酱紫看着呢！"

敞轩和小厨房之间有一条廊子连着，两个服务生一个推着放凉菜的餐车，一个抱着装酒的冰桶沿着廊子走过来，乌迪端着杯白葡萄酒跟在后面，她喝了一口，环顾四周，"在这儿做档美食类真人秀吧，厨房很漂亮，也好用！"

艾薇笑着说："你也考虑一下司老师的感受，这么肆无忌惮！"

乌迪走过来，"司老师已经用笑脸欢迎侵略者了！"

乌迪在桌边放下酒杯，对冲着花发呆的酱紫说，"贝加罗雏菊，漂亮吧……"她的目光落在酱紫搁在桌边的手上，愈合后的伤口留下了很淡很细的一条疤痕，有些惊讶地笑着说，"哎，有爱情线嘞！"

酱紫跟着被拉起的手站了起来，随即又软软地倒了下去，乌迪一把抱住她，司望舒绕过桌子，掐住酱紫的人中，和乌迪一起托着她坐回椅子上，很快酱紫就苏醒过来，趴在桌边，林晓筱换完衣服回来，跑到她跟前，"你又晕了？"

酱紫羞惭地说："我真扫兴……"

乌迪走到了敞轩的边缘，拿出支烟，司望舒抬头说："进来抽，敞轩里监控拍不到——来这儿的客人常有抽烟的，这里装了排风系统。"

乌迪默默抽完烟，又进厨房去看热菜，司望舒等在厨房门外，等乌迪出来，悄悄告诉她一会儿如何玩游戏，乌迪起初有些吃惊，听完一下把司望舒抱起来转了一圈放下。桌边的人都在看，等她们过来，艾薇瞪着司望舒，"你跟她说什么？"

乌迪笑道："司老师说她对我一见钟情，我说Me too（我也是）！"

大家都笑，只有艾薇木着脸抿抿嘴，没搭理乌迪。司望舒不管艾薇，招呼大家开餐，服务生倒酒，桌边除了司望舒、艾薇、林晓筱、酱紫、乌迪、酱紫和艾薇各自的助理，还有司望舒叫来的林晓筱的陪修小林、小夏，九个女子团团坐了一桌，司望舒先敬乌迪，赞美乌迪的厨艺惊才绝艳，众人纷纷附和。服务生给司望舒拿来了色盅，司望舒说咱们来玩"KISSKISS"吧。

酱紫的助理倒吸一口气，"司老师也太潮太酷了吧？！"

艾薇被助理科普游戏规则，立刻反对："疯了吧？你我跟她们玩夜店游戏？！"

司望舒说："你闭嘴！举手表决——哎，你们不想看高贵冷艳的艾薇总Kissing吗？——少数服从多数！"

艾薇看着齐刷刷举起来的手哀叹："民主是最可怕的人类游戏！"

游戏规则很简单，掷色子，掷对点儿的两个人喝酒、互吻，可以吻额头、脸颊、嘴唇和脖子，酱紫的助理和小夏就吻嘴唇和吻脖子的意义发生分歧，激烈的学术碰撞被司望舒打断了，"流派不同，咱们搁置争议，各吻各的意思！"

从司望舒开始，大家轮流掷，艾薇和小夏先对了点儿，喝了杯酒，互相亲了脸颊，小夏亲艾薇的时候，让小林帮她拍照片，性命担保不发朋友圈。几圈下来，四瓶白葡萄酒消失了，有一轮是乌迪吻了小林的嘴唇，几个女孩子尖叫着拍桌子，酱紫的助理抗议乌迪为什么只吻她额头，乌迪回答说："把你脑壳里的松子儿吻成花生仁儿，至少不会再把酱紫一个人丢在夜店里了！"

两轮后，酱紫和自己的助理掷对了点儿，她们俩嘟起嘴唇接吻，还举着手机自拍——林晓筱就过去给她们捣乱，三个人笑着滚在一起。闹完了继续玩儿，酱紫掷了个六点，司望舒胡乱掷了一下，起身走走，隔了四个人是乌迪，乌迪掷完，走到她身后的司望舒伸手摁住了色盅，揭开一半，抬头笑说六点。

乌迪走到酱紫身边，酱紫也站了起来，两人碰杯，乌迪让酱紫选"姿势"，小林小夏开始"污污污"地拍桌子起哄，酱紫竟然吻了乌迪的脖子，乌迪夸张地靠着敞轩的栏杆，说晕，多巴胺瞬间分泌太多处理不了……

敞轩里灯初亮时，已经近八点，艾薇的助理告诉艾薇，陆离他们半个小时后到。只有乌迪和艾薇去开会，司望舒陪她们去会议室，艾薇笑着说："折腾我们一晚上，就为给酱紫实施'脱敏'疗法？"

司望舒说："不是，主要是为了看你羞羞答答被小姑娘调戏！"

艾薇笑着啐司望舒，忽然正色，"你们的会议室不会也——"

司望舒说："只有风园和C区特护房间装有监控，会议室和所有工作人员的办公室以及酒店其余房间，都没有，公共区域才有。放心密谋，明天见。"

把艾薇的人关在了门外，走进卧室，艾薇残留的香水气味依旧浓烈，仿佛她又跟了进来。艾薇最近几年专用一款Bijan的香水，非得说是木香龙涎的味道。司望舒意识到自己有些隐约的焦躁，她开始检查原因。

似乎和酱紫有关。今晚充满性暗示和性炫耀的游戏营造的场景，酱紫的初步反应是积极的，说明自己对她"心灵场"能量文化符码的辨认和引入符码的选择，都是对的，接下去的治疗相对就容易——不管用什么能量维持了"心灵场"的正常阈值，就是"修复"成功。司望舒不会用文艺的眼光分辨什么残酷温暖阴暗光明，更不要说道德眼光里的高尚卑下自私无私了……不然积累下来这三百多例不同程度"生效"的实验对象，足够挑战司望舒自己的心灵场阈值了。

为了这场颇具规模的实验，司望舒的确挑战了自己的现世规则。望舒心灵生活馆里一部分客人是实验对象，有一部分是选择常规治疗方案的普通客人，另外则是用"金主"，他们的无聊空虚维持了生活馆的运营——弄些"冥想""正念"，包括催眠之类的小机巧，对司望舒来说不是难事，佛禅中医、显宗密宗，她也拿来做手段营销课程了。只是她做得克制、谨慎、隐秘——事实上，除了她自己，谁也不知道那些客人有什么质的区别。当然，遇到不能承受费用的理想实验对象，司望舒就代为支付费用——这几年，她在客人和陪修们眼里，越来越像菩萨了。

这场实验能推出的结论，就像那块暗绿玻璃碟子的香茅艾草皂一样，触手可及，只是手伸过去，却感到了森森的阴冷之气……司望舒察觉到自己内心在抗拒，立刻告诉自己，那就多退一步——放弃这个显而易见的结论，回到实验素材本身，重新研判——压力消除，诸多蠢蠢欲动的浮念随之消停，洗漱上床，略自调息，也就安眠了。

急急的敲门声和外屋办公室的电话铃声同时在响，司望舒刚醒时还有些疑惑自己在做梦——她到无梦深眠的状态已经有几年了——自己对风园的执念如此之重，竟有了这样的梦境？也就一念，她随即清醒了，起身去开门。乌迪穿着件大T恤，光着腿，头发还是湿淋淋的，脸色凝重，合上手机，进门随手关上了门，递给司望舒一个信封，里面有一个U盘和一张打印出来的纸条：退出风园项目，否则后果自负。

乌迪说："艾薇，我，陆离三个人房间里有，公司其他人确认过，没有。这里面，是视频——是艾薇……"

司望舒蒙了一下，随即冷静下来，打断乌迪，"不必说了——艾薇怎么样？"说着就往外走，乌迪跟在她后面说，艾薇就说了一句去找司望舒，再也不肯说话了……司望舒走得太急，踩到裙摆踉跄一下差点摔倒，她随即扶墙站稳了……

三

艾薇眼皮渐渐停止了抖动，她在药物的强迫下睡着了。司望舒从艾薇的手里轻轻抽出自己的手，离开房间，轻敲对面乌迪的房门。

房间里不只乌迪和陆离，还有酱紫，酱紫正在盯着电脑屏幕，不断用鼠标调整，细看那段录像。乌迪忙解释，"司老师，酱紫心很细……"

酱紫定格一帧画面，仰头说："这不是监控录像，是有人拿手机对着显示屏录下来的——放大画面，仔细看，屏幕上那人的影子……"

司望舒略松了口气。心灵生活馆与酒店的监控是分离的，主控界面只有在她办公室的电脑上才能打开登陆，无论是调看、复制、删除都只能由她来做。中控室只能看到公共区域的画面，但是风园属于公共区域。那晚她打开电脑，本来是要拷贝单人课程的录像资料，打开公共区域界面随便看了一眼，深夜时分，一片黯淡的园内只有乔松区域的画面是亮的，说明有人在，她点开放大画面，看到了乔松岗下茅屋内的艾薇和左后卫……

司望舒愣了一下，迅速退出画面，登陆主控界面，输入口令关闭了乔松区域的监控，然后调出录像进行彻底删除，退出登陆，关闭电脑，一路急走到中控室，敲门进去发现值班的两个安保人员，一个略显尴尬地朝她笑笑，叫了声司老师，另一个则假装在看一墙的监视屏，听到她的声音，才扭头示意。

司望舒认出了笑的那个人，是左后卫的表弟，沾表哥的光才有的这份工作，那位表弟抢先说："司老师您放心，我们不会乱说。"

看来事情就出在这个"不会乱说"的表弟身上。司望舒拿起房间的电话，打给总台，果然——左后卫今天入住了，司望舒问了房间号。放下电话，司望舒对着酱紫说："回去睡吧，你别跟着熬了。"

酱紫站起身，认真说："我觉得这段录像根本没什么威胁，尺度也就到Kiss……"

乌迪哼了声，"真是有代沟——大人说话，小孩儿不要听，快回去睡觉！"

酱紫乖乖地走了，司望舒简单说了左后卫的身份以及其中的利害关系。风园一期策划案原来的定位是传统文化与中医养生，在寻求技术支持时左后卫在中医药大学碰上了司望舒，这才有了后来的望舒心灵生活馆。左后卫团队做了五年的二期雅园颂园方案被否定，他还在紧急修改——显然今天知道自己出局了。

陆离说："这个左后卫倒不可怕——我去谈。只是消息透得这么快，说明我们要蹚的这摊水够深够浑。司老师，您千万得给我们保驾护航啊！"

司望舒笑笑，留在乌迪房间和她一起等陆离谈的结果。

乌迪捏着那张纸条，说："这个操蛋的世界啊！就躲不开这种拙劣又狗血的剧情！"她点烟，顺便用火机烧掉了那张纸条，"没指望活成史诗，活成篇有点儿思想逻辑的小说行不行？混到四十大几，连装逼资格都快混没了！"

司望舒颇有意趣地看着乌迪，"乌迪老师还想过要活成史诗？"

乌迪笑着说："不是抓过理想主义的尾巴嘛！咱们是同龄人——你看陆离，无情无义唯利是图一混蛋吧？还想跃迁到移动互联世界继续办《新青年》呢！"乌迪熄灭了烟，颇有些郑重，"司老师，我是个俗人，不敢说劝您，学一句舌：粉墨登场笙管浓，谁知槛外雪花重——您下凡帮帮我们……"

司望舒摆手，"什么槛内槛外，这话我不配……"她意识到自己的急切会被误解成矫情，放缓了语气，"乌迪，咱就不老师老师瞎客气了。我知道自己——"

乌迪说："你至少得帮艾薇过道坎儿——不是今天这事儿，这是意外……"

陆离回来打断了她们的谈话，显然事情得到了圆满的解决。陆离敲门进去，态度强硬，直接告诉左后卫他们公司要报警，敲诈勒索是刑事犯罪，如果他们这些业余侦探不到半个小时就能找到他面前，警察破案会更容易吧。硬的来完来软的，陆离替左后卫感到遗憾，和艾薇有这份情谊，何苦被人当枪使——因为接下来他合作的甲方，不是现在透露消息给他的人，而是艾薇。盛世薇光要与中海文旅地产版块整体合作。艾薇是念旧重情的人，希望左后卫能明白。左后卫最后几乎是感激涕零了，不仅当场删掉了手机里的视频，还竹筒倒豆一般自己知道的中海内部人事关系说了够。陆离笑着说："一个很天真的老人家。"

那段视频是他表弟录了发到他手机上的，原本是开玩笑，左后卫当时没看见，后来也吓了一跳，他表弟说司老师处理过了，他才放心，逼着表弟删了录像，他自己却没舍得删——今天听到消息，脑子一抽就想出这么个昏着。

这样的昏着，是左后卫大脑皮层的化学电信号与周遭充斥着拙劣狗血剧情弥散出的信息场能量交换的结果……艾薇永远跟这些不堪的人和事纠缠不清……

司望舒回到卧室，斜倚着床头，艾薇的香水味还在——艾薇怎么就闯进自己的世界还赖在那里不走了？

不知道自己为什么厌烦透顶还会大冷天在雁栖湖边陪她到半夜，听她为一段庸俗肤浅的情感喋喋不休，不知道为什么接到她一个含混不清的电话，就闯进酒吧从一群说不清是艺术家还是流氓的家伙手里把嗑了药的艾薇抢出来，伺候她吐了一夜，第二天等她醒来，扇了她一耳光……

与其说不知道，不如说不想承认——黑暗中那股味道幻化出了艾薇，翩然如蝴蝶般轻轻落在她身边，她甚至能感觉到那股所谓木香龙涎里肌肤的温热……司望舒跌落时很清楚自己没有睡着——她摔得很实在，半天没能从地板上起来——颠倒梦想……

司望舒慢慢起身，深吸一口气，左肋下有一处隐隐作痛。她走到小客厅，烧水给自己泡了一壶菊花，玻璃壶里慢慢舒展开的金丝线菊，一朵就占满了小巧的壶身，水与玻璃都分有了花的颜色……

次日一早，司望舒去敲艾薇的门，没人应门，她找服务员打开房门，艾薇醒着，手里握着手机，躺在床上，看见她进来，丢了手机，一下缩进被子里去了。司望舒拿起滑落的手机，手机还停留在微信界面，陆离把事情结果告知艾薇，早餐碰面时，有些想法要请示。司望舒把手机放在床头柜上，笑说，"知道晓筱是怎么好起来的吗？我们俩一起读《红楼梦》，她就好了。"

艾薇掀被子坐起来，"你瞎说八道。"

司望舒说："你要相信科学。我们才读到第二十五回——魇魔法叔嫂逢五鬼，通灵玉蒙蔽遇双真。"

艾薇歪头看着司望舒，似乎在辨析她是在开玩笑还是认真的，司望舒笑起来，"快起来，不还得打扮半天吗？今天，我陪你参加会议。"

艾薇出现在西餐厅，那点儿郁郁的情绪被白粉绿黛遮得严严实实，只有司望舒注意到了她不断抿起来以至于破坏了唇线的嘴角。陆离完全在用汇报的语气和措辞谈自己的想法，艾薇默默地听着，喝着咖啡，乌迪起身给她端了一碟甜点一碟水果，艾薇吃了颗葡萄。陆离和乌迪都是聪明剔透的人，态度自然要越发恭敬。

司望舒也就参加了第一天上午的会，下午给酱紫做了一次完整的"心灵修复"，完成林晓筱的出院报告，至于别的客人离开的事情，酌情协调就是。

三天后，关于风园项目的合作协议签署。虽然协议内容还是酒店公司以购买服务的方式委托盛世薇光团队完成风园一期的内容转型和二期的内容建设，但在当晚的晚宴上，已经有人在讨论呼之欲出的"中海薇光文旅集团"了。

司望舒去露了一面，心灵生活馆完成历史使命，司望舒与中海方面彼此表达感谢。回到办公室，全部资料备份已经装箱，贴着封条，电脑已经彻底格式化，自己的东西有限……有人敲门，门外站着不好意思的酱紫，"司老师，您有时间吗？我想和您——聊聊。"

捧着司望舒给她沏的菊花茶，酱紫说她读了《延展心灵》，"读不太懂，稀里糊涂地看，好多术语，上网查了解释还是不懂……"

司望舒笑了，"以我昏昏，怎使你昭昭？师妹要做项目，她翻的中文，心理学术语就这样，比喻、借用，还有生造的，很难弄——这种书，你不必看的。"

酱紫说："我还是觉得很神奇——心灵不是以人的皮肤为界的，也不是以身体为容器的，人的认知是神经系统、身体与环境之间动态交互的自组织过程。我，是一种'场'式的存在，心头一念，可能是被千里之外百年之前某个故事中的某句话牵引控制，也许自己都不知道那句话……如果'我'，是因果耦合变动不居的能量交换'场'，是不是不断引入好的能量，'我'就会变好一点点？"

司望舒笑了，"延展心灵观只是一种假说——其实，人类目前对'心灵'，认知、意识的了解非常有限，没有共识。不过作为生活中的人，笛卡尔主义那种'我思故我在'的主体性观念，是思考的基础——不需要知道就会这样做，人很难接受一个不独立的自我——你的想象很有趣，有点儿像做环保，多种一棵树，少开一天车，就多一点儿蓝天……"

酱紫也笑了。

司望舒给酱紫续茶，"自然生态也没这么简单，既然是耦合，就不会遵循线性因果论——延展心灵观基本的问题都没有解决，只是启发了我的思路，至于我所谓的'修复'，那只是比喻……"

"第一次见到您，您给我讲过化城喻……"酱紫捧起茶杯，"我现在才知道，那时候，您事实上已经给我做过一次心灵修复。"

化城喻，是司望舒经常用来宽慰人的佛教故事——虚幻的城，却能提供真实的庇护和憩息——需要这个故事宽慰的人太多了，包括司望舒自己。拿着无形的手术刀去拨弄、切割、缝合那些"人心"久了，她需要这样的故事来抵御不知来处却浩大无边的虚无……这场谈话从有趣走向了危险，司望舒想结束它。

"书读多了心思多。"司望舒笑着说，"你这样会把自己绕糊涂的。你不能拿概念检查自己的心，就像你不能查着百度百科，给自己看病一样，会出事儿的。"

酱紫也笑了，放下茶杯，"我小时候——年轻的时候，身边都是很糟糕的事和人，我就觉得自己跟他们不是一国的，我属于一个更好的地方，属于更好的一群人——现在，我曾经以为更好的那群人，和我以为很糟糕的那群人一样，没有更坏，也没有更好，真没意思——人活着总该变得更好……"

"别忘了这个念头，去做想做的事——follow you heart！"司望舒起身抬手，做出拿那句英文当口头禅的脱口秀演员的经典手势。

酱紫又惊又笑，"您也看这个?!"她也站起来，"您是我见过的最完美的人。"

四

镜子里，笑凝固在脸上，司望舒用力搓了搓脸，才让略显怪异的笑脸消失了。酱紫离开了，但她那些子弹一样的问题却留在了司望舒的身体里，司望舒像迟钝的无痛症患者一样，低头看见伤处才知道——司望舒立刻盘腿坐在地板上，调整呼吸，收摄心神……

"So?"耳边响起那人的声音。

六年前，桑耶寺廊下，他和她并排坐着，看暮色中看着低头走过的僧人手里不停转动的转经筒，司望舒低声说，"都是徒劳……"

他扭头看她，"So?"

司望舒没有应他。徒劳又怎样？不怎么样——司望舒何尝不知道自己穷其一生做的事，也是一场徒劳。

十二岁之前司望舒的人生基本设定是这样的：远在新疆的父母，死于一场车祸，一岁的司望舒被舅舅抱回来，交给了姥姥。小学毕业那年的暑假，舅妈和舅舅打架，被打伤的舅妈吼叫着早晚我也学你妹妹，杀了你。听到这句话的司望舒只问了一句，我妈杀了我爸之后呢？舅舅扭头冲出了家门，舅妈搂着她哭——司望舒的妈妈疯了，至少司法鉴定是这样，更荒唐的是，跟着舅舅回到老家的疯妈妈，第二年竟然在家门口丢了——大家猜测多半是被拐卖了。

司望舒的世界和这个世界中的自己，就像一面巨大的镜子，无声无息地碎了。当然，另一重世界景象和另一个自己，也随之出现——但是十二岁的她，凝视着，摸一摸，瞧一瞧，疑心那是另一重镜子……她不曾与任何人谈论这种疑惑，她也不愿意清理掉那些碎片，她以与年龄不相称的耐心与审慎，花了很长时间去辨析那些碎片……填报高考志愿时，一贯温顺听话的她，谁的意见也不听，坚持选择了将来要被分到精神病院的专业——这是不能商量的。司望舒进入专业领域之后，才知道自己所要解决的疑惑，是一项浩大到注定无法完成的工程——但她还是眼也不眨地把二十七年投了进去。

司望舒使用过几乎人类现有的所有心理学方法对自己进行认识和分析，她的情绪和心理状态在科学管理下基本是恒温恒湿的，今天竟然被一个懵懂女孩子的问题弄得寒热往来——即便问的人懵懂，问题还是问题，司望舒被那问题逼得一路东拉西扯找遁辞，最后竟表演起来——她羞愧得头脸发烧，吸进去的那口气竟也变得滚烫直扑左肋，她疼得一下歪倒在地板上——足足等了两三分钟，才慢慢试着起来。看来前几天跌的比以为的严重——有过旧伤，司望舒判断可能又骨裂了，她慢慢呼吸，平躺在床上——掩埋在记忆深处的一个场景翻腾出来……

也是六年前，和那人进西藏之前，陪他去看望一位老师。司望舒甚至都不记得这位老师的姓名。她当时有了"延展心灵修复"的初步设计，尝试过一两次，没什么效果。那晚的谈话她基本没有参与，那位老师似乎是怕太过冷落她，问了她，司望舒就说了，老师听了，问了她一句话，为什么要做这个？司望舒很自然地回答，做研究。老师说，等到生效了，发心就重要了……她当时没有听懂这句话，轻轻放过了。

静静地躺了一夜，司望舒明白自己错过了什么……翻出电话簿，算算时差，拨通了那人的电话……

五点十分，司望舒拿着收拾好的简单的行李到楼下上车，给艾薇发微信说明去向，一个小时之后，她已经在登机口候机，耐心地听完艾薇在电话那头的叫喊，两个半小时之后，她在四川双流机场上了一辆出租车——午后一点，司望舒已经在大佛禅院，面对着莫先生，吃下一碗素面……

司望舒今天才知道，老师姓莫。莫先生住在这里整理自己的文稿，每天佛学院的研究生过来帮先生打稿子——不熟悉佛教典籍的打字员打不了先生的稿子。司望舒当天下午就把自己变成了打字员。莫先生看她打稿子，笑着说，读了这么多经啊。司望舒说，都白读了。莫先生说，不白读。

两个多月后，司望舒收到乌迪的一条微信：望舒先生台鉴，蔷薇无花，光怪陆离——自执金戈自执矛，自相屠戮自张罗。先生但将窗外清凉，分半点与这热闹人间，慈悲慈悲，救我于水火！

司望舒看后一笑，她也正要回去，学校开学两周了，好在她带的研究生节后才开始上课。走前闲谈，听莫先生讲，同在禅院住的那个辟谷养生班，有个学员前一晚饿得睡不着，出来瞎转，先生见他可怜，就给了他一包苏打饼干，他转瞬吃完，看着空袋子说，花八万块钱修行得来的道理，葱油苏打真好吃。

司望舒咯咯地笑。莫先生笑着说，我本来还担心他会后悔偷吃——破了功，没想到，他竟然悟了！司望舒越发笑起来，莫先生看着她说，听见你的笑声了。刚来那几天，你的笑没有声音——看来伤是好了……

司望舒眼眶有些热，什么话也没说。

北京落地，来接机的不是司机，而是乌迪、酱紫和林晓筱。上车后乌迪笑着说："艾薇吃醋生气呢——说她打电话求你都不回来，我一条微信你就回来了。"

司望舒笑着摸摸林晓筱的头，"你怎么样？"

林晓筱说："我辞职了。现在的老板是酱紫。"

司望舒对酱紫说："那你这个老板做得一定很辛苦。"

酱紫笑着说："再辛苦也比乌迪好受点儿……"

林晓筱插嘴说："小姑姑都朝陆离脸上扔投影笔了，乌迪凌空接住，哇哦，好精彩！"

艾薇竟然一改戏路，司望舒又是惊讶又是好笑——她问林晓筱，"陆离怎么惹你小姑姑了？"

《艾薇女士的客厅》第五季策划案大改了三回，为了给陆离施压，第三次艾薇亲自讲的PPT。乌迪说她都怂了——那就再做一季吧。陆离偏就杠上了，花钱费力招人骂，我是有多贱？！

艾薇当场就爆掉了。过后自然是陆离道歉，但他还是不肯让步——因为他要对董事长和公司负责。道歉成了辩论：只要流量不讲格调不顾底线，惹得麻烦还小?！这是对公司负责吗？——什么都是假的，只有流量是真的！饿死的都是不识时务的假清高！艾薇一个"滚"字，终结了这场新媒体观念之争，自此乌迪就如婆媳矛盾中受夹板气的儿子，两边看脸，水深火热，连和中海旅游谈判这样的大事，都因为两个人的态度拖慢了节奏。

"陆离不是觉得策划案不好，而是想彻底停掉艾薇的节目吧？"司望舒问。

乌迪开着车，"真人面前我就不说假话了，是。那次我说让您帮艾薇过一个坎儿，指的是这事儿。咱们去风园——明天'风之子'录半决赛和决赛，艾薇决赛要颁奖——不知道您看没看，节目上得仓促，效果还不错……"

林晓筱说："我们可火了！是今年暑假最火最火的真人秀！"

"有什么可炫耀的？几个流量鲜肉拉着嫩模小花，穿着不伦不类的假汉服满园子乱跑，能说清楚'关关雎鸠'，就是集美貌与才华一身的'风之子'——反正中海的钱，砸呗！"艾薇幽怨地看着司望舒，"回来你先跟我说节目?！"

司望舒看看十人台的包间里只坐着艾薇、林晓筱她们三个，乌迪与酱紫都有事要忙——不忙她们也要躲，"既然说了，就说到底，"她夹了一筷子姜汁西芹，"撤吧，当盘被人嫌弃的菜，还不如不上桌。"

"不管曾经多受欢迎，下一秒就可能被嫌弃，这是做内容的命——我接受。十几个人弄一百个公号，不是人在写，机器抓取内容，算法来判断推送，编辑不要脑子，就像工业化后纺织工厂的女工，来来回回看着机器就行——有点儿想法和创造力的编辑都辞职了。我不接受这个！优质的原创内容，才是新媒体的本命。"艾薇说到最后动了气，扭头看见林晓筱在弄手机，"林晓筱，好好吃饭！"

林晓筱默默放下手机，开始喝刚上桌的泉水松茸汤。

司望舒一笑，"真是太阳底下无新事——中国有纺织厂快两百年了吧，缂丝云锦纳纱绣，没了吗？过去宫里的娘娘穿，琏二奶奶林姑娘穿，现在您老人家还在穿——不做无谓之争了，你也不是认真气这个。"

林晓筱喝完汤，胡乱吃了两口凉菜，就匆匆忙忙跑了。

艾薇用青瓷小勺搅着汤，"连晓筱都是能躲就躲着我了——真成惹人厌的老女人喽……"她抬眼看司望舒，"我知道——抱怨才是衰老的标志……"

司望舒笑起来，"别搅了，鸡汤凉了不好喝。"

艾薇丢了汤勺，"听这银铃般的笑声——上了趟峨眉山，菩萨变妖精啦！哎，我说白素贞，别笑了——"艾薇忽然不说话了。

刚绕过挡门屏风走进来的陆离，开口说："看见司老师笑，我就放心了。"

五

艾薇与陆离的这场闹，半真半假。艾薇不肯低头退场，陆离坚决要停掉节目，这是真的。陆离人情练达，何苦正面硬杠？继续拖着就好了——反正也拖了大半年。艾薇多大的委屈都能忍，根本不会在正事儿上使气任性，这样的两个人偏就当着全世界打作一团，外人也许能信，司望舒却觉得太过"抓马"。就连两个人所谓的观念之争，多少都有些台词的色彩——陆离的文青心思，一点儿不比艾薇少，艾薇的现实考量，只怕比陆离还多。

司望舒在禅院看了两期"风之子"，还和莫先生讨论过。莫先生听后说，做的人有心。节目设计得糙，但构成十五国风队的队员，那些通过"出道"选上来的素人，展现了遴选者独到的眼光——都不是通常所谓的综艺咖，也不像艾薇鄙薄的那样无脑，给选手发挥的空间很开阔，有个选手就一首《蒹葭》，《毛诗序》如何说，朱熹如何讲，王国维怎么评、钱钟书如何分析，琼瑶如何改，我如何理解……口若悬河十三分钟，节目组一秒未剪，现场一片惊呼，满屏弹幕都是"不明觉厉"。陆离无异在用一种挑战的姿态来规训观众的口味。不过他也没有冒险，当红"鲜肉"和嫩模来做领队，芒果台请来的主持团队，收视保证还是有的。

第一季刚播四期，第二季的海选已经在"出道"上如火如荼地开始了。借着中海给的这桶水，活了"出道"这条大鲤鱼，一季"风之子"，鲤鱼跳过了龙门，谈判桌这边盛世薇光的身价，早不复当初了。

这才是艾薇和陆离敢闹敢拖的真实原因。

司望舒尽职尽责地当好了台阶，那两位也都款款下来了。三个人吃完饭出来走到大堂，值班经理跑出来给陆离道歉，折腾半天也没调出来房间——A区顶层的总统套都被粉丝团包了去，节目组的工作人员全住在附近的快捷酒店。

艾薇忍着笑，故作淡然地说："要不，我让晓筱跟我挤挤？"

陆离笑着说："艾薇总，做人要厚道！"

陆离走了。艾薇挽起司望舒，笑出来，"听我八卦啊，余菲菲这阵子都在微博上撞天屈告地状，陆离不仅骗了她十八年青春，还设局骗她损失了以千万计的财产，乌迪、酱紫是帮凶，有录音有照片，协议文件银行记录，铁证如山……我也是才知道陆离跟酱紫还——奇怪，这次她倒跟没事人似的。"

司望舒微笑着说："不止吧？她应该会力挺陆离。"

"真是！"艾薇笑着说，"酱紫在微博上把余菲菲骂她的话一句一句怼回去。有一句很精彩——用自己女儿生日做手机密码，十八年没有改过的男人，变成了渣，只因为遇上了余菲菲这个人性粉碎机！比喻清奇，逻辑也让人无语——对了，陆离的女儿真是好，明天你能见到——"

第二天司望舒被艾薇强拉到主看台——看陆离的女儿，更看陆离的表演。

陆离参与的是所有选秀比赛必不可少的煽情环节——亲友祝福，他站在女儿的对面，"看着我的小仙女，我自惭形秽——对不起，爸爸今天丢你人了。昨天跟摄像大哥还有我们的崔导挤在速8的一张大床上过了一夜，麻烦摄像给崔导个镜头，大家看到了，比我还丰满——但我骄傲，为什么？节目太火，方圆五百里都没房间了。上午丰海逼着开会，金主啊，那是我爸爸！不得听话吗？也没时间去捯饬，刚才想让化妆师给抹点儿粉吧，才发现胡子都没刮——忽然觉得这样也好，一个不堪、狼狈的中年男人，不算油腻，但也不够体面，甚至不够——干净，"陆离压着哽咽狠狠地说出"干净"两个字，满是笑声的现场安静下来，"但他够坚强，够努力，只因为有你！宝贝，爱你！"他朝女儿张开胳膊，女儿轻轻地伏在他怀里，他搂着女儿，面对观众说，"感谢女儿，给我机会让我爱她——虽然我给出的爱不完整，破碎，千疮百孔。莱昂纳德·科恩说过一句我很喜欢的话：万物皆有裂痕，那是光照进来的地方。"

"多会演！"折腾完全部流程，艾薇拎着礼服的裙摆，被安保护着刚出风园的门，扭头就对司望舒说，"多会演！那件不合身的皱吧西服，专门找的！"

司望舒扑哧笑了，"戏是假的，情是真的。就算情也是假的，理是真的。"

艾薇突然抿紧了嘴唇。餐厅落地窗前的水池上，金天正领着两个孩子在看水里的锦鲤，林晓筱站在一边打电话，她挂了电话，对金天说了句什么，匆匆往风园门这儿走，顶头撞见她们，她对司望舒说："望舒姑姑，看好我小姑姑，别把金天吃了——吃了我俩孩子就没爹了！"

艾薇气结，司望舒强拉她走了。第一季杀青的庆功宴艾薇都没去慰问示恩，脱了礼服，穿着衬裙窝在床上生气，司望舒就坐着陪她。

"你说理是真的，好！裂痕还不多吗？都成筛子了！光呢？怎么不照进来呀?!"艾薇捶着床，眼泪滚了下来。

艾薇的假睫毛掉了，粘在脸上，司望舒伸手替她捏下来，又难过又好笑地低声说，"裂痕，又不会发光。"伸手把纸巾盒递给艾薇，"给你讲个我的故事吧。"

艾薇一下坐起来，擦了擦泪，顺便把那边的假睫毛也拽了，瞪着眼看着司望舒。司望舒笑了一下，学着艾薇文章的调子开始讲，"……她强悍霸道拽着我，没让我自以为是地坠进冰冷的虚无里去。我很感激，那个十五岁走过来跟我说话的她，也很感激，四十四岁还像少女一样撒娇要我哄的她……"

"呸！我是熬鸡汤的祖奶奶！用不着你给我灌！"艾薇嘴上这样说，情绪还是好了很多，翻身下床，"看在你大抒情的分上，起来！"

艾薇走进浴室，一会儿探出满是卸妆油的脸，"哎，怎么觉得你变了？"

司望舒嘴角噙着笑，"骨头都摔出了裂缝，才透进来这么点儿光……"

春节前，司望舒来给艾薇告别，艾薇以为她又要去旅行，司望舒笑着说可能会久一些。有一个人，是她在斯坦福的同学，正在用司望舒"延展心灵修复"的实验资料建模型——他邀请司望舒去工作。这个人，六年来都和司望舒相约旅行，如果司望舒过去，也许他们可以试一试共同生活超过两周会发生什么，虽然两人都不是很有信心，但冒一次险吧……

"司望舒！"艾薇尖叫起来，"你还有多少秘密？！黄种人？白种人？黑种人？比你大？比你小——是男人吧？"

司望舒笑道："肯定是人类，常识判断是男性，医学角度就难说了……"

艾薇笑着笑着呛咳似的哭出来，立刻不好意思地抽纸巾擦泪，掩饰地拿起司望舒带来的档案袋，"这是什么？"

司望舒说："拜托你转交给酱紫，作为委托人，我请她帮我寻找母亲。"

艾薇蒙了，"你要上《名侦探酱紫》，一档网综节目帮你找母亲——你母亲不是你很小就去世……这是想治愈她，还是什么心理实验……"说着要开袋子。

司望舒阻止了她，"我走了你再看吧，是我能找到的所有关于我妈妈的材料，还有我写的事情原委……虽然知道会是徒劳，但还是拜托她去找……"

艾薇一直送到小区门口，她还要跟到地铁站，被司望舒拦住了。走过马路，司望舒回头，看到艾薇依然站在原处，浅白色石子漫铺的小广场空空荡荡，一阵携着尘土纸屑的旋风扑过来，艾薇侧身低头，裹紧大衣，越发显得伶仃……宛若那晚在风园虚室，她与司望舒站在林晓筱曾经倒下的那汪水前，一起朝下看，池底全是重重叠叠密密麻麻的各色异形石头，中间是亮的，周围是暗的，水波里光影动荡，只觉得幽森诡谲，龙蛇变幻……司望舒陡然心惊，挪开了目光，艾薇却执拗地走到了池中间的圆台上，低头，笑着说："该从这儿看，这儿打着光，看上去好漂亮……"

艾薇低头站在水中央，司望舒无意间抬头，穹顶上是天心明月——她知道那是影像，但又如何？穹顶之外，有真的天空……

选自《收获》2018年第1期

读计文君的小说，能明显感觉到她对虚构完整世界的耐心，只是这世界并非可以画出设计图，而是渗透在每一个角落，携带在每个人身上。沧桑的风云、代际的递嬗、花木的生长、房间的格局、器物的陈放，只要在小说中出现了，就一定有着特殊的气息和温度，氤氲出一派别样景致。人物一经出现，也不会行囊空空，匹马单枪，必然随身携带着时代本身的样态。或者也可以这么说，计文君虚构的世界，并非一座在风雨剥蚀中顽强挺立的城堡，倒似一个伸缩如意的阳羡鹅笼，不断移步换形，临机而变。日常的任何东西，只要进入计文君的小说，就有了一种追光营造出的效果，显而易见地郑重起来，连平板呆滞的神情都因为笼上了虚构的色彩而有了光泽。这个虚构的世界几乎从人情的世界里独立出来，有了自己明艳无比的风姿，给荒寒无根的尘世以安慰，给孤独寂寥的人生以希望，甚至启发人对自身的心性加以调理。或者也可以说，虽然小说里人物的经历只是虚构，但计文君小说里的一切，却都是她自己内在成长的过程，是她对生命反身自识的外在体现。（黄德海）

基本美

/周嘉宁

致远得知洲的消息时，距离洲的过世已经过去了一段时间。傍晚，致远与单位的年轻人打完一场篮球，接着他们兴致勃勃要去烧烤摊喝一顿，庆祝其中一个人的生日。致远推辞说要工作，像往常一样继续待在办公室里。过去的几年里，他待在夜晚的办公室，要说都在做什么，可能只是制造了一些空白的从属物。这所国营单位陈旧到了肃穆，庞大的家具彼此挤在一起，气喘吁吁，动弹不得。玻璃柜，文件，春联，水房里的锅炉。在白天象征着迟滞的权力，夜晚却唤起稳定和深邃的气氛，持久的疲惫之后绝对的平静。

"以前住的地方有社区游泳池，夏天暴晒，淌过消毒水池子往泳池走，漂白水味道很重，地砖烫到不行，踮脚踩在上面一路跳过去，却可以感觉到宇宙中有些是永恒。"洲曾经有一首歌关于旧社区里的游泳池。

便是这种类似的永恒。

每天，致远在深夜的单位游荡，穿过黝黑的走廊，仿佛漫步于废弃的舱体，听到近似宽慰的衰老心跳。这是被幸免或者幸存下来的宁谧。然而幸免或者幸存，如今这两者边界模糊，也很难确切描述。然后他坐回办公室的隔间，重新打开那条隐匿在信息流中的布告。

据说是洲的家人用他的社交账号发布的，修辞手法严肃过时，没有透

106

露出私人痕迹和他过世的原因，仿佛在与这位家庭成员赌气。配合着洲的头像，一只反戴棒球帽的表情诧异的狮子，有种讥讽和伤感的效果。致远曾经从洲偶尔的描述中推测，他出生于香港一个普通的知识分子家庭。父亲早年是作家，年轻时得过重要的文学奖，但出于愤世嫉俗的性格早早便主动抛弃了写作。中年时做过很多意想不到的事情，家里破产过一次，把家人搞得团团转。现在借款办了一所培训学校，洲的妈妈和姐姐帮着一起料理学校的事情。但父亲虽然暴躁无常，家里却始终有着自由松散的氛围，大家庭一起在乱哄哄的生活中挣扎，也是无限的欢乐。只有洲没有参与家庭的事业，性格也没有得到遗传，相反，从青年时代起便很懂得自律带来的好处。

致远迅速浏览下面的评论，过滤掉大量谩骂。如今的年轻人习惯使用简陋的讥讽和粗糙的重复来发泄情绪。暴戾，野蛮，简直令人恐惧。致远非常肯定他们从没听过洲早期的歌，要不然就是他们根本不曾有过年轻的心。也有更多哀悼和猜测。再链接到其他篇幅不一的回忆，来自他的朋友、同事，和跟随他多年的歌迷。这样拼凑出笼统的信息。

洲没有死在香港——不是唱过，"死也要死在我美丽的香港吗？"——而是在柏林。虽然是异国他乡，却是一个从字面意义上来说缺乏想象力的地方。结果媒体的报道也千篇一律的乏味和恶意，仿佛在暗示着故意隐藏起来的真相。毒品，抑郁症，桃色新闻，财产和版权纠纷。

不是这样的！致远感觉到心中的哀鸣。即便人们借口说他人的内心世界是幽深到不可被探知的黑暗，致远也清晰地知道，不是这样的！一想到自己曾经是这个行业链条的一部分，即便是一颗从未被拧紧的螺帽，他也感觉自己不能被原谅。连同对无能为力和不遂心愿的维护和辩解都不能被原谅。

2003年，致远来到北京参加单位培训，是他第一次离开中部小城。清晨从长途车站出来，在单位安排的招待所放下东西以后，就按照约定从上地坐了两个小时公交车来到香山附近的摇滚音乐学校，和高中同学见面。秋天，车上挤满去音乐节的年轻人，车窗全部开着，气氛出奇热烈。那天是音乐节的第三天，人群有种狂欢接近尾声的疲惫和伤感。他自己也很累，却没有能够在说好的时间找到同学，看到食堂的师傅在门口卖六块钱一份的盒饭，便买了一份捧在手里往里面走——惊呆了，小小的广场上大概有一万个年轻人。

致远待在人群的外围，但是风很大，把舞台上的声音也吹得东倒西歪，像断断续续的声浪，于是他不自觉地往人群里走。中间被突然疯狂起来的人撞倒了一次，又很快被拉起来。人们都很友善，烟递来递去，递到他这里，他没有抽，又继续递了下去。远远地有人把成箱成箱的啤酒运进来，阵势仿佛在运送洪水时的救灾物资。女孩们都很好看，发着光，怎么会有那么多好看的女孩。世界真好啊——致远几乎已经产生这样的想法，倒不是说以前没有过，然而那种漂浮般的强烈开心确实是头一遭，空气里的荷尔蒙都是致幻剂。

音响的效果时好时坏，大家也没有很放在心上。致远记住了两个乐队，一个主唱的声音动听严谨，非常适合露天的场子，甚至令致远动了想要抽支烟的念头。另外一个用方言说了脏话，带领大家一起喊，调音台立刻把他的声音调小了，但他嗓门极大，致远站在后方也听得清清楚楚。

等到洲的乐队出场时夜晚刚刚降临，灯却还没有亮起来。这只香港乐队第一次演出，只是作为暖场，没有人听说过他们，所有人都在等待后台最后登场的压轴乐队。疲惫的年轻人暂时安静下来，坐在泥地上，养精蓄锐。说实话，如今致远根本想不起第一次看到洲演出时的具体情景。他表现得羞怯谨慎，声音都被贝斯掩盖，走调严重，唱的是粤语，没人听得懂。但是他有种冷静的自信，即便被漠视，也确定自己在做正确的事情，并且理应得到尊重——只有在致远回想起来的时候才会意识到，很少有人能够在那么年轻的时候就拥有这种品质。洲从当时便决定了自己人生的基调，包括发型和穿着，他只穿牛仔裤，网球鞋，深色的T恤或者衬衫，连帽运动衫和一件跟随他多年的飞行员夹克。后来在北京的雪天，他也只穿这件夹克，像个精神抖擞的士兵。到了事业的巅峰阶段，他更加严苛地遵循自己的规则，只在一次颁奖礼上穿了西装。

洲和乐队的演出刚刚结束，正往舞台下面走，舞台上所有的顶灯都亮了起来，夜晚真正的主角登场，小广场沸腾。致远被人群挟裹着站起来，涌到这里，涌到那里。灯光太强烈了，接着是声浪和荷尔蒙的袭击，人群往舞台上挤，后面的人托着前面的人的屁股。致远突然浑身冒冷汗，快要昏倒。他后悔没有在洲演出的时候离开，现在则无法挪动，只好求救于身边的人讨口水喝，他们递给他一瓶燕京，温的，他咕咚咕咚地喝完了。这是他记忆中第一次喝酒。

"谢谢啊！"他不得不扯着嗓子喊。

"这是共产主义！"那边的一个男孩也扯着嗓子喊。

"啊？"他也不知道自己听清楚没有。

演出持续到深夜，周围没有居民区，旁边是高速公路的入口，加油站，工厂。这里是一座荒岛乐园。散场以后致远才意识到他没有办法回到市区。高中同学说他和电影学院的几个朋友租了香山近郊的农民房子，很多人都这样做，连住三天。但是他的手机早就没电了，没有办法找到他们。他要去厕所，厕所全部堵住了，情况很糟，他和其他男孩一起站在外面撒尿。然后又回到广场，人群渐渐散开的广场上都是垃圾，他尿完又渴得不行，在垃圾里找到一个几乎没有动过的矿泉水瓶子，还是满的，打开喝了起来。突然有工作人员跑过来说可以去大厅睡觉，于是致远跟着其他人往舞台背后走，来到储藏室和排练厅。已经有很多人席地而坐。他找了一个合适的位置坐下来，然后侧身把头枕在双肩包上，听周围的人讲话。他们在谈论音乐，学校，西方世界，马克思主义。

致远睡着了一会儿，又冻醒。环顾四周，周围像一个不可思议的梦。他看到自己非常喜欢的吉他手在不远处和其他人聊天，旁边的男孩打着呼，手里握着《灿烂涅槃》。但是北京的秋天凉得太快了，外面继续刮着大风。他只穿着短裤和衬衫，冷，而且饿得不行，不得不离开这里。

外面，工作人员已经完成了清扫，他穿过一堆堆黑色的垃圾袋，像走在陌生的黑色小丘间。

致远走了很远的路，穿过一整片荒地，一段铁轨，找到通宵营业的网吧，里面很臭，但是暖和，而且有食物。他吃了泡面和鸡蛋。在打游戏的间歇，不断刷新论坛页面，阅读各种人写的音乐节流水账。摇滚，爱，和平。感动。相约下一个未来的年。

接近清晨的时候，他看到洲的ID，打开以后，是一份明快的清单，认真地给主办方提意见，列举了音乐节有待改进的地方，都来自他的亲身经历或者观察。比如说应该多安排流动厕所，帐篷区域增设一些过滤水龙头，场地里禁止玻璃瓶装的啤酒，晚上和早晨都设置往返市区的摆渡巴士，安排一些站点，可以适当收费。等等。最后的一条他写的是："希望明年场地上空可以飞一个飞艇！"

哈哈哈哈。致远笑着，却从心里感觉到随之而来的强烈热情。这份清单礼貌得恰到好处，能体会到执笔人的一些不满和委屈，却一点不生气，有种少见的开朗劲头。字里行间因为饱满的自信和认真而闪闪发光。从白天到夜晚，致远感觉到飘浮的自由，美好和振奋的一切即将发生，但同时他又感到疑虑，他和小广场上的年轻人是一样的吗，他们所渴望的未来是同一个未来吗，他信任他们所创造的那个未来吗，他是否也会参与其中。但是洲写下的这份清单里却有种清晰确凿的东西，是自由的主动性——好想和他成为朋友啊！

致远想起大学里思政课本上的一句话："青年在改造客观世界的过程中，也改造了自己。"致远把这句写在站内信里发给了洲，打字的时候同样相信着，此刻自己的热诚，对方也一定可以感受得到。一分钟以后致远便收到回应，洲在信件里面表达了第一次与大陆年轻人交谈的振奋，并且询问了大陆到底有多大。虽然无法回忆起更为具体的内容，致远却记得繁体字所带来的陌生感，以及开头第一行写着："朋友，你好！"

接下来的一年，致远依然居住在小城，在一所中等规模的国营书店负责音像产品的宣传。实体唱片行业正在急剧缩水，所以致远的工作成为衰亡的见证。然而他并没有感觉自己的年轻正被无意义所消耗磨损。相反，他穿过办公楼过道，推开通往仓库的门，想象自己正走在一段寂静的实体化的历史中。同龄的朋友或者同事都积极地生活着，像迁徙中的鱼群，涌向某片庞大而不明确的流域。致远却不为所动。他不清楚自己要做什么，或者成为什么，又似乎相当清楚，在每天重复到被质疑和瞧不起的生活中搭建着什么坚固的东西。

意外的事情有两件。第一件是和洲成了某种意义上的朋友。他们论坛里交换过几次站内信之后，这种情况竟然出人意料地持续了下去。两个人喜欢差不多的乐队，却没有像平常的歌迷一样交换心得，大概双方都觉得音乐观念是比感情观念更私人的东西。倒是定期交流着最近在玩的游戏。

psp（掌上游戏机）刚刚在香港发售的时候，洲凌晨就去排队了。之后致远也买到了一台二手的ps2。两个人都喜欢平井一夫，约定有朝一日去索尼发布会的现场。

"如果乐队做得好的话，或许可以去日本的音乐节，这样终有一日平井一夫会邀请我去演出吧。不知道为什么总觉得他会喜欢我的音乐唉。哈哈哈。"这样的愿望，之后被洲写成一首歌。

确实不是什么不可能的事情。音乐节之后不久，洲在香港发行了第一张照片，封面上是一个穿着毛衣坐在书桌前认真吃鸡蛋的女生，名叫艾瑞卡。很多没有听过歌的人以为这是来自香港的女生乐团。连洲自己都没有想到，这张唱片很快在大陆的一片有限范围内红了起来。可能是因为本地青年的原创精神普遍野心勃勃，营造出表面颓丧，实际积极和紧张的氛围，却猝不及防地在洲的音乐里遭遇一个暑假，每个人都踮脚走在晒到发烫的游泳池边的地砖上，消毒水，冷饮，穿泳衣的女生，感觉到宇宙中的永恒。大部分人都听不懂粤语，却能立刻被洲近乎严肃的轻盈打动。

致远工作的书店也进了一些唱片，为数不多。起初他把它们摆在显眼的位置，希望它们卖得好些，过了一段时间有顾客特意来买，致远又把唱片挪到了不容易被发现的地方，希望它们不要突然被那么多人知道。现在回想起来，这么多年里，虽然不知道平井一夫是否听到过洲的音乐，洲却去日本参加过富士音乐节，也曾经在红磡体育馆演出和领奖，穿了正儿八经的西装。

谩骂自此没有暂停过。洲的弱点在于音乐做得过分简陋，没有唱功可言。和大部分从大学里开始做乐团的人一样，一旦发行专辑，不专业性就被无穷放大。对此洲也没有反驳，认真地接受了下来，却丝毫没有在这方面表现出任何上进心。当时在北京的音乐节上同台演出过的乐队都看不起他，认为他既没有对音乐的尊重，也没有对世界的愤怒和担当。然而致远的想法却和他们截然相反。这张唱片撼动了他，将他固有的一些标准击碎。虽然洲唱的也是中文，写的也是中文，却始终像是在使用另外一种语言，描述另外一个世界。不排他，不污浊，不愤怒，不傲慢，有着青年身上少见的对外界的参与感，以及置身其中的热烈的同情心。

这样的人为什么会想和自己成为朋友——当时的致远常常怀有这样的

疑虑。

洲的唱片发行以后，搬到南丫岛居住，只有排练的时候才和乐队的朋友见面。他在站内信里描述最近家里楼下新开的披萨店。去参加的漫画家见面会。游戏攻略。据说快要发行的新游戏。详细介绍西红柿罗勒烤鸡腿的做法，并且附上了一张配着米饭的照片。猫的近况。演出旅行中的见闻，和乐队成员去东北滑雪，结果滑雪场里的雪靴都是湿着捂干的，臭得不行。

好想去洲所在的那个香港啊。不是电影里面的，也不是TVB连续剧里面的。好想和洲一起去吃一次吉野家的双拼饭。南丫岛是一个岛吗，能看得到海吗。对于从未坐过地铁的洲来说，这是想象之外的青年生活，却又非常重要。

致远的站内信则更抒情一些。他故意避开日常生活的部分，说起自己久未谋面的爸。爸起初是长年驻扎在深山里的科研人员，山里有座火力发电站，早年的信件中，爸描述过深夜山里爆破的场景，山是最深的绿，天是最墨的蓝，坐在控制室里，看着外面一朵一朵爆破的烟雾，是在与宇宙最深处的秘密交谈，又或者是感知最深沉的召唤。他也向洲描述大陆的生活，并非都是他所经历，他找到有趣的新闻，年轻人的小说，加上他自己大胆的评论，大段大段地发送出去。在这种描述中，大陆变成一个浪漫的词语，是一片未知的庞大的新世界。

这样做不是为了确定洲的友谊，致远只是更喜欢站内信里的自我。寂静，酷。像一个旧世界的诗人，或者大陆尽头的一部分。而他很清楚他本人不是这样的，他希望这些东西能够通过文字返回投射到自己身上。

第二件意外的事情更加重大。致远妈终于结束了实质已经不存在的婚姻。她没有和家里其他人商量，坐长途车与致远爸会合，办理了离婚手续。然而她的前半辈子并没有不幸，相反，她性格天真热烈，也因此而始终得到善意，各种人以不同的方式爱她，帮助她。原本致远以为她在了结了这桩事情之后会回到家里，和照顾他们家很多年的叔叔搬到一起，或者结婚也不是没有可能，尽管致远自己并不希望当下母子间稳固持久的结构被破坏，但他已经做好了这样的思想准备，也愿意接纳家庭的第三位成员。却无论如何也没有想到，妈没有回家，而是带着为数不多的积蓄，和两个小姐妹去了西南部的小城市做传销。自此以后，与除了致远外的整个大家族切断了联系。

这件事情带给致远意想不到的剧烈振荡，晃动了他坚固的边界。不是因为钱或者信任的问题，虽然亲人们都认为妈陷入了骗局，致远却并不担心这个。她和同龄人不一样，他也是，他俩却都以自己的方式平凡地生活。而她突然破坏了与世界之间的隔断，让他觉得人生好似一场永无止境的抉择和愚蠢的难以避免的力争上游，而且他没有办法救她。她对他也同样无能为力。

"既然变成了孤儿，不如就趁此机会来北京吧！"洲在听说他的遭遇以后这样说。紧接着又发来两张照片。一张照片是他在南丫岛上的家，一间朴素的小屋子，拉着窗帘的缘故，依然无法判断外面是否是海。另外一张是政府要拆除服务多年的天星码头时，市民上街游行的照片。洲和朋友们在一起，坐在天桥上，背后是防暴警察。那一年天星码头还是如期拆除，搬至中环。之后不久，洲来到北京。

"之前几次来北京都觉得这里的气氛让人震撼，讲不定是可以伸展的地方。而且也是因为你的缘故，可以看看你所说的这片大陆。"

"哎，别这么想。我始终在说的大陆风景大概也是虚构，别让你失望了。"

"不要紧。至少北京有种庞大的美。作为渺小的族群，想要看一看。你不这样想吗？"

"我和你不一样。渺小的我在北京讲不定活不下去。"

"有什么不一样。你比我更讨厌世界吗？"

不不不，不讨厌世界，为什么会给洲留下了讨厌世界的印象。致远想。这个世界再污糟也没有讨厌，相反觉得四处都是有趣的地方，甚至觉得为了维护这个世界的可爱之处，无论如何都要努力才行。只是讨厌自己罢了。不知道该把这样一个毫无用处的自己置身于什么样的地方才是对的。

说这些话的时候两个人正在游戏里一起找灯塔，翻过山头时看到一片粗粝的海滩，低像素的灯塔在远处闪着光。即便是在游戏里，也觉得美好。然后洲打出一行字——"朋友，今天就到此为止吧。这座灯塔呢，我们明天再来解决。现在把盾牌放下，让我们站在山顶吹吹风。"

2005年，致远在北京找到一个工作，在一间普通的音像社，一切都顺利得惊人，没有遇见任何阻碍。其实在此之前洲提议过几次工作机会，尽其所能地鼓励致远，其中有一份工作是在他俩最爱的游戏网站，几乎是理想中的理想了！致远却始终无法克服一种退缩的情绪——"那里的门槛很高，工作人员表面看起来都是宅在家里的废柴，其实文理皆通。"——也很难说最终说服他的是什么，可能只是这间平凡的音像社正好出现他脆弱的某一瞬间。

致远到北京之后不久，洲从香港排练回来，两个人讲好在三里屯见面。这是致远第一次去三里屯。初来乍到的一段时间里，他快速熟悉了各种地铁路线，去鼓楼看了一次演出。对他来说，庞大的城市生活并不复杂，不过是对电影、小说以及歌词的复刻和反复的练习。他即将去的新公司在三里屯的背面，却是一片普通的居民小区。他先去那里熟悉了一下环境，找到一间小馆吃了水饺喝了汽水，然后绕过嘈杂的酒吧街，每间酒吧靠窗都摆着五颜六色的水烟，涌出污浊的音乐。然而他穿着干净的牛仔裤和球鞋，双肩包里还带着给洲的礼物，一顶棒球帽，感觉既振奋又紧张，是来到北京以后最好的一天。

到了约定的地点，站在路口等了一会儿，不一会儿洲便出现了，穿着深蓝色T恤，戴着眼镜，有点害羞地低着头。他比致远印象中矮小一些，有种因为户外运动而造成的好看的黝黑，行动矫健，果断。和杂志照片看起来差不多，但很不好认，大概也很少会在马路上被认出来。没有感觉他是一个主唱或者明星，却像大学里面聪明并且体育好的高年级同学。致远心里涌动着对友谊的强烈渴望，也因此而敏感地察觉到，比起字面的交流来，洲本人有种复杂的坚决和严肃。

两个人认真地握了手，接着却彼此都不知道如何破冰，洲说刚刚在旁边的碟片店里碰到了几个朋友，所以现在大家都在一起喝酒，希望致远不要介意。"都是非常友善的人。"他完全知道致远的心思，立刻补充了这句话，试图打消了致远的担心。所以尽管致远并没有做好要交其他朋友的打算，此刻也没了办法。

他跟在洲身后，经过几间墨西哥小饭馆和几间粉红色的发廊，拐进一条脏兮兮的小巷。小巷是一间酒吧的后街，外面支着一些小桌子，挤得满满的。很多外国人站着，握着啤酒瓶。夏夜的空气干净好闻。洲很快把致远领到一张小桌前，四五个人围坐着，跟前堆了花生和啤酒，黑漆漆的。洲拖了把凳子过来让他坐下来，并没有互相介绍，但在座的其他人给他一种感觉，仿佛他始终置身其中。

洲坐在致远旁边解释说，有个朋友住的地方因为违章搭建可能会被拆除，所以大家正在替她想办法。并且提议致远试一下这里全北京，也可能是全世界最便宜的金汤力。

遇见麻烦的女孩叫小马，在纽约待了很多年，但是她看起来年纪很小，不像是在美国出生，出国念大学的话年龄上也有点讲不过去，不知道是哪里人，也不清楚为什么来到北京。致远很快注意到这里的人都难以归类。他们交叉使用英语和普通话，好像这是同一种语言，因为彼此很熟悉的关系，有时候用对方的家乡话打岔。除了小马外，还有一个美国人，一个白族男孩，一个东北口音的女孩。他们都住在故宫以北，最远不超过东直门的一个正方块形区域间。因为再往外，就是不断繁殖的规模小区和商圈。这里是旧城与当代世界的交界处。

小马继续讲，洲则断断续续为致远补充。

先是美国人老冯租下了大杂院里的一间，老冯是位厨师，正在筹备自己的馆子。小马看到他的屋顶有片空地，便和房东商量说能不能在那里搭建一个小小的蒙古包，绝不会占用很大面积，厕所与老冯合用。她可以付一点钱。房东爽快地答应了，还热心肠地帮忙一起做了屋顶的修整工作。旁边正好挨着一棵香椿树，所以刚刚过去的春天吃了不少香椿炒蛋，香椿豆腐，凉拌香椿。

蒙古包是从呼和浩特联系了厂家运过来的，真的草原蒙古包，不是钢筋铁皮搭起来的冒牌货。里面用木架做成网状支撑，围毛毡，再覆盖结实保暖的外皮。顶上有个天窗。门往东南方向开，既是避寒，又是吉利。工厂专门派了工人从呼和浩特过来安装。照理里面可以放火炉，小马放了取暖器，设置了无线网络。即便是暴风雪的天气也能安然度过。

"怪我不该把媒体的朋友带过来玩。最近城管和记者在胡同里到处找蒙古包，也很为难。"

"但是北京城中心出现一个蒙古包怎么样都会成为奇观的。"

"反正她自己也得意扬扬地拍了下雪天在蒙古包里烤橘子的照片，放在博客上。"

"冬天烤橘子可真香啊。"

"可不是吗！"

"警察是怎么讲的。"

"来了几波，没有为难我，对蒙古包也都很好奇，里里外外问了好些问题。但是蒙古包小小的，确实没有妨碍到其他人，之前隔壁邻居担心我每天爬上爬下可以看到他们家的院子，我在屋顶装了一个栅栏，这样互相都看不见。警察倒是好心提醒我当心小偷和歹徒。不过违章是肯定的，到底要怎么做他们也很为难，肯定从来没有遇见过这样的情况。怎么说呢，我真是给警察添了不少麻烦吧。"

"我刚到北京的时候在大杂院里租一间小屋子，带独立厕所，虽然是茅坑，但可以冲水，七百块，老家的朋友还觉得贵得不可思议。现在这样的也得一千多吧。"

"再早几年，我有朋友在香山脚下租了一个农民大院，只要三百块。"

"我们也可以搬去香山唉。小马可以把蒙古包安在香山脚下。"

"长城脚下也可以。"

"如果拆掉的话，我不会再把它留在城里了。我最近常常在想，讲不定它就应该待在属于它的地方。草原啊森林啊。原始，peace（安静）。但是我又不能跟着它走，归根到底，我还是在借用城市带来的微小的轻松。"说到这里，她取出一张小相片递给致远，给这位新朋友看一下蒙古包的模样。

小小的，用绳子绑得结结实实，顶上盖着一层白雪，旁边屋顶同样盖着白雪的瓦片，一棵柿子树，一棵香椿树。

"可能应该像游牧民族那样干脆些。"致远不知道为什么自己脱口而出了这样的话。明明想说些别的。冬天自己家里的老人也会烤橘子。还有他这几天傍晚总是看到在头顶无序乱飞的乌鸦。

"唉？"小马疑虑地看着他，像是在思索游牧民族的处事方式是否能用干脆来形容。她长得像古典油画里面的小男孩，蓬松的头发扎成一大把，穿着男生的衬衫，看起来不太好打交道的模样，一开口却天真和诚实得叫人吃惊。其他人也是。好像从来没有遇见过挫折，也没有受过任何形式的威胁，因此外部环境再严苛都没有愁容。

洲没有喝酒，也没有抽烟，专心地喝着可乐。整个晚上他没有怎么说话，却轻松自在，似乎天然是中心，给人一种只要他在，谈话便能得以继续的感觉。用他们的话来说，peace。而致远则不知不觉地要了第三杯金汤力，并不是喜欢酒，但紧张消退了，他反而感觉清醒。在他们的谈话间，他在这一个星期里复刻的经验全部作废，以及之前所有字面理解中的城市，青年，革命，创造，意义，自由。他被全新的东西震动。意识到这是自己第一次在酒吧喝酒，也意识到这里有一种他不曾拥有的天真。

此时外面的大街上起了骚动，人群开始往一个方向涌，但是挤在小马路上喝酒的人似乎浑然不知，流动着一种天塌了也没有关系的人为欢乐。一会儿陆陆续续传来消息说马路被戒严了，两头拉着警戒线，那段时间是治理时期，警察经常在三里屯检查违禁品和经营许可。小桌边的人不为所动，反而因为暂时谁也无法离开，而心安理得地继续交谈。

但是警察进来以后拉掉了音乐。致远之前并没有意识到这里播放着噪音般的音乐，瞬间的寂静显得非常古怪。后来致远回想起来，如果不是因为古怪的寂静，暴戾的意识可能不会醒来。两三个警察挨桌检查身份证，有些例行的疲倦和冷漠，但没有粗鲁失当之处。先是老冯和洲没有带护照，然后小马没有带身份证，其实他们都住在附近，解释一下回去拿就好。但是洲却突然站起来，把手腕朝上并拢起来，向站在他跟前的警察伸过去。

"我没有身份证。怎么样，你们抓我回去吗？"洲既像是失控，又像是突然站在舞台上表演了一个开场。他的愤怒很冷静，仿佛是计划或者排练之后，是一种漠然的练习。

"抓我们回去啊。走吧。"老冯跟上。

那是位中年警察，致远看着他露出困惑的表情，继而转为被冒犯后的吃惊和愤怒。微妙的转换让致远的情绪也涌了上来。但是在场所有人在那个瞬间都没法决定接下来要怎么办，静止着，仿佛都指望依靠对方的反应做出下一步的判断。致远的身份证已经揣在了口袋里，当他得知要检查以后便自然地从钱包里把身份证拿了出来，但他为自己下意识的举动感觉羞

117

愧，仿佛出卖朋友。

接着那个瞬间过去了，随之而来的是混乱的争执。两个年轻的警察在大吼，洲语速飞快地讲粤语，老冯激动地来来回回走。致远做了很坏的打算，但其实也没有坏到哪里去，可能会罚款，或者去拘留所过夜，如果和他们在一起便没有什么可担心的，他甚至有点期待。身处这个小小的结实的群体让他产生奇妙的安全感。这时候对面的小马走到警察面前大声说："为什么要这样，大家都是为了好好生活。"中年警察吃惊地看着她，然后小马哭了，巨大的泪珠涌出来，小孩般的脸皱在一起。致远的心被震动，是什么情感那么强烈，他感觉到，却无法理解，有点委屈，简直也要哭起来。

"你在说什么啊，我们也是为了好好生活啊。"中年警察突然泄气了。这句话说出来以后不知怎么的产生了一种滑稽的效果，出现了一个新的寂静的瞬间，然后气氛松弛下来，两位年轻警察继续检查，旁边的人也都重新变得配合温顺。和洲相熟的酒吧老板把他拉到旁边说话，其他人都坐下来等待戒严的结束。感觉甚至有些温柔，直到对面的酒吧重新放起了音乐，警察离开了，这件事情作为一个插曲而终结，周围和外面的一切缓慢有序地恢复了机能。大家却静默地坐在桌子旁边，仿佛继续等待什么郑重时刻的到来。

"想起来一件事情，"致远略带迟疑着说起来。

"1997年香港回归之前，我在老家念高中二年级，住宿生。学校接到省里面的任务要为7月1日的庆典做准备，派我们年级所有住宿生参加庆典的排练。从3月初到6月底，每天下午在省体育场排练两个小时。因为学校偏远，路上来回需要花费三个多小时，所以下午几乎没有办法上课。所谓的排练其实就是队形转换，但是要求绝对整齐，专门派了部队的教官来训练我们。起初很开心啊，不用上课，每天还能领到饮料和面包。后来天热起来，每天却都在重复同样的动作，非常枯燥。我们在庆典上的表演是通过变换队形和手里面举着的彩色纸板，排列出不同的字母和图案，地上画了各种标识，我们要反复记住，在规定的时间走到规定的地方，直到变成身体记忆，没有误差。

"正式演出的那天，学校里面的考试还没有结束，但我们不用参加考试，还领到了新的白衬衫，西装裤。早晨四点半在操场集合，坐大巴去了新建成的大体育场。尽管之前的一个星期都在这里最后彩排，但是那天的一切却崭新到离奇，像一个建立在虚构上的平行世界。我们在准备区域等了两个小时，上场时，锣鼓声和音乐带来奇妙的真实感，能够感觉到有庞大到不能描述的事情正在发生，我们则过分渺小，方阵中的微粒。然而想要细想的时候，这个瞬间已经结束了。

"回程的大巴上没人说话，所有人都又累又伤心。而且得知噩耗说接下来的暑假都要用来补课。有一位老师坐在我前面，她转过头来说，以后的人生还会遇见更多这样的时刻，但不再会有一个集体和你一起经历。类似于这样的话。但这到底是一个什么样的时刻呢，恐怕连她自己也不清楚。

"我们直到高中毕业时才看到了当时的录像。在礼堂里播放的。很热闹。镜头扫过我们所处的那个方阵，住宿生就开始起哄和鼓掌。这是我们第一次明白当时自己在做什么，那些彩色纸板和走位连成的是什么图案。在俯瞰的镜头里，只有我们自己知道自己在那里。那天的礼堂里有种复杂的情绪。因为高二荒废的整个学期，不少人高考失败。但也很难把高考失败就归结为这一个原因，至少我们当时谁都没有真的这样想。相反，就认为这是命运嘛，就应该这样接受下来。我们通过嘻嘻哈哈的方式打消着彼此的疑虑。我接下来也要去很糟的大学。也不是沮丧，而是这样荒谬的伤感。"

小桌边的人陷入更郑重和古怪的寂静，但音乐响着，致远看看洲，洲先是注视着他，然后扭头看往其他地方。致远在那个瞬间能够解释洲身上不合时宜的坚决和严肃，他的音乐里面不为人知的愤怒和迷惘。但是那个瞬间也很快就过去了，他不得不闭上了嘴。

之后大家纷纷告别，致远和洲一同往东西十条方向的地铁站走。现在peace的感觉又回来了，但是变得复杂和不稳定。他们经过一个竖立着雕塑的小广场，是一只奇怪的狼，两个人绕着转了一圈，然后终于找到一个便利店买了两瓶水。可能是因为那只狼，致远感觉到令人心安的虚构感重新降临，他们仿佛行走于电子游戏中的北京地图。

"我感觉自己说了不少蠢话。"

"怎么会。这是一个很难忘记的夜晚。"

"其实我想问你一个问题。刚刚警察并没有对我们做什么，为什么你会那样。"

"我也不知道。但是对我来说这可能是一种时刻都准备着的情绪，虽然不确定，却在心里练习过太多次。好像是把在香港时的失望转变成了其他什么。所以一有行动的机会，就想实践。像条件反射一样，往往是判断错误的。不过简单说起来，大概就是乐队主唱人格上身，扮演星斗市民。"

"什么市民?"

"粤语里面的讲法。就是像星斗一样平凡的你我他。"

经过街心花园的时候，洲跳上单杠上玩了一会儿，致远也跳上去翻了几个跟头。

"你是不是体育生?"

"田径队的。但是后来没有在比赛里得过什么值得一提的名次。考试也没有得过优惠。不过我小的时候一直希望自己以后成为足球运动员。"

"我们竟然从没聊过足球。我虽然是曼联的球迷，最喜欢的球星却是梅西。"

"我不是真正的球迷啊。但中学时期正好是全国足球联赛最火的时候，我看得最多的也不过电视转播的省队比赛而已。不过有一个很喜欢的运动员，踢前锋的位置，四分之一俄罗斯血统，球风又直接又细腻，还不到二十岁。我们为香港回归的庆典排练的场地，正好也是省队训练的场地。所以最大的福利就是每天排练完，等待大巴接我们回去的半个小时里，可以坐在看台上看省队训练。那个球员真的和其他人都不一样，即便是枯燥的基础训练，对我们来说，也好像是在观看他的个人表演。因为自己的体育不错，所以暗暗希望以后可以成为这样的人。那些傍晚也真是好得不得了。排练的时候流了很多汗，但是临近夏天的风介于暖和和清凉之间，非常舒服。喝汽水，吃面包。既不感觉荒谬，也没有忧虑。所以留下这样的记忆，也算是值得?"

"你对值得的期待实在太低。我不礼貌地问一句，你们为什么不抗议？一个学期的排练对你们的人生造成了毁坏。没有人去投诉吗？"

"当时没有人会这样想吧。即便是现在想起来，我也觉得没有区别。高考成绩好一点，或许会是不一样的人生，也或许不是。但不管怎么说，我都觉得没有什么两样，都是要接受的命运。"

"怎么会没有两样呢。那是通往自由的基本路径。"

"是吗？对我来说的那大概是比较浅显的自由。而且那是很珍贵的年纪，也是很珍贵的时代。没有人制造怨念。我想你大概不会明白。"

这样他们沉默了一会儿，彼此赌着气，埋头拼命走了一段路。

"我在慢慢明白。怨念是很讨厌的东西。十年前的香港可能还不是这样。电影里也没有不得志的老警察、反社会的杀手，忧心忡忡的新移民。而现在每个人都被固定在自己的位置上，扮演自己的角色。赌彩的好运仿佛再也不会降临。没有人尊重彼此的愿望。没有办法描述唉。写了一点在歌里，大概还会继续写一点。但是所有以为自己明白了的时刻都是稍纵即逝的。真是一点也没有办法啊。只好等待着下一个这样的时刻继续到来。"

"刚刚在那条街上。音乐突然被拉掉的时候，对我来说也是这样的时刻啊。"

这样等他们走到地铁站的时候，已经连路灯都熄灭了。洲不死心地跳上台阶往关闭的铁栅栏里面张望，糟糕了！他懊恼起来，因为知道致远借住在高中同学家里，非常远。致远却松了口气，说实在的，他无法想象倒两班地铁回到通州。高中同学在通州的一个科技园区上班，虽然性格慷慨友善，对待具体生活的态度却一团糟。床和写字桌紧紧挨着，有性能极好的台式电脑、键盘和鼠标。他在这两平方米见方的区域内生活，听音乐，打游戏，工作。现在这两平方米旁边的窄道里安置了一张睡袋给致远，是他想象中逃生时的备用。睡袋很潮，也是这间垃圾房的一部分。总之下个星期一定要找好房子了。致远暗暗下了决心——"不如去洗澡吧？"

"洗澡？"

"澡堂。北京没有吗，通宵的公共浴室。"

"好像路过。但我一直以为是流浪汉会去的地方。不过去一下也无妨。"

结果在东四十条附近果然很容易就找到了澡堂，挨着一间水果铺和一间台球房。外面看起来很破，致远不免有些担心里面的情况。走过一段露天走廊，里面却整洁明亮，一派80年代国营单位的气氛。两个人领了手牌、毛巾和一块肥皂，致远带着洲找到柜子，放好衣服，光脚泡进池子。水温比想象中凉，致远觉得正好，刚刚的酒让他胃里不舒服。很多年以后他才回想起来，在三里屯喝的那种十块钱的金汤力用的一定都是假酒，而在当时他只觉得自己果然不胜酒力。

有很长一段时间，两个人浸在水里，偶尔发出舒服的叹息，谁都没有再讲话。

"唉，你觉得我有没有秃顶。"洲转过头来，认真地问。

"我看看。"致远也认真地打量起他来。

"我爸和我叔叔都是秃顶，可以说父系的男性亲属都是秃头。早晚都要发生的。但还是很担心现在就已经发生了。"

"这样说好像是有一点。"

"唉，糟了糟了。真的假的？"

"嗯，发际线这里。"

"完了完了。哪里有秃顶的乐队主唱？"

"罗大佑！啊，我想起来，你有点像90年代初期的罗大佑。那时候罗大佑大概三十多岁，但是发际线已经很靠后了。"

"哈哈哈，你不要乱讲。我比罗大佑帅很多啊！"

"但是真的很像。我看过1991年一次赈灾演出的录像，罗大佑戴着茶色墨镜，一边唱《皇后大道东》，一边四肢不协调地扭来扭去。非常忘我，真是出乎意料的迷人。很像你在你的一个MV里跳的舞啊。你和一个女孩在巴士里，女孩坐着，你就一直在旁边跳舞。"

"我很喜欢1991年的那张专辑啦，最后一首歌是《东方之珠》。念书的时候，我爸领着我们全家去看他在香港的演唱会，是我们家里难得的合家欢时刻。不得不说，罗大佑对我来说是真正的大明星，是最后的大时代里野心勃勃的没落英雄。但是跳舞嘛，所有不会跳舞又自说自话的人跳起来都是这样的——艾瑞卡，那个坐着的女孩，就是封面上吃鸡蛋的女孩，认为魔性的舞步也是男孩的性感。"

"很多人问艾瑞卡是不是你女朋友。"

"啊，我以为我告诉过你。我喜欢男人。"

"唉？"致远噗地笑出声来，又疑惑地发出一个叹词，而洲略带吃惊地看着致远，以为他没有听明白，接下来认真解释说："我喜欢男人。我和男人谈恋爱。这样。"

致远尴尬地收回笑容，一时也不知道视线该停留在哪里，只好不自觉地退回到池子角落里，假装闭起眼睛来享受热腾腾的蒸汽。听到洲若无其事地缩在水里，发出舒服的叹息。过了一会儿他被一块毛巾砸中，听到洲气呼呼地说，"你这家伙，不用躲得那么远，我有男朋友的。那可是比你自由很多的男孩！"致远大笑着把毛巾扔回去。然后两个人都不再吱声，缩在水里，一起发出舒服的叹息。

便是在这个时刻吧，致远感觉到确凿的友谊。不是站内信，不是虚构，他们成了确确实实的朋友。即便他清楚地知道这份友谊存在着明确的边界和他不愿再去探讨的地带。之后洲和致远告别。致远则在浴室里租了张躺椅，头顶的窗式空调响个不停，其他夜宿的客人发出起伏的呼声，他却沉沉睡到清晨。从浴室出来，小风清凉，精神抖擞，感觉从此被好运笼罩。

这个夜晚被洲写成两首歌，收入在第二张专辑里面。致远很喜欢有关澡堂的那首，歌词说的是和朋友漫步在北京的夜晚谈论什么是更为高级的自由，之后又在公共澡堂里对朋友出柜，朋友吓坏了——"但是朋友啊，还请和我一起在有限的自由里冒险。"——现在唱起来，致远也要红了眼眶。第二张专辑的发行距离当时已经五年。接下来洲迎来最红的一段时间。去日本音乐节，在红磡体育馆演出都是那之后的事情。而关于这个夜晚，致远当时怀有一种热烈的期待，这样的夜晚会反复出现，但其实并没有。

一方面是因为致远没有能够在故宫以北的正方形区域内租到房子，最终在东五环外找到了合适的室友和住所。这里因为不通地铁，房租很便宜，却从地理意义上区别于洲所属的那个群体，被以版块为界限划入了新的人群。这个庞大的小区里住着的几乎都是贫穷，却对美好生活抱着破釜沉舟般的决心的年轻人。起初周围很荒凉，出门以后只有一条笔直的道路。后来这条路上开出很多烧烤店、拉面馆、沙县小吃。都是只有年轻的身体才能承受的食物。渐渐地，这里形成一种排斥家庭或者任何固定形态的气氛，搬家的货车进进出出，一幅进行中的新世纪图景。

然而工作比预料中好很多。恰逢时代的洪流冲击旧的体系，允许热切盲目的年轻人在短暂的松动中创造一些无意义的空间。致远当时负责一个风格未被定义的小乐队，三个来自重庆的男孩。致远从音像社一堆被遗弃的小样里发现了他们，被音乐里春游般的轻松和玩世不恭的坏浪漫打动。在致远的说服下，尚存理想主义决心的老板同意投入有限资金，做一些无害的尝试。接下来致远帮助他们策划第一张唱片，并且带他们去内陆城市演出，参加名不见经传的各类音乐节。他们一起坐火车，住卫生情况糟糕的连锁旅馆，却都怀有磨砺自我的决意和快乐。这是致远谈论音乐最密集的一段时间。起初是听他们交谈，之后他也参与进去。他不得不承认自己从交谈中获得了快乐，并且感觉自己在认真地活着，思考，创造。

另外一方面，致远和小马发展了一段外省青年之间的爱情。从三里屯告别之后的一星期，小马给致远打了电话，她告诉致远说那天他回忆起回归庆典的事情带给她一些震动，而她也有一些疑惑想和他聊聊。但是在与洲交换过有关自由的看法之后，致远变得有些小心，不想再谈这件事情。不过他很高兴小马能打来电话。他们聊了一会儿那天晚上见到的朋友们，还有蒙古包的情况。之后每天他们都会打电话聊一会儿。小马出生在南方沿海小城市，小时候因为聪明过人被当成天才学生培养，跳了几级以后作为交换生去了英国，感觉水土不服，于是自说自话地退学，去了美国。但是她的叙述每次都有些不一样，她会增添或者删除一些细节，致远如果产生疑惑，她却又都能给出合理的解释。其实致远不在乎她是否杜撰了一部分人生，也有可能她对于构成平常生活的重要部分真的不在乎。在描述对于致远来说不可思议的经历时，她既不傲慢，也不拘谨，把各种事情都当成平凡的烦恼与快乐。致远喜欢和她讲电话，主要是听她讲。他没有什么可作为交换的经历，当他们有些害羞地谈到恋爱史的时候，他产生一个模糊的念头，小马大概会成为他的初恋。

有时候小马强迫致远聊聊自己，致远便会把过去写给洲的站内信件内容再复述一遍。大概因为地理上来说小马属于旧城区的浪漫派。但其实小马认为他讲什么都好笑，生动，伤感，像塞林格。

之后小马的蒙古包拆了。但是找到了好的买家，现在可能正如愿以偿地在远方的森林里、瀑布边。拆的那天致远去帮忙，他以为会遇见洲，但是只遇见了老冯和再次从呼和浩特赶过来的工人。那天晚上致远和小马在胡同的小饭馆里第一次面对面正经聊天。小马坐在对面喝啤酒，笑嘻嘻的非常专心，给致远留下了比之后在蒙古包废墟上的亲吻更强烈的印象。

　　小马先在老冯家住了一段时间，作为回报在他的馆子里打杂。尽管她在日常生活中的需求非常微弱，几乎没有消耗，但当时老冯交往了新的女友，她不得不重新找房子。致远帮了不少忙，并且在她需要支付房租的时候借给她一个月的工资。他几乎没有多余的钱，却不由自主一再地帮助小马，结果给自己造成不小的困扰。而小马并没有觉得这有什么问题。生存让她烦恼，但她从未真正忧虑。她总是帮助各种朋友，一副热心肠，在人际关系里没有界限，而且好像做什么都游刃有余。有时候拿到报酬，有时候没有。因此她觉得致远给她钱，帮她交房租好像并没有什么不对，欣然接受着。而且她确实不像其他女孩一样在物质上有任何花费。她常年穿着朋友剩下来的衣服，一些男孩的夹克和连帽衫，骑一辆朋友母亲淘汰下来的自行车。为了方便和她一起出行，致远也买了一辆自行车。

　　然而房子又让她不愉快。她离开了大杂院，与另外一个女孩住在团结湖的老式居民小区里，享受着空调和二十四小时热水带来的便利和舒适，因为小区是政府机构的家属楼，冬天的暖气甚至足到必须要开窗。当代的同质生活使得她陷入近乎罪恶感的焦虑，脸上的痘痘也随之爆炸。

　　致远把这些事情都作为小马人格的一部分接受下来了，而且有时候确实认为她的反抗是有道理的。她的个子很小，比平常人更加脆弱，也更容易陷入时代的流沙。但令他感觉委屈的是，小马抗拒性行为。在他们恋爱的一年中，虽然进行了所有边缘行为，小马却始终拒绝最后一步。

　　"你想要睡的不是我，是和我有关的历史、环境、人群，是一个幻觉。就好像这样你可以更了解我，但其实不是的。"小马常常语无伦次地解释。

　　"扯淡。我想睡的当然就是你。确确定定。"

　　为什么她不能确定！小马解释说她很讨厌自己的身体，没有把握能够使用好自己的身体。她需要更多的自我认知和确定。这给致远带来的痛苦暂时超越了一切，超过了言辞、音乐、意义。他从未经受过感情的训练，也没有人可以求助。总之整个冬天与欲望和孤独的斗争是覆灭性的。然后熬到春天，感觉可以透口气，却遭遇沙尘暴大爆发。小马的痘痘变得非常严重，对好几种药物产生抗药性以后，又试验了放血和针灸的治疗。但是中医诊所的拥挤和缓慢令人绝望。除了拒绝性行为之外，她还开始拒绝任何耕种出来的东西，尝试一种穴居人饮食法，不吃面包、面条、米饭。在这个过程中她感觉自己变成了奇怪的动物。致远买了食物去找她，尽量避免了牛奶、鸡蛋、淀粉和一切与种子有关的食物。但是她不开门。致远打电话给她，她接了，她说她觉得致远睡了其他人。

致远确实在睡其他人。有一天晚上他做了四次，清晨的那一次感觉只是身体盲目的抽搐而已。起初他认为自己可以解释这件事情，后来觉得没有必要。而且他必须承认，他确实得到了身体上的安慰以及非常短暂的轻盈时刻。并且他意识到小马对他来说绝对不是幻觉，相反，他才是小马意识中一部分的投射。或者更糟糕的是，他连同故宫以北正方形区域外的世界，正是小马强烈排斥的。这样一想，他变得更加伤心。

尽管致远很想找洲倾诉与小马之间的问题，却担心他们之间会发生类似上次那样关于自由的争论。然而这两件事情之间又有什么联系呢，他也没有想清楚。这样时间久了，致远便把这件事情当作秘密，反倒和洲也感觉疏远。

春天还没有结束小马就决定离开北京。致远很长一段时间没有单独见到她，但还是和其他人一起为她送行。她的东西少得令人吃惊，大部分东西都留给老冯，却把自行车留给了致远。致远有种感觉，其他人都清楚他俩之间的恋情，但是谁都没有说，大家爽气地说着惜别的话，开玩笑，还真的为什么事情大笑起来。最后他们打算像同志一样潇洒地握手告别，小马却突然抱住他的脖子开始亲吻。于是小马哭，他也哭，边上的人都不吱声。

"傻子，我为什么要两辆自行车啊！"致远这样说着。这永远是他人生中最伤心的一天。之后他把自己的自行车卖了，留下了小马的自行车。

奇怪的是，小马一离开，天气就慢慢好起来，沙尘暴结束了，迎来的是一个干燥凉爽的夏天。

音像社按照计划开始筹办露天音乐节。地点在郊外一座废置了几年的游乐场。致远与老板一起去巡视了几次场地，大部分的游乐设施已经拆除，留下遍地荒草，一面镜子般的湖和漫天飞的白色野鸟，正适合建造一个小小的乌托邦。他们在不同的时间过来，观察天色和光线的变化，最终选择了一小片林中空地。老板热情描述着秋天到来时的场景，他想象白色的帐篷，周围可以搭建高高的看台。致远趁着他兴致高昂的时候建议说安排往返巴士，搭建流动厕所，如果有帐篷区域的话记得增设过滤水龙头，在空中放一个飞艇，以及希望能够邀请洲的乐队参加。老板虽然并不喜欢洲的音乐，称之为温情的伤感，却爽快地答应下来，并且提出邀请更多的港台乐队，他想要陌生化的浪漫和叛逆——这是他理解中的年轻人。然而每次的巡视都有一个不愉快的结尾，他们傍晚离开那个宇宙间最浪漫的荒地，接近进城高速时开始堵车，老板的脾气也随之一落千丈。他变得焦躁，泄气，骂骂咧咧，同时又说一些以"你们年轻人"为起始的观点，仿佛自己置身事外，对未来撒手不管。这让致远觉得他像是完全经不起挫折或者容易放弃。总之他不是一个称职的老板。他喜形于色，怀有落后于时代的理想主义，却又以笨拙本能的努力想要搭上时代的顺风车。然而致远很喜欢他，容忍着他，遏制自己不时对他流露的同情。大概因为他身上有种滑稽的不平衡，和摧毁性的自我质疑，或许是他的同龄人正在丧失的。

没有想到洲断然拒绝了音乐节的邀约——"抱歉真的不能参加。那天是游戏发售日。我本来还想找你一起去电子商城排队。"——态度礼貌坚决，然而搬出这样的理由真让人摸不准他心里是怎么想的，想推进或者反驳也不知从何说起，反而让致远为自己急切想要证明一些意义的态度感觉惭愧。但不管怎么说，想看到洲的演出是真实的热忱的愿望！于是他撇开音乐节的事情，提议周末一起去荒废的游乐场玩一玩。

两个人约在地铁站见面，坐到终点站，再换乘小巴。路途遥远却并不乏味，甚至见到了难得一见的乡村场景，路过水库边成片的向日葵。

"这也是北京吗?"

"嗯。不赖吧。"

美好的夏日傍晚，游乐场里湖水清澈，水位很高，野鸭子和鹭鸶出没。致远顺势向洲描述即将在这里发生的一切，而洲惊讶于他竟然记得多年前自己发在论坛里的音乐节建议。他们喝完了可乐，洲脱了T恤跳进湖里，致远也跟了过去。湖水出人意料地暖和，干干净净。他们漂浮在水面上，闭着眼睛，小鱼偶尔咬到他们的脚。之后他们爬上岸，在石头和树叶上蹭干净脚上的泥巴，往游乐场的深处走去。在致远从未到达过的地方，他们发现了一处沙地足球场。

"看来不得不再来一次了！"洲拍拍致远的肩膀。

"可能不止一次。"

"9月我从香港带乐队过来，但是有一个要求，音乐节开始前我们在这里踢一场足球比赛。"

"当然！"

接下来的整个夏天致远都在为音乐节忙碌，往返于公司和工地。洲则带着足球比赛的郑重允诺回到香港和乐队排练。他们每天交换各自的情况，互相提供建议和帮助，是联络最为密集的一段时间。洲凌晨回到家里发来现场排练的小样，致远也坚持着用缓慢的网速断断续续下载，再戴上耳机听。感觉好棒！粤语在粗糙的音质下完全听不清楚，却像是跟随着洲穿过了一座座虚构的楼宇和城市。

然而8月底等来的是坏消息，音像社突然被集团吞并，几乎没有争辩和质疑的机会。得知消息的时候致远正在准备第二天工程队入场，被紧急叫停还以为是一个误会。接下来两天老板和高层闭门会议，其他人则手足无措，一场台风以后，夏天猝不及防地提前结束。

没有人被辞退，也没有人加薪。音乐节将按照原定日期举行，但是场地转移到市区时髦的小剧场，有专业人士接手。包括洲的乐队和致远负责的重庆乐队在内的六支乐队没有通过最后的演出审查。老板交代致远给他们发礼貌且分寸的道歉信，告知这场意料之外的变局。没有合同，没有赔偿。致远以为在这样的震荡下所有人都会消沉，但其实只有他自己。老板在安排完过渡期的工作以后立刻休了长假，这是致远来音像社以来第一次见到他休假。就好像他终于决定撒手不管了，也可能他获得了致远所不能理解的平衡。财富和被局限的自由使得他非但不沮丧，还表现出轻快的振奋，令致远不由得思索，如果他正在参与的是一种进程，如果他也是进程的一部分，那么通往的究竟是哪里。

之后的一个星期没有人来上班，只有致远试图坚持住某种恒定，每天在寻常的时间过来，坐在自己的位置上处理所有邮件，他一再拖延发给洲的邮件，但其实每天都写一点，又每天都停顿下来。他写了目前碰到的情况，他的歉意、迷惘、疲惫。写到后半截他感觉自己回到过去，如同坐在网吧里通宵的夜晚。于是他放松下来，又想起来把自己和小马之间的问题从头到尾写了一遍。有些瞬间他感觉自己和其他人的未来浮现在跟前，他便也写下来，然后他再想到小马，小马会变成什么样的人，真是一点头绪都没有。他像是从来没有理解过她，也可能从来没有理解过洲。写完邮件，他离开办公室的大院，像发着一场高烧，只能回家大睡一觉。

醒来的时候天色是透明的暗，一时无法分辨是傍晚还是清晨，但时间肯定已经过去了一天，致远没有收到洲的任何回复。接下来的一天、两天、整个星期过去了，都没有来自洲的消息。但是洲确实收到了邮件，因为他停止了排练，博客上只有他在大浪湾学冲浪的照片和记录。

9月的第一个星期六，原定的音乐节前夜，洲终于更新了一条博客。是一张简单好看的演出海报，白色细马赛克的背景上绿色LED感觉的繁体字，写着时间和地点，以及一句话——我所理解的大陆。紧接着致远也收到了消息，"朋友，明天东单公园相见欢。"

唉？原来已经回到北京了。第二天傍晚致远从小剧场的排练现场提前撤退，一路上既担心错过时间，又怀着紧张和复杂的心绪。希望路途更遥远，他只是在路上，永远抵达不了目的地。这样出乎意料地却在公园门口就遇见了洲，他背着吉他，正站在小卖部旁边喝可乐。

"好久不见！"洲远远看到他，简直乐不可支地打起招呼。

"好久不见。你是在开玩笑吗？"

"本来是认真想在这里演几首歌，刚刚打开吉他，就遇见公园管理员。我虽然讲礼貌，却也很难缠，所以管理员又找来几位城管。"

"看你现在这副样子，应该是没有逞能一个人扮演星斗市民。"

"因为我已经接受了被驱赶的命运。哈哈。"

两个人不仅没有主动提起不愉快的事情，还小心翼翼地避免着措辞，共同维护着什么对彼此来说重要的东西，却又被某种愉快到荒唐的气氛感染。也可能是因为隔了一个夏天没有见，心情像暑假归来的伙伴，互相打量着，有点不好意思地发现彼此都晒得很黑，也长了体重，哈哈大笑一通之后便感觉自己多出些成年人的郑重。虽然演出泡汤，也打算高高兴兴地去吃顿饺子。

"你知道这个公园怎么回事吗?"走到半途洲突然又笑成一团。

"怎么了?"

"北京的朋友告诉我那里是同志公园,说了一些惊世骇俗的事情。我回香港的时候和朋友去海心公园听老伯们唱歌,想起来就和他们说了一点公园的事情,他们打赌我不敢去那里唱歌。那我肯定得试试看。所以还特意做了浪漫的海报。当然我确实向来很浪漫的。"

"遇见好看男孩了吗?"

"好看的男孩女孩统统没有。就是一个平平静静的小公园!锻炼,下棋,唱京剧。我还跑到小山上转了一圈,大家三三两两站着,也没有人来和我搭讪。反正就是自己把自己搞得疑神疑鬼。"

"怪没劲的啊。讲不定刚碰到治理。"

"后来管理员过来驱赶我之前,有个大伯问我要不要一起去劲松那里唱卡拉OK,他说他们还有十来个人,大家AA,一个人三十块钱。"

"什么样的大伯?"

"普普通通的大伯。"

"你有没有看过王小波。这么好奇不如去看看《东宫西宫》。"

"讲的什么?"

"我也不知道,我没看过。"

"我以为你们都喜欢王小波。"

"不好说。讲不定你会喜欢,我也想知道你的看法。毕竟是在不一样的语境下。"

"语境哪里不一样了,繁体字也是一种语境吗?"

他们正穿过吵闹的王府井,往美术馆的方向走。气氛中出现非常短暂的严肃和皱褶,只要不使劲,不触碰,过一会儿便会自动抚平,被新的事物或者心情替代。但是致远的心却在这个停顿间涌起懊恼和悔恨的情绪,他不得不突兀地说,"我真的感觉非常抱歉。"

"是挺可惜。天气真好,本来我们应该在踢球的。"

"踢球随时都可以。你别岔开话题。"

"要凑齐人,要有合适的时间和场地,哪里容易。反倒是你,为什么觉得音乐节那么重要?做成了一次,没有做成一次,又有什么区别。你总在说什么破釜沉舟的决心，要说我有什么不理解你的地方，可能不理解的就是你的决心。为什么我们要煞有介事地谈论着正经事，以为是成人的一部分，以为在搭建着什么了不起的世界，其实——"

"其实什么。"

"嘘嘘嘘。王菲。"

"唉！你这样没法和你认真讲话。"

"真的是王菲啊。"

致远转过头去。靠，真的是王菲啊！两个人顿时都一动不动。她穿着牛仔裤和格子衬衫，独自从一扇门里走出来，迈着很大的步子，不躲闪，不遮掩，堂堂正正地穿过稀落的人群，轻盈地迅速消失在暗下去的马路上。真美啊，为什么会有这么美的人。像梦一样破坏了短暂的现实，在空气中惊扰起一层奇妙的涟漪。

"天哪。"

"是啊。"

"好正啊。"

然后他们回过神来，却忘记了或者不愿意再接上刚刚没有说完的话，饥肠辘辘，天色未完，而最喜欢的饺子店已经出现在跟前。

第二天音乐节还是如期举办，结束之后音像社立刻解除了好几份乐队合同，其中也包括洲负责的重庆小乐队，他们共同策划的第一张唱片在失望涣散的情绪下宣告失败和终止，以最好的形态停留在了想象与观念中。主唱小A成了致远第一个离开北京的朋友，洲正好请了假，和他一起回到重庆想要透透气。

他们过去的排练房在一幢山坡上的破楼里，楼顶上开着一间火锅店。晚上致远和新认识的朋友在那里吃火锅，破天荒地喝了不少酒，一直到将近天亮。绕城轻轨在视线可及的楼宇间穿梭，还有坡上高高低低的LED广告牌，非常魔幻。原本这些场景都会出现在唱片里，火锅、四川话、穿过长江的缆车。谈起这些，大家都沉默。接着小A说到洲，"以前第一个乐队叫小绿洲，是因为很喜欢洲的缘故。但是不好意思承认，所以有人问起就只解释说自己是绿洲乐队的粉丝。虽然一边是香港，一边是重庆，却觉得他在音乐里构造了什么没有边界的地址，让我们都可以容身其中。真可惜，原本以为终于要认识他了。"

　　这是重要的。这是大陆这个词语新的定义。这是被洲忽视的意义。致远在回程的火车上反复想着小A的话，回去就要告诉洲啊，一回去就要告诉洲！他怀着这样愉快的决心看着窗外大片的山地，感觉自己正在穿越不可叙述的庞大。然而等他回到北京时，洲已经去了伦敦，在跟随一名著名DJ学习了半年之后，搬回了香港。他用这种委婉的方式和这里的朋友不告而别。公园里失败的演出和关于王小波的讨论也被洲写成了歌，而致远始终在想，当时他们应该把要讲的话都讲完。

　　2009年，致远来到香港出差。事先查好路线，在机场买了一张八达通卡，坐机场快线到中环，再转地铁到达铜锣湾的酒店。路上经过一段隧道，突然看见闪闪发光的大海，是致远人生中第一次看到海，车厢非常安静，冷气很足，仿佛贴着海平面滑行，然后看到山，浓重的绿色植物，山上又有各种房子，也有耸立着的高楼，空气透亮，被阳光照着同样闪闪发光。真美啊，这就是香港了！

　　那段时间音像社代理了几位选秀明星，获得集团不计成本的资金支持，可以说是赶上了一个小小的浪头，因此用起钱来非常大方，塑造着新产业的形象，出差预定的酒店也在铜锣湾很好的位置。一面窗户对着城市、办公楼和商场，干净明亮，灰青色的路面刷着黄色的繁体字标识。一面窗户对着山坡，能望见豪宅的游泳池、远处的高尔夫球场、再远处一点点的海、海边的大片绿地，以及云层底下的高楼。致远在窗前站了很久，注视着天空投下的阴影在地面移动。

　　他花了一些时间适应外面的闷热和潮湿，很快学会熟练地坐荃湾线往返于港岛和九龙两地。地铁站空空的，街道错综复杂，上坡下坡，很多陌生的树木和花。客户是位长了他将近二十岁的中年人，一头整洁的齐耳长发，戴着金属框的眼镜。但是他礼貌、谦逊、精神，对大陆的年轻人和音乐市场很好奇，问了很多问题。他带致远在茶室喝了早茶，经过重庆大厦的时候特意指给他看，路上出现很多印度人，既忙碌，又自在。其实那部电影并没有给致远留下什么深刻的印象，但他也礼貌地将之视为某种刻板的印象而接受了下来。之后他们一起去黄大仙烧了香，致远觉得很奇怪，但是他依然认真地许了愿望，并在告别之前约定了第二天的会议时间。

致远完成工作以后才给洲发了邮件。自从洲离开北京以后他们极少联络，但是洲在博客和脸书里更新着恒定的内容。普通而美味的食物。游戏和体育比赛评论。海面的风景。日常与不日常的所见所闻。作为旁观者也在这样的恒定中被消解了时代的思虑和不安。这样即便很久没有见，却觉得始终参与着他的生活。洲很快回复，说好第二天早晨见面，一起去海边玩，一会儿又发来一封邮件要他带好泳裤和防晒霜。

致远的双肩包里塞着毛巾和拖鞋，在约定的商场等洲。洲突然从人群中出现，也背着双肩包，穿着网球鞋和短裤，直冲着致远张开双臂说，欢迎来香港。致远有点吃惊，尽管洲看起来和在北京时一样，穿着同样的T恤，却能感觉到有什么地方发生了明显的变化。直观地说起来，他的身上那种不可描述的模糊性消失了。但是惊诧的情绪很快被强烈得多的快乐取代。

太久不见了啊！两个人重重地拍拍彼此的肩膀。

尽管是工作日的早晨，却完全没有堵车，道路井然有序。小巴司机开得飞快，下坡时也完全不减速，致远不得不紧紧地握住把手。洲却很镇定，他坐在前面，抱着双肩包，不时和司机用粤语交谈，大致是在说新闻里面刚刚公布的某项政策。而他们所用的粤语又仿佛和洲唱片里用到的粤语不同。有点聒噪，又有种厌倦的气氛。致远意识到，洲变成了一个清晰的香港青年，以后或许也会变成客户这样整洁礼貌的中年人。但是致远不清楚是因为北京有能力模糊一些定义和边界，还是因为香港过分锐利和确凿。多半和地域并没有关系。致远没有再往下想，反正这种感觉很快被窗外美好的风景冲淡了。

他们在码头下车搭船。船上有几个自己带着冲浪板和装备的年轻人。船也开得飞快，一个个的浪打上来，有经验的乘客都打起了伞。这样，感觉穿过了山穿过了海，等到他们脱光上衣跳进海里时却还不到中午。

是一个非常可爱的小岛，几乎都是本地青年。沙滩上石子很多，零落地搭着帐篷。一群拿着冲浪板的初学者从俱乐部里走出来，欢呼雀跃着奔向大海。致远不禁也想加入他们。洲也换好了冲浪服，从熟识的租赁店拿了两块冲浪板，简单地教了致远一些基本动作，两个人便各自在海里等浪来。致远连吃了数个浪以后找到一些窍门，短暂地站起来一瞬，被一个浪打到了海底，挣扎着浮起来以后又迎头扑来另外一个浪。底下的礁石非常粗糙，致远觉得自己一定已经划伤了小腿，而且海水的温度比想象中低很多，这样他只好拖着冲浪板回到沙滩上，从小摊买了维他豆奶和鱼蛋，坐在躺椅上等洲。有人在旁边石头砌起来的炭炉上烤整条的鱿鱼，锅子里则煮着小螃蟹。香气扑鼻，令人一时搞不清自己身在哪里。有时候他远远地看到洲，早晨的阳光把浪上的人都晒成金色。

等致远睡了一觉醒来，洲已经回来了，插着耳机在喝可乐。

"今天的浪不好，又短又急。"

"是吗？再长一点我可能就死了。"

"不过你来的时间正好。前几天挂八号风球，断水断电。风眼经过的时候，我只好收拾了一个包，带着水，躲到了车库里。人类真是脆弱到没劲。"

"你住在这里？"

"我现在住在红磡。透过好几栋楼的间隙能看到维多利亚港和对面的港岛。"

"哇。"

"很破的楼啦。背面对着方方正正的殡仪馆。"

"这样没事吗？我小时候看过很多香港恐怖片，真的很可怕。"

"你好傻。香港恐怖片都很弱智。"

致远哈哈笑着，又去买了两瓶维他奶，递给洲一瓶。

"维他奶真好喝啊。"他发出满足的叹息。

"我还比较想念北京的瓷罐酸奶。早知道你要来应该叫你带来。"

"这里真美，我可以一直待在这里。"

"不会啦。你不会这样想的。相信我。四季如夏让人产生永远年轻的幻觉，但我们都会厌倦的，你和我一样，根本不是会相信幻觉的人。"

"冬天也这么热吗？"

"差不多啦，有一点点变化。"

"那你怎么摆脱幻觉？"

"我出生在这里啊。一整年的海风还是可以感觉到盐度和黏度的不同。"

洲这样说着，致远不由自主地使劲呼吸了一会儿，也想感受风的质地。然后两个人都饿了，归还了冲浪板，找到公用的水龙头冲去了皮肤和头发里面的盐，到附近的排档一人吃了一大碗牛肉粉和一杯连杯子都是冷冻过的咸柠汽水，便搭上了回程的船。洲坐在船舷上提议晚上如果没有安排的话，可以见几个朋友，带他去有趣的地方。致远自然答应了，问他具体要去哪里，他又笑笑不吱声，而且似乎忘记了致远不习惯陌生人，或者是认为致远已经将之视为理所当然。风浪依然很大，船晃得非常厉害，但是致远也感觉到疲惫的坦然。

回到九龙以后，他们坐在吉野家里等洲的朋友过来。致远要了双拼饭和烤青花鱼。

"你怎么还吃得下？"

"我想试试看这里的吉野家和北京的有没有区别。"

"幼稚。"

"我们现在算是言归于好了。"

"你在说什么？"

"离开北京的时候不告而别也算是在赌气吧。"

"那天我们从饺子店出来，我就和你握手告别。我们不会平白无故地握手。"

"你那会儿就想好要走了。不还是在赌气吗？"

"就算当时为了这样那样的事情懊恼，也不是赌气。我非常喜欢北京的，杂乱和生机勃勃的劲头，规则没有闭合，各种形态的年轻人都能找到停留的缝隙。我也像是再经历了一次青春期。我这样说不是恋旧，确实黄金时代的香港就是自由自在，机会俯拾皆是，人们自然也没有想到如果不去维护，一切都有消失的那一天。现在才发现成长期中最珍贵的东西都在失去，而且会消失得无影无踪，不仅仅是天星码头这样的实体。奇怪的是我在北京才有了这样觉醒的审视，既看到了美好的东西，又看到了丧失的过程。所以迫不及待地想要回来做些什么，保存些什么，也没错吧。"

"唔。"

"唉，你为什么要逼我讲这些煽情话。你觉得这里的双拼饭怎么样？"

"几好啦。"

致远继续埋头吃饭，洲的手机开始不断震动，他进出了几次打电话、发消息。致远因为提起这样的话题而感觉悔恨，逼迫朋友做出辩解，本身就是一种破坏。

八点的时候，洲的朋友开来一辆又小又干净的铃木北斗星，等到致远钻进去才发现里面超负荷装载。司机和前座的年轻男人，后面原本已经坐着一对情侣，再加上致远和洲，以及地上和后备厢不大的空隙里堆着一箱箱的饮用水，饼干和泡面之类的盒装食物、应急灯和便携音箱装备。

他们用粤语和致远打招呼，致远也用简单的粤语回答。他一落座便立刻感觉到车厢里有种奇怪的肃穆气氛。大家也热忱地交谈，却与白天的小巴司机不同，他们语速飞快，语调坚决，仿佛一桩事件或一个小小时代接近尾声时那样，流露出愈发激烈也愈发厌倦的神态。洲虽然很少说话，身体却绷紧和前倾，是非常陌生的肢体语言。致远几乎听不懂他们在说什么。然而不是陌生的语言，而是其他什么。冷冷的，紧张的东西，将他隔绝在这一边。他们却是那里完整的紧凑的小小世界，用语言的屏障强调着彼此间坚固的情谊。致远没有听清楚他们的名字，而且他们有着相似的精神面貌，极其礼貌、明亮和年轻，同时怀着具有破坏性的固执和天真，使得致远一时很难将他们清晰地区分成个体。

小车行驶在一些窄窄的街道间，然后开上一截高架，能够看到两侧紧紧挨着的旧楼，外墙年久开裂，像是终年被雨水浇灌。车窗开着，冷气也开到了最大，致远感觉他正随着新朋友们来到城市的背面。在片刻安静的间隙，他的目光先与洲交汇，洲的眼睛闪着湿润的热烈的光。然后是身边沉默的女生，她像一头小小的鹿，眼睛也和鹿一样平静温柔。致远被作为外来者的天然戒备心所折磨，却又迫切想要知道，他们要去哪里，他们要做什么。他甚至不由自主地被愈发严肃和躁动的情绪感染，想要怀着捍卫和骄傲的心情成为他们群体中的一员。

小车最终停在了一片不起眼的街心公园旁边。大家利落地自两边下车后，齐心从车里往外搬东西。致远注意到公园外面拉着警戒线，几个警察在聊天，又有几个警察从对面饭馆里拿着盒饭走出来，一派友善松散的气氛。然后有几个新面孔的年轻人加入进来，大家打着招呼，点头问好，接过水和食物往公园里面走，致远和洲搭手拖着一箱音响设备和电线跟在他们身后。

一小段黑暗的小径之后是一片奇异的景象。

公园小小的草坪上支满野营帐篷，映着路灯、应急灯、手电筒和一点点蜡烛的光。年轻人以各自的帐篷为中心有序地渗透在所有缝隙间。大家在聊天、看书、睡觉、交谈、写作业。每个人都待在自己的位置上，互不打扰地做自己的事情。看起来既不像是静坐，也不像是狂欢。地上拖着电源，有人支着电饭煲煮饭和面条。四周围拢着树木，被湿热的风吹得哗哗响。没有荷尔蒙的气息流动，却有种脱离日常的恍惚和美，是近年来小说里热爱描述的寂静场景。所有人都仿佛已经在这里住了很久，或者向来就住在这里，并且创造出一套只有在这里才能运行的规则。有人持续地搬运水和食物进来，没有组织者，却自然形成秩序，有不同的种类和路线。流动厕所门口排着整齐的队伍，大家都是一副不用担心时间的模样。不时有骑摩托的外卖员送来披萨和炸鸡，人群里便爆发出小小一阵欢呼，外卖员仿佛也受到了极大的鼓舞，真诚热情地对他们说加油啊。致远抬着箱子跟随着洲从帐篷之间穿过，不相识的人也抬头朝他们执意，或者拍拍他们的肩膀，都是亮晶晶的眼睛。

这使得致远想起到北京的第一个夜晚，音乐节上的帐篷和排练房里彻夜无休的人。但是不一样，北京的风干燥凉爽，携带着灰尘的气味，令人想象在遥远的某处，有人正在空旷的野地里焚烧整个夏天落下的枯叶和荒草。而这里的风来自四面八方的大海，无序，陌生，带着大自然的决意。致远的内心受到了无以名状的冲击，以至于无法发问，也无法开口与洲交谈。

然后洲在一个帐篷前面停下来，他们把东西放下。里面的人正在一盏小小的应急灯下面打扑克牌，旁边放着啤酒和三明治。他们看到洲，纷纷探出头来，开心地打招呼，和洲互相拍着肩膀，然后洲说带了一个朋友来帮忙，他们便也拍拍致远的肩膀，用粤语和他打招呼。致远有点感激洲没有介绍他是谁，这样他短暂地认为自己也是这个群体的一部分，他被邀请钻进帐篷里，新的朋友递给他啤酒。帐篷里非常挤，味道也不太愉快，有人伸手打开天窗，然后他们收起扑克，打开电脑，严肃地商量起重要的事情。致远试图跟上他们的语速和节奏，思绪却一再被牵扯到他处，他在想上一次主动置身于集体中是什么时候，或者是否真实存在过。

他们都是附近一个现场演出俱乐部的管理者、乐队成员、常客或者歌迷。俱乐部原本改建自废旧厂区中的一间仓库，当时香港的制造业转移到了大陆城市，很多工业区处于闲置状态。这间俱乐部虽然不是最出名的，却始终庇护刚刚出道的本地小乐队。之后附近的工业区被开发商收购，俱乐部所在地正在规划之中，租约在不知情的情况下被废除了。虽然也有保留俱乐部的可能性，但是租金的上涨难以承受。年轻人一方面希望开发商能够怀有一颗保护本土文化的心，另外一方面也希望政府能够给予政策上的支持。请愿活动已经持续了一段时间，从最初占领的整条马路收缩到街心公园的小小范围，大部分人在失望沮丧中离开，剩下的人大多是乐队和俱乐部的相关人士，或者坚定的浪漫分子。然而临近尾声时人们的心声也自然有了分化。部分人希望温和地结束，认为最重要的是表达立场。另外部分人则寻求确凿可行的出路，不愿意将整件事情浪漫化。剩下的人无法决定，游移在中间。然而身处任何一个部分的人都是快乐的，抱有改变世界的愿望，相信自己有选择的权力，并且能够付诸行动。

令致远感觉意外的是，洲选择站在浪漫的反面。他提出明确和实际的要求，那是比天空中的飞艇更为具体的东西。然而为什么要意外，这曾经是他们友谊的开始，只是之后这份友谊走向了虚构的纵深，几乎遗弃了与现实世界的连接。直到洲在这个夜晚打破了结界。

这时候洲用粤语对致远说了一句什么。他回过神来没有听清。

洲又用普通话讲，"你会不会开车?"

清清楚楚，是虚构的终结。

致远能清晰地感觉到周围的空气中有一个微妙的停顿，而更令人几乎感觉羞愧的是，他不得不用普通话回答，"我不会开车。"他不属于他们，而且他什么都做不了。于是等到他再次坐回小车，他已经在洲明确的提示下，成了这片小小的公园区域里，唯一的旁观青年。

换了洲开车，致远坐在副驾驶位上，车里只剩下他们两个人。谁都没有讲话，车厢里留存着战斗时热烈的心慌和忧伤的兴奋，却都和致远失去了关系。小车穿行在上坡下坡的单行道间，很多很多的植物在深深的夜晚散发着好闻的香气。然而这里不是低像素的游戏世界，他们也不是并肩在荒原上的兄弟。唉，就连沉默都变得那么难熬。致远很清楚，如果不是伙伴，那便是对立面。边界没有办法被模糊，而旁观是可耻的。旁观者向来从属于庞大的被反对的部分。但是在他内心的某一部分，既委屈又愤怒，他在责怪洲。他认为洲破坏了友情的协定，放纵出一片茫茫的灰色区域。

洲把车停在工厂区域的阴影处，距离公园的直线距离并不远。然后他熄了火，告诉致远说不要离开，在车里等他回来。之后致远回想起来时才意识到，洲在当时或许是打算独自去做一些比天上的飞艇更重大也更切实的事情。他应该问问洲的计划，是否需要帮忙，他应该选择始终站在洲的这一边。但是他没有，他近乎赌气地保持着沉默。

于是洲拍拍他的肩膀，依然是郑重其事的。之后消失在破落的楼宇间。

这是最漫长的夜晚。致远独自坐在车里，不知道洲的去向，会发生什么，他是否会回来。隔开几条马路，能听见从公园里传来的轻轻的音乐声和笑声，也或许是幻觉。他从仪表盘下面的储物盒里找到洲的唱片，于是转动钥匙打开了引擎，把唱片塞进CD槽口。熟悉的歌，几乎每首他都可以跟着哼，他从这里学会最初的几句粤语。但是直到现在他才略微能理解一点点置身其中的同情与失望。而今天也是永恒，现在他平静下来，湿热的风吹过来，毛孔稍稍收紧，他的皮肤和头发里还有白日大海的味道。到底哪种快乐是悬浮或者幻觉，他也非常疑虑。只是这种或者那种快乐都是脆弱的。而他和洲不一样的是，在此之前，他从未意识到快乐终将被毁灭，也从未练习着去承担这种毁灭。

马路对面缓慢地走过来一小队警察，他们停下来，对讲机发出断断续续的电流声和指示声。然后其中一个朝小车走过来。致远摇下车窗，思索着应该和他说什么，他并没有发慌，却有一种荒谬的愿望，想和他交谈，问他一些问题。但是当警察停下来的时候，耳边传来更为清晰的歌声，不是CD卡槽里面的哼唱，而是真实的存在。有一辆小皮卡从他们旁边经过，缓慢地往公园的方向行驶，车顶按着一对小小的喇叭，一个平凡的年轻女孩站在那里，对着麦克风唱动听的粤语歌。音箱很差，声音迅速在湿热的空气中散开，不知道她在唱的是什么，是从没有听过的歌。但是过分动人。大家都静止不动，像是在楼宇间等待飞船经过。过了好一会儿，警察回过神来，敲敲车窗说，"同学，记得早点回家啦。"

致远搭第二天早晨的飞机回到北京。他在机场的便利店买了几份早报。昨晚的香港平平静静，没有任何不好的事情发生。

2011年，致远妈来到北京做胃部切除手术，之后终于回到县城继续化疗。她没有住在自己家里，而是和母亲住在一起，经常吵架，并不太开心。但是直到致远离开北京之前，她都住在那里。尽管她的人生遭遇了物理性的重创，爱过她的人全部离散，她却没有失去天真的热忱，依然激烈地反抗家人，善良多情，在一切地方担当不合时宜的角色。惹人讨厌，也令人同情。她并不需要致远，她反复在电话里告诉致远，算命的说她还会有一段不错的婚姻，所以她还能活一会儿。但是她也不怕死，可以死去就死去好了。总之她不需要致远回来，甚至表示有点烦恼，但是致远回来了，她也不得不接受。而且致远使她摆脱了母亲那里亲情的羁绊。接下来，他俩恢复了一部分旧的日常，但谁都不着急着应对现实，后来生活非常自然地铺开，也没有出现什么大的问题。致远回到国营书店上班，在办公室里重新获得一个职位。他回来以后，过了几年，单位才又招聘了一些毫无才干的年轻人。

离开北京不是被动的选择，也不是厌倦或者失望，和雾霾更是没有一丁点关系。这是深思熟虑以后的主动，但是致远可以对别人解释说他是被动的，他需要回县城去照顾家人，得知消息的人不知道该不该流露出同情，如何安慰才恰到好处，便不会质疑或者劝阻他的决定。

搬家的时候他尽可能地扔东西，看到自行车的时候又涌起一点伤感，这么多年过去，这辆车风雨里来去一直没有被偷掉，之后不骑了也放在房间里，成为理所当然的存在。但是轮胎都坏了，无法修补，不得不放弃。他想象自己将展开一段更为严肃的人生，甚至卖掉了游戏机。离开北京的前夜，致远和约好来取游戏机的男孩在家里附近的操场见面，两个人坐在操场边喝着水，交流了游戏经验。致远顺手把带着的滑板也送给了他，并且教他在水泥地上玩了一会儿。男孩跌了一跤，两个人都哈哈大笑。男孩问他为什么要卖东西，他说他要离开北京了。男孩也不是北京人，但是他耸耸肩，站起来拍拍裤子上的灰，大概年纪小小的时候，觉得来来去去都不是什么了不起的事情。

洲在此之前已经出了第二张唱片，名字叫《基本美》。封面上是一张拍摄于十年前的黑白照片，团体合影，便是致远在三里屯第一次见到洲的那个晚上。谁拍的照片，致远完全不记得，他自己却在照片正中间，手肘撑在小桌上，认真地听旁边的洲讲话。照片里面还有小马、老冯、其他年轻人。每个人都姿态不同，提供着很多故事线，之后确实也朝着不一样的地方走去。不可避免的事情如期发生，比如说洲真的开始秃头。

唱片里收录了十首歌，大多和北京相关，或者确切地说和致远相关。有关香港的歌只有他们坐在吉野家里等朋友时的那场对话——这里的吉野家味道到底和北京有没有两样。洲也好，致远也好，都没有说清楚。洲的歌又踩破了界限，变成了叙事，却也没有诗性，几乎就是他自己的博客。给业内人士一种他是在恶意玩笑的不良印象。导致刚刚发行的时候，致远在北京的那些旧同事，都有些愤怒，认为他要不是极度傲慢，要不就是极度狡猾，对音乐性的无视更加不可原谅。而且他们纷纷认为那根本不是北京的青年生活，真实的生活更复杂和动人，而洲所概括的只是肤浅的伤感。

当时致远已经和洲中断了联络。因为没有任何具体的事情发生，所以也不记得是从什么时候开始不再联系。但是从香港告别以后，两个人都有意识地想为友谊去做点什么，结果就有点完蛋，彼此间只感觉到笨拙的尴尬，仿佛站在山头，面对低像素的海滩和灯塔，再也没有办法放下盾牌，坐下来吹吹风。他们就此也成为两条故事线上的人。然而致远在听到这张唱片时所感觉到的疑虑是独一无二的——洲复述的生活真的是他们经历的生活？那些对话被省略和更改之后表达的是原来的情境吗？他们之间是层层叠叠的误解，还是日常与虚构的河流？以及他自己，为什么有种难以描述，并且想要回避的愧疚。

批评和谩骂的劲头过去以后，这张唱片缓慢地红了起来。歌名被引用于各种杂志，代表着稍稍偏离日常的时髦和叛逆。歌词有种轻松的颓废，符合年轻人的自我映射。另外，那些低成本低像素的MV真的太棒了。像是最容易得到的幻觉或者美景，怀着无限的嘲弄和无限的浪漫。给人一种我也可以这样，这就是我的生活，或者接下来我一定要这样生活下去的感觉。

之后如前面所说，洲拿到几个了不起的奖项，又去了很厉害的地方演出。骂他的人纷纷沉默，却疑虑着究竟什么是时代精神，不过这种珍贵的自我审视消逝得也很快。紧接着腐坏的媒体闻风开始挖掘负面新闻，很快洲和男友在岛上冲浪时的照片被拍了下来。但其实照片非常可爱，洲变得比致远印象中更加健康，他和男友并没有什么亲密的举动，两个人穿着普通的T恤和短裤，站在小摊旁边轻松地喝着可乐，像放暑假出来的同学。这样的照片带来和报道的期望完全相反的效果，歌迷们也很想要学冲浪，或者在下沉的世界里拥有一段度假般的情感关系。

洲的博客在那段时间里关闭了。不是出于主观上的选择，而是整个博客平台在新一轮浪潮的冲击下被替代。所以继论坛之后，博客也消亡了，仿佛一场物理性的删除。大家抱怨挣扎了一会儿，便也高兴地去往了下一个时代。在洲使用的那个博客网站彻底关闭之前，致远用了两个晚上把洲在过去几年里写过的东西重新整理成文档，然而大部分的照片已经因为失效而无法保存。在他重新翻阅那些博客时，他吃惊地意识到洲在北京时的情绪是多么复杂，那些以沮丧为底色的快乐和平静，或者挣扎和呼喊，只有在时间过去很久以后才会露出痕迹。而致远自己在发泄着伤心和难过时，却有过一段真正的快乐，但快乐建立在无知和模糊上，也令人不愿意再提起。他同时也惊异于原来他们对于各种问题的看法是多么的不同，却被更动人的情感所驱使，一边忽视，一边构建。

有的时候致远认为洲所希望的那个未来和他一点关系也没有，他不想在那个未来里。有的时候他又认为自己正和洲一起迈向困境重重的自由。就是这样，一半是反对，一半却一致，中间掺杂着很多疑虑、沮丧和短暂的开心。他对生活的看法也好，对世界的想法也好，差不多也是这样，以后总归也会带着这样的心情继续活着。

致远妈在之后一年的年底去世。奇怪的是，她去世以后，那些爱她的人又都回来了，抛却怨念和彼此间的成见，非常自然地各自承担起她的一部分身后事，表现得仗义和热忱，使得一切都有序运转。而致远只是被督促着，完成自己的基本义务，再继续进行下一桩。等到追悼会的当天，大雪，致远爸终于搭上最后一班小巴。他们两个人反倒成为现场的局外人，甚至连悲恸都无须明确表达。所有人真切的哭声，百合花和冬青叶的香味，铅桶里焚烧的锡箔，完全已经变成老人的爸。奇妙啊！人生中真正重大的事情反倒像是超现实的梦。

晚上等到众人散去，致远去旅馆里见爸。他们泡了两杯茶，坐在床边，也不感觉拘谨，像两个关系疏远又互相尊重的成年人那样聊了一会儿。桌上摆着一沓稿纸，致远爸说他正在写作。

"研究的项目吗?"

"不是的。我在写一个小说。"

咳。什么小说! 爆破的烟雾啊，宇宙的秘密啊，致远一点也不想知道。

离开旅馆的时候雪完全停了，天空很暗，地上的积雪是黑的，路上偶尔出现的人穿着巨大的棉袄，缓慢挪动。致远想起和洲、小马、老冯一起开车从北京去天津玩。也是这样雪后的天气。道路中间的雪都被清除了，但是结冰，不得不把车开得很慢。那是老冯用来拉货的第一辆车，破破烂烂，取暖坏了，大家开心地挤在一起。本来想着要去天津听相声，结果也没有听，不知道玩了些什么，都忘光了。而路中的聊天和风景，却因为被洲写成了歌而得以被永远记住。现在致远就哼着这首歌，行走在黑暗的冰天雪地中，沿途有一些小旅馆，亮着破旧的霓虹灯。一片美学的荒原。无以描述的悲痛从四面八方涌来，他眼前发黑，不得不停下哼唱，在心里大哭一场。

人生的别离理应不是这样，但他又能怎么做呢，不还是如此，假装是一段游戏的存档，高高的山头，两个郑重的，挥手告别的朋友。

2017年，哦不对。醒醒吧。这里已经是2018年的世界。在得知有关洲的最后消息的夜晚，致远怀着难以描述的心情，抛下手机里的新闻，登陆了遗弃很久的游戏。游戏在几年前便不再接受新用户注册，也停止了地图的更新，但依然有人在做日常维护。想象孤单的服务器在那位程序员家里兢兢业业地运作，仿佛末日之后幸存着的场景。从某种意义上来说，这里是致远和洲最后见面的地方。当他们不再联络以后，偶尔依然会在地图上相遇，稍稍走上一段。很多ID已经永久退场，成为灰色，有时候只有他们俩，在这一边的世界里一个地图接一个地图地往下走，仿佛在另外一个星球进行一场没有头绪的冒险，给那个从一开始就不存在的精神世界抹上物质性的一笔。直到洲的ID也变成永恒的灰色，致远则从那时起，便被困在庞大的森林里寻找宝藏。没有头绪，也不得脱身。周围的湖泊和山崖都已经寻遍，起初还能碰到零星的人，如今只剩下被机器控制的精灵在固定之所游荡，得不到任何线索。致远穿过一片丰茂的牧场，洲的马群还在那里安静地徘徊和进食。翻过跟前的山便是沙滩和灯塔的所在地，但是他停在瀑布下，那里住着高个子精灵。

"你好。好久不见。"

"夏天结束了。"

"最近见过我的朋友吗？"

"朋友啊朋友，彼此亲切，一旦离别也绝不惋惜。"

"还有其他人在吗？"

"年轻的勇者，不如去世界频道求助。"精灵和致远一起抬头，低像素的雨水——HELP。

选自《收获》2018年第1期

评鉴与感悟

周嘉宁似乎有一种天生的禀赋，很多小说写作者要经过很长时间摸索才能抵达的某种内心诚挚，她轻轻松松就在那里了。这个天赋让她的小说在起始时就站在一个特殊的地方，一个专注于写作的人都曾经到过的地方——那里有一种天然的澄清气象，即便是痛苦和悲伤，也因为根柢里的诚挚，从不显现为怨愤和夸张，而有着思无邪的干净率真。然而，如此习惯于精神生活的人，会有一个不小的困扰，明明希望所有的伤痛都自己藏在心里慢慢消化，极力避免干扰到别人的生活，却常常不知怎么就让人觉得受了伤害。没错，只要你表现出喜欢幽静自处的状态，对习惯于集体性生活的人来说，就已经是冒犯，甚至是一种冷酷。在这篇小说里，周嘉宁有意让小说里的外在世界摆脱了虚幻感，变得非常切实，外在世界有了非常清晰的样貌，不同的青年人，也在这个清晰的世界里有了各自的样子。那个过去在重重包裹中的"我"，已经开始啐啄那道介于"我"和外部世界及他者之间薄薄——却坚硬无比的墙，一些新的可能已经在小说中显现，我们几乎能够从中听到植物萌蘖时轻微的声响。（黄德海）

北方狩猎

/魏市宁

正篇

一

出海第三天，第七次下网。在船长的记忆里，这是与收获无缘的时间和次数，如果可以，但愿能够直接跳过那类仿佛注定的徒劳。

船长是海南人，七个船员全都来自广东沿海，一律矮个子，高额头，鸭嗓，黑黑的脸，只要肯在每次出海前结付一笔现款，价钱和提成就很容易谈拢，从其他船上挖人也并不困难。飘荡在海波上的时光里，他们生食海米干、马鲛鱼鲞。每口食物都要狠嚼一通，把腮帮子咬鼓，把并不复杂的味道在唇齿之间尽力分解。啖其咸，食其腥，品其鲜，似乎就是他们同寂寥周旋时还算不错的一件差事。七个船员中，只有祖籍东北的马文受不了这种浓烈的腥秽，有时候来不及煎食，他便以手撕替代咀嚼，把加工好的残丝碎渣拖在掌心，说一声操这咸臭东西他妈，而后像吃药，皱眉朝嘴里一扣，再猛灌一口水，一仰头，咕咚吞下。除了海钓得来的一条金枪鱼和三条黑鲷，渔船至今都没收获，食物、淡水和柴油都已告急。最多撑到傍晚，渔船就得准备返航。即便他们能够战胜脱水一整天的恐惧，再多坚持一晚，好运依旧不会降临。

好运不会惊扰陷入窘境的成人世界，坏事往往来得都很纯粹。

145

一次破产后，船长开过短暂的几个月饭店，以鱼鲞、晒兰肉、火腿和笋类搭配的小炒着实让他发了笔小财。有了存款后，船长马上不再安分，仿佛有了退路一般，他终究逃不过体内某种写在基因上的引诱，不过半年，就重新从灶台被劫掠回海洋。这次出海前，允诺给马文的那顿酸笋炖鱼鲞程序简单，扒半头蒜，热锅少油，清炒酸笋，添水后与鱼块同煮，除却蚝油再不需任何佐料。拖到第三天晌午，船长已经没有耐心去做任何额外的举动，拧开储存酸笋的罐头盖子仿佛就会透支仅剩的生命力。

观音阁前的香烛灭了一支，船长希望它被重新点燃，但是船长不想从折叠床上站起来。

最后那次仪式性的收网，谁都没有准备好迎接随之而来的巨大惊喜。船长越来越相信，代表好运的那条鱼在昨天（或许也可以说是在数年前）就已从自己的小腿旁溜走，潜入深海。收网时紧绷的缆绳只能让船长开始怀疑自己的经验，无数次捕获失望后的渔网也变得脆弱而不再坚韧，同样没有准备好承受这次意外的重量，沉甸甸的网兜一寸寸浮出水面，海水哗啦啦渗出来，浇回大海，渔网刚刚上升到甲板上就爆炸似的散开了，差不多一半的鱼都没有准确掉入鱼舱，而是直接倾泻到甲板上。银光闪闪的金枪鱼在地上打挺，章鱼打着卷儿，翻倒在地的虾蟹无效地挥动着多得没必要的细腿。这是两个船员的失误，导致马文的双手都被绳索割伤了虎口，面对尖锐的刺痛，他竟有些兴奋，双手也攥得更紧了。船长还没发话，上百尾黄铜色肥大的鱼暂时还没被确认品种，它们细小如婴儿指甲的鳞片掉落在甲板上，为其抹上一层金粉，不过可以提前确认的是，它们价值不菲。除此之外，渔船还收获了一块银光闪闪的铠甲残片，沉默寡言的船员范中黎验证了马文对他猜测，这个故意自我历练才加入渔船的男人博学多闻，一眼就认出了它的身价。观其雕饰，这块纯银的铠甲很可能辉煌在隋唐时期，甚至更早至魏晋，它从锻造地山东蓬莱坠海，流徙过上万公里的海岸线，来到南海，除了价值不菲，它所代表的勇武精神久经洗练，在英武气概消亡百年后的当代，拥有极高的收藏价值。或许是为了掩盖欣慰的眼泪，船长捧着脸颊跳进大海，潜没数十秒以拥抱苦涩湛蓝的海水，待他返回甲板，头发也不擦，就谈及接下来那次迟到了两个月的小聚。

常年海上劳作的船员尤喜测运之事，若喝酒必然猜拳、掷骰子或打扑克牌；若出海，启程前日则会去庙里做占卜，但不问卦象。聚会上有抽奖环节，由船长委托范中黎策划，马文从透明玻璃箱内抽中了二等奖，莫斯科双人四夜五日游。仿佛秉承天意，这让马文的"大计划"变得更加决绝，当然，他不会向妻子透露接下来自己对抽奖结果的"轻微"干预。马文不喜白酒，自己做主请客，他会鼓励大家喝斯米诺伏特加。那天抽奖结束，马文捏着白酒瓶找到船长，先自斟两杯饮下（这是他有求于人时的习惯），恳求船长把旅游地点换成大兴安岭山林附近的一处略显凋敝的风景区。这种变动让策划人范中黎稍感难堪，他自认能够猜中马文的喜好，以为这个向往寒冬与勇气的汉子对莫斯科情有独钟，这个搞不清第二次世界大战起始时间的莽汉，竟对东线战场发生的战事如数家珍。更令他不解的是马文用以替代莫斯科的地点——黑岭风景区。上网搜索一番，信息少得可怜，唯一能够完整获取的是，那里的景区开发资金链断裂，尚未拓宽的道路预示着封闭的交通状况，因而必定游客稀少，几近荒废。

聚餐进行了四个小时，酒过微醺程度，有人开始失态。范中黎盯着马文，好像已经看穿了他的心思，放下习惯性的思考，等其开口向自己说出些什么。马文果然来了，说几句酒话，就向范中黎展示了自己收藏的"珍宝"。他扭过身子，把手伸进耷在座椅靠背的外套口袋里，取出那张于民国十六年（1927年）二月十七日出版的《龙江民报》。报纸保存良好，对折过三次，甚至没有发黄，像是精心制作的复制品。报纸第二版整版报道了一件奇闻：当地知名的猎户马振山——据称是马文的曾祖父——在旧年早冬，仅带着一把猎枪和一支短刀，冒着小雪，逆寒流而行，朝西只身潜入到大兴安岭中北部蛮荒料峭的山林里，经过三天两夜马拉松式的漫长游猎，马振山打到了一只野猪和两头雪狼，并且出于某种特别的考虑或激情，他放弃枪械，单纯用那把短刀杀死了一只成年雄性东北虎。报纸头版附有一张模糊的照片，上面的马振山托举着粗糙的右手，掌心放着用麻绳串起来的一截狼爪和一颗虎牙。照片给了手掌特写，马振山在远景里模糊难辨，可以确认的是，他穿了粗狂的自制皮草大衣，左膀上有一块类似肩章的黄色装饰穗，身后屋子的角落里竖着一把类似匕首的短刀。照片的背景就是这次奇闻的采访地，斯特拉酒馆（Stra Pub）的吧台。从报纸照片和地理位置推测，斯特拉酒馆是一家俄式酒

147

馆，木制的吧台和酒架，灯下两排倒悬的酒杯，展架上看似有规律又像胡乱摆放的各式酒瓶高低错落，这种装潢仿佛不受时光侵蚀，自开张至今，近一个世纪也不能令其略显古旧。

这些年来，某些看似简单的心愿一直都不得满足，包括这种归乡之旅。介绍完自己的收藏品，马文自饮两杯，向范中黎表达了谢意，随后指着照片上的酒馆吧台，说自己一直都希望回到出生地——曾祖父马振山风光一时的地方——黑岭乡郊外的斯特拉酒馆，在那里度过一个短暂的假期。

范中黎双手摊平，灵活地活动着食指，仿佛能够触摸到当下的节气，他打趣说，现在正好是鲑鱼洄游后产卵的季节，马文想念北方的故乡也很正常。

二

马文的女儿钟映在读高中二年级，她正值叛逆期，一连几个周末都不肯离校回家，或多或少是因为自己的弟弟，马文的小儿子马启有先天性智力障碍，每周有四天寄住在城郊边陲的一家公立福利院。每次去城郊接儿子回家，妻子都会流泪，仿佛能够清晰看到他在未来必将经历的诸多磨难。马文的妻子小钟是一个矮胖女人，她身高一米五出头，两人结婚时，体重就已超过六十公斤。或许是结婚后不再工作的缘故，十七年过后，她比当时胖了整整二十公斤，稍微能够让人联想到体重或行动迟缓的话题，都会被她理解为人身攻击，继而引发一场争吵。最近两年里，小钟的性情越来越古怪，她就像一台过于敏感的警报器，只需要一丝差池，就会怨斥不停。两人每次争吵，从她疾速掀动的唇后喷涌而出的言语，都会把马文挫败或羞愧的种种往事和盘托出。有很多次，马文甚至产生错觉，仿佛她的存在就是为了提醒自己生命的晦暗，而这个女人又像腿上的慢性炎症一样时常强调着自己的存在，频繁把马文从某些短暂的喜悦中拖回现实，提醒他一生都不得不面对这个无法逃避的麻烦。

那个深夜，马文打车回到家里，他并没有进卧室的打算，灯也没关，脱下外套披在胸口，直接倒在客厅的沙发上睡着了。小钟在半夜醒来一次，替他关了客厅的灯。客厅暗下来，大概是猎户家族的本能，马文能感觉到小钟掐着腰窝站在自己身后，他甚至能感觉到她灼热又寒锐的目光烙上了自己的后脖颈。不知多久，她终于回卧室了，马文发现自己后颈起了一层浅密的小疙瘩，难以抚平，大概两个钟头后才渐渐消失。

第二天上午，一声声钝响从厨房传出，马文从混乱的醉梦中醒来，左腿的炎症遇酒即犯，膝盖开始隐痛。他洗漱、吃药，努力保持着清醒的动作和言辞。已经过了十点钟，客厅里电视机在播放纪录频道，本来就温柔的解说声放得很低，小钟在厨房准备午饭，她用刀身狠拍两段大葱，借着这些声音的掩护，马文把出行计划说给她听。

小钟放下菜刀，她并没有拆穿马文：他肯定掩藏着什么隐情，哪个公司会特意挑这种僻壤给员工度假，而且还是五天，简直应该说是流放。她在围裙上使劲擦手，说："没人愿意去那种鸟不拉屎的地方，能不能换个去处？"

马文不擅长撒谎，适时的沉默让小钟相信出于某种不可抗力，地点无法更换。

小钟重新捉起菜刀和一半被拍打得稀烂的大葱，她没有继续拍它，她刚才擦手的动作让马文耿耿于怀。

小钟说："那就这么说吧，我跟女儿同去，你留在家里，周五也能照顾马启。"

"公司代表必须要去，我的名额不能变更，也不能折现。"

马文说完就把双手藏到后背，一只手去撕另一只手虎口上的创可贴，疼痛减轻了他撒谎后的自责。

不知是小钟对公司的嫌恨，还是这个谎撒得足够妥帖，总之她放松了警惕："一条撞了大半年霉运的破船，也能算是个公司？居然还有什么规定，可笑！"

"策划人是用职员姓名填的单据，到时候或许还会见到公司的合作伙伴，所以这个名额改不了，"只要语气坚定，荒谬的谎言也能得到女人的信任，马文又说，"钟映肯定去不了，你应该知道的，钟映的学校请不了那么久的假。我们两个可以一起去，我妈可以去福利院把马启接去她家。"

"你妈照顾得了马启才怪！她是什么样子你自己不知道吗，一个生在东北村旮旯里的老太婆，连自来水和纯净水都分不清楚——"小钟意识到了自己的刻薄，她停顿数秒，又说，"你妈一直都在占这个家的便宜，这次她别想再惦记你的公司福利，谁去也轮不到她去。如果非得这样，我宁可把另一个名额折现。"

"你怎么能这么说？"马文忽然有所觉察，改了口，"——我找策划人商量一下吧，这会让大家都很难堪。"

无可奈何，第二个名额终究还是折现了。座机电话信号很差，马文只能红着脸叫喊，不等他过多解释，范中黎就表示理解，并且帮他讨得了一笔还算丰厚的折现金额。

这次只能自己出行，面对这个结果，令马文惊讶的是自己竟感到意外的满意。

临行前，马文收拾了行李，他从柜子里翻出一件数年来从没机会穿上的军大衣，虽然每年都要洗晒四次，还是能嗅到一股霉味，仿佛面对北方的事物，南方的气候有一种天然的敌意。临出门前，小钟还在倾倒满腹的牢骚，她抱怨马文的老家太过寒冷，一年有三个季节都是冬天，那里落后、野蛮，只有野人才能生存，人的尊严因寒冷而消隐，西风一旦吹起，人就活成了鸡狗模样。她特别强调，在那里喝醉的人死在街上已然稀松平常，甚至都没人愿去多看一眼。对此，马文并不介意，小钟向来喜爱夸大言辞。她最后又强调说，那地方自己年轻的时候去过一次，火车尚未到站，她就发誓，余生再也不去第二次。马文不顾小钟的数落，披上大衣又去戴帽子，试着这套衣装是否还同以前那样合身。

小钟抱怨够了，主动过来帮他系扣子，马文肚子上的两粒纽扣始终不能扣上。

"哟，你比我们结婚的时候胖了呢。"小钟轻拍着马文的肚子故作惊奇。

"谁又不是呢？"马文回答，两个人都笑了起来。小钟笑得格外大幅，她耸动的肩膀使得捏在指间的扣子对不准扣眼。

三

搭动车到广州只需半个小时，飞机从上海转乘，随后直达黑河机场，再乘火车朝西北行驶七站，自此开始，每站都陈旧破落、路途漫长，六个小时后就到了黑岭镇境内。火车外皮绿漆，车厢内没有暖气，顶部竟有风扇，万幸，冬装已经在机场换好。火车在黑岭站停靠两分钟，只有马文一人出站。刚踏上北方的土地，他就迎来了好运气——正赶上当地每日只有三班的公交车。车少，乘客更少，司机一路上都在抱怨，下午这趟几乎日日空跑。

公交穿过镇中心，毫无意外，这块记忆中的僻壤愈加凋敝，迁移后村镇唯一的活物似乎只有啄雪的丧家公鸡，终于见到一个活人佝偻的背影，身旁跟有一条白狗，脏瘦，衰老，像雪狼一样夹着尾巴颠晃行走。公交停站的间隙，发动机的噪音会减弱，这时就能听到喇叭里广播着迁移补偿的宣传。四个小时后会有第二班公交经过，现如今汽车取代了摩托和牲力车，顺风车竟不如往年好搭，这一切都打消了马文在镇上下车逗留的意图。

今天是个大日子，方才萌生的失望之意顷刻消散，疲惫也驱散不了他的好心情。

车驶入镇郊，半途的勇鉴湖站无人上下，公交车在这里甩了站。窗外一面浅绿色的巨大镜面缓缓移动，对岸似有獐鹿窈窕的身影。数十年光景，这就是那泊在夜晚时常入梦的勇鉴湖，马文看个不够，车驶远了，他还努力勾着头。过了勇鉴湖，就能看到斯特拉酒馆的方形烟囱，自清晨始，还未起过一丝风，成团的烟雾冒出烟囱后突然冷却，在屋顶的低空攒积。

斯特拉酒馆距黑岭镇四公里，因位置偏僻，在镇区开发迁移时得以幸存。再往西北不过三四公里即是大兴安岭的山林一隅，在地平线阴成一团墨迹，刮过一场大风后就能从酒馆二楼看清山体与荒林的边际。酒馆建于民国九年（1920年）春夏之交，由一个专供猎户与过路客栖息的野馆子扩建而成。它的第一任老板是一个苏籍东北人，自称有八分之一德国血统，是一个不折不扣的"世界级杂交品种"，他长寿的基因不敌连绵的社会动荡，直至1962年酒馆充公易主，他回到叶卡捷琳堡后流离而亡。酒馆近百年来几乎未变，仅是门头一侧新搭了间小木屋。马文敲门时，从小屋里挤出来一个看起来比整间屋子略小一点的健硕汉子，对方一句话不说，抢劫似的夺过行李，帮他提到酒馆正门口，旋即转身离开了，重新挤进矮小的木屋。

酒馆已经大不如前，第一场暴雪即将到来，这里人烟稀少，生意萧条，只有四个活人在经营店面。迎面而来的一个雌雄莫辨的服务员（马文从刻薄的嗓音判断出她是个女人），她和小钟一样矮胖，走起路来脚下无声，地板却吱呀作响。据她所言，酒馆现在的老板是一对中年夫妻，女人姓郝，平日都在吧台做接待，男人姓崔，负责在后厨烧菜，住在门口木屋的保安是男老板的远亲外甥，他身高近两米，腕上有健硕的肌肉和一块鲜明的虎头刺青，此人言语不多，面孔坚毅，做出决定后似乎从不同旁人商榷。

马文来到吧台，匿在室内的水汽模糊了他鼻梁上的平镜片，他摘下眼镜，胡乱擦擦就收了起来。总而言之，斯特拉酒馆并未准备好迎接这位不速之客。头顶上那两排倒悬的酒杯恍如隔世，被擦得纤尘不染，台面上有一叠简单的宣传册子，还有一只雪白的烟灰缸，里面没有烟头。

吧台后的墙上悬有一杆猎枪，装裱得像一幅画。

女老板长着张狐狸脸，极窄的眼角上翘，她蜷缩在台后，低头看着一台七寸见方的黑白电视，里面播放着类似客房录像的灰色画面。听到马文驱寒的搓手声，她急忙关了电视，从吧台后站起来。待马文做了简单的登记，得知对方要住五天以上，她竟有些失语。

服务员走过来，在马文身旁坐下，托起下巴，看着他在收据上签字。手续办妥，马文站起来，准备上楼。女老板走出柜台，瞪了眼服务员，又朝着她的屁股狠踢了一脚，发出一声结结实实的闷响，她嗷的一声跳起来，捂着挨打的部位一通猛揉。

"懒死你！还不干活去！"

"地板和桌椅早起擦过一遍，一点没埋汰，晌午刚又擦过一遍。"

服务员有些不满，但她只表现出了怯懦。

"客人坐过的地方呢！"

服务员看了眼马文坐过的板凳，噙着泪，转身走开了。

"你干吗去？"

"去拿抹布呀。"

"拿抹布干什么，客人要回房了，还不帮忙把行李拎上楼，就那么没眼色？"

服务员一声不吭，把行李粗鲁地拖上二楼，随手丢在客房门口就走开了，仿佛她的窘境皆由马文一手造成。

客房的窗子很小，朝西打开，窗外的夕阳正在变红。马文收拾停当，一切还算满意。稍做休息，待夕阳落尽，客房变暗，他就下了楼。

"西风停，暴雪行。暴雪一来，'山神'就要封林，滑雪场就会关闭，连偷猎的都不再出门，你怎么会挑这种时候过来？"男老板相貌平平，毫无特征，正低头穿着厨衣，一面系围裙一面说着。

"我记得往日这家店很冷，怎么现在烧得这么热？"马文解开一颗扣子，没有正面回答对方的疑问。

"你以前来过吗？——也就七八年前吧，渐渐地就开始有了南方的游客跑来住宿，他们抱怨这里太冷，适应不下，为这事还吵过几次，馆子就这么烧热了。"女老板在吧台后说。

"怎么会没来过，"马文嘟囔了一句，"南方人真是娇气，冷几度而已，这么大惊小怪的。"

"别一竿子打翻一船人，我怎么就不怕冷！"服务员不满地反驳，她那冷热难辨的语气、掐着腰窝的动作，竟都令马文突然想起小钟来。

"你是南方人吗？"马文问她。

"我妈是玉林人，怎么了？"她语气冰冷。

"对唔住，冇第个意思，我屋企系海口（对不起，没别的意思，我家在海口）。"

"我去过个度，好多雨水（我去过那里，太多雨水）。"

乡音格外亲切，气氛缓和下来。

"前天新进了榛蘑，炖汤极好，还没来得及尝鲜，晚饭我们同吃，"男老板弯腰进了后厨，又突然撩起帘子，探出头来，"这顿不收费。"

女老板提来一只铝皮茶壶，堆笑凑近，把壶塞给服务员，示意她给马文倒上一杯茶。服务员的脸瞬间又冷下去，摸出一只水杯，砸一般放上桌面。

女老板打量着马文的脸："你倒像个本地人。"

服务员开始倒茶，腾空的水汽中有一股浅淡的松香味，女老板的那句言语过后，马文感到一种欣慰的气息随茶香弥漫开。

"我生在黑岭镇——老镇上，十二岁就随我的母亲搬去了广州。记得的事不多——八九岁那年吧，我跟我父亲骑摩托去过漠河，长途跋涉，干吗去倒是忘了，只记得半路把小包袱搞丢了，饿极吃了几口雪，烧胃，人差点冻死。"

女老板嗤一声笑了。

服务员没笑，马文低头呷了口茶，望着她，说："这松香气，把茶带得也显清新了。"

服务员说："并没放松针，煮的勇鉴湖的水，那水呀，就这味儿。"

"咦，我怎么不知道？"马文惊讶后又连呷两口。

"或许是你离开得太久了。"

榛蘑炖鸡的瓦锅端上来，服务员擒着手电筒出门，去院里叫保安过来吃饭，三个人围桌坐好，服务员分配着碟筷。另有一道肉片菜叶炒木耳，纯瘦里脊肉暗红，白菜取大绿叶片，木耳纯黑，少了一点黄色，再放些姜片正好，红绿黑的搭配也说得过去。一锅盛满两只粗碗，老板端碗出来，在厨房墙角绊到肩膀，可惜都打碎了。他急忙高喊两声"岁岁（碎碎）平安"，收拾完地上的狼藉，又执意再炒一道菜，命其他人先喝碗汤御寒。

其他人都已动筷，黑岭镇喝汤不用勺，单是用嘴凑到碗沿吸。马文取出那份报纸，在桌上铺展了，向众人介绍起自己的曾祖父马振山。三人听后全都表示怀疑，斯特拉酒馆大不如前，二三十年前，怎么会有人不晓得打虎英雄马振山的威名和事迹。马文从脖颈里掏出那串狼爪和虎牙作证，随后指着吧台，说："看，照片就是在那里拍的。"

女老板走上去，重新审视着吧台，随之爱抚一把，说："还真就是楸子木头，赁的时候我都不信。哎呀，楸子木就是好物，一百年都沤不坏，台面儿亮晶晶。"

"你是说他一个人进了山林？"保安终于开口，他声音低沉，尽是怀疑的语调，嘴里有一星金光闪烁着，"即便运气好，能打到一匹驼鹿，一个人进山林，什么也拖不动，又能带回去什么呢？"

马文想了想，说："勇武。"

"这样吧，你拿那把刀出来给我看一下，我就相信报纸上的传说，"保安异常严肃，像是在做一笔挑剔的、有关信任的交易。马文看清楚了，他嘴里有一颗金牙。

1995年8月，台风特纳在东南沿海迈起鬼步，因为天气预报的错误预

154

测，马文好友（亦是他的合伙人）的渔船遇险报废了。失业一个月后，又赶上儿子马启在自家门口出了车祸，妻子小钟不想从娘家借钱，就托自己的哥哥介绍，把那支短刀卖给了一个吉林人。家中的燃眉之急因此得解，那把刀价值不菲，甚至还为客厅添置了一套新家具。

至于那把短刀究竟卖了多少钱，马文至今都不想知道。

听罢他的自叙，三个人都埋头喝起汤来，不知如何回复。

"意思是，你是个打鱼的？"片刻后，女老板突然说了一句。

"要不是搬了家，我或许是在山林里打猎的。"马文的语气诸多遗憾。

"偷猎的，"保安放下汤碗，补充了一句，"多少年了，国家早就不准进林打猎了。"

"是呀，封了山林，国家倒是干起了山神的活儿，"男老板炒好菜，端着两只碗走过来，看到马文面前丝毫未动的汤，他问，"怎么不尝尝那碗汤？"

盛汤的碗很浅，很宽，像个碟子。汤的温度正好，中间透明，悬浮着榛蘑，上面漂着油滴，碗底潜着鸡肉，层次尚可。马文喝了口汤，他暗自惊叹如此清澈的液体竟如此鲜美。

四

夜晚静得能听到坠地的松针，夜空分外晴朗，风与云正赶夜路，暴雪将至。

第二天早上，马文加厚了衣服，伸着懒腰下楼。酒馆的人都起得很早，男老板动身去新镇进货，在院里发动汽车，轮胎与引擎声渐远，消隐。其他人都已吃罢早餐，店里的微波炉坏了，数天未修，服务员把预留的一份饭菜放进烤箱里加热，端到餐桌上，极短地说了声："吃吧。"

刚在椅上坐下，尚未持筷，女老板就揣着手走过来，说："自这顿开始，早饭每餐十元，中、晚饭每餐十五元，退房时统一结算。"

"有没有酒？不要白酒，最好是伏特加。"

女老板取了瓶不知品牌的伏特加放到吧台，又将一个子弹杯取出倒放。酒是整瓶卖，报完价她就出门去了，刚到院里，就能听到她呵斥保安时响碎的言语。

马文胡乱吃了几口早餐，菜炒咸了，黄粥无味，他放下筷子来到吧台，捏起杯子为自己斟酒。伏特加新酿最好，这瓶已经存了七年，味道很淡，一连饮下三杯，两颊便开始有些发烫。他站起来倚靠在吧台上，解开领口的两粒扣子。再斟一杯放好，马文把酒瓶拧好收起，缓慢托举右手，挪动肩膀与腰身，似乎在寻找一种姿势，许久才停下来。他伸手去摸脖子上那根细绳，久寻不见，他想起昨晚洗澡时把那件饰品收了起来，因而遗憾地抚了抚额。

缺少最重要那件道具，马文倒没有上楼去取，而是保持姿势，望着自己空空如也的手掌入了迷。

服务员的一声低咳让他缓过神来，这种失礼令人憎恨，马文喝下最后一杯酒，用鼻子猛吸一下，起身走去院里。大厅门口的卷闸门还没完全拉开，他弯腰走出，在清晨的料峭里伸了伸拳脚。回到斯特拉酒馆的第一天，他觉得自己应该出去走走。

保安在院里锯木头，女老板依靠在木屋门口，阴云已经覆盖了低空，温度好似在掉。保安把手腕粗的木头锯成一段段，再摆成一个个三角形的小垛子，这种杂役的活儿让他不得不蜷缩成一团，与其魁梧的外表极不相称。他觉察到马文的目光，似乎也觉察到了他沉默中的评判，因而发起怒来，说："看什么呢！你再看！"

女老板在一旁尖笑起来。

"我准备出去走走。"马文指向远处山林，那个方向同他预想的目的地正好相反，他不想让别人揣测自己的心思。

"马上就要下雪了，"女老板指了指天空，"一下雪，埋了食儿，兔子跟野猪就要出来。"

"我不走远。"

"她的意思是叫你小心路边捕猎的夹子。"保安的视线始终没有离开锯子。

如女老板所言，说话间就飘起了小雪，马文点了点头，转身走了。

刚到勇鉴湖，雪就轻掩了地面。昨晚是一个极寒之夜，湖面结上了两指厚的冰。马文摸了摸冰面，又回到湖畔逡巡，低头找到一块石头，把它举过头顶，猛地在冰面上砸出一个洞来。冰裂声清脆悦耳，对岸似有动物矫捷的身影在林间闪动。捞尽碎冰，洞下的水面归于平寂，像一块魔镜。马文下跪似的俯身过去，看到水下自己的倒影。倒影中的马文异乎寻常，脸上涂着似是战斗所用的泥巴图腾，他身上穿着的不再是军大衣，而是一件粗糙的自制皮草，右肩头有一枚黄色肩章，腰间挂有短刀，背后则扛着酒馆墙上的那杆猎枪。

　　水面重新结起一道道冰刺，马文站起来，做了个从腰间抽刀的动作。他抓着那把空气做成的"短刀"在湖畔挥舞，高声叫喊，随之变换着刺杀躲避、僵持对峙的种种动作，像是在做着一种严肃的模仿游戏。对岸湖畔的树林里似有响动，他马上警惕起来，停止呼喝，弯下腰去，把"短刀"收回腰间的"刀鞘"里。他俯身沿湖朝对岸绕行，从后背取下"猎枪"端在手里，检查了一下"枪膛"里的"子弹"。他走到对岸后突然停下，屏低呼吸，似乎要收敛起一切轻微的噪音，眼也不眨，像尊蜡像停伫了整整十数分钟。他又重新吸了口气，煞有介事地"瞄准"，调整着细微到无法觉察的动作。

　　雪越下越大，覆盖了他的头顶和肩头，他突然抠动食指，开了一"枪"。

　　空气中似有划破天际的鸣响。

　　马文兴奋地朝丛林跑去，在林间四下寻找自己的"猎物"。一棵高龄柏树后有窸窣之声，他急煎煎冲过去，看到一串新鲜的剪刀形足迹，是野猪，突然他觉得小腿一软，剧痛随之爆裂开来，马文嚎叫一声，倒了下去。

　　腿上的伤势不轻，他踩到了逮野猪用的大型捕猎夹。这类捕猎夹十分坚固，需要辅助工具才能打开，小指粗细的夹棍死死地咬进马文腿上的皮肉，夹底焊连着一根铁链，绝望地紧锁在那棵柏树上。

　　马文大声呼救，落雪无意地吞噬了他的叫喊。半个小时后有公交车驶过，却在这里甩了站。情况毫无起色，公交车渐渐远去，马文浑身都落满了雪，他第一次想到死亡，竟一声声哭了起来。许久后，一声冷咳掠过湖面，对岸似有人影，静静地站在远处，看戏一般在纷纷扬扬的落雪中朝这边观望。那是酒馆的服务员，不知她已经来了多久。服务员终于开始朝这边走来，马文立刻停止哭泣，在她走近之前，他低下头整理自己的容貌，细致如擦银器，一点点拭净了脸上的泪痕。

她的脚走进了自己的视野，马文抬起头："你怎么也跑这里来啦？"

"我来打水呀。"

"你的水桶呢？"

她从鼓囊囊的口袋里抽出一口布袋，一甩展开了，说："酒馆桶沉，上冻了，直接装几块冰背回去就好。正巧，快来帮把手。"

马文苦笑一声，撩开大衣，露出受伤的小腿。

她尖叫一声就跑开了。

去新城拉货的老板还没赶回，服务员领保安到勇鉴湖的时候，马文已经全身冰凉，依靠着树干抱肩颤抖。保安带着一把巨大的钳子，两下夹断了铁链，他自始至终一言不发，抱起马文就朝酒馆的方向走去。保安怀里的马文像个婴儿，他企图说服对方自己还能独立行走，只是需要一点搀扶——逞强了，这当然是不可能的事。

马文张了张嘴，发觉自己已经冻得说不出话来。

五

按照女老板的意思，马文被重新安置在一楼的一间客房里。那间客房废弃多年，几乎沦为仓库，里面摆满了空箱子，新旧桌椅沿墙排列，门口放着一面遍覆尘垢的俄式全身镜。

汽车喇叭声响起，男老板刚刚赶回，还没来得及卸货，就摇下车窗听到保安的耳语，旋即重新调头，骂骂咧咧地再次离开了。半个小时后，他从新镇的某家诊所接来了一位老医生。医生一下车就开始指责酒馆的位置偏远，身为诊所唯一的医生，这种天气外出极其不妥。随后他开始质问马文为何会傻到踩上捕猎夹，马文只是苦笑，像个闯祸后遭受训斥的孩子。他抱怨够了才开始观察马文的伤势，这个医生似乎并不擅长处理外伤，他在药箱里选了很久，终于取出一瓶生理盐水，先给马文清洗了伤口，随后注射止痛药。注射器蛰在小腿上，刺痛令马文发出一声短促的尖叫，服务员在远处背对着自己，肩膀略有耸动，似乎在笑。小腿渐渐麻木，医生让保安从仓库找来一个类似千斤顶的小玩意儿，帮马文撑开了捕猎夹。

伤口包扎完毕，医生分析说，虽然没有伤筋动骨，但是捕猎夹很旧，夹棍撕裂裤管，咬入皮肉后，某种细菌感染了伤口，炎症发得很快，因无法预估伤势的发展，他不能确定几天会好。随后医生强装微笑，说，可以确定的是，只要炎症开始减弱，一旦消肿，要不了三天，马文就能下床行走了。

临行前，医生叮嘱自第二天始，每天早晚都要给马文打一针，直到炎症开始减弱，就可以只服药了，两天之后他会再来一次。打针的任务落到了服务员肩上，推脱不过，她只好临时学习如何进行简单的肌肉注射。

当日的中晚餐与大小解都需要服务员的帮扶才能完成，每到这个时候，马文都要强装出对伤痛的蔑视。痛潮汹涌而来时，他浑身都会绷紧，颤抖的声音会暴露自己的脆弱，他仅用摇头和沉默来做基本的交流。只有汗珠无法控制，一滴滴涌出毛孔，从面颊滚落。到了晚上，麻药的效果彻底消失，马文的小腿疼痛难忍，仿佛灵魂和勇气都从伤口溃散了，仅为他留下一具怜弱的皮囊。过了七点半，服务员离开后，他终于开始呻吟。

适当的露怯可以有效地抵消部分疼痛，直到半夜，随着疼痛一度度减弱带来的引诱，他的呻吟声越来越大，渐渐地，竟有了舒适之感。他终于放开一切，臣服于疼痛的威力，不做一丝束缚和伪装，大声呻吟起来。

窗帘开着，玻璃擦过，雪下得很大，一团团银光在窗外的黑暗中闪过。

"笃笃笃——"

隔壁传来了踹墙声，马文的呻吟被瞬间扼断，他这才知道服务员就睡在隔壁，忽然变得羞愧无比，喉咙里仅剩下一丝细哑的尾音。

第二天，服务员抱来一只小箱子，她对昨夜的事只字未提，只是打了两个很刻意的呵欠，提醒马文影响了自己的正常休息，随后她开始有模有样地准备着注射器。

借着灯光，服务员把气泡挤出针筒，药剂在针头上滴滴答答。马文捋起袖管，尴尬地笑了笑，说："我看啊，干脆打在胳膊上算了。"

"你怎么这么多事！该打在哪里就打在哪里！"她竟格外不满，擎着注射器走来，说，"我还要打扫卫生，赶紧的吧！"

马文一点点脱下睡裤，她走过来，又把裤子猛地朝下一拉，清凉过后就是一叮刺痛。这个女人究竟是什么人啊，她就像条无法交流的水蛭，不放过任何机会钻进马文的皮肉，轻而易举吸出他拼命隐藏的羞耻与怯懦。

当晚，在疼痛的作用下，马文做了噩梦。自己被困在深海无法呼吸，

159

海水挤压过来，他只能像条比目鱼一样匍匐行走。他顶着赤身裸体后的羞耻四处藏匿，徒劳的是，无论躲到哪里，最终都会被服务员一把揪出，这令他焦躁、羞愤，突然在盗汗中惊醒。他醒后浑身湿黏，脑中一片混沌，大厅里传来微弱的讲电话的声音，腿上的伤口变得麻木，一切感官都虚假、错乱，方才的梦境更是荒谬。仔细回味一番，梦中的服务员异常高大，脸上却是小钟的面孔，她每次揪出马文，都会拎兔子似的把他提在半空，尖声质问他是不是丢了工作，是不是再次没了收入——这分明是小钟才会关心的问题。马文彻底清醒，竟看到服务员确实就在床边，她腰板挺直，单手掐腰，正失望地看着自己，这令他想起自己在2004年的那次不幸遭遇。那年夏天，自己所在的渔船连撞大运，船上所有人都发了一笔小财。有了这笔存款，马文本打算用这来投资朋友筹备的旅社，不等他说出自己费了两天才准备好的那些言辞，小钟就发表了意见，她执意让马文购买一辆货车，这样他就不必回到海上靠运气过活，她不断强调，跟着自己的哥哥一起拉货才算正经营生。为此她以离婚相胁，他们吵了一个多月（回想起来，当时要是离了婚，或许也是不错的选择），货车买来后的第一个月，就撞毁报废了。车队有五辆车，只有马文在宽坦的大路上突然侧翻，仿佛遭受了某种邪力。车祸后的第二天，马文在病床上醒来，他看到的第一副画面，就是小钟失望的表情。

想到这里，马文别过脸去，男人的泪水永远不合时宜。

服务员从身后推了推他的肩膀："一个叫钟喜的女人，让你醒了给他回个电话。"

"怎么会！"

马文触电般翻过身来。

一楼废弃的客房没有分机电话，服务员把马文搀扶出门，来到前台。电话响了半声就接通了，核实了马文的伤势，毫无意外，小钟严厉地责备了他的愚笨，不等马文开口解释，对方就挂掉了电话。期间，他听到马启在客厅模仿警车鸣笛的长啸，三五秒一声，听筒有规律地破着音，忽然门外有人敲砸（邻居受不了马启的长啸，过来抗议已是常态），紧接着，马启就哭了起来，伴随着瓷器破碎的声音。

"她怎么会打来这里？"马文没有放下话筒，直接侧脸瞪着服务员，

"她没有这里的电话号码!"

"或许是上网查到的吧。"她辩解说。

"小钟不会用电脑,"马文愤怒道,"她怎么会知道我受了伤?"

"你的押金快不够用了——因为额外的医药费,酒馆需要确认一下你有足够的钱。"

"胡闹!你凭什么私自——"马文把话筒猛扣回座机上。

"你别冲她嚷,电话是我让她打的,"女老板从柜台后站起来,"这是这里的规定,打个电话而已,你嚷什么!"

马文不想继续争吵,他站起身,却沮丧地发觉自己无法走回客房。当服务员犹豫了一下,过来挽上他的肩膀,马文满脸的肌肉全部拧成疙瘩,不断抖擞。

第三天中午,雪停下来,云很厚,大雪还会继续。

一点过后,医生搭公交来酒馆为马文复诊。绷带拆下,他的小腿已经消肿,两道凹痕都结了痂。情况好多了,医生围着他的小腿来回看了看,说炎症消得很快,换一次绷带,再过一天不出意外,马文就可以试着下床了。医生刚走,马文就偷偷下了床。他反锁了门,披上大衣,走去照了照那面俄式全身镜。积尘严重的镜面照出的人影模糊难辨,像一张保存良好的老照片。镜中的马文双腿完好,穿着祖父马振山的行猎皮草,脚下蹬着一双漆黑糙厚、泥痕遍布的靴子。他朝一侧缓慢转脸,看到现实中,自己军大衣的肩膀上果然多出一枚黄色肩章,像不知何时盛开在肩头的一朵金花。镜中有一段漆红,看清楚了,镜内影像里,自己耳后的床畔斜竖着的是那把短刀。

马文急忙朝身后望去,却看到了一截折断的鱼竿,地上还盘着一团渔网,死气沉沉堆在床脚,似能嗅到一丝类似鱼露的腥臭。

六

下午,趁着降雪停止的空隙,酒馆的人正往车上搬着什么东西。隔窗听到院里的对话,可以判断所有人都出去了。马文从床上爬起,扶着墙面和桌椅溜到吧台,他找到了那瓶喝剩下的伏特加,贼一样抱回自己屋里。

喝还是不喝,这个问题困扰着马文,他抱着酒瓶打了个悠长的呵欠。

汽车开走了，没多久，隔壁屋里的动静有些刺耳，服务员和一个陌生男人争吵起来。从越来越清晰的争吵内容判断，男人是服务员的丈夫，他希望她能回去几日，帮忙照顾家里的老人。服务员则在抱怨自己琐碎的工作，她拖着哭腔说自己屡次受到女老板的欺侮，似乎还掀开衣服给对方展示了那道被踢伤的痕迹，说着她就啜泣起来。

争吵变为安慰，紧接着，他们谈到了马文。

"虽说比往年来得早，但是这次暴雪这么大，看样子还要再下几天，你们怎么还没打烊？"

"打不了烊，店里有个客人。"

"客人？什么人会选这种时候来这里，这封林的雪天！"

"谁知道他发什么神经！他还说自己是哪个古代的出名猎户的后代，我跟你说呀——你听我说——你猜怎么着，结果刚来第二天，他早上出门遛弯儿，居然自己踩到了逮野猪的夹子，那给疼得呀——"

一阵窃笑。

"他是不是记错了，他应该是古代野猪的后代。"

又一阵大笑。

服务员嘘了一声，随后两人的对话就听不清了。

夜晚九点，雪又开始纷扬降落，客房里的酒瓶空了，马文醉醺醺地摊在地上。他渐渐醒来，双手撑地，颤颤巍巍直立而起，那条受伤的左腿竟奇迹般站了起来，仿佛某种精神化为实体，替换了他的骨与肉。得到启示般似的，马文猛地张开双臂，朝那面全身镜跑去，企图拥抱镜中的影子。在他眼中，镜中的自己同勇鉴湖里的倒影一样庄严伟岸，透露着一股足以压倒一切的勇武气质。一阵翻倒声过后，镜架歪倒在地，镜面脱离镜框，在地板上洒开一片水银色尖锐的花瓣。

额上炸开一道刺痛，马文受伤了。

滚烫的血滴淌下额头，挂上睫毛，酒也就醒了一半。马文在地上爬行，他狼狈不堪，本能地哀号起来，不过半声，又立刻坚定地咬在自己的手背上。这种境遇，一旦被服务员发现了，那个胖女人必然会狠狠训斥自己一顿，那种精神上的折磨会令他更加痛不欲生。

马文捂上额头在屋里爬行，翻箱倒柜找到一把剪刀，从腿上剪下一些纱布，胡乱地给自己包扎了伤口。额上的疼痛转为麻痹，耳朵嗡嗡作响，他开始幻听到小钟的声音，急促，短暂，一声声撞击在耳膜上，它们拼凑不出完整的逻辑，尽是一些连不成句的短语：那么笨……偏僻的地方……能干成什么……怎么不看好马启……死掉的人……你妈那种人……一条破船而已……

钥匙开锁的声音终止了幻听。

反锁没有丝毫作用，服务员门也不敲，拧了两下把手就用钥匙去开锁，待马文反应过来，她已经闯到跟前。看到受了新伤的马文摊在地上，她气得双目瞪圆，紧接着就是一连串毫不留情的怨斥。她一手掐着腰窝，一手指指画画，说出来一堆夹杂着广西白话的恶语。她指责马文为何要下床乱跑，这下好得很了，弄碎了镜子又弄伤了额头；她指责马文不懂包扎还要自己乱搞，这包得像什么样子，说着狠狠拽下他额上的纱布。

她抱怨够了，弯下腰准备扶他起来，忽然嗅到一股浓烈的酒气。

"你居然还喝了酒，这是不想活了吗？还嫌不够麻烦——"

马文突然疯了似的推开她的手，就地捡起一块镜片，猛地剜进自己的另一只手心里，再斜着划开一道，血滴滴答答洒在地板上。

服务员蹲在地上失了声，方才的威风顷刻扫地。

马文高举鲜红的手掌，他愠怒地低吼着："这样呢！即便是乱搞，像你这种人又能做得到吗？"

面对他疯了般的质问，她蜷缩一团，抱着膝盖朝身后退缩。

"你们有什么资格？一切还不都是因为你们！总是因为你们！都是！"

马文举着血手步步紧逼。当后背触碰到墙面，她捂上心口，呼吸开始变得困难，像是犯了心梗。

"你能做到吗？你做不到！你只会像头猪一样逃跑！"

当他擒住她的手腕，举起锐利的镜片，她弓起僵硬的身体，倒抽了一口气，喉咙里发出一阵呜咽，仿佛在水底窒息，呼吸渐渐停止了。

她的瞳孔急剧扩散，脸上的恐惧稍有缓和，却永久凝固。

他放开她的手腕，看到沾血的那块镜片里，自己的肩章正闪烁着金光。游猎已经开始，他有所意识，起身走出客房，腿完全没有跛似的，嘴里还哼着不成曲调的粗放歌曲。他来到大厅，很轻松就跳上了吧台，歌声未绝，他逐一踢倒酒架上的瓶子，它们陆续滚落在地，相互撞击，摔得粉碎。他踮脚取下墙上的那杆猎枪，在枪后的装裱框里发现一个凹槽，里面藏着的是一盒子弹。他没有丝毫惊喜，仿佛一切都在预料之中。他像猎人那样上子弹，端着枪在桌椅之间的缝隙穿行，动作熟稔如一只捕猎经验丰富的雪豹，他身形优雅，枪管划过柔软的弧线，落地的脚步与地板互吻，没有丝毫声响。他上了楼，老板的卧室在走廊尽头那间，他用那只受伤的手在卧室门板上留下五道指印，而后像猫一样在门上抓挠，以此试探着室内的动静。门后有了脚步声，马文感觉到了猫眼后的窥探，他把枪放到背后，凑上脸孔。

"大半夜的，这是在发癔症吗？你的腿好了吗？"

马文没有说话，他盯着猫眼，仿佛能接轨门后的目光。

"那谁，你背后是在藏着什么吗？"男老板的声音变得警惕。

门把手开始转动，马文把枪管抵在猫眼，门后的人失去视野，他扣动了扳机。门上开了一个碗口大小的洞，男老板侧躺在卧室地板，没来得及呻吟一声就死去了。卧室里传来了一声女老板的尖叫和谩骂，她下了床，急匆匆走到门后，突然惊恐地哭喊起来。

"嘿，看到没有，我帮你打到了一匹雪狼。"

枪管探入门洞，似乎在搜寻猎户，她几乎瘫倒，托着笨拙的身躯在卧室里寻找藏身之所。楼下传来了一阵敲砸声，保安在大门外呼喊着什么。

"他疯了！他打了老崔一枪！他有枪——"

她打开窗户，呜咽着朝窗外呼救，大风撕碎了她的哀号。

马文撞开房门，闯进卧室。

室内空空荡荡，她已经躲藏起来，窗户开着，风把雪一团团塞进来。他屏息注意着四周的轻微响动，忽然抽身，朝衣柜里开了一枪。衣柜里没人，悬挂的衣物着起火来，一团彩色的腈纶纤维腾开，又一层层飘落。虽然是二楼，那女人若从窗口跳下去，也必然重度摔伤，他朝窗外望去，楼下没有任何人的痕迹。躲在床下的女人趁机爬出，大叫着夺门而去。他疾速转身，朝她奔跑的背影开了一枪，霰弹粒打在门上，留下一片蜂窝小孔，他懊恼地咒骂自己，若是在山林里，逃跑的猎物不可能再次找到。

她逃到楼下，试了两次都不能打开大厅的卷闸门，只能重新寻找藏匿之所。马文下了楼，他面容陶醉，享受着捉迷藏一般的乐趣。他屏住呼吸四下游猎，屋墙似是山体，桌椅似是丛林，风雪在楼上的走廊里呜咽，再没有更完美的环境与猎物。在他的手里，枪声偶有响起。他一枪枪打在自己猜度的地方，子弹一颗颗塞入枪膛，弹壳一颗颗坠落地板，屋里弥漫着令人兴奋的硫黄味。他沉醉于整个"捕猎过程"，搜寻了厨房、吧台前后，渐至酒馆一楼每一个角落。直到手里剩下最后那颗子弹，她依旧下落不明。他终于厌倦了这场游戏，把猎枪搭上肩膀，走回了自己的房间。地上满是镜子的碎片，一个胖女人在墙角彻底冷却。他无视她的存在，单膝跪在地上，捡起最大的一块碎片捧在脸前。这个时候，他再次看到了镜里的那件圣物。就在自己的身后，曾祖父马振山的短刀如契阔多年的老友，重新出现在自己床头。他从未如此确认，即使整场旅行都虚假的梦境，此时此地，这把短刀也必然真实存在。他丢开那块镜面的残片，走到床头。

他弯腰触摸刀柄的时候突然改变主意，猛蹲下去，朝地板探低面孔，给躲在床下的女人打了个招呼：

"Добрый вечер！（俄语：晚上好!）"

捉迷藏游戏结束了，他赢得了她的生命。

卷闸门打开了，马文走出斯特拉酒馆，雪下得正酣，大风尤烈，哨声响满枝头。保安正站在几步外，揣起袖管，朝着酒馆二楼的窗户观望。

"里面发生了什么事?"

马文兀自抽出短刀，一声不吭，在落雪的柴堆旁摸到那把短锯，朝他信手丢去。

"快！捡起来!"

他命他以此做武器，与自己打上一架。

"这是胡闹什么!"

他厉声呵斥，但还是弯腰捡起了那把短锯。仅仅是一个小动作罢了，或许他不这么做，一切就会渐渐停止。

"里面到底出了什——"

不等他反应过来，马文就冲了过去。对方没有回应，锯子还耷在膝旁，马文失望地修正了砍向对方胸口的动作，刀刃拐了个弧度，侧劈下来，斩断了锯柄。锯片随之断裂，保安瞬间又被缴械。事情来得太快，如此高大的汉子竟完全不知所措，他胡乱骂了一声，丢开手头的一截断锯，匆忙跑回自己的小屋，拉上了门闩。

"呃——"

他躲在床脚，嘴里冒出一声惊惧的嘶吟。

刀刃探入门缝，一点点刮动，发出轻微的咯咯哒哒的撞击声，门闩一寸寸挪动。

"求你了，别——"

说话像呛了水，他变得结巴。保安似乎无法承受刀刃刮在门闩上刺耳的声音，双手紧紧堵上耳朵，蜷缩一团。只需轻轻加固，就能阻止那把刀拨开门闩，但是他不敢上前一步。

门闩掉在了地上，那声巨响在他眼前爆炸开一阵刺眼的白光。

马文闯了进来，他开始把手旁的杂物朝马文丢去。简易雪地靴、带水的搪瓷茶缸、废报纸、塌陷的纸箱都不能减缓他逼近的速度。马文在他面前弯下腰，摇了摇头。他不敢看他的脸，马文抓起他粗壮的手腕，撩开袖口，抚摸了一把那片虎头刺青，旋即攥紧他的下巴，命他抬起头来。他想说些什么，却已无法言语，马文掐开他的嘴巴，朝里面观察一眼，旋即用刀柄猛地敲上他的脸颊。

一颗金牙滚落在地，马文捡起来牙齿，放过了他。

七

民国十六年（1927年）二月，农历丙寅虎年除夕夜，一场暴风雪把数个互不相识的男人留在斯特拉酒馆，他们用着俄、汉、德夹杂的语言谈天说地，谈及细节，需要用到手势比画才能让听者会意。他们喝酒，唱歌，兴起时会朝窗外鸣枪庆贺。期间，一个叫马振山的猎户讲述了自己三个月前的那场惊心动魄的山林游猎，他就像山神一般在林海巡荡，与野猪、雪狼和东北虎的搏斗证明了他的骄傲与勇武之气。随后，一个自称是《龙江民报》记者的年轻人对此大感兴趣，他从皮箱里取出照相机，马振山则从脖颈下取出一串纪念品。镁光灯闪过，照片在他的掌心定格——那里托举着的是一颗金牙和一截断指。

那截断指饱受生活侵蚀，指甲自根部朝上三分之二都灰暗粗粝，没有生命的光泽，从指尖残留的那抹异彩推测，它曾涂过惊世骇俗的红。

镜像篇

一

因为是华北地区的缘故，初看起来，斯特拉酒馆（Stra Pub）的圆形穹顶有一种理所当然的伊斯兰情调。华北平原，我从武汉乘火车北上，沿京广线来到这片地形平坦的区域，透过车窗，我甚至看到了几个布满阿拉伯文装饰的伊斯兰村落。话虽如此，当我走进大厅，斯特拉酒馆残存的东正教气息就开始向世人纠正这个习惯性的误会——此时此地，当鼻子警觉起来，就能嗅到它鲜有的俄式风情。

斯特拉酒馆虽有鲜见的拜占庭风格，里面的经营却是地道的普通中餐厅，油腻腻的吧台，廉价的酒菜，还有从附近某所大学走来吃饭的少不经事的穷学生。约我来斯特拉酒馆的人叫马尔贺，以倒卖动物牙齿做成的手工艺品和玉石制品营生，他时常向别人提及自己的家族往事和狩猎经历。他的奶奶是姓马的上海人，世界反法西斯战争后期，她随部队转徙东北，因抗战结束留居吉林，此后她和一个苏联人私通怀上了马尔贺的父亲，孩子出世时这个女人已经嫁给了一个长春人。这个孩子从母亲那里继承了马的姓氏，他长大后在长春本地结婚生子，马尔贺是这个家族唯一的后人。马尔贺的妻子海桑出生在湖北随州，两人于1987年4月在北京相识，一年后马尔贺带着海桑一起去了东北，最终在黑龙江西部定居。

马尔贺曾于1986年乘火车路经此地，透过车窗，斯特拉酒馆的圆形穹顶饱有异国情调，我想这或许就是他选择这里的缘由，显然多年后的这次实地造访，斯特拉酒馆的真容并没有让任何人满意。

我在斯特拉酒馆听他讲述自己的家族往事和狩猎经历，马尔贺脸上和手背上有许多疤痕，微微泛白，没有血色，能看出曾经的伤口有多深。他似乎真的有着或多或少的俄罗斯血统，四十多岁就已经开始谢顶，不过从后脑勺蔓延过双耳的毛发还依旧浓密。这个拥有四分之一俄国血统的东北人有着一米八二的身高、深陷的眼窝和粗壮的肩膀以及对寒冷的蔑视，并且对生活充满了荒谬的理解。尽管马尔贺对自己过分怜悯弱者的慈悲保持着警惕，但是依旧不难看出，在这副北方男人的铮铮身骨内也杂糅着不可忽视的南方柔情。马尔贺还是一个极其挑剔的男人，做交易时，他对彼时彼刻心情的重视程度似乎远高于交易本身，有时候约定的地点太过令人失望，他也不惜放弃一笔十分可观的生意，所以大多碰面都是马尔贺选择地点。这就像处女座的强迫症（马尔贺自认为这更像动物置身野外时所本能表现出的第六感），哪怕空气中有一丝感觉不对，也会成为他做一件事的阻碍，致使交易无疾而终，就像悠闲觅食时忽然一阵警惕、之后匆忙逃离的鹿群。

1983 年 4 月 13 日，国务院发布了关于保护珍贵稀有野生动物的通令，从此马尔贺所经营的一部分生意被定性为非法买卖。对此，他倒是持有一种知难而上的态度，在此后七年多的时光里，马尔贺的狩猎活动不但没有收敛，反而变得更加大胆而频繁，禁令从某种程度上成了刺激他穿越隔离网进入山林的一种动力。直到 1993 年 8 月，马尔贺带着一把猎枪，两次深入大兴安岭山林深处的蛮野地带，经过共计九天十夜的搜捕，他收获了一只雌性紫貂和一只成年雄性原麝。一个月后，马尔贺在花卉市场的黑市上出手了麝香和貂皮，又为自己的妻子买了一只澳洲虎皮鹦鹉，当晚他就被警察拘捕，以捕杀贩卖国家珍贵稀有动物罪，判其有期徒刑三年，缓刑三年六个月，没收全部捕猎工具和非法所得收入，罚款两万元。经过这场波折，马尔贺家里只有那只鹦鹉手续齐全，因而得以保留。

三年六个月之后的缓刑总结如是说：缓刑期的马尔贺严格执行缓刑条例，起初在家具厂做杂物，而后在林场从事伐木工作，期间定时上报自己的活动和思想，从来不曾离开居住县境，也不曾穿越挡在山林和居民区之间的隔离网。

"这当然是胡说八道，"在斯特拉酒馆，马尔贺和我迎面而坐，道出他个人对刑罚的荒谬理解，"缓刑比执刑更能摧毁你的自信，执刑就像淬火一样，剥夺去你的身体自由，却还给了你更加锐利的意志，缓刑则是从精神层面动手，这把软刀子足以把一个人的勇气剔得一干二净。"

二

马尔贺的妻子海桑是一个身高接近一米七的长春人，二十四岁时她在北京念大学三年级，对新旧万物都持有一种近似拷问的怀疑，在世界思潮涌入中国的思辨年代，她一度怀疑自己存在的位置以及人生的去向，这时候，马尔贺出现了，他异于他人的沉默和严肃给她留下了深刻的印象，很快，这个迷恋着山林和边陲小镇的男人成了她跃跃欲试的一种幸运和冒险，于是大学毕业后她就随他来到大兴安岭西南部的这个乡镇上。镇子是景区的一部分，松桦林随山峦起伏无尽，森林在隔离网收尾，甩出零星几棵落叶松和云杉树停在隔离网内的居民区，这里的树枝上大都挂了些腊肉和冻鸡，有人在街道上跳秧歌舞，有人躺在院子里，这里有笼罩四野的极寒低温和毫不悭吝的柔和日光，有新旧交错的木石屋和中苏交恶年代拆毁的拜占庭式废弃工厂。这便是海桑对这座小镇的第一印象，美丽和荒杂在时间面前一视同仁，不需要多久，一切都会变成让人难以忍受的寂静和平淡。

海桑同马尔贺生活在一起，两个人没有任何结婚手续和证明，也没有举行任何北方或是南方的传统婚嫁仪式。每每想起此事，马尔贺总会抱有几分愧疚，对此，海桑倒是持有一种受害者兼自虐者的态度，她像猫一样，对马尔贺的任何提议都保持着一种柔软而坚定的排斥。若想让自己摆脱婚姻和感情的枷锁，就要成为两人之间的牺牲者，海桑在自己和马尔贺之间小心翼翼地奉献着自己的青春，并对马尔贺的任何回报和补偿都保持着警惕和远离，时间越长越不难发现，只有遍体鳞伤地守望在道德的山顶，才能看到一点自由的可能。随着时间的增加，她愈加相信当年没有匆忙结婚是多么明智的决定，如今，她已经不再是那个敢于冒险并满怀期待的少女，现在的海桑只想给自己预留一个逃亡的机会，虽然她知道自己或许永远都不敢把那场不顾一切惊心动魄的逃亡付诸实践，但是那个机会，她一定要保证它的存在。

缓刑期的马尔贺沉默寡言，经常睡在客厅的睡袋里，或把沙发推到院子里，垫好睡袋躺上去，身上仅盖着一层单薄的毛毯，在这里能看到雾气笼罩的夜色和隔离网后面的丛林，它们诱惑着他，他想象自己穿过隔离网，绕过一丛灌木后消失进一片只有勇气和强壮才能够溶解进去的黑暗中，那场景让他饱受折磨。

每晚睡觉前，他都企图将自己的野心和行程在脑海中上演，细节，高潮，就连意外都要为自己安排好。但是不管是家具厂还是林场的工作都让他心力交瘁，连咖啡都无法让他在十一点之后保持清醒，他开始怀念十六岁时嗜睡的自己初喝咖啡时那个难熬的漫漫长夜，时间被拉长，大脑无比清醒和高效，仿佛能思考完一生的困惑，并且得到令人振奋的答案。

差不多就在那段时光，海桑开始和那只虎皮鹦鹉说话了，只要拿几粒葵花籽，就能让它学几句饶舌的短语。这只鹦鹉对当下几乎没有多少记忆力，它言语不清，现学现忘，为了吃到海桑指间的葵花籽，它会跃跃欲试地张开嘴巴，虽然只能叫出当下听到的某个音调，而且带有严重的南方气息，但这足以让海桑满足和惊喜。其他时间，一旦脱离了海桑的注意力，那只鹦鹉就会不停地在笼子里焦躁地跳来跳去，说着一些类似粤语的杂音。这时候马尔贺的安抚毫无效果，他认为自己买到了一只犯傻的鹦鹉，海桑倒并不为此感到任何不快，相反，她认为这只鹦鹉同自己有许多共同之处，她们同样讨厌室内墙纸的颜色和房子油漆的味道，它在这座小镇上和她承受同样的烦恼和孤独，以及她面对马尔贺时的失望和失落。

为了安抚那只鹦鹉，她去花卉市场买了一个鹦鹉站架，准备把它从笼子里解放出来，这遭到了马尔贺的强烈反对，海桑说，有些鹦鹉不愿意被放在铁笼子里，一旦想不开了，它们就会咬掉自己身上的羽毛，最后变成光秃秃的样子。马尔贺说这个站架上没有脚链，根本无法使用，即便装上脚链，鹦鹉也不会那么配合地站在上面，虚假的自由会令它更加焦躁，刚开始的几天它会搞得家里不得安宁。马尔贺的反对和解释没有起到任何效果，海桑一意孤行，刚刚打开笼子，那只鹦鹉就冲了出来，在卧室里惊叫着，拍打着翅膀飞来飞去，抖落下许多羽毛，马尔贺气急败坏地骂着粗话满屋子追捕它，海桑像个孩子一样在一旁兴奋地看着这一幕，最后他在窗口擒住了这个发狂的小家伙，把它重新塞进了笼子里。此后的一天，为了让海桑停止纠缠此事，马尔贺去花卉市场买了一根脚链，这才让鹦鹉老老实实待在站架上。看着那只鹦鹉抬起脚，焦躁地啄着链扣，马尔贺说："你所说的那类刚烈的鹦鹉，即便是在站架上，为了自由，它们也会咬断自己被脚链锁上的腿。"

海桑捏着一粒葵花籽，说："它不会。"那只鹦鹉放下脚，用一只眼睛盯着海桑的手，歪着的脑袋随之上下摆动，它叫道："塔牟嘿！塔牟嘿！"

三

　　离开北京和长春，来到现在的住所，在超市做理货员，海桑感觉自己的一生都在迁就马尔贺。他凭着自己在80年代少有的沉默寡言和捕猎者的身份，对她造成一种别样的诱惑，仿佛在他身上有一种值得用青春和人生兑换的东西，这使她之后的全部时光都把自己困在他的身边，等待着一个似乎并不存在的美好结局或答案，事到如今，她发现自己是多么愚蠢的一个女人，因为她越来越能够看清楚，那最后的结局和答案很可能就是——这种等待因为没有意义所以永无止境。那天夜晚，她梦到一片可能属于南半球大洋洲的湛蓝色天空，暖风和潮湿的空气，金黄蓝白色的海岸线，她梦到那只虎皮鹦鹉听到诱鸟的叫声，不顾一切地朝着涂满油胶的粘网上扑过去，下一秒就是徒劳无尽的挣扎，环境变得干冷萧条，风雪从夜晚的黑暗中吹打过来。那只鹦鹉落网后的声音把她吵醒，她看到窗户和雾色无尽的夜晚，窗门推开了一半，纱窗上有个一尺左右的撕裂口，那只虎皮鹦鹉不见了，留下梦境中它嘶鸣的声音在卧室里回响，像寒风里弹射的玻璃碎片，在她身上割出一道道伤口来。

　　卧室开了一夜灯，到了凌晨，她莫名的恐惧才消隐而去，尽管大半个夜晚都没有休息，这时候的海桑却完全没了睡意，她听到马尔贺在客厅门后翻动工具箱的声音，那声音细碎、无趣、漫长地持续着。她披着睡衣走出来，看着马尔贺蹲在门后的背影，那是一种男人特有的、徒劳忙碌于某件琐事的背影。马尔贺感觉到了她的走来，他在原地停顿了一下，之后继续翻找起来，他在工具箱里摸索了一会，之后站起来，头也不回地走向衣柜，打开了右边的抽屉，继续翻找起来，仿佛她并不存在。这时候海桑忽然感到一阵窒息，紧接着肺叶变得僵硬，胃里抽搐腾涌，她的眼圈红了，开始眩晕，想要呕吐。

　　海桑挪到沙发上，她用手捂着额头，轻微地摇晃着。

　　马尔贺关上抽屉，他一无所获，看到海桑，他说："你怎么了？"

　　海桑擦掉眼泪，说："你终于看到我了吗？"

　　"怎么了？你是哭了吗？"

　　"不是我，是那只鹦鹉，它逃走了。"此刻，她没有伤心、愤怒、悔恨、苦恼……她没有任何能够让一个人哭泣的情绪，但是她的眼泪却流个不停，她甚至在尽力控制着，希望这种不合时宜的、正在马尔贺面前迅速贬值的流泪能即刻停止。

马尔贺直接走进了卧室，看到空空的站架上悬吊着脚链，沙盘上散落着鹦鹉的粪便和几根绒毛，纱窗上有一道整齐的撕裂口。他说："你把脚链调得太松了。昨天晚上听到声音，我就知道发生了什么不好的事。"

海桑说："我怕它咬断自己的腿，这种事不是你跟我说的吗？唉，你快去把它找回来吧。"

"它既然飞走了，那应该就找不回来了。"

"你去顾兴家的捕鸟场看看，或许它落在了他的胶网上。"她的命令带有强烈的抱怨，仿佛鹦鹉的逃跑都是他的过失。

"那是在深圳人工孵化的澳洲鹦鹉，要是真的飞到了外面，那么低温就会马上把它冻死。"

海桑变得不安起来，她用双手捂住脸，说："你就那么希望它死掉吗？是你买来的那只鹦鹉，既然买来了它，你为什么就不能对它负一点责任？"

"我每个月都给它买两次鸟食，沙盘也都是我在清理，你说我还能做什么？"

"这还不够，你难道不知道吗，这根本就不够。"

马尔贺没有继续争辩，他又走到门后，开始翻找工具箱，背对着她："我的裁纸刀呢，我刚才找遍了工具箱和抽屉，都没有找到。"

海桑没有回答，她失落地站在那里。

马尔贺焦躁地走回卧室，关上了窗户，说："我老是说冬天要关紧窗户，你总要整夜都打开它。还有，你看，鹦鹉的爪子怎么能在纱窗上撕出这么整齐的裂口？"

海桑又哭了起来，她低头独自哭了几秒钟，然后抬头看着马尔贺，说："不要这么对我好吗？"

马尔贺拿起手套，塞进了口袋里，转身出了门："我去林场的路上会顺便去一趟顾兴家的捕鸟场。"

四

刮了一夜风后的清晨异常寒冷，房屋的墙皮和松树的枝干在空气中发出微弱的噼啪声。马尔贺还没走进顾兴的住所，就能看到空中搭起的四张胶网，面积很小，颜色发黄，全凭网间捆着的两只录音机播放的诱鸟叫声引来一些榛鸡和云雀。顾兴家门口有一男一女两个年轻人，在篱笆旁搓着手踱步，相互尴尬地说着什么。

"外面的人是怎么回事？"

"是两个广播收音电台的实习记者，非要采访我，不肯走。你应该看看新闻，收音机电视台忽然都开始关注起我这行啦，现在的人真是闲了啊。你看，我们家捕鸟也有好几代啦，我祖上就是靠这个留名的，民国二十年（1931年）的东三省，谁没听过我们家捕鸟训鸟的顾三爷，那时候这可是个了不起的技术营生。可是到了咱们这代，忽然捕鸟就成了伤天害理的坏事啦。这些人是怎么想的，平时炒腊肉怎么不觉得自己对猪太残忍——哎？"顾兴压低了声音，防止被外面的记者听到，"你怎么跑到我这里啦，这不算违反假释的规定吧？你这两个多月一直都在林场老老实实地锯木头吗，有没有偷偷跑去打猎？"

"海桑最近一直都很敏感，我不能再刺激她了。上次警察去我家，闹得鸡飞狗跳，一年多了她都在耿耿于怀。"

"你知道吗，因为禁猎的规定，这一年麝香一直都在涨价，翻倍地涨，你要是有现货，我帮你找下家呀。"

"得了吧，我没有。"

一只连雀飞过隔离网，在胶网上犹豫着栖落，发现是陷阱后奋力挣脱，和鹦鹉不同，在困境中，那只连雀用尽了力气挣扎，却不肯发出一声尖叫，那块胶网颤抖着，像被石子连续砸中的水面，忽然又平静下来，那只鸟逃走了。

"哎！"顾兴懊恼地叫了一声，"看到没，天太冷啦，我熬油胶熬得也差劲，现在胶网都粘不住鸟啦，我早晚丢了这个行当。你的那把来复枪呢，那么久不用，也生锈了吧。"

"我的枪早就被没收了。"

"你找我有什么事？"

"我给海桑买的虎皮鹦鹉，它今天凌晨挣掉脚链逃走啦，我来看看有没有被你逮到。"

"那么厉害的鹦鹉吗，那你刚才看到啦，我这才刚开始，到现在一根鸟毛都没有逮到呢。"

"那就没有别的事了。"

他正要离开，又听到顾兴的声音："你要是打算回到林子里去，我可以借给你我的那把枪啊。"

五

那天在林场，马尔贺遇到了一个意外。

早上的工作刚刚开始，刮了一夜的风渐渐变小，忽然停了，山林间变得像静止的水底。窝棚里烫白菜的味道还留在外地来的寄宿工身上，同组的工友烤足了炉火，在林场里搓了搓手，用斧头熟练地在一株落叶松的树干上砍出一道缺口，马尔贺正准备下锯，这时候，不知道是谁推了一下他的肩膀，马尔贺就顺势倒在了雪地里，然后他听到一声声惊异，组长指着树干上的斧口说，这居然是一株落叶松的异种——它的木质呈鲜有的紫红色，砍掉树皮后散发出一种浓郁的松香，组长弯下腰用指甲刮了两下，说这木质相对而言更加坚硬，光泽也较细腻——这株松树，它将拥有红木的身价，虽然它乍看起来只是一株普通的落叶松。然后大家开始笑了，扶起狼狈倒地的马尔贺，说作为新人能碰到这等稀罕事，他是多么幸运。最后，组长拍了拍落叶松的树干，说：哟，还是个混血儿哟，要是你不倒下去，就只能当一棵普通的松树啦。来吧，我们锯倒它。

马尔贺在锯木时一直盯着双人粗齿锯的锯齿，那就像一排贪婪锐利的牙齿，不停地啃咬在落叶松坚硬的树干上，迅速而干脆地啃裂那道整齐的伤口，锯口两侧一簇簇鲜红的锯末倾泻而出，他感觉四周正散发出一道稀薄的如血腥味一般的清香。那株松树马上就要倒了，他盯着锯口，希望锯子能停下来，当然，他的双手却依旧在机械地配合着同事一齐推动锯齿前进。

锯子咀嚼着整个树干，直到咬破另一端的树皮，露出了微红发烫的牙齿。树被锯穿了，却没有倒下，仿佛除了树干，还有精神层面的东西未被割断，后知后觉地维持着一种奇妙的平衡。

组长示意大家安静下来，提醒所有人注意：这棵树坐殿了，大家提高警惕，准备躲避，只需一气游丝，它就会随时会向任何地方倒去。

马尔贺不知所措地站在雪地里，忽然组长大喊了一声："横山倒！马尔贺！马尔贺！"那棵大树摇摇晃晃地朝着一边倒去了，对面的同事躲开树干，冲过来抱住马尔贺，两人一起倒在了雪地里，落叶松横着倒向一棵高大的桦树，树枝打在树枝上，发出密集的断裂声，落叶松侧翻过去，组长高喊了几声，命令所有人向远处躲避，只有马尔贺没有离开，他坐了起来，见那棵桦树弯成了一张弓，瞬间的静止过后，落叶松侧翻倒向雪地，桦树怒吼着向回弹去，枯枝败叶漫天而来，大家都护住了头颅，大喊着朝远处跑开，马尔贺呆坐在雪地里，看着林场里这场意外，来势汹汹的树枝密密麻麻地打在地上、钉进泥土里、刮掉地面上的冰雪、在一些树干上砸出一道道痕迹，马尔贺忽然想到，要是有一根树枝打在自己的头顶上，或许这也是他想要的一种结果吧，这么死掉也不赖，这时候他又想起海桑，她最近越来越容易失控和流泪了，她变得惊人的脆弱，他的任何一句话都可能击倒她，他想起她的鹦鹉，它或许已经僵死在了某棵松树下，想到这里，他的两腮发烫，眼眶变得湿红。

一切都安静下来，落叶松倒在了雪地上，只有一些松针夹杂着桦叶，落在马尔贺的衣服上。

"你是不是疯啦！有没有受伤？"组长大叫着跑了过来。

"他是故意的。喂，你知道树枝打过来的回头棒有多厉害吗？"

"他当然不知道刚才有多危险，他是个新手。"组长的语气缓和了下来。

"他来这里这么久啦，怎么还能像个新手？你不知道吗，他的心思根本就不在这里，要不是因为缓刑，他才不会跑来这里和我们一起锯木头，他根本就瞧不起我们这种工作。"

组长拍了拍马尔贺的肩膀，看到他的脸，"你怎么啦，喂，你们都住嘴吧，他肯定是被吓住啦。"

作为伐木工，马尔贺无疑是个一无所知的新手，这时候对他而言，安慰和嗤笑同样锐利，这令他开始怀念熟悉的山林，那里有足以压倒所有人的惊险和恐惧，那里才是他的地盘，在那里他感觉自己像山神一样，是足以威慑整片山林的主人，想到这里，他的眼泪更是不停地涌出，要滴落下来，他摘下安全帽扔在雪地上，朝回去的小路走去，大家都看着他，组长开始喊他的名字，他没有任何反应，头也不回地离开了。

六

窗户开着，纱窗上那道撕裂口还在，看来海桑上班又忘记锁门了。马尔贺走进客厅，海桑从卧室走了出来。

"你今天不去超市了吗？"

海桑说："嗯，你没有找到它，是吗？"

"没有。"

她皱起眉头："你根本就没有去捕鸟场，对不对？"

"我去了。"

"你为什么不看着我说话？你怎么现在回来了？"她绕到他脸下，看到马尔贺的眼睛，她有些惊诧，这是她第一次见他如此憔悴，"你怎么了？"

马尔贺别过脸去，背对着海桑，没有反应。她没有多想，慢慢把脸凑到他的背上，从身后抱住了他，马尔贺握住海桑贴在自己胸口的双手，沉默许久，他听到海桑在身后说："我请了两周假，我要回随州一趟。"

"为什么？"他竟有些兴奋，尽管他知道，假如她走了，或许就再也不回来了。

"我妈妈生病了。"

"那我应该和你一起去。"他知道她不会同意。

"千万不要，你知道她不喜欢你，另外我也想一个人回去，"她看着他憔悴的脸，又补充说，"回去一趟。"

"好吧，听你的，你打算什么时候出发？"马尔贺知道自己不能问她回来的时间。

"今天傍晚。"

他知道在平日的傍晚，自己还没有从林场下班回来："要是我今天没有中途回来，你打算什么时候告诉我这件事？还是你打算就这么一个人直接走了？"

"可是现在我已经告诉你了不是吗？你下午送我到车站吧。"

在那个中午，他们体会到了那种久违了的轻松和愉快，他们在那短短两三个小时内所说的话比往日一周都多，这令他们回想起自己刚刚生活在一起的那段时光，那时候的他们对外沉默寡言，两个人之间却不停地交流，不停地向对方分享着全部的自己，唯恐不够真实和全面，唯恐不够相知和亲近。下午过去，到了傍晚，他送她去了县城的火车站，他发现她早已经买好了火车票，距检票还有四十分钟时，她开始催他回去，马尔贺和海桑拥抱了几秒钟，便走出了车站。

他回到镇子上，没有回家，而是直接去了顾兴的捕鸟场。

日落之后，顾兴一只手举着霰弹枪，一只手托着一盒子弹："你最好先走完三公里再开始用它。和你的那把来复枪不一样，这把霰弹枪打得不远，但是枪声很响，要是让谁听到啦，查出你来，那你的缓刑可就危险啦。"

马尔贺接过枪，把子弹装进了背包里，搭着枪带，连同背包一起挎在了肩膀上。

"现在就要去？你知道现在是什么季节吗？"

"得了吧，你也相信山神封林吗？"

山神封林是流传在这一带猎户人家的地域俗说，共被四个临近山林的县境记载，跨两个地市，11月至1月的气候太过严寒，此时动物减少，冰雪封山，猎户大都会选择暂停捕猎，等候回暖，早些时候，这种作息规律在神明领域也衍生出了一种令人敬畏的说法——这段时间是山神游山的日子，对外封林，贸然闯入既是触犯神名。更为具体来说，山神是一只东北虎，相传它有接近两米半的身长，浅黄色发灰的皮毛和刀劈斧砍一般纵横交错的裂口状花纹，在气温平均零下三十摄氏度寂静山林的夜晚，身体发出微微的蓝光来。据报道，俄罗斯野生动物保护组织的工作人员于四年前曾在大兴安岭的北部观测到它的存在，数据持续了大约一周后消失，这说明这只东北虎曾走过时间漫漫的长河，一路踩着霜雪冰岩，穿过松针和山谷，从俄罗斯一直走到了中国境内。

马尔贺穿过了那道隔离网，他深吸一口气，大步走进了山林，他想起了一年前的某个星期天的中午，自己躺在院子里的沙发上，那时候有两个七八岁的孩子在隔离网附近放风筝，忽然风筝线断了。

七

刚刚穿过隔离网还没走多远，马尔贺就感觉自己被什么东西跟随上了，它们体积不大，身体灵活，屏低了呼吸，贪婪地踩着雪地又小心地避开枯枝燥叶，除了爬行几乎不发出任何声响，这群野兽尾随在马尔贺身后，保持着进退皆可的距离，随着他的步伐调整着自己的速度。

马尔贺恨透了这种跟随，或是乌苏里野猪，或是东北雪狼，它们像鬼魂一样若隐若现，为了击垮一个人而用尽所有耐心，它们潜伏在四处，带给人不断增添的恐惧，直到慢慢变成绝望，那过程漫长却从不中断，就像不起眼的虱子耐心毁掉一个人的热情和健康。马尔贺带着它们在山林中前行，为了放心使用手中的猎枪，他必须跑出三公里，现在的行程只能算是刚刚开始。他需要忽然四处张望着慢下来，又忽然加快了脚步向前或向后奔跑，让它们搞不清他是想进攻还是要逃命，它们紧跟在他身后，躲藏在他视野的边缘，踩过他新鲜的脚印，它们各自调节着呼吸和心跳，这有可能会成为一场耗尽全力的长途跋涉，它们已经做好了心理准备。喘气声夹杂着脚步声在马尔贺身后响成一片，当感觉到它们就要从四周遮蔽物中暴露出来时，他骤然放停脚步，转身弯下腰去，警惕地四处探看，眼下一无所有，只有潜伏在四周碎乱的呼吸。"滚吧！"马尔贺喊了一声，恼怒地用枪杆捶打在灌木丛上，他听到它们匆忙向四处退却的声响——它们不会罢休，严寒为这群胆怯又致命的东西锻造出了最纯粹的执着，只要有一丝胜算，它们就会穷追不舍。

看来这次的尾随并没有维持多久，不过几百米，它们就放弃了。

在山林中，反常的变化未必值得庆幸，这时候，马尔贺的注意力向正前方汇聚过去——那里有一团蓝色的影子，远在大概六十米外，透过树干和灌木的间隙，闪烁着，晃动着，在山林间自由地漫步，仿佛无视一切黑暗、寒冷和恐惧。它们的退却和它有关，马尔贺跟随着那团蓝色，不断接近它，企图看清它。

它是一只东北虎，它就像流言蜚语凝结而成的虚幻存在，马尔贺怀疑这只是一种幻觉，但是他又能感受到它不可接近的威严，忽然，他甚至能听到它平静的呼吸，嗅到它牙齿间的腥气，它似乎也感觉到了他对它存在的质疑，于是它变得无比真实。时间和距离都还有利，只要这把枪不卡壳，马尔贺就可以在老虎扑过来时连续打完两支枪管中的子弹，他知道子弹打在哪里才最致命，作为一个捕猎者，他甚至知道如何下手会让它的死亡看起来如睡着了一般平静。马尔贺看着那只老虎，他的手指徘徊在扳机上，开枪，他会结束它的性命，从它霸道的威严下夺回对山林的统治，不开枪，对峙会马上变为搏斗，他几乎没有胜算，最终马尔贺还是要扣动扳机。所以，事实就像地域俗说所要应验的符咒，马尔贺在穿越隔离网时触发了它，无论如何，他都将受到山神的惩罚——无论如何，在这不到一公里的距离内，枪声都会传遍整个镇子，在缓刑期猎杀东北虎，马尔贺将面临五年以上的牢狱生涯。

山神朝着这边走来，马尔贺握紧了枪。

这时候一件事改变了他，马尔贺注意到那只东北虎，它迈着慵懒而果断的脚步向马尔贺走来，仿佛在走向他的死亡，它的眼神不愿在他身上做太多停留，那眼神流露出的是最高傲的无视，接下来，它看到了马尔贺手中的枪，收回了一只正要迈向前去的脚，眼神也变得凶怒起来。

马尔贺做出了决定，他把枪横过来，举过头顶，扔到了身后，紧接着取出了匕首，朝它迎面走去。

八

这将是一场迅速的战斗，马尔贺必须在第一个回合就刺中老虎的要害，令它瞬间丧失战斗能力，不然就会反被它猎获，在这种世界上最大的猫科动物的牙齿和利爪之下，人类的皮肤就像日本豆腐一样脆弱。他握紧匕首，保持双脚的灵活，等着它首先发起攻击，这当然不是什么代表绅士风度的谦让，在这场须臾间的生死决斗中，耐心或许就是最后制胜的关键。

山神没有丝毫要对峙下去的意思，它加紧脚步迎而扑了过来，马尔贺等它四脚都腾空了，无法再改变方向，便迅速朝一边闪开，握着匕首的手则奋力朝着它心脏的位置刺去。它的尾巴躲开了他的注意力，狠狠地抽打在了马尔贺的脸上，他耳鸣了，听到一团的刺耳的响声，眼前一片爆炸的红白，泪水也流了出来，他顾不上疼痛，连续刺了两刀，侧身在地上滚了一圈，捂着脸站了起来。血从他鼻下的指缝间流出来，马尔贺检查了自己的身体，他的鼻梁断了，向左歪着，血马上在鼻孔里凝成了块，右眼正一点点热辣辣地肿胀起来。

山神被他刺穿了肺叶和肝脏，它痛苦地叫了几声，在原地抖擞着身躯，仿佛要把叮在伤口的疼痛甩开，当它意识到自己的伤势，又忽然安静下来，对眼下毫无留恋，转身朝山林深处走去了。

看样子马尔贺应该是胜利了，然而一切都还没有结束，他把鼻梁推回原来的位置，捡起枪，跟着正在远离的那团蓝色的影子向前走去。老虎向前迈着脚步，仿佛从来没有遇见过马尔贺，只有身上的伤口和地上的血迹证明着他们之间的那次决斗。马尔贺加快了脚步，打算追赶上去，这时候那只东北虎回过头来，它看着他，仿佛正在读取他的思想和境遇，那种眼神安静而深邃，让他不愿继续接近，仿佛再靠近一步，就将破坏他们之间的某个神圣的协定。

他们就这么一前一后地在山林中行走，仿佛它要带他到某个地方去。马尔贺当然知道，除了死亡他们没有其他目的地，另外，他们也不会走太远，因为马尔贺已经意识到，这只东北虎不过才刚刚负伤，那群难缠的东西就又回来了。它们循着洒在地上的血迹追赶过来，企图成为这场战斗之后最幸运的赢家。将死的山神成了它们最新的目标，这时候，马尔贺开始慌乱起来，在这群野兽的伏击之下保护自己并不困难，但是要保住自己的猎物并维护它的尊严，这将很难做到。这只东北虎是被他打败的，最后却要丧命在这群东西的爪牙之下，这是马尔贺绝对不能容忍的最糟糕的结局。他紧跟在山神后面，尽量保持着原来的距离，那群野兽追赶上来，毫不犹豫地超过马尔贺，潜伏在老虎四周。马尔贺希望它能够多撑一些时间，多走一些路，走到他可以开枪震慑它们的距离。为此，他大声怒吼着，摔打着周围的灌木丛，最前面的两只野兽开始撩拨那只东北虎，企图激怒它，让它心跳加速，加快呼吸，以便让它大量失血，可以更早死去。马尔贺忍不住要冲上去，用匕首砍断它们伸出灌木丛的爪子，但当他刚要靠近时，它又回过头来，平静地看着它，仿佛注意不到自己当下的处境，马尔贺慢下脚步，放弃了追赶上去的念头。

他终于发现了，它们无法激怒它，在它死去之前，它们也不会冲出来，意识到了这个，他就放下心来。东北虎的平静，野兽们的凌乱，还有马尔贺的忐忑，他们形成了一个队形，就这么在山林间缓慢行走着。他们走了超过四公里的路程，这时候，野兽们感觉到了山神的虚弱，看到它歪乱的脚步，它们躁动着穿梭在它四周，准备着要跳出来。这时候，山神停下来脚步，它倒下了，马尔贺迅速冲过去，举起了枪。他站在它旁边，朝两侧的灌丛连续开了两枪，紧接着他解下背包，迅速取出两颗子弹装进枪膛，又朝着身后开了一枪。

枪声震荡着整个山林。枯枝败叶夹杂着冰屑雪花扑簌簌落下来，马尔贺听到了凶狼的愠怒声，它们在阴暗处咬着牙低声怒吼着，这才是妥协和放弃的声音，那种愠怒声越来越远，一声声变得微弱，不过多久便消失了。

老虎闭上眼睛，彻底死去了，然而一只在附近冬眠的棕熊却惊醒了。

九

那是一只成年雌性东北棕熊，它刚刚苏醒，视觉极差，不知从何处跳出巢穴，如一个听觉敏锐的瞎子一般冲了过来，它的身体为这次冬眠积累了大量的脂肪，使得整个躯干看起来如一头长毛象，当棕熊奔跑过来，马尔贺果断地朝着它的胸口开了一枪，霰弹枪打在它身上几乎没有什么伤害，反而激怒了它，它直立起身躯，挥舞着前臂朝马尔贺扑打过来，他吃力地闪避开去，根本来不及从地上的背包里取出子弹。于是马尔贺向后跑开了，他顾不上回头，径直跑了十多米，然后像逃生的猴子一样爬到了一棵粗壮的针叶松上。那只棕熊追赶过来，因为冬日臃肿的身体，它已经爬不了树干，试了几次都从离地不到一尺的地方滑落了下来。它气急败坏地喘着粗气，在树上抓出来一道道沟痕，最终放弃了攀爬，对着马尔贺凶狠地咆哮，在松树下焦躁地走来走去，后来干脆守在原地，打起盹来。

一切刚刚安静下来，丛林间忽然一阵攒动，那群野兽如瘟疫一样摆脱不尽，这次它们终于露出了自己的第一面——是五只雪狼，它们躲避着棕熊的注意力，一只只犹豫着钻挤出灌木丛，它们都很干瘦，皮毛紧贴着骨架，尾巴像一根根枯枝翘起在身后，一只很老很丑的雪狼是它们的首领，它从左耳下到鼻尖的部分失去了皮毛，露出了里面的肌肉组织，那里被严寒冻得紫红溃烂。它们像半夜啃咬粮仓的老鼠一样，悄悄地拖行着山神的尸体，只要棕熊动一动耳朵，或在呼吸时喷一声鼻气，它们就会紧贴着地面静止下来，不过五张嘴全都死死地留咬在老虎身上，半露出一排排牙齿。马尔贺在树上挥舞着霰弹枪，大声怒吼叫骂着，呵斥它们离它远一些，它们完全不理会，他气得把匕首扔了过去。雪狼躲开了匕首，警惕地观察着棕熊的反应，它似乎在树下睡着了，对马尔贺在树上的言行毫无反应，有的只是均匀起伏的呼吸。它们继续拖行起来，用了不到十分钟的时间，挪挪停停，一点点把山神拖进了身后的阴影里。

天空下起了小雪，风不大，天气冷极了，积云渐渐遮蔽了月亮，掩盖了整个夜空，四周已经黑得看不见雪。为了避免冻僵在树上，马尔贺把枪挂在枝梢，提起领子裹住自己耳朵以下的脸，他开始不断地从双手到脚趾，小幅度地活动着全身，并且防止把支撑自己体重的那根树枝压断，这些树枝在严寒之下变得像冰挂一样冷脆，粗壮却又捉摸不定，不知如何就会忽然断裂。马尔贺撑到了第二天凌晨四点，雪停了，月亮再次出现在低空，照得目光所及处的山林有些发蓝，那头熊已经离开了，地上没有任何脚印和血迹，这场雪清扫了一切，马尔贺站在雪地里，除了落了一层雪的背包和脸上的伤势，他一无所有。

这里的日出时间是在七点左右，夜晚会在三个小时后结束，马尔贺该回去了。他为霰弹枪装上两颗子弹，朝着顾兴捕鸟场的方向走去。顾兴的捕鸟场紧邻着隔离网，到了那里，他只要打一个暗语，不过一刻钟，那里就会出现一把人字梯，它将跨过隔离网，把两个世界连接起来。

三个小时后，马尔贺回到了自己家里，他在浴室放了一缸热水，慢慢躺了进去，热水淹没了胸口，他的四肢漂浮起来。马尔贺想到海桑，那列火车应该正在绥化境内行驶，海桑的旅途才刚刚开始。

十

在斯特拉酒馆，马尔贺向我讲述他的家族往事和狩猎经历，谈到海桑离开的那个夜晚，他说因为拿不出虎皮、虎牙甚至一小瓶被血染红的泥土——因为拿不出任何证据，那段最值得分享的经历到头来却最不能够得到别人的信任。他说相对于这种故事，别人倒更愿意把信任赐给你失败的感情经历。

其实对我而言，马尔贺所有的经历是否真实都并不重要，所以我想用另一种方式来表达自己对他的信任——我擅长并乐意于讨得别人的欢心，因为这几乎不需要付出任何代价，于是我说："那么法院呢，他们有没有因为这件事而撤销你的缓刑？"当话说到一半，我就意识到了这个问题是多么的愚蠢，他们当然没有，即便是马尔贺跑去自首，他们也不会相信他。

　　但是好歹，我想，我已经表达了自己的信任。

评鉴与感悟

"每一个大陆都有它自己伟大的地之灵。每一个民族都被某一个特定的地域所吸引，这就是家乡和祖国。地球表面不同的地点放射出不同的生命力、不同的振幅、不同的化学气体，与不同的恒星结成特殊的关系……但是地之灵确是一个伟大的现实。"魏市宁的小说带有显而易见的土地气息，不是指那种明显的北方地域特征，而是文字中仿佛沾染着D.H.劳伦斯所言的"地之灵"。在那里，空间意义和精神含义融而为一，就如《诗经》中的一国之风，既是这一地域的物质存在，也是其精神显现，最终形成了这一区域总体的惯性文化系统，也即一整个的生活世界。在这个世界里，人从属于一个充满生机的共同体，这个共同体似乎在为某种未完成或未实现的目标而努力。魏市宁小说的丰富性就在于，他仿佛一边在建造这个生活世界，一边又似乎在犹豫中准备拆毁。小说中的人物，也就在如此的犹豫间有时精神抖擞，有时恍惚出神，最终，我们看到一个在摇摇晃晃中建造起来的文字世界，既携带着我们这个时代特有的虚弱，也充满着早已不常见到的蛮荒力量。（黄德海）

现实顾问

/李宏伟

5

"您好，我是现实顾问，工号5501010—2105，请问有什么可以帮您？喂，您好，您好？女士，请问什么事情让您这么难过，有什么我可以帮您吗？对不起，我没明白您的意思。您姐姐是失踪了吗？如果是，建议您报警，在警方需要的时候，我们公司会也必须提供协助。警方怎么说？对不起，您是说屏障吗？哦哦哦，我明白了。警方确定您姐姐还在人世，是，还在您居住的城市，她只是换了份工作，搬了家，屏蔽了您，并且设置了面对您的隐私保护，使您再也见不到她，连问她为什么这么对您都没机会，对吗？

"怎么说呢，女士，这样的事情不说普遍，至少也不鲜见。我们公司的宗旨就是服务顾客的现实，让所有人活得更加顺心如意。往大了说，每个人都可以挑选他喜欢、适应的现实，往小了说，至少也可以保证，每个人都可以离他不喜欢的现实远一点，不用必须面对他不想见到的人、事、物。对不起，我没有别的意思，只是描述一下公司向顾客提供的服务。拿您和您姐姐来说，当她不愿意见您，不愿意和您面对面——我们相信这绝对是暂时的——她就可以启动现实屏蔽，对您只有雾状呈现，并将自己混入其他因为各种原因选择雾状呈现的人之中，让您无从分辨，你们互相听

184

不见对方在说什么，也看不见对方在做什么。对不起，女士，请您消消气，请相信，我们公司不是在人为制造矛盾，我们只是保护顾客的现实权益。与您所想的相反，我们提供的这一服务，恰恰是将隐藏的淤积成内伤的矛盾挑明，让它有被消除、缓解的机会。恕我冒昧地问一句：在此之前，你们姐妹之间有没有隔阂？或者说，你们姐妹感情怎么样？噢，是双胞胎啊，那感情一定很好。你们小的时候，父母给你们选择的现实呈现，一定完全一样，呈现线条的大小、长短、构图和颜色都相似得像是复制的，对吗？这不难猜。几乎所有拥有双胞胎儿女的父母都喜欢这样，他们享受朋友与外界惊奇的目光，有的父母是一时兴起，偶尔这样设置一次，有的父母则是任性到底，一直到孩子长到十八岁，对自己的现实呈现可以自主时，才罢手。同吃、同住、一起上学、一起长大，没错没错，是这样，很多双胞胎都是这样。您这么说我们就更放心了，证明我刚才断定'这一切都是暂时的'不会有错，你们姐妹一定会重归于好的。

　　"话说回来，女士，这样的话，您多半要感谢这次的变故。您想想，如果不是姐姐这样做，也许您永远都不会知道，她已经对现状产生了不一样的想法，对吗？那样一来，你们可能仍旧亲密无间地，如同一个人一样地生活，但是您想想，那对她多么不公平，她要忍受内心的伤痛、愤恨——对不起，我可能夸张了一点，就说她心里的不舒坦吧，她要忍受着这些，继续和您亲切友爱，这对她至少也是双重的伤害了。好的，女士，很高兴您能冷静下来。我们虽然不是专业学心理学的，但毕竟接受过这方面的培训，又做了好几年的现实顾问，面对过成千上万种不同顾客的现实烦恼，所以，也许我能够为您提供一些小小的参考意见。哦，需要补充一句，所有顾客的现实烦恼，我们沟通的全部内容，公司都会录存备查，但是这些内容都是最高密级的档案，公司只有启动监督机制之后，才能够由专人查看。我们也受过严格的保护顾客隐私训练，所以请您放心，咱们交谈的内容，绝不会泄露出去。谢谢，这是您对我们的信任，我们要做的就是不辜负您的信任。好的，让我们回到刚才的话题，哪怕我们现有的经验不能帮助您解决问题，至少我们也可以倾听，也可以和您一起，寻找通往问题解决的蛛丝马迹。您能简单说一下，你们姐妹二人的成长过程吗？尤其是你们之间出现不同的时段。是吗？整个高中三年都没有在一个班吗？这两个班相互间有什么不一样？噢，这样啊，真有意思。当你们互换身份，以对方的名字、形象出现在对方的课堂上，老师和同学都没有发现吗？虽说很多双胞胎很像，但是他们的言行举止，对同一个人的心理感受、距离总是有差异，因此难以做到完全一样。明白了。可你们平常练习模仿对方时，真的不会出现幻觉，认为自己只是在对着镜子表演吗？

"对不起，女士，我不是这个意思，我当然相信。请原谅，我没有兄弟姐妹，没法完全体会您说的这份乐趣，不过我大体能够想象。谢谢您的大度。我想问一下，对于这种互相扮演，把两个人的生活过成一个模样，你们有没有那么一个哪怕最短暂的时刻，感到厌倦或者别扭？是吗？她说的是没必要有，还是不想有？那是什么时候？她在你们生日聚会结束的时候，说这样的话，有没有什么现实的刺激？等一等，我差点忘了，那是你们十八岁的生日，也是从那一天开始，你们可以完全自主地使用超现实眼镜，享受它提供的现实服务，您姐姐说她没必要有自己的现实呈现，是否意味着从那天起，你俩一直都在共用您的现实，准确地说，她是一直在复制您的现实形象吗？

"我明白了，女士，您这是一个经典的案例，在两个人之间，一方对另一方产生了完全的依赖，他的生活、思想、个性完全在对方身上消解，他丧失了自己。我必须说，问题还挺严重的，因为大多数类似情况下，丧失自己的那一方都不会觉醒，如果他觉醒，将面临着重建自我和重新开始生活的困境。好在您姐姐主动走出了最决定性的一步，挣脱了您的生活——女士，我建议您，在此期间，什么都不要做，不要刻意去找她，给她段时间，等她缓过来，一定会回来找你们的。是，这有点残忍，但是从法律层面，从公司的角度，这也是您唯一可以做的。就给她一些时间，好吗？想必她同样屏蔽了令尊和令堂，对吗？尽管如此，还是请他们留意，如果您姐姐缓过来，可能会最先找到他们。好的，女士，不知道这样能不能让您心里踏实一点？是这样的，即使有了我们公司，即使有了超现实眼镜，即使它融生物技术、分子技术、芯片技术和纳米技术于一体，可以塑造我们的现实，每个人仍旧要面临他的烦恼和困境，除非您重新设置，将这件事完全从您的现实清除，但那样毕竟过于回避问题了，对吗？不过，公司总算能够帮助我们找到原因，至少也让我们离原因更近，不是吗？那先这样。谢谢您的垂询。

"什么？对不起，我不明白您的意思。您怀疑自己是姐姐？抱歉，女士。您是想说，您和您姐姐与绝大多数双胞胎一样，都怀疑过先出生的究竟是谁，甚至在你们小的时候，由于父母的粗心，而混淆了你们的角色，导致您本来是姐姐反而成了妹妹吗？那您的意思是什么？您就是那个姐姐?! 对不起女士，我们的职责是帮助顾客解决他们在使用超现实眼镜过程中遇到的问题，顾客遇到的其他一切和现实有关的问题，我们也会尽可能帮助解决，但您刚才说的这番话我不明白，如果我理解得没错的话，它已经不属于现实问题了，您可能需要去医院或者警察局之类的地方。不不不，对不起女士，您别生气，如果我的理解有误，那我向您道歉。但还请告诉我，您突然说自己就是刚才一直被我们提到的姐姐，是您搬了家、换了工作、屏蔽了妹妹和父母，那刚才和我通话的那个人又是谁？那是真实存在的妹妹吗？还是只是您想象中的妹妹？还是真像您说的一样，您身上既有姐姐又有妹妹，你们把两个人的生活过成了一个人的？喂，喂喂喂？……女士？女士？"

5

现实界面散发出柔和的青草绿，提示唐山：可以下班了。唐山看看时间，下班时间已经过了十三分钟。他有点懊恼、不甘地退出操作平台，靠在椅背上，接受今天的眼镜湿润保护。要是那个女人授权他可以查看她的现实就好了，至少他也不会产生被戏耍的感觉。她会出事吗？听她的语气多半不会。唉，想这些也没有用，真出意外再说，至少现实界面可以预警。唐山摇摇头，他至少能够确定晚饭吃点什么。他不想在外面解决。那就回家随便做点什么吧，面条、饺子或者粥。嗯，或者，他可以在界面的美食平台购买那个垂涎已久的淮南豆腐宴套餐，就着丰盛得过分的现实呈现，把粥和小菜干掉。不过，那也得三百块现实币呢！唐山再次摇了摇头，收拾了一下平台，站了起来。

但是孙燕来在呼叫他，让他去一趟。

穿过由堆积的线条呈现的办公室，和正要下班或者碰巧看过来的同事们打过招呼——又有几个人变换了面貌，真不知道这些傻瓜为什么要把钱浪费在办公室，不过他没有兴趣去校验他们的现实编号，确定谁是谁。根据办公桌的位置，根据那些人的习惯表情与动作，他基本就知道谁是谁——唐山走进孙燕来的办公室。在一堆线条构成的办公桌后面，坐着马男波杰克，尽管那神态分明就是孙燕来，唐山还是校验了他的现实编号。

"没劲了，没劲了。你什么时候能不这么谨慎？这明明就是我嘛！还校验个什么劲？"孙燕来一脸的丧气，模仿波杰克的。

"那不行，我哪儿知道您找我来是什么事啊？要是公事，我不得先确定您就是我的大领导，孙燕来高级副总裁啊！再说，您整天在办公室玩儿变身，也玩儿得太嗨了吧！"说着话，唐山上前，把办公桌前的椅子往外拉了拉，坐下。他掏出烟来，递给孙燕来一只，自己先点上。

孙燕来看看烟，在桌上顿顿，放在鼻子上闻闻。"你小子抽得起这么好的烟？只是障眼法，这么呈现的吧？"

"您可以验证嘛。"唐山伸过火机，打着火。

孙燕来凑上来点着烟，吸一口，手指还在唐山手背上点点。这是孙燕来的周到，嘻嘻哈哈归嘻嘻哈哈，在细节上，他绝不让别人不舒服，尤其是自己的下属。一口烟入肚，再呼出，波杰克一脸的生无可恋，夹着烟的右手嫌弃地往前一伸，搁在桌子上。显然，他明白这烟的品牌确实只是呈现出来的了。

"咳——"孙燕来没有再说烟的事，他咳嗽一声，又抽了一口，"唐山，最近怎么样？工作啊，生活啊，各方面情况。有一段时间没有和你坐下来聊聊了，你还和小若在一起吧？也该把婚结了，稳定下来。"

"结什么婚啊！"唐山默默地抽了两口，吐出一根直线的烟来，"去年就分手了。就我现在这条件，结婚也是坑人家。虽然在一起的两年，已经坑了，但分开对她来说，好歹也算是止损。工作嘛，还那样，每天接进来不同的人，基本还是那些情况。不过，下班前接到一位顾客的咨询，怀疑她已经现实认知障碍。我明天整理一份报告给您，如果对推动公司早日建成现实坐标起到临门一脚的作用就好了。省得今后再接到这样情况不明的咨询，瘆得慌。"

"好。报告不着急，如果现实坐标这么容易推动，也就不需要我们反复动议了。我靠，太意外了，当初看你俩那个黏糊劲，还觉得没有什么能拆

188

散你们呢。"孙燕来看唐山并不准备接话，就在烟灰缸上掸掉烟灰，转换了一下语气，"不说这些了。还记得面试那天吗？你简直就是一只人畜无害的菜鸟！"

"谁让您那么刁难我呢？"不说私事，唐山也轻松了一些。面试的时候，孙燕来确实没少为难他，但他当时就知道，那为难里有着欣赏，并不是为了阻拦而刁难。进了公司，他也发现别人有意无意会把他当作孙燕来的亲信。不过，有时候这也让他困惑，他不知道自己因为什么被孙燕来看重，工作五年来，业绩虽然也算出色，可也绝对谈不上出类拔萃。

"不刁难，你能成长得这么快？"波杰克仰首长嘶，忽然间，切换成了一张喜兴的猩猩面孔。见唐山瞬间被逗乐，猩猩面孔又变成了一张木木怔怔的中年男人脸。"说正经的，唐山，你的表现我一直看在眼里。你这个人吧，能力和责任心都不错，就是少了那么一点，说野心也好，说进取心也行。归根到底，对自己的职业规划不明确。你有没有想过，五年后，十年后，自己会是什么样？会在公司做到什么职位？总不能一直都当个答疑解惑的现实顾问吧？"

"现实顾问没什么不好啊。"唐山随口回了一句，忽然感到气氛有点凝重，抬起头来，对面那个中年男人正瞪着自己，目光冷得有点像冰，他不由自主地坐直了。"不瞒您说，我还真没有什么特别清晰的规划，以前想着能多挣点钱，让小若生活得更好一些，让我妈妈晚年幸福一些，就够了。现在……至少，至少得让我妈妈活得开心一些吧。"

"你和你妈还是那样？"依旧是那副中年男人的面孔，但突然从正事切换到私事，语气又这么关怀备至，唐山还真有点不知道怎么应对。大概也是感到了唐山的不自在，孙燕来又咳嗽了一下，让自己的语气更加自然，"唐山，虽然我不知道你和你妈之间究竟发生过什么，但是你们总现在这个样子不行啊。母子之间，哪儿能不见面呢？有什么话，有什么事，都可以摊开来说。很多时候，不是需要专门去做什么，才能解开心结。只需要说，说出各自的想法、顾虑，甚至是自己在意、介意的部分，就可以了。亲人嘛，还有什么解不开的呢？"

唐山在椅子上动了动，低下头。很多次，他都想看着妈妈，目不转睛地看着她，不停歇不磕磕绊绊地说个够，把能说的不能说的，只要是想说的，都一股脑儿说给她听——这样说完，他就能像刚出生的孩子那样，毫无保留毫不掩饰地面对妈妈了。但每一次，目光还没有上移到妈妈的下巴，甚至只是扫到她的一只手，就忙不迭地闪开了。嘴里，也都是嗫嚅着吐出一个"妈"，咽下另一个"妈"，就干涩得什么都说不出来了。

想到这里，想到这些，唐山苦笑了一下，抬起头来，切换出一脸轻松。"您找我来不是为了谈心吧？有什么话直说嘛，干吗搞得这么亲切温馨？"

他又递过一支烟去，孙燕来盯着他好一会儿，接过去，也接受了他点火，仍旧在他手背上点了点。

"好，唐山，那我们回到眼前。实话跟你说，在公司里，五年到八年是一个坎，上去了就意味着进入晋升通道，不出大错，后续的升职加薪都会按部就班来，上不去就基本在原地待着，一直做你的现实顾问了。当然，话也不能说死，有熬了二十年不知道怎么回事又上去了的，可是你不想这样吧？好，不想就好。"孙燕来在烟灰缸里掐灭吸了两口的烟，"公司最近准备扩充一些新鲜的后备力量，主要就从现实顾问里面选拔。一个，是直接升为专属顾问，只负责为少数或者一两位顾客提供专属现实服务。专属顾问工作轻松，报酬丰厚，甚至能够得到顾客的额外奖励，不过呢，基本上就被纳入服务序列，天花板明显。另一个，是外派到地方，协助分公司工作，挑战大一些，还有不确定因素，不过更容易得到锻炼，做出业绩来就是今后发展的稳固基石。你怎么选？"

"嗯——"唐山不是犹豫，而是好奇，"分公司究竟什么性质？在公司几年，偶尔会听人提起，但总是语焉不详。如果和总部做的事情一样，在这栋大楼不就能实现、解决吗？"

"你呀，真是在公司久了，明明是现实顾问，却丧失了现实感。"孙燕来笑着指了指唐山，"不过，这也是普遍现象，不只是现实顾问，公司的大多数员工都这样。我问你，公司立足与发展的根基是什么？"

"当然是人们的现实需求。大家不再满足所见所闻所知所感，想要见到、置身于不一样的现实，时间、空间的限制都被突破，各种可能都被带到面前，你可以参与其中，甚至主导一切。'一切皆现实'，这是公司的广告语，更是咱们的根基、宗旨与目的。"唐山说着，忽然又有了当年面试的感觉。

"你说得没错。"孙燕来点点头，语气却并无多少赞许，"但需求只是需求，它预示了可能，并不提供保证。不过现在并不是面试，没有必要兜圈子。公司之所以发展到今天，起决定作用的，是《知识产权法》与《隐私保护法》代表的意识，每个人自我保护、防备他人的意识，每个人都追求自己想要的现实的意识。这些意识才是公司立足、发展的根基，因为它推动了立法，通过法律规定，除非得到允许，除非从国家层面征用，个人拥有与其相关的现实的决定权。因此，每个人都可以遮蔽自己的现实，也可以向别人呈现自己想要呈现的现实，以收取相应的费用。与此同时，别人可以屏蔽他的呈现，或者让他仅仅以系统默认的几种形象呈现，而无须付费。但如果要看到他呈现的现实，就需要付费，如果要将他的呈现修改成自己想要的那样，还需要再付费。公司成立的初衷，仅仅是充当现实中介，将每一个具体的现实折算成可以计量的现实币，让大家彼此呈现变得可能。在此基础上，公司才发现、引导了人们的现实需求，发展成今天的规模。"

孙燕来这番话揭示了唐山日用而不知的道理，他顿时觉得眼前世界的结构清晰起来。

"您是说，这个根基并不算稳，需要分公司来夯实吗？"唐山试探着问。

这次孙燕来有几分赞许地点了点头，"没错。总有质疑的声音，认为对知识产权与隐私权的保护已经过度，阻碍了社会的整体发展与进步。光有声音不算什么，重点是，总有些区域，因为当时的条件不合适、成本与收益不成比例、权益持有人反对等原因，没有纳入公司的范围，成了一个一个的现实孤岛，成了公司业务版图上的飞地。这些孤岛与飞地的现实裸露在外，供人自由观看，随意出入。其危害，首先是导致公司的版图无法完整，不能进行更高阶的整合与升级，更致命的是，它留下了反思、反对的线索，也提供了人们开辟其他合作方式的试验田。而分公司要做的，就是找出那些现实孤岛的持有人如此做的原因，解决阻止持有人与公司合作的障碍，最终把这些现实孤岛并入公司的版图，使它们成为可以供公司描画、使用的原始现实。以前，分公司还需要和地方政府、企事业单位、学校医院等机构合作，推广咱们的眼镜，扩大公司的业务。现在随着没有配戴眼镜，没有接入公司平台的人越来越少，而且那些越来越少的人能够产生的现实收益与消费也微不足道，这一块已经基本上不再是分公司的关注点。也许，再过些年，分公司真的会如你所说，毫无存在的必要，完全撤销。但在此之前，分公司仍会持续为公司创造效益、输送骨干。"

唐山没有说话。此前他就知道，还有一些没有纳入公司版图、没有被公司覆盖的现实，但久处公司规划并依据个人喜好调节的现实，他的感官已经对那些纯自然的现实失忆了。因此，对唐山而言，孙燕来此刻提供的，不只是工作变动的选择，也不只是职业上升的阶梯，更是把他带到一扇因为关闭的时间过久，而如同从未开启的大门前。他有能力推开这扇门吗？真的推开，走进去，他又打算得到什么呢？

"不过，不需要马上做决定。你还有时间仔细考虑，尤其是想想自己究竟想做什么，想要什么。现在，有一项更急迫、简单的工作，准备派你去一趟。"孙燕来伸手要了一支烟，但没有点上。

"没有被公司覆盖的区域里，有个地方你应该很熟悉，那就是白条湖，距你老家好像也就几十公里吧？套用一句话，被公司覆盖的原因都是相似的，没有被公司覆盖的原因则各有各的不同。白条湖没有被覆盖，原因很简单，权益人不同意。麻烦的是，权益人的承包合同当初一次性签订了六十年，还有三十多年才能到期。合同还约定，到期后，原承包者或者其继承人，有相当大的优势获得继续承包权。承包人老周不同意和公司合作，让整个白条湖区域被咱们覆盖，供公司进行整体的现实统筹。根据之前分公司人员的沟通，老周这么做没别的理由，他就是想白条湖是什么样就让大家看到什么样。这么原始的现实，产生的利润当然很低，不过合同规定的承包费用、湖区的维护费用、老周的个人开支，各项加在一起都不高，换句话说，老周并没有感受到足够的压力，迫使他必须和公司合作。"孙燕来说话时，右手比比画画，食指和中指夹着的那支烟也随之划动，如同微型指挥棒。

"您刚才提到他的继承人，也就是说，老周是有家人的，有没有可能从他家人入手？年轻人是很难抵挡咱们公司的现实诱惑的。普通的不行，咱们就为他/她定制现实，按需设置。"唐山趁孙燕来停下，将他手里的指挥棒点燃。

孙燕来仍旧没忘在唐山的手指上点一点，他使劲抽了一口，脸上浮现出抑制不住的兴奋——不知道是真的兴奋，还是呈现出来的。

"你说得很对，分公司的人也是这么想的，他们还和老周的儿子，对，叫周兴，接触过。据报告，周兴的态度捉摸不定，他似乎有兴趣和公司合作，但又似乎对公司抱有敌意，很让人头疼。不过，分公司也发现了一些情况——"孙燕来停下来，又猛抽了一口，"他们怀疑，周兴在做盗版现实的生意。如果真是这样，那这一切就很好解释，也好解决了。轻者，可以据此要求老周和公司合作；重者，可以通过当地警方查封白条湖的经营，进而推动地方政府，通过法律途径，解除老周的承包合同。"

"那公司需要我去做什么，寻找周兴盗版现实的证据吗？"

"不需要这么直接。你先去看看，有个基本的判断，然后再和分公司的人协商具体怎么做。毕竟，这家分公司目前没有做过现实顾问的人，他们的判断可能偏差很大。还有，你是协助分公司，你们互不隶属，你直接向我报告。"

0

周兴下了床，走到屋外的时候，天色还是蒙蒙亮。东方一抹浅白，天上还隐约可见残月与可数的几颗明亮的星，湖水拍打湖岸的声音仍旧濡湿、克制，带着催眠的节奏。各种虫子没有歇息，还在奏鸣，早起的鸟儿已经在空中翻跹而过，或者落在草丛、枝头，以尖利的喙寻觅、啄食，偶尔还用上爪子。他深呼吸一口，潮湿、新鲜的空气顺着鼻腔进入体内，在肺腑间稍做盘桓，将微凉在身上扩散，让他精神一振，彻底清醒过来。随后，就闻到了空气中淡淡的腥气，比晚上弱了很多，竟然有一点可回味的甘甜。

从房子这边出发，往码头去有几百米湖堤，这是周兴最喜欢的一段路。尽管走了不知道多少回，可每一次他都放慢脚步，一路走一路探看。每一次，他都会惊讶水面如此寥廓，感慨水波永不停止的进退、跳荡。湖面上笼罩着淡淡的雾气，但仍旧看得到稀稀拉拉的船帆，看得到在船头、船尾撒网或垂钓的影影绰绰的身影，听得到或远或近传来的清亮的渔歌。

到了码头，快艇还系在昨天离开的地方，周兴跳下去，坐好、启动，随着一串在清晨显得过于响亮的马达声，快艇向前驶去。艇身犁开水面，波浪像布匹一样裂在两旁，晨光中映照出略微诡异的灰白色，不时有水珠溅起，洒在周兴的身上、脸上。尽管如此，周兴仍觉得湖面格外悠远，听到的声音也格外多，仿佛快艇和它的声响是放大器，把远远近近的水虫水鸟声、渔歌声、呼喊声都招了过来，还有些鱼，不知道是因为晨光而兴奋还是被快艇惊扰，跃出水面或者互相追逐，发出了清冷的鳍与尾拨动水的声音。

往前开了快一个小时，天光完全放亮，东方也逐渐露出由下向上的烧红，那红并不耀眼，更不可怖，而是柔和地镀了一层微光似的，让人欣悦。那个小黑点也适时出现在远方，望过去，它恰好在周兴与东红那片火红之间。"这倒好，迎着太阳去了。"周兴说出了口，不过这声音没在湖面上留下丝毫痕迹，就仿佛那个黑点随着那片火红的加深，而消失在视野里。周兴不管这些，他只管朝着太阳的方向而去。

当太阳露出小半块羞怯的毫无力量的红时，周兴已经开到那个小黑点面前。那不再是一个小小的随时可能消失的点，而是一艘船，上下两层，船尾安放着一个泛着银光的大型信号接收器。周兴将快艇停靠在船的一侧，抓住垂下的绳梯，爬到一楼，然后从甲板绕到另一边，沿舷梯上到二楼的船尾。他没有直接去船舱，而是站立了一会儿，等着太阳完全从水面浮出来，褪去湿润的红光，露出赤白的里子，将赤白的光和无可抵御的热量抛过来，铺在水面上、甲板上，铺到他的脚下、脸上和身上，他才转身拍了拍信号接收器的架子，向船舱走去。

船舱和昨天他离开时差不多，各种高低不同的仪器、粗细不一的管线成堆成团地码放，互相连接着。本来不大的空间，被弄得井井有条，又有着迷宫般的缠绕、回旋气质。周兴按照游戏规则，在迷宫间斟酌、进退，花了一点点时间，破解了不多的变动，顺利走到尽头。那儿是一张行军床，棕垫上合衣躺着那个瘦长的身躯。周兴正犹豫着要不要叫醒他，小邱就睁开了眼睛。小邱睡意未去，有点木愣愣地盯着周兴看了一会儿，才一咕噜坐起来，双手在脸上一阵揉搓。

"周哥，来啦。"说完，他又不好意思地挠挠头，"你先坐着，我去抹把脸。"

小邱匆匆从迷宫上跨过去，走出船舱。不一会儿，船尾传来水桶扔进湖里的声音，然后是抹脸的声音，然后是长久的静默。周兴当然知道小邱在做什么，虽然他也很想听到小邱的说明，但也不急在这一时。又过了一会儿，小邱走了进来，他的脸和头发都显得干净利落，不过脸上的神色有一点沮丧，周兴大致猜到了结果。

"又熬了个通宵？"周兴先岔开了话题。

"那倒也没有，三点多睡的。不过压根儿没有睡踏实，全是乱七八糟的梦，闹哄哄地扯挤成一团，更替得特别迅速。一会儿是风平浪静，一会儿是风大浪急。出海、救急、官船、海盗……轮流上阵，快在梦里演上大片了。我是不是太日有所思，夜有所梦了？白天干的那点儿事，全在梦里走马灯放送了。"

"睡觉前做的事本来就很容易带到梦里去，尤其是强刺激性的。"周兴说着，好奇心起，"你选的什么现实？怎么元素这么多？"

"两个现实：一是跟着郑和下西洋，一是跟着郑寡妇做那波浪中来去、不要本钱的买卖。嚯，周哥，你别说，这超级现实公司够时髦的，那郑寡妇虽然不至于一身比基尼吧，但那模样，那身条，那一身打扮，真是够惹人的。难怪当时有那么多人供她驱策，为她卖命。"

"瞧你那点出息！你没有做出什么不合适的事来吧？"

"没有，这点忍耐力我还是有的。再说了，我进入的本来就是系统配置的一艘海盗船，不过是借船长的眼过一番干瘾，真要操控他做点什么，也没那么容易。"

"那倒也是。有没有发现什么不一样的？"

"还真有。我侵入系统的时候，耗时比原来长了不少，我留意了一下，足足花了五分钟才进去。这还不算什么，游历的过程中，有两次界面都出现了延时，最后干脆将我赶了出来。这也是我为什么会从郑寡妇那边切换到郑和那儿的原因，等到郑和那边也将我赶出来之后，我确实失去了兴趣。要不然，说不定又会熬一个通宵。"

小邱发现的这两个情况代表什么？周兴陷入沉思。耗时长应该问题不大，系统运行速度降低、船上的信号不稳定，都可能导致这一情况。两次在游历进行中经历延时，最终被赶出来，这会是什么原因？如果系统捕捉到小邱的入侵，应该很容易锁定他的现实编号，虽然这个编号也是从别的用户那儿"借用"过来的，但至少不至于换个游历现实又能进入，毕竟周兴告诫过小邱，一次只用一个现实编号，一旦察觉被锁定就要迅速退出，绝不留下任何可能的纰漏。也许还有一个原因，那就是整个系统在升级或者游历现实在升级，周兴听说过升级前后给用户带来的不便，但基本上都在现实体验方面，没听说系统运行上也有。不过这也没什么，找时间确定一下那个时间段是否有系统或游历现实的升级就行，眼下，还有别的更重要的事。

想到这儿，周兴一抬头，发现小邱正疑惑地盯着自己，忙宽慰道："没事，没事。我猜是升级或者什么原因，这两天咱们确定一下，你记得把痕迹擦除干净就行了。咱们说正事，你刚才在外面感觉怎么样？"

"对，差点把这事给忘了。"小邱想了想，"感觉有点怪怪的，我也说不清具体怪在什么地方，湖还是这座湖，水还是这些水，船也还是咱们脚下的这艘船，但是总觉得哪里不一样，和前几次差不多。嗯，我再想想，是了，从那个系统回来之后，总感觉身边的这些东西不完全真实，不能说是假的，就像——就像上面涂了一层透明的无限薄的保护膜，丝毫不影响触碰与观看，甚至还更加牢固，但你就是知道，和它们隔了一层，没有完全零距离的接触。"

"小邱，你说得太贴切了！我也始终有种怪怪的感觉，被你一语道破。摘下眼镜，脱离公司给定的现实，这种感觉会慢慢消失，不过，随着进入的次数越多，在里面待的时间越久，这种感觉持续的时间也越长。但我也在想，会不会是我们先入为主了？毕竟这种感觉没有实际证据的支持，我也从来没看到有人说起过它。会不会也和我们的设备、我们侵入的方式有关？总之，我们目前得到的结果无法加以普遍地证实，更无法断定超级现实公司明明知道，却隐瞒遮掩，损害使用者权益。"无数种可能在周兴脑子里闪动，让他言辞很是审慎。

"周哥，你把这个公司想得太好了吧？你看他们的服务与收费越来越精细，打定主意要把使用者终生拴在系统上，成为他们的奴隶。"

"不，我不会把任何公司往好了想，只是要想想他们的逻辑。用'奴隶'一词可能偏激了，但至少事实上，超级现实公司是希望所有用户一旦加入就终生使用的，而且他们也希望能把整个世界都纳入公司的版图，所以才着急要把白条湖并过去。正因为如此，他们不太可能允许如此明显的纰漏存在，这会是个巨大的隐患。嗯——咱们要抽空继续验证，看看出入系统会带来什么影响，看看沉浸于公司提供的完美现实后，咱们置身其中的现实会变成什么模样。次数要更多，记录要更详细，哪怕是完全主观的感受，也记录下来。"

"好。可是我不明白，明明周叔和你都决定不与超级现实公司合作，不把白条湖交到他们手里，变成他们使用、涂抹的原始材料，为什么还花这么大心思做这些事？"

"是啊，为什么要操心这个呢？！"周兴反问了自己一句，站起来往舱外走，小邱跟着他来到外面。两个人默默地看着浩渺的水面，这时太阳已经洒下它全部的烈烈，湖面上每一片水波都甩出刺眼的光。周兴伸出手来，在面前挥了一圈，像是要抚摸这些水波，又像是在抵挡它们甩出的光。

"白条湖有今天的样子，我爸花费了巨大的心血、精力。"周兴说着，掉头看着小邱，"小邱，你可能不相信，我对白条湖的未来比较悲观，我觉得超级现实公司迟早会整合全世界为其所用，就算我爸有合同在手，有法律做后盾，白条湖恐怕也保不住。绝对不要低估这种公司的能量，他们为了目的可以使用任何手段的冷酷程度，也远远超乎咱们的想象。我可以和公司耗下去，斗下去，可要是让我爸下半生的精力都花在这上面，就要想想值不值了，不管怎么样，他过得开心对我来说才重要。"

"周哥，我没明白你的意思，你是说，要把白条湖交给超级现实公司吗？"与其说小邱不明白，不如说他不敢相信。

周兴拍拍小邱的肩膀，"没那么简单。我不是说了嘛，我爸过得高兴最重要。如果白条湖在公司的运作下，给所有人提供了不一样的感受，就比如你昨天晚上，这片湖可以变成郑和十次来回的西洋，也可以变成郑寡妇风浪里出没的战场——如果在这些公司描画出来的现实之外，白条湖还随时成为它本来的可以供人无间出入的现实，那至少对我爸也算是个交代，也可以算他做出的更大贡献。可一旦纳入公司的版图，白条湖就失去了本来的面目，那就是毁了他前半生的心血和精力，我绝对不会同意。"

"周哥，我还是不明白——"小邱不好意思地挠了挠头，这次是真的不明白，"就算白条湖纳入超级现实公司的版图，被描画成每个人面前不一样的现实，但它本来的样子始终在这儿，怎么会失去呢？"

周兴乐了，"小邱，你问了一个高深的问题。如果所有人看到、感觉到的白条湖是另一个样子，那它还是本来的样子吗？它还有本来的样子吗？"

周兴的手机响起，打断了两个人继续探讨高深的问题，是周兴他爸的电话。

"周兴，刚才那个什么分公司的什么柳经理又给我打电话，又问咱们愿不愿意和他们合作。哎呀，他们真是苍蝇一样，烦都烦死人。"

周兴扬扬手机，冲着也听到了的小邱一乐，"爸，我不是说了嘛，你要有兴趣或者闲得无聊，就接她的电话，只当有个人陪你说说话，解解闷。你要是不想搭理她，不接就是，不要管她说什么。实在不行，让她找我。"

"我是得让她找你，这么纠缠我可受不了。"电话那边停了一会儿，不知道是因为心烦还是什么，"不过现在不是要和你说这事，你去一趟南岸，把你孟叔接过来，让他过来住几天，我想和他喝喝酒，聊聊天。"

1

妈妈的呼叫响起时，唐山还以为是闹钟。他迷迷糊糊拿过闹钟，摁了半天，响声仍在持续。定了定神，清醒了一些，明白是手机在响，摸过来一看，是妈妈的视频请求。像冷不丁被扎了一针，唐山腾地坐了起来，再看看手机，完全清醒过来，清醒得过度，以致无法相信，以致手足无措。但手机还在响，他不能让妈妈久等，更不能让她挂断。

点了"接受"后，唐山下意识地紧闭双眼，感到时间在眼皮上流动得越来越慢，卧室静得快要坍塌，他慢慢睁开眼，注意力集中到手机屏幕上。那里也有一双眼睛正盯着他，极力抑制着情感的流露，因而睁得有些过大，湿润得有点失真。目光再一点点松动，放到眼睛所镶嵌的那张脸上，依次放到眉毛、额头、脸颊、鼻子、嘴唇、下巴上，扫描一样看过去，最后，拼成一张完整的在哪里见过，却又无法准确及时从记忆里打捞出来的脸。

198

"儿子，还在睡觉吧？这么早吵醒你，妈妈实在想你，想和你说说话——想看看你。"妈妈是笑着说的，声音有点发颤，笑完还抿了抿嘴。

唐山这才对这张脸有了更多的认知。它不完全符合他的记忆，却是他一直想看到的。当然，毫无疑问，它现在比他想看到的更好，皮肤更为光洁，五官更为精致，表情更为生动，精神更为饱满。换句话说，它比他记忆中的优化了一些。优化的力度并不过分，不至于他认不出来，却又明显超过了记忆的限度。不过，唐山也不敢断定，这张脸从没有在现实中存在过，他更不敢说，它的呈现是虚拟的，是超现实眼镜通过眼睛刻意提供给他的错觉。毕竟，妈妈最风华正茂的时刻，这张脸最美好生动的时候，也许都是在他出生以前。不管怎么说，他能看妈妈的脸了，有了脸的妈妈才是完整的。

"妈妈，没事，我也该起床了。你，你最近怎么样，状态挺好的吧？看你的模样，简直像是年轻了几十岁，要不是电话号码没变，要不是你先叫我，我都不敢喊你妈妈了。"

"儿子，你嘴怎么变得这么甜了？"唐山说得僵硬，妈妈接得也僵硬，但就是这样僵硬也顺利地度过了起初的不自然。再往下说，就流畅多了，"最近挺好的，就是啊天天住在医院里，除了在巴掌这么大的地方转悠，哪儿都没法去，在外面待的时间稍长一点，医生也吓唬你，护士也吓唬你，就好像我不是从外面来到医院，而是生下来就在医院里待着似的。"

"那就听医生、护士的吧，他们毕竟是专家，知道怎么样对你身体更好。等你好了，我请假陪你游山玩水，走遍天下。之后，我得让你到这边来，和我住在一起了。"

"好好，到时候妈妈和你一起游山玩水，妈妈和你住在一起，妈妈照顾你，不，让我儿子好好照顾妈妈。"妈妈停了一停，"儿子，你，你有可能什么时候出差，顺道回趟家吗？"

"妈妈，应该很快就有机会。"昨天孙燕来说让唐山去趟白条湖时，他就想着，必须回去一趟，看看妈妈。尽管可能还是和以前一样，面都未必能见上，就又匆匆离开，但还是必须去。现在，妈妈有了这等模样，不知道见面更容易还是更困难。但再困难，妈妈都迈出了这一步，余下的就得自己去解决。唐山下定了决心，但还是想，暂时不告诉妈妈确切的日期，他想给妈妈一个惊喜，也给自己一个缓冲。想定这件事，唐山才记起，自己忘了另一件重要的事。

"妈妈，你什么时候装上的超现实眼镜？之前从来没有听你说起过啊。"

妈妈再度抿着嘴，然后不好意思地笑了，仿佛是在笑自己对儿子都还这么保留。"儿子，我也不懂，就是想看看你，也想让你看看妈妈。他们给我介绍了小邱，小邱不但帮我装上了眼镜，还为我调整了状态，你现在看到我的样子，也是他帮我调出来的。说起来，还真得谢谢人家小邱，收费又便宜，服务又好，态度特别和善……"

"妈妈，你等等。"虽然已进入公司五年，并且做了三年现实顾问，唐山对公司花样繁多的服务项目仍旧无法了如指掌，不过有一点他非常清楚，不管是哪个类别的服务，顾客装上超现实眼镜时，都会至少向一位直系亲属发送现实编号以定位。他并没有收到妈妈的现实编号，这说明，要么有人省略了这个过程——他听说过有些盗版现实的人能做到这一点，不过并不清楚其方法——要么，就是妈妈指定了别人，从法律层面来说，这仍然有问题，毕竟，他和妈妈称得上是彼此最亲近的人。但一时间，唐山也没法向妈妈解释清楚，好在，他很快就能回去，当面了解清楚。

"妈妈，你离手机更近一些，最好能够让我直接看到你的眼睛。"唐山采取了更间接的方法。

"怎么啦，儿子？"妈妈一头雾水，但她还是将手机举到眼前，开始是两只眼睛，然后又移到右眼上。妈妈的角膜上确实贴着一层蓝色淡到几乎没有的膜，看起来，和公司上一代的超现实眼镜完全没有差异。难道是升级换代后，地方医院操作不严密造成的？

"好了，恢复成正常的距离就行。没事，我就看看你的眼镜，现在看清楚了，没有任何问题。我真是太粗心了，都不知道有这么大的变化。刚装上没几天吧？贵吗？我现在都搞不清楚不同代的眼镜在不同地区、对不同身份的价格差异。"唐山说话时，密切留意着妈妈表情的变化。

妈妈并没有出现任何负面或消极的情绪变化，还是那样精神饱满。

"你也觉得好吧？前天装上的，我昨天试了一天，所有人都说好，有人夸妈妈比你还夸张，我这才放下心，决定今天和你见一见。钱的事情你放心，小邱说，给我用了上一代的镜片，并且申请了公司的特别优惠，总共下来，还不到原来的十分之一。小邱这孩子，还真是帮了我一个大忙。"妈妈的面容仍旧那样精力充沛、神采奕奕，但说话久了，就不可避免地带出了老年人和病人共有的重复、絮叨。

唐山不忍心让妈妈老是对着手机，这么紧绷，可他又确实想再多看妈妈儿眼，就算这样一直看卜去，都觉得个够。他想把以前没看的补回来，但他又知道逝去的时间无从弥补，于是唐山的眼睛越挨越近，整个人恨不得趴到手机上，仿佛那样一来，就能真的挨着妈妈，看个够。

"妈妈，你身体怎么样？"他停了停，又说，"等我回去时，让我看看你现在真正的样子，好吗？"

妈妈呆在了手机那边，不知她对这句话是期待，还是畏惧。然后，妈妈展现了一个微笑。

"傻儿子，妈妈的身体没事，你现在看到的不就是我嘛。放心，我在医生、护士照顾下，状况很好，现在小邱帮我装上眼镜之后，看到了很多以前没有看到的世界，心情更是前所未有的好。你就放心工作吧，等妈妈好了就过来照顾你——不对，要按照你说的，妈妈先和你游山玩水，然后才过来照顾你。不，让我儿子照顾我。咱们母子俩互相照顾。在那之前，你答应妈妈，好好照顾自己，工作再忙再辛苦，也想着一天三顿都得及时吃上，都得吃上热的。事情再多，也要注意休息，人总归不是铁打的。唉，要指望你把自己照顾好太困难了，等什么时候你结了婚，妈妈才真的放下心来。不过，我也顾不过来了，再说，不知道是谁家姑娘那么好的福气，让我这么好的儿子一直等着。"妈妈说到这里，有些咳嗽带喘，过了一会儿才抑制住。

"好了，就先这样，你赶紧去上班。有时间了你就给妈妈打电话，妈妈再看着你，和你说话。"妈妈在屏幕里再次露出了唐山有点陌生的微笑，还招了招手。

0

接上老孟再回到周兴和父亲住的北岸，已经下午两点多。

老周在门口的院子里摆弄着钓竿，一看见老孟，兴奋地站起来："老孟，你可算来了。走，咱俩去把晚上吃的挣出来。"

"爸，孟叔刚到，你就不能让他先歇一歇，喝口水？"周兴见惯了这老哥俩的相处，可仍旧忍不住要逗逗父亲，"再说了，是你派我去请孟叔过来，好菜好酒招待都是应该的，你说'挣出来'，怎么感觉像是要压榨孟叔啊？"

老周嘿嘿一乐，"你懂啥，自己挣的，吃喝都香。不只老孟，你也得跟我们去！"

这周兴倒没有想到。他知道老哥俩喜欢一起钓鱼，可从来没有叫过他。他也钓过几次鱼，但都没多少收获——他受不住那份静，常常搅得其他钓鱼的人跟着心烦意乱。

老孟看看老周，再看看周兴，又指着门口灰色墙面上那五个黑色柳体的"白条湖饭庄"，说："你这买卖不做啦？"

"暂时歇业。你看现在有什么人来？周兴，你去准备船，以你孟叔和我的技术，只要你不捣乱，不到晚饭点，就满载而归了。"

"爸，你这话说的，我是去还是不去啊？让我去就是为了背锅呀？"

"去，去，当然去，不去晚上可没有鱼汤喝。"老孟哈哈笑着，拍了周兴两下。

周兴驾着船，老周和老孟坐在船尾。老哥俩也不说话，一个人掏出烟来，给另一个递上一支，自己也点上。两个人默默地吸着烟，吸完了扔进挂在船舷上的可乐瓶子里，仍旧一句话都不说，可是那沉默却醇厚、绵密，散发着无法用语言形容的默契和吸引力。

船没开出多远，就停了下来。老周拿出拌好的麦麸和米糠，在船的一侧往前撒了一圈。然后老哥俩又点上一支烟，坐在椅子上看着水面。周兴准备好塑料桶、水杯后，也搬了一张椅子过来坐下。这时，开始有鱼出现。那还是不成群的，有些怯怯的鱼。它们在水中穿梭，用脑袋、身子和尾巴触碰饵料，待饵料被它们碰散，成一团沫时，才谨慎地几番吞吐，吃了进去。大概是饵料的味道散开了，或者先头那些鱼的偷吃被发现了，再出现的鱼就成群结队了，它们管不了那么多，在水面上横冲直撞，互相争夺，见到什么就一口猛吞进去，根本不管是否危险，吃相是否难看。

老周拿出准备好的小虾，给自己和老孟一人分配了一根鱼竿，"老孟，咱俩比一下，不论斤两按个数，看看谁钓得多。输了的人，也没有别的惩罚，喝酒的时候，先给对方敬一杯吧。"

"老周，我就佩服你，明明知道会输，还要挑战。咱说好，敬酒的呢，得站着。"老孟不甘示弱，他又指了指另一根多出的钓竿，"你把那个给周兴，说好了，周兴要钓得多，咱哥俩一块儿站起来敬他一杯。"

"就这么定了。"老周把钓竿交给周兴。周兴想推辞，他不是担心两位老人给自己敬酒，而是怕自己一条都钓不上来。倒不是结果难看，而是过程熬人。不过，他看见老孟忽然冲自己挤了挤眼，便糊里糊涂地接过了钓竿。

果然如周兴所料，那些白条鱼就像知道老孟和老周在打赌，并且各自已经选好阵营，下定决心要帮助其中一方获胜似的，从鱼钩带着小虾扔进湖中起，不到五分钟，就有一个人扯动钓竿，一条闪着银光的修长的鱼就摇摆着脱离了水面，被摘下来，扔进塑料桶里。而周兴这边，鱼也欺负人似的，不断拽他的饵，可无论是浮标一动就起竿，还是等浮标被拖到水下看不见了才起竿，他见到的，都是钓线尽头那空空的干干净净的鱼钩，鱼钩上还挂着一两个小小的水滴。没多久，周兴就失去了耐心，索性收起鱼竿，纯粹当个观众。尽管只要看见浮标在动，他就恨不得提醒老周老孟注意，但感觉还是比自己钓轻松多了。

下午四点多，鱼饵用光，数下来，老周老孟都钓了二十三条，两人相顾大笑。周兴帮着把两个桶里的鱼倒在一起，看着四十六条小刀子一样在水里钻来钻去的白条，他也很高兴。随后，他发现装鱼饵瓶子的瓶盖上还粘着两只很小的虾，便取下来放在手掌里，让老周老孟看了看，说："这下你俩可以一决胜负了，谁先钓上来算谁赢吧。"

老周摇摇头，"这太小了，估计不会有鱼上钩。"

老孟也摇摇头，然后又点点头，"这样吧，周兴还没钓上来，你把两只虾串一起，只要钓上来的比我们的都大，就算你赢。"

周兴摆摆手，正要拒绝，老孟走过来拍拍他说："别怕，我看着，我叫你起的时候，你再扯竿。扯的时候要迅速，但不要太猛。"

扔下去没多久，鱼漂就动了动，周兴有点急，但想着老孟在身后看着，就又按捺住了。他看了看坐在远处的老周，老周点了一支烟，正悠然地望着湖面。不过，周兴感觉，老周肯定在关注着自己，他甚至是在假装悠闲。忽然，老孟拍了他一下，周兴回过神来，按照老孟说的，迅速回了一下竿，手里沉了一下，有鱼上钩了，他再往上扯，没扯动。

老孟兴奋起来，"好家伙，看样子不小！你别慌，别使劲扯，小心扯断线。它往前拽，你就随着它去一点，然后再慢慢往回拉。遛它几个来回，等它累了没了力气，就听你的摆布了。"

周兴按照老孟说的，保持着鱼在钩上，看似随着它不断往前去，实际上只是钓线和鱼钩在水里兜着圈子。僵持了好一会儿，鱼挣扎的劲头小了，慢慢被拽到了船舷边，老孟用网子捞起来，三斤左右的样子，鱼身上的银光更加沉着、深厚。

"这下好，有炸鱼吃，有鱼汤喝。"老孟特意冲老周晃了晃手里的鱼，才扔进桶里。

回到饭庄，周兴看着父亲把大鱼炖下——老周做鱼汤时，不允许任何人插手——然后帮着父亲把小鱼收拾干净，待他开炸，才把父亲中午就准备好的炸花生端出去，开了一瓶酒。

"我爸也太抠门了，就拿一盘花生米招待孟叔。"周兴嬉笑道，他知道老孟不介意这个。

"炸花生可是好东西，"老孟摆了摆手，"要我说，这世上一等一下酒的，就得是炸花生米。你爸炸的白条，也就勉强能和炸花生打个平手吧。不过，和你爸熬的白条汤比起来，这两样又逊色了不少。白条汤一喝，有没有酒都不重要啦。几十年前起，你爸的白条汤就是湖区一绝。浓而不稠，香而不腻，肉嫩无刺。传说中，汤熬得差不多了，你爸用筷子撑住鱼嘴，轻轻一抖落，就把整个鱼骨鱼刺从肉里拔了出来，关键是，肉还不散，不至于熬化。"

"你又在这儿讲神话呢？讲了几十年，都讲到自家孩子面前了。"老周端着炸好的小鱼出来，听见老孟的话，有点不好意思。

"神话才是事实嘛。"老孟待老周坐好，让周兴也坐好，倒好三杯酒，"老周，来，大人有个大人样，说话算话。咱俩敬周兴一杯，要不是周兴，今天肯定捞不着鱼汤喝。"

老周笑了笑，端着酒杯站起来，周兴慌忙也站起来，双手捧杯，和老孟、老周逐一相碰，先自己干了，"孟叔，怎么说也该是我敬你们。"

说着，他拿过酒瓶给三个杯子倒满，自己先站起来，一口干掉。老孟也要站起来，被老周止住，也就坐着喝掉了。接下来，就又回复到寻常的模式了，老哥俩拿着筷子夹花生，夹鱼，端起杯子喝酒，除了一声"干"几乎没别的话。周兴陪在一边，也觉得没有那么多话挺好，他除了不时跟着喝一杯，就负责照看两个人的酒杯，谁没了就给倒上。一小时多一点，三个人喝光了一瓶酒。

老周又开了一瓶，这一次他右手持着酒瓶，左手搭在右手腕处，给老孟满了一杯。这在当地是很正式的礼了，老孟也因此站了起来，端起酒杯看着老周，等他说话。

"老孟，咱哥俩认识这么些年了，从来没有客套过。今天，当着孩子的面，我要跟你道个谢，谢谢你把这湖交给我，让我现在有一个自得其乐的地方。"老周说着，红了眼睛，端起酒一饮而尽，"别的不说啦，都在酒中。"

老孟看着老周好一会儿，眼睛也有点红，他喝了杯中的酒，阻止了周兴添酒，拿过酒瓶，以同样的礼节给老周满上一杯，不过他压住老周的肩膀，没让老周站起来，哥俩坐着又喝了一杯。

"老周，要说谢也该，不过不是你谢我，是我谢你。不是为了我当年那小小的职位，是为了这湖，为了生活在这周边的人。你说那时候这湖多糟糕，又脏又臭，尤其到了夏天，像是煮开了一样，翻着一阵一阵的泡沫，看起来就像是一块上百里大的脓包。你不知道，当时有人提出了多混蛋的建议，说把这湖里的水全排干，这样不但能止住臭味，去掉一块膏药，还得到多少多少稻田，都是良田。我就问了一句，稻田是有了，你们从哪儿找水来灌溉？这些人就不说话了，都冷眼在旁边看，看我怎么办。那时候要不是你，提出来用自己挣的钱，为这湖清污、治理，我还真不知道怎么下得了这个台。"老孟说到这儿，停了下来。

周兴顺着老孟的目光，看见从门口走进来一个三十岁左右的青年，衣着举止都有些像白领。青年发现大家在看自己，又往前走了几步，周兴注意到了他眼中的超现实眼镜。

"大叔，现在营业吗?"青年问。

"营业，随时营业。来点什么?"老周应着，站了起来。

"能填饱肚子就行，实在有点饿了。"青年说着又吸吸鼻子，"什么啊，这么香？"

"好嘞，你坐。"老周指了指旁边一张桌子，起身向后厨走去。

青年没有迟疑，走过去坐下。他冲周兴和老孟点点头，二人也点头回礼。

周兴满上一杯酒，"孟叔，我也不站起来了，这杯敬您。我知道您和我爸多年兄弟，但以前确实不知道这湖身上还有故事。听我爸说，这湖的合同除了签了六十年，还有其他的优厚条件，想必您没少为此受委屈。"

老孟摆摆手，"委屈谈不上。开始吧，大家都觉得是个烂摊子，好不容易有你爸这个傻子要自己掏钱收拾，人人都松了口气。是啊，人家得图点啥，承包，行；前期费用折算成承包费，不够的再补，合情合理。那时候大家都觉得我运气好，摊上个傻子，没什么闲话，最多是有的人嘀咕，说这个傻子可能居心不良，说不定将来会把湖搞得更糟。后来，这湖清理干净，有了新鲜样子，各种消息传来，说值多少钱，就有人开始翻账、找事，把我也查了个遍。可是没什么问题，再加上合同在那儿，还都经过公证，他们知道没办法，也就不再言语了。"

老孟说完，长舒了一口气，看来不管有没有委屈，愤怒是肯定有的。

"老孟，你这么被折腾，多半都是那，那什么公司——"老周在后厨忙活，一点儿没落下这边的话。他端着一海碗，放到那青年面前。碗里是一把青菜浮在白汤上，看不见更多内容，但光是颜色搭配就足以唤起食欲。

"超级现实公司。"周兴补充道，他发现那青年正要伸筷子捞面，忽然停下来，望了过来，看到周兴在看自己，又低下头去。

"对，就那公司。说是现实，一点儿都不现实，整天骚扰我，说要合作。你说合作就谈合作吧，又扯什么可以让这湖在大家眼里变成海变成西湖变成洞庭湖，这不是鬼扯嘛，我要白条湖变成这些干吗？要看海就去海边，要看西湖洞庭湖直接去，在这瞎找什么感觉？！"

老周说完，气哼哼地坐下来。不过那青年吃面的馋相很快吸引了老周，他盯着那吸溜吸溜进入青年嘴里的面条，满脸的疼爱、欣慰，"哎呀，慢点，慢点。别烫坏了。"

"就是，就是，别猪八戒吃人参果，领会不到老周的手艺！"老孟乐着，端起酒杯，和老周碰了碰。

青年不好意思地笑了笑，"好久没吃得这么香了。不只解饿，解馋，更唤起了我的回忆。"

说完，他又端起碗喝了几口面汤，放下碗来，一脸的满足。

"吃也吃饱了，过来喝两杯吧。"青年吃面喝汤的样子让周兴很有好感，便出言邀请。说完，也不等青年回答，就回柜台拿了一个杯子，给满上酒。

"那我就不客气了。"青年爽快地坐过来，"不瞒您三位，我也是这的人，老家离这儿不到一百里。小时候我和我爸来过白条湖一次，那时候湖边还没这些平顶房，就是三间小青瓦，还搭出来一间草棚做厨房。那天我爸说，让我吃顿一辈子难忘的饭，就点了一份清蒸白条。那鱼得有四五斤吧，反正我俩美美实实地吃了个饱。那以后，我再也没有吃到那么美味的鱼。没想到，刚刚这面条、这面汤让我时隔这么多年，找回了记忆中的味道。就为这个，我得敬您三位一杯。"

"这就岔了！敬酒可以，但就你刚才说的话，你好好敬老周就行，一杯不够两杯，两杯不够三杯。敬我就说不上了，我最多算是陪的。"老孟笑着说。

"当然要敬你了。不然，我刚才那番话白说啦?!"老周迅速反驳。

"好好，照你这么说，也得敬周兴。可能啊，更得敬周兴。这孩子，真是难得。你看多少人家，多少父子，就为了一点小利，撕扯得不成样子。老子喜欢的中意的，想守着安度晚年的，儿子非得折腾掉折腾没，非要出手。周兴呢？人家不但不这样，还什么事都任随你，守着你，跟你搭伴，帮你做事。"

老孟义正辞严，说得周兴有点窘，又不知道该怎么应对。幸好那青年端着酒杯站起来，解了围，"是我失礼了。这样，我分别敬三位。"

说完，他拱拱手，喝干杯中酒，又倒了两杯，连着一饮而尽。

"哎哟，这小伙子我喜欢。"看到青年这豪爽劲，老孟眉开眼笑，"来来，坐下坐下，来点炸鱼，来点花生。"

待青年坐下，老孟再度看着老周，"老周，你刚才说那超级现实公司，你可真别小瞧了他们。这公司，现在势力可大了。你不好那个，不知道，现在的人，尤其是年轻人，都喜欢装上他们公司的一种眼镜，这样就能向公司订购看到的世界，你想要什么样，公司就给你定制、提供。周兴，你装没装他们的眼镜？小伙子，你是不是也戴着这样的眼镜啊？"

周兴很是窘迫，看了老周一眼，用小得不能再小的声音说："我装过，装过。"

那青年倒是大大方方地指着自己的两只眼睛，"是，我戴着。现在不光是年轻人，大多数人都戴，不戴都没法跟人打交道。因为所有的东西都有知识产权、隐私权，如果不购买，什么都看不到，也就是到了这儿，因为湖的权益没有售出，所以我能直接看到。"

"你看看，小伙子说的这才是潮流，咱们早跟不上了。"老孟说着，笑着摇了摇头。

"跟不上就不跟吧，让他们热闹去。你说那公司势力大，可再大也大不过法律吧。就说那女的，说得那么天花乱坠，我说'我不想掺和那些事，也不想要那么多钱，你说的那个多好多好的世界，我不感兴趣'，她不也只能转身走嘛。"老周不以为然。

周兴清了清嗓子，正要说话，一阵铃声响起，那青年一面举手致歉，一面掏出了手机。青年看了看来电，脸色突然有些凝重，但还是接通了。

"您好，我是唐山。您好，翟医生。啊——"唐山脸变得煞白，浑身都抖了起来，"什么时候的事？好。好。我马上赶过来。"

挂断电话，唐山张了张嘴，什么都没说出来，又冲三人点点头，慌乱地走了出去。

虽然不知道具体发生了什么，但老周、老孟和周兴都猜到一定是不好的事，因此三个人望着唐山已经消失不见的店门口，都沉默了。

1

医院前台的护士听了唐山的话，拨了内线，只听她对电话那头说："翟医生，唐山先生到了，他说是您通知他过来？好的，好的。"挂掉电话，护士示意唐山跟着自己走，她把他送到一楼的休息室，指着一张空椅子说："您请坐，要喝点什么吗？"

唐山摇了摇头，护士仍旧送过来一杯水，才转身离开。唐山手里端着水杯，茫然站在那里。医院很忙碌，人来人往，进进出出。休息室里还有几个人，都端着水杯，呆站在那儿或者陷进椅子里。唐山也想陷到椅子里去，但他没有力气走过去，也没有力气去辨认其他人的脸，他甚至没有力气去回想刚才翟医生在电话里的语气。

"唐山先生，你好。"总算走进来一个身着白色大褂的人，他说着话，伸出手来，看唐山没有握手的意思，也很自然地收回了。

"我姓翟，一个多小时前，给你打的电话。"他说。

"翟医生，你好。我妈妈她怎么样？"

"令堂——令堂在我们通电话的时候，已经……辞世了。唐先生，唐先生？保重，请节哀。唉，对此我们很难过。令堂清醒的时候，嘱咐过我们，让我们不要代为和你联系，尤其是在——在她弥留的时候，一定不要折腾你。令堂说，我们要在她咽下最后一口气，离开这个世界之后，冉和你联系，她说你会理解的。我们也没办法，毕竟令堂的相关安排是通过律师，向医院移交了法律文书的。"

唐山深吸一口气，能看得清翟医生的脸，也看得清他的表情了。翟医生脸上仍有几分忐忑，过分专注地看着他，唐山明白，翟医生是怕自己找麻烦。尽管医院这么做完全没问题，但真要遇上不讲理的，光扯皮也很耗费时间、精力。唐山长吁一口气，看着翟医生，"你放心，我能理解，这是我妈妈做事的方式。现在，能带我去看看她吗？看看——"

翟医生自然明白唐山的意思，他点点头，示意唐山跟着自己走。

"唐先生，说出来你可能会安心一点，令堂走得很安详，基本上没有受折磨。昨天一大早，她忽然精神无比振作，不排除是因为她有了一个显现的形象，并且这个形象比正常人还健康活泼精力充沛，因此形成对比，给大家造成了错觉，可实质上，她的整个生命体征也确实都有好转，至少也很稳定。老实说，当时我们还开会讨论来着，有人说是好转的迹象，也有人说，可能是回光返照。因此，我们做了两手准备，一方面是进一步治疗，一方面……一方面是以备万一。结果她一整天都没事，晚上睡眠质量也不错，一直持续到今天中午，进入午睡。正是午睡醒来后，她的体征开始恶化，各项指数都在下降，我们全力抢救，终于在下午，她醒了过来。那时候的状态，才是真正的回光返照……对不起，我这么说希望你别介意。不过她那时候很清醒，还特意叮嘱我说，'翟医生，别忘了我跟你们说的事，不要让我儿子看到我在鬼门关前战战兢兢、犹豫徘徊的样子。'后来，她就再度昏迷，没有醒来，直到去世，全程不到一个小时。可以说，她走得很顺畅。对不起，不知道你现在是否愿意听到这些，只是希望能对你有所安慰。我从医这么多年，确实见过临终前备受折磨……"

出了休息室，翟医生带着唐山沿一楼大厅一直往前。走到电梯那儿，进了一个特别大的，足够放下一张床的电梯，到了地下二层。出了电梯，再往前走，往左拐。一路上，他说个不停，仿佛自己的嘴上装着这世界上最有效的安慰器。唐山没有走累，听累了，他伸手止住了他，"对不起，翟医生，谢谢你，可以让我安静一会儿吗？"

翟医生毫无延误地接了"好的"两个字，就没再说话。好在，左拐之后，又右拐了一次，走了十来米，两个人就来到一扇金属门前，门上挂着白色标识牌，上面写着三个黑字：太平间。

翟医生推开门，唐山跟着他进去，又跟着他往右拐。他先听见抽泣声，再看见一个女人站在一个拉开的抽屉一样的铁皮柜子前抹泪，她旁边站着一男一女两个警察，女警察小声地问："你看清楚了吗？确定是他？"女人没有理她，仍旧自顾自地哭着。

"唐先生，这边。"翟医生引着唐山绕过他们，往里走了几步，来到靠里的一排柜子面前——也不知道他们是怎么安排死亡顺序的，然后拉开位于中下、编号B—30的柜子。"唐先生，节哀顺变。"

"节哀顺变。节哀顺变。节哀。顺变。"唐山心里机械地重复着翟医生的话，走上前去。柜子里并没有多少雾气，可见入冻时间不长。进入眼睛的，首先是一层白布，然后是白布下面的人形物体。唐山稳定了一下情绪，想象了一下妈妈平常的样子以及现在可能的样子，探身将白布掀开一些，露出头来。

然而他看到的既不是记忆中妈妈平常的样子，也不是想象中她现在可能的样子。白布下，是一张似曾相识的脸，平静、安详，甚至可以说神采奕奕。唐山愣了愣，想起这是今天早上通话时，他在视频里见到的妈妈呈现出的脸。即使就在公司工作，即使做了这么多年的现实顾问，唐山仍旧是第一次遇到这样的事情，因此他不知道怎么办。本来，他想抚着妈妈的脸，捏一捏她已经冷却的手，告诉她，自己来看她，来准备和她道别了。他还提醒自己，一定不要流泪，因为妈妈不想看到他这样。但现在，从轮廓，从局部，这张和妈妈相似的脸却让他情感断裂。他发现，陌生不是全然的不认识，而是在认识的基础上发生了偏差。

"怎么了，唐先生？"翟医生看出了唐山的反常，他开始以为这是目睹逝去亲人的通常反应，唐山完全被悲恸攫住，无法动弹。但是从唐山僵硬的身体和表情，他逐渐明白另有缘由。

"这——这，这是我妈妈吗？"唐山说得异常艰难，说完他又觉得没有表达出自己的意思，补充或纠正道，"我妈妈，她在哪儿？"

翟医生被唐山凌乱的表述弄得很困惑，他试探着走上前来，看了看柜子里躺着的人，不太确定似的，把白布往下拉了拉，看了看那双手——那双手略显沧桑，但仍旧白皙。翟医生这才放下心来似的，将白布盖到逝者脖子处。

"没错，这是令堂。确认无误。你是第一次见到，第一次亲眼见到她的现实呈现吗？很抱歉，这也是她的要求，具体我们不清楚，据说她委托小邱这样做的。我曾经听她邻床的女士聊到，那位女士劝令堂，让她体谅一下家人想要见到逝者最后一面的心情。令堂说，她让家人见到的就是她想让家人见到的，她还说，你能理解。"

"理解！理解！我不能理解——"唐山突然情绪失控，吼了出来，随即又控制住情绪，空落落地站在那里。他看着眼前柜子里的这个人，他知道那是他妈妈，如果可以，他甚至能想办法校验她的现实编号。但是，那又怎么样？那不是他的目的。他不是想确认眼前这个故去不久的人是谁，他是想看看她，不是看她呈现的面貌，而是看她真实的样子。

"对不起，翟医生。"唐山轻声道歉，也向那个女人和旁边的两位警察举手致歉。那个女人被他刚才的吼叫止住了的哭泣，随着他的举手致歉又续上了，而那个女警察再度絮絮叨叨起来，不知道还是不是原来那句话。

"没事，唐先生。"翟医生真的不介意，他只是不知道接下来该怎么办。

唐山把柜子推了回去，看着B—30像块砖一样镶嵌到那一面标号的墙上，他转身沿着来时的路，拐了几拐，坐电梯，回到一楼大厅。不过他没有再去休息室，而是径直走出大厅，在一棵龙爪槐下站住。

"你有烟吗？"他说。

翟医生给唐山递上一支烟，点上，自己也点上。两个人相对无言地抽起来，天光已经暗下来，到处都是灯光或霓虹灯光。

现在该怎么办呢？按照正常流程，他应该拨打公司电话，找一位现实顾问，对方会按步骤帮他解决问题，就算解决不了，也一定会协调到能解决的人，至少也会把电话转给另一个人，让他知道事情还在途中，不是没有希望。但他自己就是现实顾问啊，就算没有遇到或听到类似的情况，他也知道，首先要验证电话人的身份，确认是本人或者监护人在联系。如果是继承人呢？他相信公司一定有相关规定，但他也相信，要确认是继承人的程序会比较复杂，况且，他还不能确定，或者说他几乎可以肯定，妈妈并没有安装正版的超现实眼镜。就算是正版，以她没有向自己发送现实编号以定位的情况看，她的操作平台上多半没有预留他的信息。总而言之，等他走完复杂的程序，确认自己继承人的身份，可以处理妈妈的现实界面，将它关闭，估计时间也过去了好些天。那么现在，最快速的办法，只能落在小邱身上。

"翟医生，你刚刚说到的小邱是什么人？是超级现实公司的员工吗？"唐山说的时候，紧紧盯住翟医生的眼睛，他记起，妈妈也说到过小邱。

"噢，小邱，小邱经常来医院，帮助一些有特殊需要的人。我不知道他是不是超级现实公司的人，这个就算问医院保卫部，他们也未必知道。毕竟，医院没有权力核对进出人员的身份，尤其是在没有对医院构成干扰，带来不便，也没有病人或者病人家属投诉的情况下。"翟医生开始有点慌乱，不过马上镇定下来，回答得有条不紊。

那我现在投诉可以吗？——唐山生生把这句话吞回了肚里，当务之急是找到小邱，其他事情后续再说。"那我现在要见到他，可以吗？"

翟医生不自然地咳了两下，扶了扶眼镜，"唐先生，很抱歉，你的心情我完全能够理解，但是请你相信，我们医务人员不可能有小邱的联系方式。不管很多病人对小邱怎么感激，怎么称赞有加——这点毫不夸张，你一问就知道——他都是在医院里进行商业活动，如果我们医务人员和他过从密切，就真的说不清楚了。啊，我知道了，请跟我来，能找到小邱的联系方式。"

唐山跟着翟医生进了医院，穿过大厅，到了住院部，坐电梯上了八楼，走进819房间。房间里有四个床铺，靠左一张空着，右边床前，一个女人坐在椅子上削苹果。看起来，那个女人和正常人一样，甚至比正常人还要健康，但是唐山仔细辨认，还是看得出她的右腿是呈现出来的，也许实际上早已经截肢了。

"3床，现在好些了吗？"翟医生问。

他们进来时，女人应该就注意到了，但是直到翟医生问，她都没有抬起头来，她那过于健康的身体透露出垮塌的气息。

"还能怎么样啊，医生？活着呗。我都熬走三个人了，自己还活着。这么活着有什么意思，还不如也随我这4号床的姐姐走了呢，去阎王爷那儿，还能有个伴儿。"女人嘟嘟囔囔，但是并没有停下手里的刀子。苹果削好，她客套地冲翟医生和唐山举了举，两个人都摆了摆手，她又拿刀子划下一块，放进嘴里。

"你也别这样想，活着就有变化，有变化就有希望。"翟医生安慰着，冲唐山使了个眼色，示意唐山在4号床边的椅子上坐下。唐山摆摆手，想了想，又过去坐下。他看看床上的床单和叠好的被子，又看看床头的小柜，小柜上放着一个哆啦A梦图案的马克杯，那是他小时候用过的，哆啦A梦头上被他不小心磕掉一小块的竹蜻蜓还是那个样子。睹物思人，唐山一把拿过马克杯，攥在手里，眼泪涌了出来。

"3床，这几天见到小邱了吗？"翟医生和女人都注意到了唐山的情绪波动，他们看了一眼就都有些夸张地别过头去。"这是4床的家属，有点小事想找小邱了解一下。"

"哦，哦。"3床点点头，声音提高了一些，以便唐山能听清楚，"其实小邱没什么事并不往医院跑，他也不是过来跟我们推销东西，赚我们的钱，都是医院里一个传一个，越传越神，就总有人找他帮忙。每次都是我们先打电话，在电话里和他把事情说清楚，把要求提出来，他觉得有必要、能帮上忙才过来。"

"我们也是找他帮忙，你放心，不是找麻烦。"翟医生这话说得并没有多少底气，因此说的时候，还看了唐山两眼。至少，唐山没有反对。

女人放下手里的刀，拿过手机，翻找了两下，报出一个号码，唐山记在手机上。唐山站起来，准备走，同时向女人道谢。开口的时候，嗓子却嘶哑得只发出了两个含混的音。

"小伙子，你别太难过了。跟你说，我和4号床的姐姐同病房有段时间了，这两天她最高兴了。自从小邱帮她装上眼镜，她照镜子的次数比原来多多了，她还跟我说，要把现在的样子留给儿子，儿子要记就记住这张脸。你就是她儿子吧？我觉得，不光你妈感谢小邱，你也得感谢小邱，能让父母走得平静，这是多大的恩情啊。"女人有点啰唆，不过没说什么虚话，唐山也就站在那儿，听着她一句句说。

"我那姐姐还说，要是这个眼镜能把事情复原，把东西修复就好了。她说这个水杯留给你，唯一的遗憾就是没有把上面坏掉的地方复原。你说我这傻姐姐，她不知道正是这些破损的地方，才跟我们有关吗？她知道，她只是想借此表达个意思而已。"

女人说着说着，不知道是念及过往的相处，还是借以感叹自己，反正声音越来越哽咽，唐山实在没法再站在那儿了。他转身冲女人鞠了个躬，伸出右手冲翟医生做了个打电话的手势，表示再联系，然后走出了819病房。

0

一条小道从山脚逶迤向上，消失在山上的黑松林中。天近黄昏，淡淡的雾气从林中漫出，缭绕在山脚与小道间。道旁立着一株枯松，在暮色中更见瘦癯、挺拔，一截枯枝上还挂着一把金黄的松针，在雾气中微微颤动。一只乌鸦不知从何而来，一伸爪，落在枯松上。乌鸦转动着脑袋，看着脚下有些衰败的小道，发出嘎嘎的叫声。

突然，一阵如闷雷似疾鼓的声音由远及近，三匹高头大马疾驰而来。来到山脚下、枯树旁，三人同时一勒缰绳，三匹马前蹄离地，半身挺立，齐声长嘶。马上三人，由前向后，分别是红衣少年、红衣少女和青衣男子。

"姐姐，你看，树上有只鸟。"少年抬手一指，不待少女和男子回答，取下身上的弹弓，照着乌鸦就是一弹。乌鸦飞离不及，被弹丸击中，掉了下来，几片羽毛也被击得脱落身体，在空中悠悠飘荡。

"姐姐你看，我的技术又提高了。你看你看，乌鸦的羽毛也不是全黑

214

的。"少年兴奋得直嚷嚷。

少女看着飘荡的羽毛，也被它们翻转的身影吸引，她露出甜蜜的笑容，正要赞许两句，又瞥了青衣男子一眼，带着娇宠地呵斥道："元青，和你说了多少回，不要见着什么都用弹弓，更不要轻易杀生，怎么就是不听？"

说着，连番冲少年使眼色。少年并不吃这一套，他扬了扬手里的弹弓，有点挑衅地看着青衣男子，说："弹弓是我的，我想怎么用就怎么用。什么杀生不杀生的？在现实当中，你就一点肉都不吃，一点奶都不喝？"

青衣男子哼了一声，却并没有说什么。少女掩嘴一笑，冲男子拱了拱手，"张先生，请不要和元青一般见识。咱们还是抓紧赶路，趁天光未尽，翻过这座山吧，以免节外生枝。"

男子也拱了拱手，摇了摇头说："元红小姐客气了，大家萍水相逢，结伴而行，在下并无任何权利跟元青计较。咱们是要抓紧赶路了，现在世道这么乱，我看这座山很是凶恶，怕是不祥。"

但已经来不及了。一支响箭呼啸而来，掠过三人，钉在枯松上，箭尾兀自颤动。一阵比方才更强劲、密集的马蹄声从山上冲下来，很快到了面前。一共七匹马，马上各端坐着一个大汉，奇特的是，他们全都身着绿衣，腰间悬垂的长刀也是裹在绿色的刀鞘里。七人七马一冲，就将原来的三个人冲散了。六个绿衣大汉，两个一组，将青衣男子、红衣少女和红衣少年裹在中间。余下那个大汉像是为首的，他扯着缰绳，让马踏着碎步在前面兜了两圈，才停下来。

"三位，对不住了。"为首的大汉拿手里的长鞭指了指三个人，"有劳三位跟兄弟们走一趟吧，我们那里山高水秀、月明风清，值得小住。等住上些时日，管保三位舍不得离开。"

大汉说完，仰首大笑，其他几个大汉也大笑起来。

"光天化日，朗朗乾坤，你们胆子也太大了，竟敢公然劫道。"红衣少女扬声斥道，声音里带着掩饰不住的兴奋。说完，她一伸手，摸向腰间长剑。

但为首的大汉眼疾手快，长鞭一抖，蛇般缠绕过来，剑未及拔出，便连鞘被长鞭卷了过去。大汉一声长啸，左手抓住少女的剑，右手并不停顿，手腕如燕子穿花，连番施展，长鞭随声而行，先是击中少年持弹弓的左手，然后缠在青衣男子的脖子上。

"我劝你们都老实点！"大汉喝着，手上一紧，鞭子在男子脖子上勒得更深。

"回！"大汉又说，转身准备离开，但男子和他座下的马并没有动，鞭子越绷越紧。大汉诧异地回过头，看了看男子，再抖了抖手，鞭子随之解开，收了回去。

"原来是个怂货，这么点事就吓傻了！"大汉哈哈大笑，双腿一夹，胯下马扬蹄而去。其余六个人也裹着少女和少年呼啸上山，很快消失在黑松林中，只留下一动未动的男子和他的马孤零零地，留在暮色更见深重的山脚下，枯松旁。

周兴等了一会儿，确定男子只是暂停了他那部分正在进行的游历现实，开始了和现实顾问的沟通后，便退出了系统。等他清除了所有的痕迹，脖子仍旧发紧，摸一摸也似乎还在疼。看来游历现实确实升级了，体验也比原来逼真了很多，自己只是附着在那个男子身上，以其视角体验都有这么强烈的感受，可想而知，当鞭子缠过来、勒紧脖子的时候，男子心里的恐惧与愤怒。

当然，现实顾问一定会很快平息男子的情绪，让他继续做他们的忠实用户，他们甚至能说服男子，让他对新升级的功能充满感激。不过，这些都不是周兴关心的，他好奇的是，如果在现实——哪个现实呢？原始现实？最真实最根本的现实？还是唯一会要人命的现实？——他摇摇头，至少是会要人命的现实吧，如果在这个现实中，男子遭遇到他经常出入、游历的现实里那些经历，他会不会变得迟钝，不知道如何闪避真正的危险？

周兴再摇了摇头，这也不是他现在最应该关心的。他将操作平台上的东西收拾了一下，拿过平台一侧的头盔，连接好，通上电。不一会儿，操作界面上出现了一个头盔的立体图，并且发出一圈淡淡的银光，但银光很快消失，头盔的立体图也随之从操作界面上消失。随后，真实的头盔也发出了同样的淡淡的银光，并且过了一会儿银光也熄灭了。只不过，头盔仍旧在他的面前。

周兴知道准备工作已经做好，看了看时间，小邱很快就会带着唐山回来了。他走出船舱，朝他们来的方向望去。残月已无，水面和天空像两块，不，像一块被擦拭得无限透明的玻璃，幽深、高古，上面缀着并不密集的星星，其明亮、澄澈，如同玻璃上透明的瑕疵。这旷心的夜景没有持续多久，其中一颗星星微微晃动，然后加速度向这边驰来，它携带的光团越来越大，身后的马达声也越来越响。没等多久，就可以辨认出，那是一艘快艇，快艇上坐着两个人。不久快艇就到了周兴的船下，灯光熄灭，马达声消失。噔噔噔，上舷梯的脚步声一前一后。

即使在星光下，周兴也一眼认出，后面那人正是下午一起喝酒的那个青年，唐山。唐山也认出了周兴，他丝毫没有惊讶，走上来，伸出手。

"你好。不好意思，这么晚还来打扰。"唐山的声音有点沙哑，极其疲惫。

周兴握了他的手，本想说一句"节哀"，但又觉得并没有什么安慰作用，"是我们抱歉，给你添了麻烦，让你这时候还跑这么远。"

"小邱，你去船舱里收拾一下，我一会儿就带唐山先生过来。"

"周先生，叫我唐山就行了。"唐山忽然局促起来。

"好，你也叫我周兴。"

两个人一时间无话可说，就听着小邱在船舱里的响动，倒也没有太过尴尬。周兴掏出烟来，让给唐山一支，再先后点上，各自抽了两口，索性在甲板上盘腿坐下来。

"周先生——嗯——周兴，其实，我特别感谢你们。你们不知道，我妈妈一直很介意自己在别人眼里，特别是在我这个儿子眼里的形象，我们已经很多年没有正面打过交道了。多亏你们的帮助，让她能够以愿意让别人看见的模样出现在大家面前。从她昨天和我视频的语气，从和她邻床病友的描述，我知道，因为你们的帮助，她心情特别愉快。所以我必须也请你们允许，让我代表妈妈也包括我自己，表达应有的敬意和谢意。"唐山说着，放下香烟，挺直上身，冲周兴深深鞠了一躬。

单纯从礼节上来说，这坐着的半身鞠躬有点不伦不类，更突袭得周兴一愣，不过他深深被唐山的真诚感染，就受了这个礼，然后以同样的鞠躬回礼。

"按说，妈妈喜欢，妈妈愿意以什么样的面貌离开这个世界，我都应该尊重遵从。但我确实想再真真正正地看妈妈一眼，看看她的脸庞，看看她的手，尽管它们可能已经被耗蚀得不成样子，但不管怎样，我都希望记忆中留存的是真实的妈妈。所以，解铃还须系铃人，只好连夜赶来，向两位求助。"说到妈妈被耗蚀时，唐山有点哽咽。

"你别客气——"

唐山伸手止住了周兴的话。周兴有点担心他会情绪崩溃，便止住了，他想说"你干脆痛痛快快哭一场吧"，可是就算他对唐山这个人有着近乎直觉的好感，大家的关系也根本没有到说这句话而不别扭的地步。于是他又抽了口烟，默默等着。

唐山并没有哭，他缓了缓，极其艰难地再次开口，"周兴，我面临的境况很艰难，但我还是必须跟你说实话。我妈妈的事希望能得到你们的帮助，但我的工作是现实顾问，超级现实公司的职员。本来，我来白条湖也是想，也是想看看有没有可能，说服你们和公司合作。现在，我是以个人的身份向你们求助，我保证接下来发生的一切都只限于个人的记忆，不会被任何公司或其他机构使用、利用，但在开始之前，我还是必须告诉你们实情，决定权也在你们的手里。"

周兴愣了愣，明白了唐山为什么刚才见到自己就显得局促，也发现自己之前对超级现实公司还是想得太简单。周兴无法从唐山的话里确定，超级现实公司是否知道自己和小邱在盗版现实，但他们从总部派来一位现实顾问，肯定有他不知道的考虑。不过，周兴很快决定，不管超级现实公司有什么样的考虑，唐山的忙他都要帮。他相信唐山说的话，相信他不会说出今晚的所见，他也相信就算唐山出尔反尔，自己和小邱也没有在系统上留下可做证据的痕迹，而唐山作为超级现实公司的员工，其言辞在法律层面上的可信度也会大打折扣。更重要的是，唐山想见他妈妈最后一面的障碍确实是自己和小邱造成的。

"唐山，谢谢你的坦诚相待，我们往下进行吧。你别客气，真的是我们的问题。"周兴顿了顿，斟酌了一下措辞，"虽然你在超级现实公司工作，是现实顾问，但恐怕贵公司的运作原理你未必特别清楚。从操作上来说，你们公司提供的是超级现实眼镜和相关的服务及后续维护，本质而言，超级现实眼镜是通过与公司的网络系统连接，对人的视觉神经系统进行引导，这样就能让人看见他想看见的现实，当然这些现实都是由贵公司提供的。这是一个体系，对所有通过超级现实眼镜接入贵公司网络的人都起作用，鉴于绝大多数人都装上了这种眼镜，也可以说，这个体系对整个世界都起作用。"

周兴说到这里，掐灭手中的烟，站了起来，唐山也跟着站起来。夜风微凉，湖面平阔，星光垂下，让人神清志明。

"不能简单地说贵公司运行的这套系统究竟是好是坏，毕竟它设置了停止与退出功能，虽然实际上习惯了在公司提供的现实里生活的人，很少会主动停止与退出，但毕竟给出了选项。真正的问题是，随着眼镜功能的日益强大，提供的选项日益丰富，准入的成本越来越高。当然，公司有很人性化的考虑，有动态的平衡，一个人可以通过他提供的形象与事实，通过与他相关的现实，经由公司向他人收取知识产权、肖像权、现实权的收益，借以换取自己使用的公司提供的服务，不足部分再购买即可。这是一个活的体系，但是对于像令堂那样因为身体不便，因为对创造性生活缺乏兴趣，从而没有知识产权、肖像权、现实权收益或者收益远远不够的人来说，这个体系是沉重的负担。也可以说，他们天然被体系排斥和抛弃。可是，在某种意义上，他们更加需要公司的关注与服务，而且所需常常局限在一些特别细微的事情上，并不占据大量的资源。"

周兴说到这里，抬手止住了唐山，"客气的话不必再说，我只是阐明背景。在这个背景下，我们觉得有义务帮助这些需要的人。自然，我们用的是贵公司淘汰下来的眼镜，没法提供丰富的最新功能，而且我们也是以游击战的方式，偷偷将他们的现实接入贵公司的体系。仅仅如此，我们也需要这整个船上的装备才能完成，当然有一多半的装备是用来即时擦除我们留下的痕迹，并且这些装备主要也是用在别的方面。扯得有点远了，说回来。因为用的是淘汰的眼镜，也因为我们是私自接入贵公司的体系，因此，偶尔会遇到一些问题。拿令堂的情况来说，按道理，我们是可以在她故去时，解除眼镜的功能，让她以原始现实的面貌离开，但出于对她本人意愿的尊重——你可能不知道，以呈现的面貌离开这个意念，在令堂那里有多么坚定——我们没有进行更细微的调整，导致了她现在的现实固着，无法再通过眼镜与系统进行调整。"

说到这里，周兴又掏出烟来，递给唐山一支，唐山这次摆了摆手。周兴自己点上，缓慢、悠长地吸了一口。

"我不知道你为什么一定要看到令堂本来的样子，当然这完全能够理解，而且很大程度上，也是你的权利。我们想来想去，勉强找到一个两全其美的办法，你需要冒一点点风险，但问题也不大。"

周兴知道唐山的选择，所以他并没有停下来咨询唐山的意见。但他还是看见唐山张了张嘴，并且发现自己没有声音之后，用力点了点头。

"我们知道，戴上超现实眼镜，进入贵公司体系的人，对同样戴着眼镜的体系中人，可以随心意调整、改变其现实呈现，对没有戴眼镜、不在体系里的人，则以非常低的清晰度甚至雾状呈现，除非他不设防，主动敞开自己的现实。而两个都不戴眼镜、不在体系里面的人，他们的现实天然就是敞开的，尽管用贵公司的话说'没有经过调适，过于粗陋'。接到你的电话之后，我们做了测试，初步认定，尽管令堂去世时，现实固着了，但她的现实对于不戴眼镜的人，是敞开的。这样一来，要做的就很简单，取下超现实眼镜，你就能看到令堂本来的样子——这是推想，无法完全保证，但至少也有百分之九十的把握。刚才说的'风险'主要是指两方面，一方面作为贵公司员工，尤其是现实顾问，私自取下眼镜，一旦被公司察觉——这一点几乎是肯定的，你的工作是否能保住，保住之后的上升渠道是否还有，你想必非常清楚。另一方面，则是摘除眼镜，尤其是以我们不太完善的方式取下后，导致的不适乃至幻觉。据我了解，每个摘除眼镜的人，不适的时间不同，产生的幻觉各异，轻的如同被沙子硌了一下或者被蚂蚁钳了一下，重的则需要在心理医生的辅导下才能走出来。所以，究竟怎么做，还得你自己取舍、决定。我先进去，你想好了告诉我。"周兴转身要去船舱，以便留下唐山一个人想清楚。

唐山叫住了他，"你摘除过眼镜吗？"

"当然。现在对我来说，是家常便饭，已经没有任何不适了，简直和取下隐形眼镜差不多。不过，最初几次的痛苦我现在还心有余悸。"

周兴走到舱门时，将手里的烟头扔进了门口固定的烟灰缸里。

2

"唐山——唐山——唐山——"呼唤声像是在水底将要窒息时，拼命朝上游动，终于在溺毙前一秒浮出水面的落水者对空气的需求，开始压抑着吝啬着，接着冲破了关卡，要爆炸一般贪婪地吞咽，然后在吞咽中平缓下来，持续地倍加珍惜地落在唐山的耳中，再由耳朵传递给大脑，由大脑转化给眼睛。眼睛则如同刚刚被创造出来，安置在眼窝里，并受命睁开。闯进来的当然是黑暗，不同于没有眼睛或者紧闭眼睛时的黑暗，闯进来的黑暗有质量有实体，还有层次，因为在黑暗的遥远处，在它的底色上，有晃动的移动的微白，磕破的蛋渗出的蛋清那样近乎于无的白。

"啊——"然后唐山才真的如溺水被救醒的人那样一声呼叫，开始猛力地呼吸，耳边只听到自己呼呼的喘息，然后意识一点点地落在实处。他看到真正的眼前的黑暗，也看到远处一团模糊的微白，不过两者都过于猛烈，让他又闭上了眼睛。这时候，唐山感到了手脚的僵硬，他伸伸脚抬抬手，行动无碍，只是手脚都有些疼。唐山将手伸到面前，再次睁开眼睛，手腕上还留有印痕，疼痛显然来自那儿。再摸摸脚踝、肩膀、腰部、脖子、额头，都有之前长期被束缚产生的印痕。目光顺着手看过去，邻座男人的手、脚、肩膀、腰、脖子、额头都有黑色的皮绳束缚在座椅上，因此他只能坐在那儿，除了眼睛可以转动，目光可以稍稍变换范围以外，一动不动。

唐山大感惊骇，目光稍稍往远处放，所及之处都是如邻座那样黑色的椅子上固定着身着黑衣的人，男男女女、老老少少，概莫能外。尤其可怖的是，这些人就像是复制一样，布满了他的视野，没有尽头。他小心翼翼地站起来，前后左右看了一圈，椅子和人绵延无尽。不过他总算对所在地方的样子有了大致的整体性了解。这像是个坡度平缓、长度无限的阶梯教室，两边和前面都是不受限的空间。尽管如此，却能在无尽的人头前方，在所有人的头顶上方，看见白色的屏幕一样的空间，那也是不久前涌入眼中的微白光芒的来源。

那白色的空间不是平面的，而是立体的充满了透视感的三维世界，里面上演着他之前所习惯的那个世界的日常生活。只不过，也许是因为隔得远，也许是被人设置了，那些日常生活的画面都没有声音，因而显得里面人的行为颇为机械，嘴唇的嚅动、眉目的传情都有些滑稽。这是两个遥遥相望的世界吗？唐山不相信。他认为，那个世界一定有源头，他现在要做的就是找到源头。根据这个阶梯教室般空间的结构，唐山初步判断，如果那个世界有源头，一定在他后面，也就是阶梯的最高处。或许还有一个证据，那就是他感到有若隐若现的光越过头顶，投向前方。

唐山不再犹豫，他踩着自己的椅子，翻到后面一排。排与排之间的距离也就勉强够一个人站立或侧身通过，不过他不管，他只是从前一排往后一排翻。大多数时候，他都踩在两把椅子间的空隙，跳到下一排的空地上，然后再踩着空隙往空地上跳。偶尔他也会踩到坐在椅子上的人的手、肩膀或者腿，但那些人也许是被束缚得太紧，也有可能是被能够见到的那个三维世界吸引了所有注意力，他们对他的翻动与踩踏都毫无反应。这让唐山焦躁起来，为了抑制自己的焦躁，也为了加快进度，他试着从这排椅子直接跨到下一排椅子上，发现只要分作两步，脚在扶手—椅背—扶手—椅背之间转换就行，就算偶尔步履不稳，有点趔趄，只要扶着坐在椅子上的人的肩膀或者脑袋就没有问题。于是，他完全以这种方式，加快了步伐。同时，他还顺便看清楚了，那些束缚坐着的人的皮绳上，都有一把小锁。

这种行进磨碎了唐山对时间的感受，他无法判断自己是走了一天、一月、一年，还是更久，但至少在一生耗尽之前，他终于走到了阶梯教室高处的尽头，并且仍旧精力充沛。那里并没有电影放映机或者投影仪一样的设备，而是倾斜的与地面呈三十度角的辨认不清材质的一层黑板。黑板也几乎可以说无限大，上面不规律地分布着各种规则与不规则形状的孔，大大小小，不一而足。而黑板的另一侧，则透射出光来，均匀地落在黑板上，再从孔里投射到阶梯教室里众人前面与头顶的空间里。唐山搞不清楚光到那里怎么就组合成了三维的世界，此刻也无心追究这个，他迫切地想从这个空间走出去，看看黑板外面是什么样子。他试了不同的孔，终于找到一个圆形的，可以整个人从里面钻出去。

刚刚钻出来，唐山就控制不住地沿着黑板往下滚，他迅速用双手护住鼻子眼睛，膝盖也向内缩，以免被黑板上那些孔的边缘所伤。不过三十度的坡度毕竟算不上陡峭，而且这一段并算长，所以滚到平地上时，唐山仅仅是左耳轻微割伤，流了点血。

这是一个五面洁白的空间，光线是从对着黑板那一面传过来的，因而那一面显得要比其他面高而宽，并且颜色更浅。已然到了这里，唐山没有任何迟疑，径直向那传递光线的一面走去，走得越近感觉越热。当他走到面前时，那洁白的说不清是墙还是门的物体，忽然悄无声息地打开了一道缝，足够他进出。唐山毫不踌躇，迈步走了出去。

这一次迎接唐山的是真正的没有过滤的光，就像密集射来的箭镞一样，用热量命中他身体的每一个地方、每一寸肌肤，尤其是他的眼睛。剧烈的灼烧般的疼痛让唐山不得不使劲闭上双眼，同时伸出双手，挡在面前。直到手背慢慢适应了那灼烧感，睁开的眼睛也能够不再疼痛地看清手掌上的纹路，唐山才一点点移开双手，让眼睛暴露在纯然的光芒之下。

眼前的世界并不算太陌生。漫天的黄沙、高悬的日头、干燥到燃的空气，都告诉唐山，这里是沙漠。也确实是，汪洋大海般浩瀚的沙漠里，连绵的沙丘就是永无休止的波澜，让人疲惫、绝望。不过这里又和他印象里的沙漠不太一样，所有的东西，细小的黄金般的沙子、白热的太阳，还有遥远的地平线、头上的天空，甚至无可捕捉却隐约可以感受到的微弱的风，都像是刚刚被清洗过新鲜晾出来一般，没有一点尘埃、污渍，还原度高到让人欣喜得发狂。新鲜的清洗过的感觉还把物体拉近了不少，沙漠仿佛不只是在脚下，还是从他身体里哗哗流出的，太阳也比寻常的大了不少，以至于加倍从人身体里往外挤出水分。

再回过头看刚刚走出来的浩瀚空间，看他迈出来的那道白色的似墙若门的所在，却只看见一座比其他地方高出不少的沙丘。唐山确信自己只要冲着沙丘往里走，那似墙若门的东西就会迎面而开，但他还不想这么快就回到那深渊一般的阶梯教室。这时，他听到了一阵轻微的沙子垮塌的声音，寻声望去，是一条灰色的足有手腕粗细的沙漠角蝰。角蝰盘在那儿，脑袋从腹部上方探出来，两只角鳞特别锐利地竖着，虽是剧毒之物，居然有一点神似猫的可爱。但唐山不敢像招呼猫那样去逗弄它，他身体僵硬地站着，紧紧盯住角蝰，双眼的余光还扫瞄着周边，以便在角蝰发动攻击时，至少可以避让一下。

角蝰似乎无意攻击，它更像是只为了引起唐山的注意。知道自己被注意到了，角蝰略显夸张地爬动起来。爬出几十米，它还回过头，再次露出猫的神情，看着唐山。唐山心悸稍平，好奇心起，便抑制住恐惧，跟着往前走了几步。果然，角蝰知道唐山在跟着了，就又继续往前爬。一旦感到唐山停住脚步，角蝰就停下转过头来，仿佛叫他跟上。不过角蝰表现得耐心十足，没有露出丝毫威胁或恐吓的意思。

一蛇一人就这样走走停停，绕到了唐山从里面出来的那座沙丘的背面。这面同样是无尽的沙丘，但有些沙丘的规模更大，大到让人怀疑它下面会全然是沙子，大到让人站在远处认为它就是通常见到的小山。下了走出来的那座沙丘，角蝰带着唐山翻过了一个同等规模的沙丘，然后又向一个更大的沙丘爬去。太阳和沙子残忍地持续掠夺唐山身体里的水分，让他嘴唇都干裂了，沙子也不断落到他的鞋子里，使他每走一步都硌得生疼。唐山还不能像角蝰那样，使出轻功一般，差不多无痕地在沙子上爬过去，他只能深一脚浅一脚地往前挪动，有两次还不慎滚了下去，虽然翻滚得不太远也没有伤着，可确确实实让人沮丧。

"你要带我去哪儿？"从嘟囔到吼叫，这句话唐山问得越来越频繁。角蝰自然不会回答，它最多是停在那里，回头看着他，吐出分叉的信子。可是除了跟着它一探究竟，唐山也没有别的去处——总不能回到那个阶梯教室，把自己重新捆绑起来吧。于是问归问，得不到回答归得不到回答，他还是在心里恨恨地想，我就跟着你，看你要干什么。

也没再多久了。跟着角蝰上了这道沙丘，唐山就在另一面的坡地看到了一片绿意，还有水光。他不禁大声地"啊——"了出来，也不管角蝰了，迈开步子，连冲带滑地向那片绿和水扑去。

绿洲并不大，差不多一个足球场的样子，地面上是草——当然不是足球场那样的草坪，而是这里一丛那里一窝，连起来就满眼绿意。还有三棵树分散在草地上，但唐山没有精力去辨认那是什么树，他直接奔着草地一角的水光去了。那像是一个泉眼，一个矜持的泉眼，冒出的水集成了一个小小的水潭，不到一间屋子大，没有丝毫扩张的意愿。对唐山来说，水潭足够了。他没有奢侈地扑腾到水潭里去，而是带着虔敬之心，趴在水潭边，用嘴吹了吹贴上来的水面，咕嘟咕嘟喝起来。喝到解渴喝到身上有了凉意，唐山站起来，蹲着捧了几捧水在一旁洗了洗脸。然后，他开始细看那三棵树。一看之下，才深感惊异，走近了看，看完一棵看另一棵。

看到第三棵树，看到它和另两棵一样，繁密的枝条上的叶子都是钥匙状的，唐山彻底明白了角蝰的意思。他跳起来够着一根枝条，从上面摘下来两片叶子。果然，叶子钥匙的形状是完全一样的，而且它柔韧度也足够解开锁。唐山这下激动了，他仿佛看见了他刚刚从里面出来的那个深渊般的阶梯教室里的人都解开锁，得到了自由。于是，他干脆爬上树，从树干处劈下枝条。树枝多到他一次快拖不动的时候，唐山看了看这片绿洲周围的沙丘，猜想也许每一座里面都有困着的人，便没有再从树上劈下枝条——他有点后悔，应该以更便于再生的方式，只把树叶摘下来就行。

不过也犯不着为无法纠正的事情无休止地后悔。他尽可能地不浪费，将所有的枝条扛起来，将刚才掉落的叶子拾起来，一步一步地向来处挪动。遗憾的是，他再也没有看到那条可以露出猫脸一样表情的角蝰，没法向它道谢。

那座沙丘果然如唐山预想的那样，在他走到出来的正面时，打开了一条足够他带着所有枝条进出的门缝。唐山走到黑板前面，从那些孔里把树枝塞过去，然后找到一个足够大的孔，钻了回去。那个深渊一般的阶梯教室里和他离开时没有任何不同，但因为看到了外面洗过一样的世界，唐山轻易就能发现前面和头顶上的三维世界的虚假——就算不能说"虚假"，至少可以说是"低像素"。

唐山找到树枝，用一把叶子钥匙打开了离他最近的那个人身上的锁。果然，所有的锁都是一样的，一把钥匙就能全打开。唐山拍打着那个人，不一会儿他就醒过神来，目光仍旧有些迷茫，却和之前只盯着三维世界看时很不一样。

唐山把钥匙递给他，说："拿着它，解救其他的人。"

那个人点点头，摸索着去给旁边的人开锁。唐山也拿着另一把钥匙，去给另一个人开锁，开完之后再唤醒，再给钥匙。很快，最后这一排就都解开了，还有人主动往前排翻，去开锁。

"大家注意，每一把钥匙都可以打开所有的锁。往前面去，把钥匙往前面传。救的人越多，咱们的速度越快。"说着，他把地上的枝条、衣兜里的叶子分给最后一排的人。

看着后面一排的人都纷纷往前翻，看着解救的人浪以加速的方式向前传递，唐山激动得不能自己，他知道这些人会和他一样，找到通往外面世界的出口。于是，唐山从合适的孔里再度钻出，走出那似墙似门的所在。他站在那里等着，等着那些人出来。再一次的出入，再一次将里面的三维世界与眼前的世界进行对比，他发现眼前的世界虽然不像他第一次看到那样新鲜逼人，却更加真实了。他相信那些曾经被困住的人会对此深表认同。

果然，很快就有第一个人从后面走出来，他完全被眼前的世界震撼了。随着人越来越多，那墙或者门干脆敞开来，而面前的地方也越来越不够用，于是唐山带着先出来的人不断往前走。

但是随着出来的人越来越多，窃窃的交谈声在人群中响起，唐山分明在他们的脸上感到了怒意，而且这愤怒指向明确，就是冲着他来的。唐山看着眼前的这些人，看到他们眼里的怒火，感到身心一致的恐惧和绝望，他做好了准备，等着他们随时扑上来把自己撕碎。尽管，他不知道是为什么。

"唐山——唐山——唐山——"呼唤声像是燠热夏夜里的暴雨，兜头浇盖下来，虽然猛地一下把人打蒙了，流淌而下掩住口鼻的雨水让人憋闷，但到底还是让人精神舒爽，彻底摆脱了之前的浑身不适。

唐山正是这样。当他被一连串的呼唤从沙漠里众人的怒气中拯救出来，睁开眼睛看到周兴、小邱两人的脸庞在灯光下渐渐清晰，再看到小邱手里拿着的那个取下了他超现实眼镜的头盔，唐山长长地嘘出一口气，仿佛重新回到了人间。

1

还是B—30，还是翟医生拉开柜子，露出了白布与白布下面盖着的人形，不过这一次雾气重了一些，整个冷冻室也没有哭泣的女人和陪伴的警察，没有其他任何人。翟医生往后退了一步，看着唐山。

唐山走上前，抓住白布一角，如同抓住一块巨石，缓缓掀开。先看到的是那顶假发，买时妈妈还嫌过于乌黑，现在已经有些发灰、分叉，和前天在视频里、昨天在这里看到的都不一样，他知道周兴说得没错，这次终于是妈妈本来的样子了。果然，接下来看到的就是妈妈少了半个耳垂、耳廓卷曲的左耳，是过于光滑的结疤的左脸、额头、鼻子，微型手术调整过的嘴和下巴，然后是相对完整的右半侧脸，可是那原本正常的皮肤反而在脸上其他部分的映衬下，显得格外虚假。唐山左手放下白布，想要伸过去抚摸妈妈完整的右脸、损毁的左脸，但是他的手在快要触到时停住了。妈妈生前他无法触碰她的脸，妈妈去世之后他也不能。他甚至透过自己颤抖的左手看到妈妈脸上浮现出了往常那期待、宽慰、心疼与阻止交织的神情，他的手只能在空气里，沿着妈妈脸部的轮廓抚摸了一遍。

等眼眶里的泪水退回去之后，唐山才继续将白布往下面拉，这一次他拉得比较急，直接露出了妈妈的两只手。是那两只手，几乎没有完整皮肤，一度变形得不成样子，后来少半通过医治多半依靠妈妈顽强的毅力恢复正常功能的两只手。唐山再也控制不住自己，一把抓住靠近自己的左手，手是凉的、僵硬的，手上的皮肤过于光滑中又有点冷涩，有所不同又似乎还是往日的样子。是他和妈妈为数不多的几次见面道别时，他生硬地拉过来，拽住的那只手。只不过，以往那有些抗拒但最终在他手里变得柔软温暖的手，现在无论如何都不会再有变化了。

"唐先生，唐先生——"翟医生小声唤着，是在提醒唐山记得他不久前的叮嘱——"不要和遗体接触太长时间"。

唐山颓然地松开妈妈的手，听着它磕在铁皮柜边缘，发出一声低沉的闷响，又赶紧心疼地抓住它，慢慢将它放回去。再转过来，他就像被抽走了魂一样，满脸泪水背对着妈妈，任凭翟医生上前盖上白布，将柜子推回去。

"翟医生，你看得到我妈妈现在的样子吗？"唐山确认翟医生戴着超现实眼镜后，又多问了一句。

翟医生摇摇头，"令堂现在这样就挺好，以想向世界呈现的样子向世界道别，以儿子想要看到的样子向儿子道别。"

"翟医生，谢谢你！"唐山不知道还能为翟医生的这番话说什么，他又有点令翟医生一时反应不过来地说，"也谢谢周兴，谢谢小邱。"

两人就这样离开太平间，来到昨天抽烟的那棵龙爪槐树下。一支烟抽完，翟医生说："唐先生，很抱歉，如果没有其他安排，我们可能得将令堂送往，嗯，送往火葬场了。我会去通知相关同事，在那之前，你还要再见令堂吗？"

"不见了，再见她该不高兴了。翟医生，可以麻烦你，帮我安排一下火化的事吗？我们在乡下老家还有块墓地，当年特意在我爸旁边给我妈妈留了地方，我这次就把她安葬了吧。哎，翟医生——"唐山叫住了点点头准备离开的翟医生，"嗯——这件事可以等会儿去办吗？我是想说，你有时间陪我说说话吗？"

翟医生迟疑了一下，看了看表，"抱歉，唐先生，我没有别的意思。没问题，我可以再待一个小时。"

"好的，是我抱歉，硬拖住你说话。"唐山再递给翟医生一支烟，两人都抽上后，他吐出了一口烟，说，"说起来不过是家里的事，父子的事，母子的事。"

"我爸是一个性格外向、开朗的人，虽然有时候有股不知道从哪儿学来的父父子子的秩序要求，但总体上我俩相处融洽，谈不上特别交心，但大体上也知道对方是怎么想的。所以就算是我青春期最叛逆那段时间，也没有和他产生多大的矛盾。我妈妈则不然，虽然是他们那一代里少有的大学生，也可能正因为是他们那一代里少有的大学生，才使得她既强势又封闭，其实后来看，她的强势与封闭下掩盖着一颗敏感的心。但是在我成长的时候，看不明白这一点，所以总觉得她时常冷着脸，对我不要说慈爱，多一点的温和都没有，整日不是念叨我的成绩应该再提高一些，就是说我的品格还应该更好，就好像她面对的不是儿子，而是圣人胚子。

"这样一来，我俩自然没有那么融洽，高中期间有大半时间我都在和她冷战。好在我高考成绩出色，考上了比她预期还好的大学。可能是我终于挺过了她常说的人生第一道关的高考，也可能是因为我要去一千多公里外的另一座城市读书，那个暑假我妈像是变了个人一样，以颇为生硬的姿态、语言和我沟通。就算是家人，错过了最佳的沟通时机，也只能等待新的契机，不可能一下子就亲亲热热起来。不过每次看到她有点笨拙地寻找话题想和我聊天，费尽心思做我喜欢的菜肴时，我总是感到有点心酸，也就不那么顶撞她了。

"大一那个寒假，我回到家里时，和妈妈的关系发生了实质性的变化，开始有点像朋友那样相处了。这是因为第一次离家那么远，那么长时间，

228

早把那些对她细微的不满与别扭软化了。更主要的，是因为我发现妈妈开始把我当一个成熟、平等的成年人对待了，我在她的心目中，已经开始稳步从'不懂事缺管教的儿子'向'值得完全信赖的朋友'转化。那个寒假，我陪在爸妈尤其是妈妈身边的时间，比以往任何一个假期都多，我还陪妈妈去逛商场，为她挑选衣服提供建议。

"小年夜那天，我们高中同学小范围聚会，刚上大学的兴奋劲还没过，又因为还没在大学里找到知心的朋友而觉得高中同学更加亲热，反正一帮人在一起喝个没完。散的时候我还有点记忆，怎么进的小区上的楼怎么开的门却完全不记得，更别提反锁门时将钥匙弄断，还摸黑在客厅沙发背后的插座上给手机充电了。

"等我再恢复意识的时候，屋里已经是浓烟滚滚、烈焰腾腾了，我妈正在我床边仿佛是从特别遥远的地方喊我。可能那一刻印象过于深刻，也可能酒劲还没有完全过去，更有可能是屋里氧气已经稀缺所致，整个过程，我都像是站在远处观看一样，没法把事情贴到自己身上。那时候防盗门已经被烧得滚烫，无法打开，窗户尽管都被砸碎，但也没法从十楼跳下去，只有浓烟从窗户往外翻滚。一家人没有别的办法，只能躲到密闭的卫生间，用湿毛巾尽可能塞住门缝，不断往门上泼水，以延缓燃烧的进度，等待消防员的到来。后来，只能用湿了的棉被罩住三个人的头，妈妈抱着我，我爸抱着我俩。再后来，我就只记得火终于烧穿了卫生间的门，向我们扑来，然后就不知道隔了多久，有人从窗户冲进来，把我们一家三口救了出去。

"说是救了出去，其实我爸当时就已经没命了，我妈也被烧得不成样子，抢救了好些天才活过来。只有我，造成这一切的我，没有什么损伤，连火灾现场的感受，都像得之于一具借来的躯壳。后来，消防队向我们分析火灾起因，说基本可以断定是沙发后面插座上充电的手机引发的。妈妈没有说什么，但我知道，只有可能是我，因为全家只有我有夜里给手机充电的习惯。消防员们还可惜道，如果反锁时钥匙没有折在里面，一开始我们就可以打开门逃生，事情就不会严重到那个程度，妈妈阻止了他们继续说下去。那以后，妈妈和我从没有提起那场火灾。我没有说是因为无论我说什么，都无法赎回自己的罪愆。妈妈没有说，大概是不想让我心里有负担。

"可是一件事情越不去说它，它就会越来越干，越来越重，直到变成化石，再也没法复原。这件事就这么压在那里，变成了我和妈妈都想绕开、都不得不绕开的漩涡与黑洞。更可怕的是，这件事还有无法忽视的表征——妈妈那损毁严重的身体。因为火灾造成的自己家和邻居家的损失，我们花了很长时间，才补上经济窟窿。因此妈妈只做了微型手术，修复了嘴巴的功能，休整了完全没法接受的地方。条件稍稍好些的时候，妈妈又患病，诊断、手术、恢复花了大部分的时间和钱，所以到最后，妈妈只能带着损毁的身体离开这个世界。

"现在看，我真是愚蠢、懦弱的儿子，哪怕在妈妈生前和她敞开心扉聊上一次，告诉她我的想法、我的痛苦，至少也能让她走得踏实一点。你不知道，到了后来，我和妈妈不但不敢再提火灾，甚至不敢提任何往事，不敢再说起我爸，最终，干脆不敢见面。我怕见到自己的罪证，妈妈怕我受到折磨。妈妈的面容和身体成了表征，里面包裹着一场火灾，我们彼此猜测，自我折磨，又通过自我折磨折磨对方。甚至后来我去了超级现实公司工作，我们都没办法以最简单的方式处理这件往事。我们都怕让妈妈换个面貌的提议是在告诉对方，自己还记得多年前的那次大火。

"后来，还是妈妈鼓起了勇气，主动找小邱他们帮忙，设定了自己的现实呈现。我在视频里看见妈妈完好的年轻的面貌时，整个人都在颤抖，陷入了极度的自责——我光记得自己在那场大火中的罪，却忽视了妈妈这些年的生活。可我还是愚钝的，我以为妈妈是通过这种方式原谅我，告诉我不要沉溺于过去，却没有想明白，妈妈选在那样的时刻才戴上超现实眼镜，有了正常的现实呈现，是因为，她想把这么做对我造成的压力降到最低。妈妈知道自己不久于人世，因而用自己的命告诉我，不是她原谅了我，是她根本就没有恨过我。

"但是妈妈原谅我，不等于我就能原谅自己。不，我也不是要违背妈妈的意愿，继续陷在自我谴责的泥沼里，我必须正视那次火灾，正视自己无可推卸的责任，把它承担下来，把它放在自己肩膀上，才能如妈妈所愿，好好活下去。妈妈以她没有受到丝毫损害的呈现出来的形象，表达了临终之前，对这个世界和往事的全然接受。我也得以自己能够相信的方式接受，所以我才想要看清妈妈真正的样子——我不是说她呈现的现实不是真实的，那是真实的，那是她的真实，而她损毁的直到临终都没有修复的身体，对我才是真实的，这是我的真实。而妈妈和我的真实，实质上是一种真实。只有真实，才让我知道自己活着，才让我能够往下活。"

唐山说到这里，一包烟已经被两个人抽完。唐山看着龙爪槐下垃圾桶上的烟灰缸，里面已经塞满了烟头，落满了烟灰，他沉默了一会儿，并没有转过身，而是轻声地，对着龙爪槐说话那样，说：

"翟医生，谢谢你。请通知你的同事，安排把妈妈送到火葬场的事吧。"

0

喝完周兴一大早熬的鱼片粥，老孟并没有立即起身道别，而是继续坐着和周兴闲聊。老周将桌上的碗筷收到厨房，洗净、放好后，转身进了他的房间，好一会儿都没有出来。周兴知道这老哥俩分别前一定有事要说，这事多半才是老周这次请老孟过来的目的，他甚至大体猜到了是什么事，不过既然他们没说，他也就不问，就陪着老孟东拉西扯。

聊到两个人都有点词穷时，老周终于出来了，手里拿着一个黄色的档案袋，额头上已经见汗。老周打开档案袋，从里面拿出几份文件，在桌上摆开。

"周兴，白条湖承包的所有文件、材料都在这里，包括合同、公证书、范围说明等等，这些东西保证这座湖在几十年内，是咱们想要的样子。一定程度上，它们也保证这几十年之后，还可以继续是咱们想要的样子。那个，那个超级现实公司年想要从咱们这儿得到的，也不外乎这些文件。"

文件有新有旧，大多有着醒目的标题甚至制式的首页，纸张颜色有白有黄，基本上也都年代久远。周兴没有去翻这些文件，更没有去找有多少份上面有老孟的签字，他就以它们在桌上摊着的样子看了两眼，便站起来把文件并好，递给老周。

"爸，你不用给我看这些东西，这是你的合同、文件——你要不嫌我说话难听，在你活着的时候，它们都是你的。白条湖，在这几十年内，也都会是你想要的样子。这湖是你想要的样子，就是我想要的样子。你现在没必要像交代遗产似的，把它们交给我。"

"儿子，"老周这一声叫得突然又深情，把他自己都吓了一跳，只好一声咳嗽掩饰过去，"——我知道你的想法，也知道你对我的支持，我很高兴。像你孟叔前两天说的，多少父子、人家为了一点儿东西，撕扯得不成样子，我很高兴，咱父子没那么没出息。但我最近总在想，我这么做是不是太自私了？害得你跟我一起守着这个湖不算，还要让你跟我一起面对这个公司那个集团的骚扰、压力，更重要的是，这么把着白条湖要真是违逆了时代潮流的话，我当个老顽固就算了，干吗要你变成小顽固呢？！"

"老周，你这话说的，什么老顽固小顽固的，我怎么听着像老王八蛋小王八蛋啊？"老孟见气氛有点沉重，打了个岔，这才接过来对周兴说，"周兴，事情没你爸说得那么严重，他也不是一定要现在就把文件转交给你。你爸的意思是，白条湖今后的事，需要做的决定，这个权力就交给你了。保留现在的样子也好，和超级现实公司合作也好，甚至直接把权利转让出去也好，他相信你会综合考虑，做出最佳选择。当然，你也别有压力，就算选择的结果很糟糕，你爸也不会怪你。是不是，老周？"

老周被逗得嘿嘿一乐，终于恢复平常的模样。不过他把文件都装回档案袋后，又责怪起了老孟，"我说老孟，你不对啊，我请你来是和你商量，是要你帮我说服周兴，收下这些文件，管起白条湖，你怎么刚听了两句，就转变立场了？"

"我转变什么立场？你说说，你、我、周兴，咱们三个人有不同立场吗？没有。立场只有一个，那就是让白条湖是它应该是的模样，让它能够造福生活在这片湖区的人。在这个立场下，将来白条湖一应的决定权都交给周兴，由他来拍板，这是结果。有立场有结果，不就行了？你还非纠结文件由谁来保管，是不是太教条了？！"

周兴心里回荡着感动的波澜，不是为了父亲刚才那一声让他现在想起来还起鸡皮疙瘩的"儿子"，而是为父亲叫了之后笨拙的掩饰，更是为这老哥俩的心思与情谊，"爸，孟叔，你俩就别一唱一和了。我明白你们的苦心，谢谢你们对我的体贴，我也就不多说了。我答应你们，今后白条湖的事我来操心，需要和你们商量，请你们出主意，我会找你们。合同和文件还是放我爸这儿，需要用的时候，我管你要。你们看，这样行吗？"

"行行，我看这样挺好。"老孟冲老周挤挤眼。

"挺好你还不赶紧走？还等着请你喝酒呢?!"老周呵斥道，呵斥完自己先笑了起来。

"好你个老周，磨还没卸就开始杀驴！"老孟也笑，"周兴，咱们走，让这个老顽固留下来自己反省。"

两人出了门，来到码头，上了快艇。快艇开动，老孟却不急着回家，他拍了拍周兴的肩膀，说先去一下犀牛角。

犀牛角是白条湖里的一座小岛，从这个名字就可以想见它的形状和大小。周兴知道犀牛角的位置，也远远地经过几次，望见它像水中冒出的一根犀牛角那样尖尖的常年葱茏的模样，不过他从没有靠得很近地看过，更没有停下船上去过。等真的到了面前，周兴发现犀牛角比他想象的还要小，绕一周估计也就四五十米。但它还是呈明显的山的样子，有十来米的垂直高度，一面是岩石，其余则完全被植被覆盖，哪儿都看不到路。

"你跟着我，小心脚下。"等周兴系好快艇，老孟回身叮嘱道，这让他有点哭笑不得。不过看老孟矫健的身手，再看他对地形的熟悉，尤其是想到自己在后面，万一老孟有个闪失，更方便照应，周兴也就没有去争先抢行了。

老孟果然熟悉这地方。他抓住岩石上翘起或凹陷的地方，有时候也借用岩石上的藤蔓或者灌木丛，手脚并用，小心翼翼地往上攀爬。岩石并不算陡峭，六十度左右的斜坡，不过有些地方比较光滑，不好下脚。但爬着爬着，周兴发现一些人为的痕迹，比如某个地方的藤蔓被绾成一个结，某一丛灌木被人用绳子捆成一团，最明显的，则是在一段前后都没有天然的东西可以抓手，但必须借力才过得去的岩石上，有两个用钎子、凿子留下的深坑，坑凿得很粗糙，乍一看甚至让人以为是被哪里掉下来的尖石砸出来的，但它们也凿得很巧妙，足够一个有技巧的人一只手抠着一个坑，把身体贴着岩石往上移动。

跟着老孟爬到顶时，周兴已经有些带喘。他四周打量一圈，山顶或者说犀牛角尖上并没有什么特别的，就是一块可以站几个人的石头斜坡，斜坡周边都是各种树、灌木、杂草，密密匝匝围过来，根本看不到其中有路。但也看得出来，有人偶尔会来这里收拾，因为这些植物和斜坡的边缘有个隐约的界限，只要植物跨过界线，伸过来的部分就会被砍掉。只有两棵矮树突破界限、得到允许，长到了斜坡这面，也可以说，这两棵矮树才是斜坡的主人，那个界限也正是为了保护它们才存在。

就是它们让大家心甘情愿攀爬岩石，上到犀牛角？周兴细细打量这两株一人多高，极其茂密的枝叶铺展开来，像两丛灌木的树。每一棵树的每一根枝条都自由舒展，逐层吐出一团团长椭圆形的叶子，叶子也绿得非常厚实，似乎轻轻一拧就能拧出绿色的汁液。在每一层叶子的顶端，还能看到嫩绿的甚至带着浅黄的，尚未完全展开的叶芽。不过大多数叶芽都已经被掐走，只剩下一个空空的枝头，或者干脆从枝头上抽出别的尚未成型的细枝。

看到掐走叶芽留下的痕迹，周兴明白了这是两株什么树。

"孟叔，我爸也跟你来这里采过茶吗？"周兴问一直站在旁边，一会儿看看两株茶树，一会儿看看自己的老孟。

"没有，你爸不好这个。我会给他带一点，他除了说声'香'，没什么反应。再说，你爸那高血压，想来爬这段路，我也不同意啊。"老孟说着，情不自禁俯过身，使劲闻了闻一根枝条上的叶子，然后揪下一片老叶，放进嘴里嚼了起来，"这两棵树还是我小时候躲避风浪，到这牛角上发现的。茶是真好，也真少，两棵树一年能摘下来的最好茶叶，炒好了也就九两到一斤一两之间。究竟是多少，就要看气候，看茶树的心情喽。"

"只有你到这儿来吗？"

"当然不是，我发现的时候，就有人先发现了。开始是两个，然后是三个，最多时有五个，现在是稳定的四个。"老孟嘴角浮出了有点神秘的温暖笑容，"其实大家并没有见过面，就像是有感应似的，人数变化了就都能从茶树上的些微痕迹知道，于是就相应地采自己那份。来采茶的日子，也都能自动错开，分作几天的早晨过来。只有一次，我来的时候碰见一个人走，我们在岩石下抽了一支烟，没有说一句话。他戴着斗笠，我看不见他的脸，他也不往我这边看。"

老孟说的这些话，比犀牛角这儿有这样一个所在更让周兴惊讶，他没有想到，就在自己身边，还有这么传奇般的事情发生着，而且几十年如一日。不过再一想，哪儿没有传奇呢？别的不说，光是他爸和老孟这几十年的交往，光是两个老头坐在一起，可以就着一碟花生米喝完一瓶酒，整个过程一句话不说，就够传奇的了。

"周兴——"老孟忽然喊了一声，周兴止住了遐想，看着他。老孟吐出嘴里嚼碎了的茶树叶子，抬手朝着湖面一比画，"这片湖你打算怎么办？你爸说得轻松，那个决定可不容易做出。他对你的信任已经超越了一般的父子之情，是完全的托付，也正因为如此，他始终放不下心来，生怕自己害了你。超级现实公司这样的庞然大物，行事固然会遵守一定的章程，也有他们的忌惮，但他们为了实现自己意图，可能使用种种手段，绝对不能低估。"

这几天的经历，包括唐山的出现和他说的话，都让周兴感到了超级现实公司愈发逼近的身影，可他确实还没有清晰的应对策略，和小邱做的测试也仍旧是从白条湖和老周的角度出发，但如果对方不按常规来呢？

"孟叔，我还没有确切的打算。以前我一直觉得，合同在手，只要我们自己经受得住诱惑，不主动出让，就没有任何人能够夺走白条湖。现在看，光有合同未必保险。"

"当然不保险。"老孟毫不迟疑地断言，露出了狡黠的也可以说顽皮的笑，"保全自己的最好办法，是主动出击。"

"主动出击？"周兴一头雾水。

"像白条湖这样的情况，这样的地方，不光是咱们一家吧？"老孟说。

周兴有点明白老孟的意思了，一下子兴奋起来，"对对，不止咱们一家。"

"那就是了。他们肯定也受到超级现实公司的压力，逼迫他们出让那个，那个，现实权益，反正就是让他们手里的地方看起来不再是、不仅仅是原来的样子。具体的我不懂，但我想，你们联合起来，肯定比单独应对更好。另外，你们也要多研究研究超级现实公司，弄清楚他们着急拿下白条湖这些地方的原因，是纯粹为了扩大经营，多赚钱，还是有其他方面的压力。一句话，你们自己先要联合起来，还要和对方接触，既寻找不硬性对抗的可能，也寻找釜底抽薪、长久解决问题的机会。"

周兴吃了一惊，他想到了老孟总结的前半句，却没想到还有后半句。

"孟叔，你简直是个战略家啊。"

老孟被逗乐了，"我算什么战略家啊，这些都不过是从以前的工作中

235

照猫画虎，学来的一点皮毛。不过，周兴，你知道我为什么带你来这儿吗？"

"面授机宜。"周兴甩出个成语，嘿嘿一乐，"你肯定不想让我爸听见了担心。"

"也对也不对——"老孟也嘿嘿一乐，卖了个小关子，乐完了面色一正，"我确实不想让你爸再担心，但这几句话在哪儿不能说啊。我带你来这儿，咱爷儿俩爬这一段，和你爸叫你陪我们一起钓鱼是一个道理。你看看这湖，这几百里水面——"

老孟右手指着脚下的白条湖，开阔水面上，有不少人驾着船在活动，"有很多人在这里生活，有的人的生活你看得见，有的人的生活你看不见，甚至也想象不出。但是这些人、这些生活是实实在在的，就像我每次往茶杯里放好茶叶，倒水进去，看着茶叶在水中一点点恢复叶子的模样，鼻子闻到一缕缕茶香一样的实实在在。所以，将来不管任何时候，不管你面临什么样的压力，需要做出决定的时候，你想想这个决定关联着这么多人的生活，就能更加慎重。"

配合老孟的话似的，离犀牛角不远处的一艘船上，船尾的人一扬手，一张渔网抛进了水里，渔网落入的水面泛起一层异于周边的波纹。老孟垂下右手，久久凝视着那片波纹的变化，然后转过来看着周兴。

"这是对白条湖而言。对你来说，我希望任何时候，不管是否和那家公司还有白条湖有关，你都记住那条鱼脱离水面时，你的开心，刚刚陪我爬犀牛角时的紧张，还有爬上来之后的舒畅。现实总在变化，但这些感觉和它们产生的时刻，对我们每个人来说都是独一无二的，无法磨灭，也正是这些时刻决定了我们是什么样的人。记住这些时刻，不管现实怎么变化，我们才不会丧失现实感。不是吗？"

5

安葬了妈妈，唐山没有立即回公司，他住了下来。每天，他一大早就出门，踩着露水，在附近的山上、河边、田间、地头溜达，和碰见的每个人乃至每个活物都说会儿闲话，只要有什么吸引了他，就毫不吝惜时间地看着、听着，或者搭上一把手。不过，每到黄昏，唐山就回到父母的墓地，陪着他们看太阳落到西山后面，然后天光逐渐消失，黑暗陡然升起。

这天下午，唐山在墓地陪着父亲抽烟。他的烟已抽完，父亲墓碑上的烟也快燃尽时，一辆黑色小车出现在国道上，向这边开来。开到土路尽头，小车停下，下来一男一女。女的一身职业装，捧着一束花，唐山不认识，男的西装革履，是孙燕来。

"唐山，节哀顺变！"孙燕来说着，到唐山父母的墓前鞠躬行礼。他指了指放下花束、正在鞠躬的女人，介绍道："这是第九分公司的柳婧总经理。"

唐山跟柳婧点头致意。他看着孙燕来，没了超现实眼镜，时隔多年，他又见到了这张脸的本来样子，又熟悉又陌生。

柳婧咳嗽了一声，打破了沉默："唐顾问，孙总是到邻省出差，特意过来看望你的。"她见唐山没有表示，孙燕来也摆摆手，便转换了话题。"伯母去世，我们深感悲伤。这要怪我们工作没做好，不知道这是你的家乡，更不知道伯母还留在这边，身体也不太好，没有尽到照顾的责任。"

"柳总，不说这些。唐山妈妈已经辞世，你们事先也确实不知道，再说，这也不在你们工作范围内，唐山不会责怪你们。唐山，我这次过来，是看你也是感谢你。柳总说，你出差的任务完成得特别好，不容易，尤其是忍着丧失亲人的悲恸——"孙燕来停住，看着唐山脸上表露无遗的困惑。

"嗯，唐顾问，是这样——"柳婧赶忙接过话头，"分公司一直在想办法，把白条湖纳入我们的现实版图，但是周家父子始终不配合。他们的承包合同让我们正面可操作的空间很小，但是根据调查，周家父子，准确地说是周兴，在从事一些有损公司利益自然也是违法的活动，可是周兴很狡猾，我们抓不住直接的有力证据，又不想贸然惊动警方。孙总知道我们的难处，知人善任，派你过来。你到这里的第三天，我们发现你的超现实眼镜被取下，再追溯行程，查到你并没有走正规流程，只在到的当天下午和晚上去了两次白条湖。因此，我们推断，你是在白条湖取下的眼镜。你别误会，我们并没有监视你，只是特别留意和白条湖有关的一切。"

柳婧看着唐山由红变白，愤怒不断积攒的脸，又看看孙燕来，正要硬着头皮继续往下说，孙燕来止住了她，"柳总，请让我们单独聊两句。"

"好的，孙总。"柳婧连忙答应，往旁边走了走，再看了看离唐山他们的距离，索性直接退回到停车的地方，拉开车门，坐了进去。

"唐山，你别往心里去，我相信柳婧的说法，他们没必要监视你。不管具体情况有无偏差，有多大偏差，她的结论是没问题的。你是在周兴那儿摘下的眼镜，对吗？也许，你还看到了更多对我们有利的东西。公司不想和老周对簿公堂，毕竟我们的目的是拿下白条湖。但是，我们必须在和老周谈判的时候，占据主动，而如今，这个主动权，至少是主动权的线索，在你手里。如果能就此解决白条湖的问题，这将是你履历上的重要一笔，甚至可以让你越过外派阶段，直接升迁。这样一来，你找到周兴他们取下眼镜就可以视作公司的安排，丝毫不会成为你职业生涯的障碍。"

孙燕来说完，直视了唐山一会儿，然后转过脸去，看着唐山父母的墓碑。

"孙总，谢谢。对您也没什么好隐瞒的，我是没有通过正规渠道，就取下了超现实眼镜。这段时间，老家人对我很好，完全向我敞开了现实，因此我可以凭自己的双眼，来看周围的一切，尽管比起公司调适过的现实，我的所见所闻所触所感更加粗糙、生硬，但是它们更让我信任。再回想在白条湖所见的完全原始的现实，想起我要见妈妈最后一面的不易，我对公司是否要覆盖一切，是否应该把每个人都纳入公司的现实体系，有疑虑。进而，一些以前从没想过的问题，比如说什么是现实、什么是真实、现实是不是离真实越近越好……也出现在脑子里。可能就算想破头，我也得不到满意的答案，但它们真真切切困扰着我。我明白，私自取下眼镜，违背了公司的员工准则，我接受公司将要给予的处罚。此外，不管处罚是什么，类似白条湖这样的现实孤岛该如何处理，我作为现实顾问，此次出差受到了哪些触动、产生了什么疑问，都会形成一份报告，提交给您和公司。不过，目前对我来说，有更重要的事，那就是陪着我爸和我妈妈。我以前陪他们的时间太少了，这一次，我想陪着他们，过完妈妈的七七，再回公司。至于眼镜是否在白条湖取下，在那里我又见到了什么，如果必须说明，我只能说，我做了一个漫长的梦，在梦中的夜里去了趟白条湖，得到了一个可能是周兴的年轻人的帮助，因此看到了我应该看到的妈妈的模样。可是，对于一个梦来说，谁能够判断它的真假呢？在什么情况下，梦可以作为证据呢？"

唐山说到这里，停下来，看着孙燕来。孙燕来仍旧望着他父母的墓碑，没有说话。唐山掏出烟来，递给孙燕来一支。孙燕来好一会儿才回过神来接过烟，唐山给他点上时，他的手指仍旧没有忘记轻叩唐山的手背。

两个人站在那里，一言不发地抽着烟，他们抽完的时候，一阵微风吹过，把唐山父亲墓碑上的烟头也吹落在地。

孙燕来叹了口气，走过来拍了拍唐山的肩膀，"我明白了。这样吧，其他都不管，你留下来陪着父母，过完七七。回来后，补个假，同时提交一份完整的报告给我，一切都等拿到报告再说。"

说完，孙燕来向那辆黑色小车走去。走着走着，他和车还有车里的柳婧，都变成了雾状，对唐山不再清晰可见。

选自《十月》2018年第3期

评鉴与感悟

李宏伟的小说显现出一种卓越的虚构气息，每篇都有一个按严密逻辑运行的世界，置身其中的人，仿佛被抽去了属于世俗的烟火气，其行为和话语都披上了幻想的轻纱，与我们现实中所见的并不相类。因此，李宏伟的小说语言，就显示了有意而为的郑重其事，仿佛是某种自外而来或是轻微失真的声音，逼使你不时意识到，这是一个建造在世外的言辞城邦，从未企求真实地置于我们存身的这个现实世界。当李宏伟准备在小说里谈论丰盛、复杂，几乎捕捉不尽的现实经验的时候，一定在内心里骄傲地决定，要经过再次安排，把这些绝难码放整齐的纷乱，完完整整地对应到某个或某些具体的虚构之中。李宏伟肯定知道，小说写不出比现实还多的现实，现实在空间上的无限和在时间上绵延，早就取消了这个可能。让人欣慰的是，正是在这个绝望的地方，李宏伟展示了虚构特殊的力量——把早已脱缰的生活现实，以一种经思索而来的感性形式确认，带着某种并非枯燥的抽象，在这里，虚构明确表达为先行对准现实的努力——在被虚构击中核心的那一刻，现实霈然而解。（黄德海）

239

在平原

/王苏辛

驶过坡道，是大片的开阔地。李挪迈下车，掀起一阵轻微的黄尘。她迷了眼，举目望过去，天是蓝的，什么都没有。房屋灰蒙蒙地朝前压，仿佛大路之上的另一条大路，盖过了她和身后的车辆，她感觉自己必须随之奔跑。

接车司机说，这边气候很好，不会太冷，也不会太热，虽然天干有风，倒也没有沙尘暴的困扰。

"有风？那有大坝吗？"她刮着指甲边缘的倒刺，眼睛往外瞟着，脸上显出走神带来的不耐烦。

一圈都是果树和干枯的河滩，直到看见一座宛如灰雾的建筑。

正面刷着几个红漆大字——国泰民安。坝身两侧的砖缝间长满青黄色的草，风一来，都往同一个方向俯下去。偶尔扬起一股黄尘，都是沙子的味道。人少风大，她站上去，感觉四面都是路，怎么走都可以。

没有行人往这里来，她把一撮发丝在耳边绾了两道。直到司机点燃第三支烟，才终于说："往庆福街去吧。"

那是她要去的地方，曾是民政局家属院，现在被艺术学校承包。构造和别处不太一样，一路都是连成一体的两层门面小楼。许多一楼住户的门长年开着，行人昂首阔步从那里穿到另一条马路，也算此地一"景"。

她的房间在中心地段一间公共客厅的楼上。床、桌子，还有一个大壁柜，打扫得都很干净。躺下去的时候，她听见行人的脚步、马路上的咳嗽，甚至风穿过树叶的声音——它们冲破墙壁、天花板的阻挠，将她包裹。她感觉自己仿佛没穿衣服，飘在半空中。四周围的一切，仿佛悬置。

"李老师到了吗？还习惯吗？后天的试讲，准备好了吗……"

"讲就不用了，直接评吧。"

挂了电话，她感觉眼前有块模糊不清的色团闪烁了一下，很快淡下去。窗户关着，仍有风。两排枝叶繁茂的树间插着一排光秃秃的树，她看里面几棵，又看外面几棵，过了几秒，才看向远处。太阳落下去，有点像那旧地方的样子。近处灰蒙蒙，远处也灰蒙蒙，只她自己像盏灯。

教室比想象中大。从门口到讲台铺着红毯，她觉得自己的牛仔裤、长T恤很不合时宜。到场的都是老师，一个学生也没有，她突然毫无讲话的兴致。几排人物色彩肖像铺在地上，神色各异，像紧急凑在一起，随时等待解散。

"边儿上的还可以。把模特当色彩画了。其他的，只有素描关系。颜色，没一块准。"她扭过头，"形体、结构想当然。这是长期作业吗？很多东西是磨出来的，不是画出来的。下次这样的还是不要了，来短期的。三小时要解决的，只能三小时解决。"

她把另外几组作业大致说了一遍，才走出教室。路灯照出她斜斜的半拉影子，她快步往前，和它拼成一个自己。

这是离开的第十四天。Day 14。

她不自觉默念着，觉得自己离 Day 1（第一天）很远了，但好像又只是绕了一圈多余的路，回到了平原。油菜花都开了。火车翻山越岭的时候，眼前的田地一块伸出来，一块探下去，到了这儿，连成一体。平坦、光滑，全都呜啦啦往天尽处跑，再不回头。

醒来的时候已正午。树叶的影子在她脸上滑来滑去，终于把她拂醒了。学校里都是新的，从围墙到篮球场，再到几座主体教学楼，甚至连清洁阿姨手里拎着的红色水桶，也像刚从超市买来的。

她示意班长打开投影仪，将事先拍好的大家的作业在幕布上展示。每幅画都用红笔写着分数。从四十到八十不等。一轮播下去，台下一阵骚

241

动。她没有抬头，只是不停拨弄着屏幕上的画作图片。第一遍她拨得快，第二遍慢了些，到第三遍，台下的讲话声低下来，她终于抬起头。

"为了方便大家记住自己的分数，我粗略划了几个档次。当然，随时欢迎大家提出异议。我只希望大家不要那么关注和自己分数一样的人，多关注那些分数更高的同学，哪怕只是想想他们为什么分数更高。"

"我会带大家到艺考结束，但这个月，我只讲一些你们'忽略的常识'。"

黑板很滑，李挪用断了好几根粉笔。等到拿起第五支，才把作业要求写全了。

他看过去，题目分别是"一小时速写""四十五分钟速写""三十分钟速写""十五分钟速写"。要求："必须在第三节下课前完成。可以互相画，可以默画，不可以临摹。其中一张作业，必须用色彩的形式表现。丙烯、水粉、马克笔均可。"

"今天不去画室，就在教室完成。如果嫌座位挤，可以站过道。"

他低下头，往速写夹塞了几张新的A4纸。一旁的铅笔袋里，露出炭精条、中性笔、中华软铅笔。脚下是打开的画箱，颜料盒、马克笔都在那里。他摸了一遍，最后拎起一支纯炭笔。李挪看了他一眼——头发微乱，有些油，一条腿跟着执笔的胳膊轻轻晃动，另一条靠着桌子角。手腕抖动着，画得很快。几根粗壮的线条干脆、利落，人物形态生动。最难得的是，画面干净，气氛点到为止。直到画一小时"速写"，动作才慢下来。先用马克笔刷出几个色块，继而强调衣纹和关节转折处。最后，用2.0笔芯的中性笔沿色彩边缘画上轮廓线。

"你叫什么？"李挪问道。

他抬了抬眼，身体微微前探，声音有些低沉："许何。"

"我知道你。你画得不错。不过……你只有前三十分钟在画画吧。"

他看了她一眼，提着一口气，又憋下去。最后什么也没说，就坐下了。

"大家用笔比较肯定，这一点，比长期作业好。但是，'肯定'的地方，很多是错的。"她对着全班说，"下节课我们去外面写生。地点还有要准备的东西，我集中发群里。"

已经五点了。李挪想起多年前，也是一画就到了五点。为什么是五点？大概因为这时候，天色开始暗沉，光源分布得平均，一些在白天比较明确的光线，都退居到阴影边缘，很多白天里强硬的东西，能量也被分散掉了。少数学生尽管能熟练地确立一个画面基调，因为都是硬来的，老师并不是很满意，而大部分学生已经开始走神，随时都有人停笔。老师拒绝为大家打灯，说灯光照出来的色彩，怎么能叫色彩呢。

她走出教室，学校看起来终于比刚才旧了一点。邻近洗手间的走道上有很多脚印，断断续续爬向楼梯。李挪伸出自己的脚，踩在其中一个脚印上，大小居然差不多。走到楼下垃圾桶的时候，她看见它们仍是空的，只是似乎哪里和刚才不一样了。她想摸出打车的发票丢进去，却只摸到几块硬币。

"那边怎么样？"

"还不错。"

"话能多点吗？大小姐？"

"挺好的，有空来玩。"

"……你真不打算回来了？"

她退出登录。

阳光褪下来，她突然想到大坝上走一走，可真到那儿必然已经天黑了。她思忖着，目光在校门口的公告栏游移。

先是几幅素描——摆在高台上的石膏像和揉成一团的餐巾纸，女模特肩膀上耷拉下来的民族风围巾。最大的一幅，是画中画——绵延不绝的青山周围，一圈破掉一角的画框边，一只穿着凉鞋的瘦脚翘着，青筋凸显。

校门前的灯亮起来。她走到公告栏的另一端——都是些色彩风景。大部分构图极为相似，有人甚至画上前排和自己一道写生的同学。因为这些人影的存在，景物本身的可存在空间变小，天空被挤得只剩一小块。不过，再多看一眼的时候，她觉得那小块天空也不能呼吸了。"天空"上面写着一个大大的名字——许何，还标着日期——2011年4月31日。

4月怎么会有31日呢？她想笑，并觉得嘴角轻轻上扬，再次露出了某种骄傲又不屑的表情。这让她有些懊丧，很快严肃起来。

城市彻底暗下去。不过，这暗总像灰色的，有缝隙。

许何的家在通往城郊的一条马路上，来去的多是做运输的货车，再往前走走就是公交汽车总站，然后就是出城的收费站，还有上山的路。窗台上总是糊满厚厚的灰尘，不过今天看起来很干净。他转了转钥匙，进门路过床沿的时候，父亲翻了个身哼唧一声。他踮着脚走进书房，一条薄被在那里摆着，褶皱恰到好处地堆叠出一个人的空间。

时钟开始响，十二点了。他勉强脱掉上衣。卡车从外面开过，灯光渗进来，他又看一眼手机软件上的聊天记录，左手不住抠着裤腿上黏着的几块丙烯颜料。

李挪的信息依然是群聊天记录的最后一条。

"周四上午八点。带画板、画架、画箱、水桶、遮阳帽。穿轻便点的鞋，庆福街集合。"

遮阳帽是什么奇怪的要求？他想着，咧开嘴，干笑着。嘴唇上几片干皮翘起来，他咬了咬，血丝渗出来。

"十点半准时在东头集合评作业。十一点吃饭，十二点跟我上山。"李挪像背书一样绕着全班学生走了一圈，找了个角落拿出自己的画板。和学生的不一样，李挪的画板小很多。颜料只带了几管常用的，另有马克笔和软铅笔各两支。画板旧旧的，虽然边缘已经毛糙，但被她打理得还算整齐。这是她学生时期用惯的，不大，但适合短期作画。在外徘徊的那些时日，她常带出去。

学生渐渐围过来，把这当成老师的第一堂示范课。李挪没有起形，而是直接用刷子——从斜过去的一角天空，到房子的几个主体色。

"画人时不要当画人，画房子时也不要当画房子……是一团颜色，你们要做的，就是把颜色找准确。"李挪说，"我们这儿，什么都是灰的。要找出恒定的色块，画面才成立。"

"只要色彩关系对，变化不也是对的吗？"许何问。

"画准了，才有'色彩关系'。"李挪说。

"想走捷径，绘画生命就结束了。"李挪继续说，"咱班上，有想一直画下去的吗？"

学生起哄般朝向许何。他红了脸，张张嘴想说什么，最后还是侧过头。

"就一个吗？"李挪看了一眼其他人，"面对好的事情，你们倒都推给其他人了。有什么难为情的吗？既然不打算画下去，为什么还在这里呢？"

"为了考试。"几个学生说道。但更多的人坐在原处不说话，大都低着头。有的学生已经开始画，有的还在磨蹭，但不管是在画的，还是不在画的，他们的目光都很像。

"李老师，其实我也想问：我们现在画的和考试有什么关系？"一个微胖的男孩子问。

"如果怎么都能画好，又有什么'为了考试'？"李挪道。

"为什么我们不能直接画考试考的内容，非要画这些离考试很远的东西？"

"考试考色彩吗？考素描吗？"李挪说，"如果都考，那我们画的和考试有什么区别？"

"画的东西不一样，不同考试考查的标准也不一样。"另一个长头发的小眼睛男生说。

"有些画私下看起来不错，考场上就很难得高分，这不也是事实吗？"许何也道。

"私下看？是私下和很多画得好的画摆在一起觉得不错，还是单独看觉得不错？"

"这么说，好都是对比出来的？"许何顺着话头道。

"要想不被对比就只能更好，只能独一无二。"李挪道。

许何听着："什么又叫独一无二呢？独一无二就是'好'吗？"

"知道自己所处的位置，知道自己想画的是什么，知道这些想画的东西打动自己的原因……"

"这样就能独一无二了吗？"许何抖着腿，右边嘴角不经意地上扬。

"这样就有了独一无二的基础和可能。"李挪说，"独一无二的程度在哪里，你画的层级就在哪里。"李挪道，"我知道很多人喜欢画考试范画，这也没问题。某些高分卷把反光画得很突出，有的人就突出素描的反光；不少高分卷都是明亮的大色块，有的人就使劲画得亮。可这些卷子之所以得高分是因为所谓的不同，还是因为其他？"

"不断为别人的要求改变自己，自然始终为考试所困。"许何说着，右脚鞋底摩擦着地面。

李挪看他一眼："你们有过自己？那些各个'风格'的领头人，他们画过什么？是什么让他们喜欢那样地画？你们想过吗？"

光线已经有些变化，唯一的好处是——从这会儿到中午，不会再怎么变了。李挪看了一圈学生的画，继续盯着自己的。放下画笔的一瞬，右边大腿根部跟着抖动了一下。

评画的过程很快。从第一组到最后一组，继而又回到许何。他半低着头，右手仍放在裤腿上。

"不要抖腿。"李挪盯着他。

许何立在原地。直到周围的同学一股脑涌进一家拉面馆，他才跟着进去。同学们很快分成几桌坐下，实在没位置的，就三五成群在外面站着。许何跟着他们出来，又进去，提议没位置的同学去其他地方吃。

没有人响应，但确实有人开始去其他馆子。他在外面兜着圈子，选不定自己要进去的一家，直到李挪又把他喊进去。

"待会儿你带他们上山。"

"我?"

"班长带男生，你带女生。"李挪说，"有问题吗?"

"班长是女生啊……"

"所以要带男生。"

这么一路被校车带到山脚下，又上了索道。许何时而被大家包围，时而又被抛下。也许是过于认真和紧张，他皱着眉。抵达山腰的时候，他表示自己要先在这里画一幅。

"山顶能看到更多东西。不试试?"李挪笑道。

"我怕看见的时候又不想画了，还是抓住现在的心情。"

"嗯，这是对的。但真有不想画的时候?"李挪问。

"有。"他低头，"一直有。"

这里的山不算高。李挪觉得若非四周围平坦空旷，它可能还要显得更矮。他们斜对面的山上，站着几只和山体同色的岩羊，看过去的时候，她觉得那是山体多出去的一小块空间。

"你换到歪脖子树边上。"李挪说。

他本想离她远一点。不过那边角度确实不错，索性也依了。整座山都是密密麻麻不同层次的灰。眯着眼的时候，许何甚至觉得这层层灰色在朝自己奔跑。又或者，是盖过自己在整个平原铺开。这想法让他脑子有些乱。他盯着眼前几块岩石，想再次平静下来。然而岩面上纹路清晰，多是旋状的，看久了又像一排来势汹汹的后脑勺。

对面的观景台有不少还没来得及清理掉的游客垃圾，多是饮料瓶和零食袋。许何看过去的时候，觉得是打破画面的几抹亮色，很快把这几块颜色摆了上去。

李挪这次先用铅笔起了形。四周围有风，它们掀起的轻微响动让她不是很能集中注意力。学生们最多还会在这边停留一小时，接着就要往更高的山上走。几棵枯黄的树在她的视线中飘荡，她只好把目光抬高——于是直接看见蓝天。

环顾四周，她发现自己最想画的对象成了许何。确切说，是作为一块色彩存在的许何。他目光专注，虽然右腿不自觉仍在抖。

她把画架拖远，放在一块不易察觉的岩石侧部。接着，把画架拉高，一只脚搭在一块表面有些光滑的矮岩石上。最后她决定，从许何所站的方向看整座山。距离上次户外写生已过去四年。四年来，即使需要素材，她也多依靠照片和回忆。多年的绘画训练已经让她不惧于描摹事物的任何角度。因为对细节的熟稔，时常让她认为自己仍处在不断观察中。

"看起来是变了。"她记得那场个展上有人说的话，"可这根轴没变，怎么能算变呢?"

她已经忘了听到这句话时，自己具体在做什么。环境太嘈杂，到处是曾经的师友，还有几个资助过她创作计划的艺术基金会领导。她站在他们关切的眼神中，得意又局促，环境本身却被这些人的存在感挤掉了。

她惦记着那句话，时不时在几面挂满画作的墙壁间踱来踱去，脑子里只听得见细跟鞋敲击大理石地板的声音。

"你在意他说的干吗?"

展览闭幕的晚宴上，她穿着银灰色收腰抹胸长裙，费力地夹起侍者送进她盘中的牛排。炙烤香和着某种甜腻的乳酪味，让她更没有食欲。她听着同伴的话，张张嘴，却不愿回复。她宁可被当成一个过于看重同行意见的新人画家，也不愿承认那人说得对。

她皱着眉，一刀刀划着盘中的食物。她知道自己在滑向另一根轴，可还未将之打开。在这根轴上，每一刻的"变化"都围绕着曾经的轨迹。她过去画作中展现的那些未经筛选的特质，再次出现在试图呈现新东西的画面里，原本应该更清晰的，却显得暧昧。她还没有走得更远，却仿佛看到了自己以后的样子。

　　李挪想着，右腿不自觉抽动着，她狠狠拍了一下，腿终于老实了一点。

　　"李老师。"许何叫她，"一幅画怎么算完成？"

　　"……到你画不下去的时候。"

　　"我没有这种时候……"

　　"你要一直画？"

　　"我是说我一开始就画不下去，好像要马上画完。总有什么东西赶着，有时候想停下来再画，但好像停下来再画还是那样。我想画完，但不是把轮廓的颜色涂满。"

　　他没有回头，仍保持之前的姿势——僵硬、纹丝不乱。她觉得那个召唤她进行下去的画面被打破了。

　　"不过就算画不下去，也还想画。"他突然说，并长吁一口气，身子却还是不动。

　　许何站定了，微微皱眉，画板下侧边缘贴着腰腹，右手比画着，铅笔也比画着。李挪感觉自己正被他的笔分割成无数条形状，前赴后继在山外的平原飘荡。

　　橡皮擦在纸上摩擦得粗壮、刺耳，她稍稍挪了挪自己的视线，想不经意地看一眼许何画的她，可他把画板往身前侧了侧，她完全看不见。

　　"想画的是什么？画不下去的又是什么？"李挪道，"你要明白是从未出现，还是出现了而你看不清。"

　　"我应该只是，想让它出现而已。"他脸上的僵硬稍微卸下去一些，"但我自己也不知道这个东西会不会出现。我总觉得自己期待的从未出现，经过的则是另一片世界。"

　　"难道不就该这样吗？"李挪说。

　　"那多遗憾。"许何道，"谁不想走入自己期待的世界呢？"

　　"你还没有遇见自己真正期待的，怎么能说期待的是哪些？"李挪说。

许何愣了愣，想回一句却又一时不知怎么说。

"但我们总会先期待，再有前进吧。"半晌，他道，"不过，也没什么好期待的。"

"没有期待。"李挪说着，自己的面部表情也不自觉颤动了一下，"只有与真实交锋能让我们画得更好。"

李挪说着，在画中许何的肩部加了粗重的一笔。

他已知道自己在她的画面里，她不想再把他画进去，可又觉得他才是自己此刻应该画的。李挪用刷子把许何身体之外的部分铺满，再看过去的时候，他的背影又死板地杵在那了。

"该动你就动。"

"……我们都在一个画面里，怎么能说你的我的？"他突然说。

"我们确实站在同一块地方，但我们不在一个画面里。"

他听着，忽然有些生气，提着画架想往前面山上去。可从这儿看过去，已没有写生的同学，他走着走着，不自觉回头看。李挪还坐在刚才的位置。她把目光放远——山外的平原在山的衬托下显得更为广阔，山本身，成了一条细线。可想越过这条线，却并不容易——这是她带他们上山写生的原因，尽管此刻她才明晰这一点。

许何往前走着。在他回望的视线内，李挪已经缩小成一个孩子，但山却离他越来越近。他坐下来，眼前的山层和附近的山层，似要把他整个人夹紧。他像一抹即将出局的影子，在山峰间游荡。而他的右前方树立着一块碑，上书"一线天"。阳光从一线天的背面探过来，风景尽在阴影处，只在与太阳交界的地方留有一道虚虚的光圈。

"这块儿有点适合你。"李挪朝他走过来。

"李老师画过？"他喊着。

"山画过很多，这里是第一次。"李挪道。

"有什么区别吗？"

"其他地方的山都是群山，唯这里孤立一座。"李挪说着，看向许何。

他看着自己刚进入状态似又熄火的画面。所有对象被处理得很扎实，但看起来还是怪怪的。事物与事物之间的联系更像嫁接。越往下画，它们的面目就更接近。在一遍遍的修改中，颜料越来越厚，画面却没有更清晰。他心下一沉，发了狠，干脆用刮刀把刚刚画上去的颜料再次铲去。可他铲得越用力，内心越是紧张。这次他从轮廓边缘入手，倒不会把东西挤变形了，画得也克制，看起来干净许多，可他觉得哪里不对，"准确"倒让他的画面显得中庸，"克制"则让他的画面显得平淡，至少跟他想的不一样。

光影把写生对象们集结起来。看过去，眼前的图景仿佛一个从中劈开的后脑勺。大片的阴影区内填满墨绿色的树、昏黄的岩石。他看着想着，也便这么做了。半晌，他在画面上方添了一块蓝天，好像这样，整幅画才活了过来。

"光确实帮了你，构图也不错。"李挪说，"从这儿到这儿，都处理得不错。可天真有这么蓝?"

"不加这块，整个画面感觉不透气。"他说，"也没什么意思。"

"你画得密密麻麻，当然不透气。"

"如果画里本来东西就多，我们难道要无视吗?"

"没有什么画面是该怎样的，没有毫无理由的画面。"李挪说，"写生最大的好处是你可以自由选择，一幅画真正的好与坏，和画里有多少东西无关，但和画里有什么东西有关。"

"我一会儿换个位置来一张。"

"这么着急吗?你想的得是真对画有益的东西，不能只是'赢'。"站直的瞬间，她觉得旁边山头有什么东西动了一下。

"岩羊。"许何道。

"跑得真快。"

"前些年有人专门收摔下来的岩羊，做成羊皮。"

"得是新死的吧?这还能掐着点儿?"

"要看时机。"他嘴快起来，"碰上山里出事，几十只成群死也常见。"

李挪往回走，身体像一架瞬移的机器，一不留神就挪过了山中不同的季节。她想找几个正在画画的学生指导一番，可走了一会儿，竟一个学生也没看见。她有些沮丧，但也不想再回去画那幅画，这种想法突然让她心中一惊。但她还是挺直身体，不让自己的沮丧有任何明显的表现。早在那位同行评论她之前，她已经对自己感到失望。唯一不同的是，那时候的失望总让她觉得很快可以解决，或者，她可以坦然绕过去走另一条路。但现在不行了，同样的问题再次出现，她不得不回到最初产生问题的当口。它蛮不讲理地出现在她所谓的艺术事业上升期，像一根肉刺。为了把它准确拔出来，她不得不终止和画廊的合作。那片蓝色顶棚的工作室，曾住着一些她觉得这个时代最好的艺术家，不过现在那都跟她没有关系。她不想再回到那里，不是因为对自己的失望。她看到有这问题的并非她一个，他们或许意识到了这一点，或许没有，唯一的事实是：他们不愿意离去。她不愿意再看到那些人，他们的聪明如此陈旧。这种由个体蔓延到群体的失望让她发现，过去的成功只是对自身艺术感知力的集中消耗。

她站起来转了一圈，接着再坐回之前的位置。许何在对面角落开始新的布局，刚才那幅画被他揉成一团，接着又展开。

李挪盯着它："没撕，不错。"

"撕?"

"我以为你刚才会撕掉。"

"画过的画，不想撕。"他低下头，"不过刚刚本来要撕。"

"你知道刚才哪里错了?"

"感觉整个都不对，重来状态或许好些。"

"每一次都可以是重来，不用在心理上制造重来的感觉。"她俯身拿起一支干净的画笔，"构图比刚才巧……可还是喜欢虚过去。"她接着说，"你得朝前走，不是换构图，否则还要犯同样的错。"

"李老师，我是不是画不好了?"

"你要想画好，就别在意画不好。"她说着，肩膀不自觉抖动了一下。她把丢在地上的那幅画抚平，重新贴在他的画板上。

"我不太画得好命题作业……"

"命题作业?"她笑道，"我倒想命，可我命了，山就真进你画里了吗?"

"它不已经进了?"

"你知道它是被拉着进的，还是自己想进的?"李挪站起来，"那几笔亮色，还不舍得扔啊?"

"颜色太灰了，这几笔提一下，感觉画面生动些。"

"有几笔亮色没问题，但它们的出现合适吗？"李挪说，"19世纪英国风景画家希尔普斯，经常被和他同时期的画家杜德放在一起比较。一次群展时，希尔普斯和杜德的画又摆在了一起，且两幅画都是海景。杜德的画比较大，画的东西也多，布展的时候，他还在最后完善自己的画。他的画面上，熙来攘往的码头有斑斑驳驳的大片红色，远看仿佛是红色帆船和游轮的倒影。希尔普斯看了看杜德的画面，转身在自己那幅灰蒙蒙的海景画上也加了一大块耀眼的红色。周围的画家将之视为对杜德的嘲讽，杜德也转身离去，说希尔普斯是个疯子。孰料，希尔普斯站远处看了看，很快用手擦掉了一半红色，并用笔头处理了一下，接着又擦掉了一部分红色，直到越擦越小，希尔普斯突然意识到他不能舍弃这块红色。也是这时，人们才恍然大悟，原来那小块红色是海面上的浮标。这留下的小块红色，让希尔普斯的那幅画朝前拉开了一个空间。那次展览后，当时的画家们说，希尔普斯用一小块红色战胜了红色杜德。"

"如果那块红色不被处理，而仅仅是一块红色呢？"许何说。

"如果那块红色没有被处理，可能只是一块意外降临的笔触，人们最多说，这是希尔普斯画下的。但希尔普斯怎么可能画一笔没有来由的色彩呢？"李挪继续说，"你这几笔亮色，画的都是人造垃圾，垃圾本身就是对自然的冲撞，而你画上去，更是对画面的破坏了。"

"那我也把它画成别的不就行了？橘红色的落叶，或者其他的什么，总之是山中可能出现的不就行了？"许何说。

"这样也不是不可以，可这几笔亮色，是必须出现的，还是你想让它出现？"

许何微皱着眉："好像都有。毕竟这一片都灰灰的，哪有什么亮色？"

"灰色各有不同，你把它们的层次画准了，画面自然有深度，还需要这额外的冲撞之笔吗？"

"我明白。"许何道，"只是我怕跟其他画面比，这幅画显得暗淡，跳不出来。"

"能让画跳出来的，是和谐程度。越和谐，就越明亮，显得纯度高。"李挪说，"你可以想想，这画里，对你来说，最远的是什么？最近的是什么？它们之间颜色上的影响又是什么样的层次，不用想象，就画你看到的。"

许何听着，似乎真明白了点，但这次断不敢承认自己明白了。

"待会儿我们去画岩画，那可真全都是灰的。"

"今天不是色彩写生吗？"

"岩画不是色彩？"李挪道。

"像您说的，岩画太灰了，跟素描没差了都。"

李挪道："纯度不高就不是色彩了？灰色变化微妙，如果把握得当，是最能撑住画面的部分。"

"可我觉得灰色最容易变啊，可以轻易随着周围事物和光线的变化呈现出一种倾向。"许何说。

"任何颜色都能随着光线的变化呈现出一种倾向。"

"但纯度高的色彩，主观色相清晰；灰色的色相，其实不那么明确。"许何迟疑道，"有时候我甚至觉得它怎么变都可以，反正都是灰的。"

"如果把纯度高的色彩理解为年轻的色彩，那灰色或许是成熟的色彩。年轻的色彩耀眼、突出，成熟的色彩容易因周围环境改变色彩倾向，但它若不变，那要更耀眼的色彩隐藏自己吗？"李挪说，"你喜欢画纯度高的颜色，很多人，包括我也常这样，可一幅画程度的高低，很多时候取决于它对不同灰色的表达。还是刚才那个故事，希尔普斯那幅画画得最好的是什么？难道真的是那笔红色浮标吗？如果没有壮阔的海景，那红色又算什么？它有什么被谈论的价值？"

"我知道。"许何坐下来，"但希尔普斯也不是马上知道自己要画的只是一小块浮标吧？他是改着改着才知道自己要画的只是那一小块。"

"没错。"李挪说，"杜德晚年曾给经纪人菲林写信，说他和希尔普斯最大的区别是——他'只画看到的部分，希尔普斯则一直在越界，所以作品时常呈现出曲线'，希尔普斯是'在弯路中发现新路，也在嘈杂的闹市中看到自己那一位情人'。"

"只能在画画的时候明白，不能事先明白。"许何道。

"对。"

"但希尔普斯仍然是传统性的画家，如果是19世纪末期的新感觉派呢？

253

他们中有人的画面可能整幅都是鲜艳的颜色，孟丘还会强调条边缘线，可赛高呢，他的画可以说没有灰色，全都是硬碰硬。"

"赛高的画不是没有灰色，而是他的灰色是他整个画面，他用不断的运动来表达自己的'灰色'。"李挪说。

许何听着，不禁愣了下："不管他的色彩如何鲜艳，但人们很难记得他任何一笔色彩，他们记得的是他整个画面。"

"所有的灰色，或者说所有的颜色，它要在画面中才有意义。"李挪道，"说到新感觉派，你应该看过蒙顿和希罗。"

"看过的。蒙顿的《莲娜》我们初学色彩的时候，老师让临摹过。"

"《莲娜》是蒙顿晚年的作品，画的时候他双眼模糊，反而画出了不一样的感觉，但那朦胧的感觉是很多层观感叠在一起的结果，因此整幅画呈现出的，是明亮的灰。"

"明亮的灰。"许何重复道，"我临摹的时候只觉得不得要领，即使勉强调出相似的灰色，也感觉只是练习了调色而已，对画画本身没感觉到什么提升。倒是希罗的《侍女》我画得流畅。"

"新感觉派的画适合初学色彩的人，就是因为他们的画随时在越界，希尔普斯是不经意间越界，新感觉派则是有意识在打开。他们的色彩和形体结合在一起，看起来是一些面目不清的人，不需要过高的绘画技术。可难就难在这样熔炼的色彩，初学者要如何体会，所以选什么画临很重要。《侍女》明媚，比《莲娜》更符合你们的气息。"

"画《侍女》的时候会觉得这幅画与我有关。这么说，我也不是每次都画不下去。"许何边想边说，"所以我不太明白，老师为什么想让我们画岩画呢？照您之前说的，灰色是成熟的色彩，岩画更是古代留下的东西，但它在古代，自身却又有年轻的感觉，不知道算是成熟的，还是算年轻的。"

"成熟本身和年轻并不冲突。越古老，越离童年近。如果仔细琢磨，人人最熟悉的语言皆来自童年。可不同童年的层级，却需要不同时代的人用他们的成年去叙写。"李挪说完，不禁怔了一下。

"我不太明白。童年的东西本就发生在童年，成年时期又如何叙写？那时候表达的还是童年吗？"

"过去了的事情本身都不该是重要的，重要的是现在的理解和重新认识，让人自己重新有了活力，重新过了一遍童年——这才是童年本身的价值。"李挪说，"我们现在谈论岩画，难道是站在当初执笔者的视线下吗？他或许未必知道自己在创造艺术，他只是把自己的准确留了下来。"

"我知道了。岩画看似只表达了一种声音，一种灰色。而现在，人会很多声音。只会一种声音的岩画，怎么画都看起来在画同一个东西。会很多声音的，很容易画出了更立体的切面，可内力不深，所以灌进去的技术是不流淌的。"许何突然道。

"说得非常好。西南山区有个故事很有名。一个裁缝以给村里的男女老少做衣服为生，因为衣服做得好，到后来，附近几个村子的人也来找他做衣服。找的多了，难免会剩一些边角料。裁缝就用这些边角料缝出各种奇形怪状的娃娃。有时候，还会把娃娃送给一些找他做衣服的人。但娃娃长得过于奇特，很多人觉得难看，拿了也觉得不吉利。后来过了好些年，裁缝年纪也大了，有一天负责接待了一组来村里采风的艺术家。其中一个看到了裁缝屋里的娃娃，说这是难得一见的艺术，出高价把娃娃买了回去，给省城的达官贵人一显摆，裁缝家的门槛就给踏破了。他原本只觉得好玩，这一下变成了艺术，整个人也紧张了。那之后裁缝做的衣服少了，娃娃做得多了。可是买家们来了几次，之后就不怎么来了。最初发现裁缝的艺术家说，裁缝现在的娃娃不如最初那些好。裁缝很苦恼，可他越苦恼，却越没有最初的感觉了。"

"那个艺术家也太害人了。"

"很多时候就是这样，觉得是好事，其实做了坏事；等到后果出现，又怪罪别人。我们画画的人，有时候也是裁缝，脑子里想着很多的东西，其实多半是杂音。"李挪继续说，"来来回回的转折与格式，经脉却没有打通。"

好像一颗小石子突然吐出来，李挪也松了一口气。

"不过，我觉得岩画还是人类婴儿期的产物，但是永恒的那种。"许何微皱着眉，两腿依然保持刚才的姿势站着，"岩画简洁，却也最复杂。"

"回到蒙顿的《莲娜》，那看起来是双眼浑浊的蒙顿晚年画的一幅不清不楚的画，可他是蒙顿啊，尽管一幅画都是颜色相近的灰，但那也是包裹着大半生深刻理解的灰色，他把记忆中看得清的世界和眼前看不清的世界叠加在一起，所以画里充满明明灭灭的希望之光，他用绘画的形式让自己继续看清世界。"

许何听得有些呆，李挪也没想到自己能说出这些。

她疾走几步，拿出速写本，看着这些岩画，不时闭眼休息。画到中途，她把画板搁在支好的画架上，一会儿站远，一会儿又走到要画的对象跟前。这次她没有剑走偏锋选择特殊的构图，也没有刻意营造绘画的氛围，而是从景物本身入手，直接用曲线画出景物的状态。十几根粗重的线条下去，景物已经初现生动感。

"随着绘画的深入，灰色的层级会越来越高。"李挪道。

"人的'眼'会看得越来越清。"许何接着说，"观察不只是眼睛的功夫。"

"很好。"李挪笑道。

弯弯曲曲的山路两侧堆满岩块，其中最大的几块，上面的图案已经看不太清楚了，有一块，只隐隐约约看得见印痕。二人一路说着，不自觉已经走到岩画跟前。这里是西部地区最知名的一块岩画区，尽管大部分图案已模糊不清，但还是能看到端倪。它们一般线条粗壮，形态夸张。有的形态貌似眼睛、手、器官，但大部分形态看起来可以是人心里的任何东西。李挪之前不是没来看过，但这次看，倒觉得跟广汉三星堆出土的青铜器有些相似，随即想起去欧洲交流的时候，在那里的岩洞上看见的石刻。图案仿佛腹语，她想的是什么，它们就能按她心中所想让她觉得是什么。一幅画仿佛能无休无止地看下去。

许何看向她。她身姿挺拔，肩膀微耸，看起来十分专注——这让他感到自在。

他从旁边溪流打来清水，重新在画板上挤好颜料。他打算离岩画远一点。这地方，经多年风化，上面的形态早已模糊不清。小的时候，学校经常组织小朋友参观岩画。老师们有很多千篇一律的说辞，最多的说法是：它们是人类早期艺术的结晶。后来他知道一个词，叫"生殖崇拜"——岩画上有很多这样的形象，它们躺进岩缝中，似要把它撑开。说起来也奇怪，除了那些被冠以"生殖崇拜"主题的图景，其他轮廓更复杂的岩画，似乎真随时间逐渐模糊——至少在许何的记忆中，他只能用想象来弥补。

在自己的理解中，加上一些标签，甚至生造一些名词，让它们在他的记忆中是明朗的，试图让这"明朗"逐渐成为自己的特征。这样想着，右手已摆出几块黄灰色。他仿佛杵在光影的边缘，心底的小块明亮始终在跳跃，让他心痒难耐。

同学们纷纷站起来，三五成群在写生区域徘徊，仿佛刚结束一场考试。他抠着裤腿，接着又把画板放下，插上耳机，试图掩盖眼前热腾腾的日常气焰，但很快发现不能逃避，只得又站起来。

先环视周围，接着朝后走几步，他不敢退到人群中去，并愈发紧张。李挪原本在他不远处站着，发现他看见了自己，很快又走开。

笔头从一侧划向另一侧。树，隐约的小路，还有溪流旁边偶然闪现的野花，都被许何打破原有的格局，置入画面，仿佛他自己也跟随笔下的事物变得茂盛、放松。他屏住呼吸，感受着心底沸腾的东西流出来。好像第一次撕出一角亮光，脑中涌现出的清晰片段让他听不见外界的声音。而另一方面，他不得不强迫自己平静下来，逐渐进入有秩序的细节塑造之中。

李挪感觉周围的气氛有些凝滞，有几个学生往许何那里围过去。他这次没有表现出尴尬，而是直接站起来画。到中途，他停下来。也许之前太用力，画面盖上了厚厚的颜料，隐藏在暗色中的部分仍有些草率和混乱。心底那块闪烁的明亮一阵狂跳之后终于暗淡了一点。看看手机，时间已进入今天最后的评讲阶段，他放下画笔。

"让你们画岩画，不是画几块带图案的石头。"李挪对着其他同学说，"颜色挺丰富，我都没见过谁还能把反光的颜色画得这么'丰富'。准确，不是盯着颜色画。要看整体，细部随整体变。"

"是岩画周围的颜色影响它，不是它去影响周围。"许何道。

"为什么不能它去影响周围呢？"一个平头、有点驼背的瘦男生说，"灰色难道不是最恒定的部分吗？光线一会儿就变，我们怎么跟着光线画呢？"

"不是跟着光线画，也不是跟着灰色画，是跟着自己画。"李挪说，"影响是互相都有影响。其他景物投射在岩画上的影子仍旧是岩画，是岩石的一部分，仍是这块灰色的一部分。就像岩石投射在其他景物上的影子，那已经不是岩石了……今天到这，明天再来。"

天色似要暗下来。画了一天灰色，李挪不禁想起自己学画伊始，也是不断处理各种灰色。每个初学色彩的学生都要画一遍的色表和渐变作业，她都没做。老师让大家画过羊角，揉成一团的报纸和塑料袋，麻绳，泛黄的面具，不同年代的旧书……最开始，她总是不得要领，只觉得颜色都差不多，自己怎么画都可以。直到有一天，再看那一片灰色，突然觉得一大片的灰色之地上，有一块或者几块色彩仿佛在无休无止地跳跃。她记得那是个好日子，她最后一个从画室走出来，周围非常安静。路灯把她的影子拉得很长，她看着自己的影子，仿佛它能无限延伸出去，仿佛她可以去任何地方。她一路跳着走着。到家的时候才发现丢了钥匙，还在邻居家睡了一夜。醒来之后的白天也和往日不同。

她想着，情绪一会儿跳到过去，一会儿回到此刻。许何本和她并肩走着，现在也退到队伍后面。她知道他又回到了"自己"。她不敢轻易赞许他，任由他在后面走着。她已经说了太多，现在是她暂时闭嘴的时候。

已经六点半了。太阳终于开始往下落。

把最后一个学生送走，李挪也回到宿舍。楼下一排烧烤摊，人们喝着嚼着，脚下的啤酒瓶把他们每个人都衬托得很强悍。她走上去，像穿越一排大且轻巧的柱状物，感觉自己才是密度最大的一颗，她提着气，也像提着自己，就这样扎实地把自己按在床上。

许何今晚没睡书房，家里没人，被子在床头叠成了四方块。床底隐隐约约露出见底的丙烯颜料罐，还有两排已经毛躁的排笔。枕头下面是正在看的原版画册，图书网站分期十二次付款买下来的，字是看不懂的蝌蚪文，他只看看画。这会儿他心里有些不安，翻画册的时候，直接翻到一块丰腴白净的脊背，脊背主人暗暗侧过来的半只眼睛让他微微哆嗦了一下。

他想打个电话给父亲，但一躺下，这个念头也被掐灭。手机屏幕在床头柜上闪烁了一下，他想如果它再闪，他一定会接。可它没有再闪。

醒来的时候太阳已经很大了，坐着车上山的时候，他觉得眼前都是新鲜的黄色。许何甚至想利用光影，再画一幅色调明朗的作业。不过他终究没有这样做，而是闭上眼，再猛地睁开。在暗与亮的交替中，他仿佛看见一个微小的影子不断攀爬。

今天的内容比较简单，仍是自选位置，画一幅新的写生。李挪说完作业要求，就走到昨天的位置，铺开一张新的画纸。虽然位置和时间与昨日差不多，但今天的光线似乎和昨日非常不同。许何看见李挪在之前的位置坐下，自己也跟着坐下，他没有铺开一张新的纸，而是打开昨天的画。

"你接着画，别管之前的怎么来的。"李挪说。

"前面的还没确定，怎么能往前画呢?"许何道。

"后能改前。"李挪说，"前面已经说了。成年后的人可以重新认识童年。但如果这个人后来没什么成就，他之前所有的错误或者弯路，就只是错误和弯路而已。只有等他在人生中，或者在画画这件事上真正成熟了，好好完成了自己，之前那些看起来与现在无关的东西，最终就成了他，此前的含糊和懵懂感从属于更高的完整，也就改变了他过去的位置。"

许何听着，觉得隐隐有些明白，但又觉得李挪说的可能不是他想的那个意思，于是没敢再说话。

李挪转身绕着其他同学的画走了一圈，开始在另一块阴影处画自己的。周围很吵，学生们还在调整作画位置。

"不要找位置，要随时随地能画。"

她说着，旋即又觉得讲得节奏太快，很快补充道："先画，再调位置。不是要画面适应你们，是要主动适应画面。"

李挪看了一眼许何，马上又说："能适应的画面，才是你们自己的。发现新的错才能进步，不是继续重复。"

她的手机在一旁放着，不时发出新邮件的铃声，像首断断续续的电子音乐，让她骤然从精神的世界又折返到其他地方，就这样进进出出几下，终于把手机关掉。

这里空气极好。她放下速写簿，开始画正式的色彩画。选的这处景致原本就足够饱满，不过，她还是想把山景一字排开，让不同景物之间看似分散，能量又聚集在一起。

她把手机设置成静音，画了一会儿，接着又放下，换了一支纤细的排笔。当她试图直取核心，先前那套流畅的作画方式显得不太能用得上，她感觉运笔有些呆板，连这套跟随自己多年的画具也显得有些陌生。

她站起来，然后坐下，屏住呼吸。直到觉得所有颜色都朝她的画面汇聚，右手上夹满不同号的排笔，她终于觉得自己进入点状态。

聚过来的学生有些多，也有几个在许何那里。他今天看起来意气风发，刚才还坐着，现在则站着画起来。小号排笔已被抛弃，只有几支大号笔被他轮番使用。李挪看一眼——色彩准确很多，不过又回到老问题，在原地打转，重要细节没有耐心进入。但她决定不理他，她要等这阵狂喜在他心上再过去一点，看他是不是能自己明白。

手机在石头上震动，她心下一凛。

"忙吗？"

"还行。"

"之前那套画，还在我这儿，最近有个展我打算用……"

"别用了。"她说，"反正也卖不出去。"

"怎么知道卖不出去？你在那个快倒闭的学校当老师，还不知道这几个月的动向吧。"

"我不想卖。"

"跟着一帮学生去写生就变了？写生能跟你的创作比？"

"什么创作不是写生？"李挪道，"那批画，我不想公开。"

她换了一支更小号的笔。调的颜色也越发厚实了。走向、节奏、细节，像一口气进了同一个炼钢炉。她想表达的多重东西，都压在这一笔一笔不同的颜色下。她面临着一个新世界，需要重新回到最直接的日常——和她曾经熟悉的那些事物再次面对面。

原本她只打算借这份教职的契机，沿西北各地多转转，之前她也不是没有这样的机会，甚至那时候机会更多，可当时她执迷于幻想中的世界，即使了解到更多，内心也多是拒绝。决定来这里之后，她曾想借机研究一些特殊颜料的制作过程，拜访少数民族的民间艺人，参与一些艺术公益项目，甚至干脆转行做策展人。反正一路积累下来的人脉和经验，足够她这些年风生水起。她先在省会待了几日，又去几个当地有名的村落走访一遍，因为创作一直不顺，只好拿着卡片机沿途拍照。有时从一户牧民家出来，就要过上好久才去下一个据点。依靠着几个常居当地写生的画家朋友，她那段日子倒也过得热闹。有几天，和朋友开车走在原野上时，她几乎觉得最困难的日子要过去了，她觉得自己还是要画画，不是从事什么"艺术相关工作"。可一旦面对创作，她的信心又减弱了。过去几年画画的方式已经让她感到陈旧而轻佻，可她又要面对摒弃那套过程的自己，看似枯燥地作画——一块颜色压着一块颜色，层层递进的景致。这一切让她时不时觉得失去了那套特点的自己可能也失去了才华。尽管只一瞬，也让她在某一段时间内深深挫败。

最开始的时候，她在一个扶持年轻画家的艺术社区看见这所中学高薪聘请青年画家。这几年，鲜有艺术类中学愿意请知名画家做老师，一个是成本高，另一个是学校追求升学率，更愿意看老师带学生走捷径考高分。也因此，她对这学校留了意。再之后，她发现学校在当地非常知名，从这里考入各大美术院校的学生也不少，但大部分是复读生。想想曾经，自己也在京城的数家知名画室辗转学艺，弯路走了不少，差点就没考上美术学院。惊喜之余进学校了，也发现跟自己想得不一样，老师大都不错，但最终还是只能自己画。

"你还想当救世主？"

得知她想去做老师，朋友半认真半玩笑地嘲讽道。

但她不在意，甚至主动了解学校的情况，了解其他任课老师的教学方法。问题的根源都在过去，想解决只能重新了解一遍之前的整个过程。

"你想得确实好，但他们马上就要高考了，现在这么搞，很容易出问题。"

"如果真解决了画面的问题，还怕应付不了考试吗？"李挪说。

说完，她还是有些隐隐的心虚。她知道，就算不听她的，他们未必就一定考不上好大学。那隐约的一层她不敢表明：考试处理的总是不同的完成和完整性，即使这批学生比许多外面的学生都超前，也未必真的能在考场上胜出。他们有着确定明暗的浓密线条，某种程度上正是考场常见的熟练选手，只要不太过分，他们能用自己画中浅薄的自信覆盖住形体上的迟疑；他们擅长制造画面气氛，也把这些当作天分，当作自己可以在这里，甚至走这一行的原因。某一瞬间，这让她有些难过，但她的难过不是为他们，而是为某一个自己。

李挪一边想着，一边接着画，刚才那番回想让她突然生出了陌生的耐心，仿佛那之前被她在意的褶皱急需抚平，而她此刻就在做这件事。放眼望去，视线中的风景比之前更有序。西北地区的山，总是自然就伸出去，

261

不太陡峭，树也不多，少有水源充足的河流。这里的山没有太多别的景色陪衬，仿佛可以随着地势自然消失。不用力，却遍布目之所及的整个平原。

把几个重要的部分画完，她放下笔，开始看学生们的作业。一路看下去，许何比昨天更放得开。有限的画面被他处理得奔腾。他的手像一下解禁了，任何素材都可以拿过来，看似不经意地捏几下，就有模有样地嵌在了画面中。他不再囿于眼前那点空间，有时还会往前往后多走走，一些远处的山，也被他叠进画面。所有的景物一齐出发，十分茂盛。

"注意准确性。"李挪抬抬眼。

只是，对他来说，此刻没有什么比眼前的状态更重要。

她看着他：放松的笔触不断让一些变化显露出来，事物本身稳固的那一层却显得轻了。但相比这个问题，她更想知道这幅画许何能坚持多久。如果他不再只是熬时间，而是不断调整，就是进步。

"盯着终点画，不管中间怎么复杂，都是简单的。重点是你们画的对象有没有改变，改变了几层。所有的终点都是设限。"

她朝大家说着，随即又看向他。

他确实在调整，但更多是把感受到的片刻连缀成画面。她顿了顿，又转身对大家说："画一会儿，记得站远处望望。"

许多学生真的这么做了。许何仍在原地。直到又过了一会儿，他才像想起什么似的，把画板推远。

"我好像画太多了。"

"你知道写生最大的优势是什么吗？"

"直接？"

"那你为什么画这么多没用的？"李挪指着他画的花草、石头，以及远处雪山的曲线。

"它们也是画面的一部分啊，难道不该画？况且，它们虽然多，但也都是不同的。"

"确实不同，颜色花样多。"李挪道，"这张画得勤奋啊。"

许何脸一变色，瞥了她一眼："被讽刺了。"

"每个画面，都有自己的秩序，你拿自己的秩序去套它，出来的就只能是作业。"

"我知道颜色没那么多，可不画那么多颜色，它们的不同体现不出来。"

"靠特点来体现，不如不画。"李挪说，"你想进入竞争行列，脑子里就不能想这些。"

"我不懂，我承认有些刻意了，但那也确实是它们的颜色啊。"

"你看到了它们的颜色，但哪些颜色是压着的，哪些颜色是露出来的？准确之后才有色彩。"

"如果这么说，我们画的圆，能有圆规准确？"

"准确得是你自己的，才叫准确。丰富与否不在颜色多少，在程度，一幅画里有高低不同的层次，它们的秩序决定你画面真实的程度。"

"我觉得还在学技术，没想其他的。"他低头。

"没有单一的技术，技术的革新，也是人面对自己的过程。"

"创作难道不是虚构的过程？我们如何确定画画时候的那个自己是自己呢。"

"不管我们能不能知道，'自己'始终都在。"

"这我知道。但我觉得一直有两个自己，不能说哪个自己是正确的，只能说某个自己适合画画。"

"哪有什么几个自己，那都是你自己。"

许何愣了愣："感觉说远了。"

"那拉回来，你觉得画面有什么问题？如果你坚信自己画得没错，你就这样画，没问题。反正你的程度，考美院问题不大。"

"我只是觉得很多东西都有，是它们确实有，我也确实看见了，但我不能这么把它们画出来。可我又不知道除了这样把它们画出来，还能怎么画。有时候觉得一张画上都是乱线，只好画了擦，擦了画。"

"看到很多东西是好事。但真的那么多东西都重要吗？不是所有元素都必须在画面中表现，开阔不是因为多，恰是因为少。"

"这我知道，但难道我要掩饰我的看见吗？"

"当然不用，少未必是没看见。"李挪说，"而是看见了，却放进有限的空间。"

"我看见了一些新的颜色，闪闪烁烁在心里一上一下。"许何低头。

"这新的颜色和旧的颜色，它们在你心里还是一个整体吗？"李挪道。

"我只知道这是我现在觉得对的颜色，可之前那些，似乎也不是错的。"

"看见了新的，旧的就该拿掉。"李挪道，"东西永远只有那点，多的是你不舍得的部分。"

"可如果那样，不就等于重新开始了？"

"重新开始有问题吗？"

"……没问题，我只是觉得不确定，也不确定时间够不够。"

"李克德教徐培琼画画的时候，让她坚持每天早上五点在上海美专教学楼顶层画日出。徐培琼头几天画得高高兴兴的，后来就越来越难受。最后连画了三十天，交给李克德的画，每一张都不一样。"

"这故事好像听过。李克德脾气不好，当时大发雷霆，让徐培琼以后也别跟着他画画了。算是当年上海美专的一个小事件。"

李挪继续说："徐培琼当时百思不得其解，觉得自己画得不对吗？那不然呢？于是又去画了一个月日出。她战战兢兢把画再拿给李克德的时候，他说——'这是对的。'当时李克德的教学助理叫钟凌，年纪比徐培琼大不了几岁，在一旁看得很不明白。说，这次徐画的不就是一模一样的三十张日出吗？怎么这一模一样反倒是对的了？李克德说：怎么能是一样呢？她每一天都不一样了。钟凌当时恍然大悟。好玩的是，徐培琼直到后来很久才想明白这事儿。"

"徐一开始画的不同不是真的不同，所以李克德生气，但后来画的相同了，李克德又高兴，这很奇怪啊。"

"徐不是后面画得相同，而是她不知道自己画得不同，钟凌也不知道，但李克德知道。"李挪说，"换句话说，李克德想让徐培琼学会的，她已经学会了，但徐自己不知道，这才是好玩的地方。"

"啊。徐之前画得不同是她觉得李克德想让她学习不同，后来画得相似，是因为她画着画着知道只能尊重自己的感觉，所以画出来的看起来很像，实际上又有不同。"

"对。因为思考这整个过程的徐培琼自己始终在变化，这变化很微妙，李克德正是让她用画日出的形式画自己。"

"但我觉得奇怪。"许何问，"就算真的画一个月日出，怎么又能画得

264

相似呢？上海又不是我们这里，长年晴天。"

"所以这是徐培琼有意思的地方。"李挪说，"她对天气这些明显的变化不感兴趣，尤其看她后面的创作，是对不轻易变化的东西感兴趣。所以最开始的那个月，徐培琼画的日出每一张都不同，但那只是天气的变化，不是画本身的不同——她以为李克德要的是这个。后面她不追求天气的不同了，反而画出了那个一直在写生的自己的变化。所以李克德还是厉害，他让徐培琼这样去观察自己，去重视自己。要知道，他自己的画，并不是这样。"

"我记得以前看画册，李克德说钟凌是聪明型，徐培琼是憨人，跟他一样。"

"憨也有各种各样的憨。对李克德来说，这是给出了多大的褒奖啊。虽然后来普遍对李克德评价比较低，因为他一生也就留下那十四张风景画，但就是他真的让徐培琼有了自信，从那之后不再怀疑自己，而是从自己的兴趣出发。"

"所以她才画了那么多灰色的瓶子和塑料袋？"

"你看过她晚年在圣巴巴拉画的《海岸线》吗？"李挪说，"就一条线，其余全是灰色背景，但那条线，每一个点都不同，可一般人看不出来。"

"我知道那幅。传闻她当时刚刚丧子，那幅画，虽然只是展现一瞬间的海景，但其实是她六个月画出来的。"

"六个月，只画一条海岸线。每一块色彩都不同，每次不同，都是一次波动。每次波动，其他部分就跟着变一次。所以有人说，那幅画快画完的时候，来做客的钟凌一眼看穿，说徐培琼那幅画是把很多幅画叠加在一起，她的刮刀可以任意剥掉一层颜料，因为那后面的颜色也可以组成一幅完整的作品。"李挪道，"我见过原作，几乎是杰作。"

"几乎？"

"对。还差点。"

"为什么？"

"她用六个月的迟疑拼出了自己改变的过程，但其实改变只需要一个瞬间，她完全可以直接进入，不需要那么曲折。"李挪说，"那画面中灰蒙蒙的天空和海浪，已经对她的过去做了交代。"

"那过程应该是让人印象深刻的。"许何仿佛是自言自语，又确确实实在对她说，"不过动人的只能是真相，其他都是表面的波光。徐培琼不是因为跌宕起伏的过程被记住，而是她最后留下的那个改变。"

"对。"李挪说，"如果把那幅画放很远去看，容易误以为徐培琼只是画了一条明亮的金黄色。也就是这道金黄色，让她前面做的一切有了意义。让那幅据说有13587种色彩变化的画真的将她的创作往前推了一个等级。"这么说着，她的脊背突然抖动了一下。而许何双腿绷直，站在和她几步远的位置，盯着自己的画面，接着又后退了几步。他看见自己刚才的画面没有一处不丰富，但这种丰富只是让这幅画看起来略显胆怯。

"你如果看过《徐培琼回忆录》就知道，其实她在画那幅画的时候已经意识到这个问题，但她还是那样画了。"李挪接着说。

"人抛弃掉以前的自己是很难的，更何况是徐培琼这样的画家。"许何突然说。

"所以钟凌说她不够狠，但话说回来，钟凌也不够狠，他只是不画看起来不那么正确的，只画自己看得明白的。李克德说他看似画得天衣无缝，但一离了画纸的尺寸就满是漏洞。徐培琼什么都敢画，明白也好不明白也好，徐是画着画着明白的，但终究不能更明白，所以她的画，尤其在美国那批，有不少是半成品。这对徐这种讲究完整性的画家来说，是很少见的。要说硬朗，还是李克德好点。"

"可李的硬朗似乎还是有点精致了。"许何道，"总是离不开清丽的花瓶、少女、山水，哪怕是墨汁和油彩的走向都带着点坦途感。"

"坦途感说得好。宋斯有次写文章批评李克德不肯放下'婉约'那一套，所画人物没有表情。徐培琼为他辩护，说他'看起来是浪漫的，其实是粗粝的。他画一个人是在画万千人'。"李挪道，"'你能记得万千人长什么样吗?'"

"我不能。"许何道，"但我相信有人能。"

"徐的那些话是说给宋斯听的，因为宋斯当然没到那个程度。"李挪道，"有个故事不知道你听过没有。说两个人相约去画鲸比试，一个人坚称一群鲸更具气象，另一个认为一头鲸才巨大。最后你猜谁赢了?"

"这，肯定第二个吧。一群鲸尽管壮阔，但一头鲸才是属于艺术的。不过……"许何挺了挺身子，"虽然艺术最终要找的是创作者的那一头鲸，但所有找到一头鲸的，总要面临一群鲸。"

"没错。李克德很明白这个，所以他看到宋斯的文章，说他说得对。看见徐的文章，直言她在保护自己。"

"说宋斯说得对，是他说出了李的某种局限？对徐的反应，是因为他知道自己没到那个程度。"许何道，"但他仍然在努力往那个程度去画。"

"这是徐为他辩护的原因。她看到了他的诚恳，因为她也是诚恳的。"

"诚恳？"许何道，"明知道可能画不到想要的那个程度还去画，这不很奇怪吗？"

"诚恳，是知道自己有问题，努力去解决，在这解决的过程中，我们看到了诚恳。"李挪说，"你不也想这样吗？"

许何脸红起来："但宋斯说的未必是李克德认为的那样吧。"

"当然不是。如果是，宋斯也不是那个程度了。"李挪道，"但李从他的话中看到了自己的问题，这是李比宋斯等人厉害的地方。"

"我记得宋斯也是李的学生。"许何说，"李还说他教过那么多学生，只有宋斯是真在学他的。不过咂摸着，也不知道这究竟是好话还是坏话了。"

"李是宋斯年轻时的偶像，宋斯也是李晚年唯一在校外收的学生。但人都是这样，年轻时越喜欢，到后面越是拒绝得紧。"

"为啥？不过，宋斯后来不是去北京学画，拜在熊阑门下吗？"许何道。

"熊阑死后，社会美术出版社出过一本他的晚年作品集，里面误入了几幅宋斯的画，当时熊阑的家人很生气。"

"我记得前几年还看见本《李克德谈艺录》，里面有宋斯的画。"

"这就是李克德和熊阑的不同了。李可以说'宋斯的话非本心'，熊阑怎么能允许呢？可有趣就在这里，熊阑生前最喜欢的弟子之一就是宋斯。李当年很少夸宋斯。"

"我没怎么看过宋斯的画。只记得他刚跟熊阑学画时的一幅《八美图》，画了八个女战士——画的倒是熊阑喜欢的题材。这幅画在当年国立北平艺专的湖岸画展上展出，熊阑看到很生气，觉得他跟着自己，学的还是李克德。"许何道。

"宋斯有他好的地方，据说李后来对钟凌说过——'宋斯的好处是他不知道自己哪里好，他很难再走远也在于总是不知道自己哪里好。'"

"我只觉得，宋斯喜欢用聪明劲儿盖住自己严肃的地方，所以他那层'硬朗'有些油气。"

"聪明劲儿其实是熊阑那一套。宋斯初成名于北平时，有人喜欢在饭桌上戏弄他，问他李克德和熊阑谁的画更好，宋斯不知道怎么回答，只好不停喝酒。最后总是钟凌把他送回家。"李挪道，"可这样的问题，换作钟凌或者熊阑，谁都能回答得很好。"

"宋斯本不是聪明人。"

"是啊。李克德早就清楚了。所以他一直生气钟凌居然把宋斯引到熊阑那里去。"

"但后来徐在上海养病，钟和李还各自画了一幅画记录徐的病中生活。"

"那是徐提议的，因为只有这样能让二人关系缓和。这些人，终究是认作品的。"李挪说。

"钟凌的作品没怎么看过。他好像当老师的时间比李还长？"

"长多了。钟凌后来自己在外面收徒，不按当时流行的透视法教画。某一段时间，除了熊阑，没人理解他。"李挪说。

"我知道他是当时第一个提倡用多材质来创作的画家之一。"

"是。李克德看不上他那一套，说钟凌花样多。"李挪道，"用多个材料没问题，颜色多没问题。还是徐的那幅海岸线，改变尽管只是一瞬间，但如果没有前面那么多的跌宕起伏，徐会真的知道自己最后要的只是那一道不停变化的金黄色吗？钟凌如果不教熊阑口中那二十几个'忘恩负义'的徒弟，他未必画得出晚年那幅巨大的《驯虎图》。"

"有些过于用力的变化，即使对当时的画面作用不大，但只要对自己有用，就还是有用的……"许何说着，看了看自己的画，想说什么，又最终没有说出来。

"对自己的作用还是会落到画面上。徐培琼的《海岸线》刚画出来的时候，李克德也不理解她。但如果没有那幅《海岸线》，徐可能也画不出后来的《天山》。"李挪看了他一眼，"就像刚才故事里，熊阑和宋斯其实相较李克德和徐培琼、钟凌，可能还是不够好的画家，但他们的局限也可以是我们学习的地方。"

"学习局限？"

"应该说是他们应对局限的方式。他们即使有局限，我们谈论的还是他们。"李挪道，"既然我们能看到他们的局限，他们难道看不到吗？"

"但他们还是未能真正解决这个问题，所以……"他顿了顿，"后面的那些人还是有可能比他们好。"

"可以把'后面的那些人'换成'我们'。"李挪笑道。

已经十点半了。再画一个小时，又要进入中午的评讲，不过李挪准备缓一缓。除了许何，大部分学生已经用颜料铺满了今天的画面，开始以小组为单位画速写。许何抬起头，看见李挪看他，又低下头。半晌才说："李老师，这样是不是好些。"

李挪看过去，不禁笑了笑。他这次用了散点透视，不同景物之间仿佛在进行力量的传递，但传递到最后，却稍显松垮，仿佛把一幅更具延伸感的画面处理得平均了。

"主要感觉不像写生，更像虚构的画。"他继续说，"也不符合近实远虚，倒感觉远近都一样虚实了，或者看不出谁该在近谁又该在远。"他的背微驼，看一眼画面，又看一眼前方。

"虚构就是这样产生的，它出现在你深入的间隙。"李挪说，"你们都喜欢从近处推远处。近处多一分，远处就少一分。难道不该它们都多一分吗？那么多大的景致在眼前——山、天空、晴天的日月，却想用这些石块、小树、花草，去体现它们。怎么可能？是高级的事物决定低级的事物，是高级的事物让我们在现在的秩序中。"

"为什么远处就比近处高级？高级的不该是画面中所有东西一起奔跑吗？"许何道。

"没错。但更高级的，是你看得远，却还能平等地看待它们。"李挪说，"自由组合是为了让事物站在更正确的位置，力量在传递中获得生命力，不只是形式上的不断转折。"

许何坐下来，仍旧看一眼画，又看一眼远处。这好像该是个大日子，但又不算，他挪动着心里那一层东西，想着要把它们放在哪里才好。

李挪看了一圈其他学生的画，接着又回到自己的画面。远处清晰而有力量，近处明确又复杂。这一次，不是一种东西从远处赶来，也不是朝前奔跑，而是它们终于一起来了——怎么能要求事物都从一个方向以同一个方式赶来呢，它们当然是不同的。但它们不同，却催生出同样的复杂内心。它们进入画面的方式不同，让它们原本平级的处境仿佛需要一个高低，她莫名成为那个分配高低的人。尽管她觉得，自己未必更高，但它们一前一后，把空隙留给了她——她要决定这幅画究竟从哪向哪奔跑。

她一颗心提起来。这选择，或者说这段心路并不比任何一段现实中的困境来得容易，甚至还要更难。它带着将知未知的曲线，把她推向一片更开阔的世界，她在获得自由的同时，也获得了不断挑战自己的权利。那个刚被发现的新世界带给她新的能量，若分配不均，或委屈了其中一个，都将造成某种灾难。更大的问题是，即使这力量均匀铺在它们该在的位置，那她又在哪里呢？不要说她是每一片力量本身，或者这力量组成了新的她。如果只是这样，那她和过去的自己没有本质区别——她首先需要的，是安置好现在的自己。这安置的程度，取决于她对过去自己的判断。她早已知道不可能再像曾经那样看过去的自己，但她有时候又突然不确定现在的自己看过去自己的态度是不是足够正确。

没有过去，也没有未来，只有此刻。任何拼接而成的都是有缝隙的，因这此刻本就不负责拼成任何一段新的过去和新的未来，因为它就是过去、现在、未来。

这样想着，她又闭上眼。再睁开的时候，她用刮刀把刚才那层丙烯颜料刮去。画纸上现出雾蒙蒙的一片。不过她不打算立刻画上新的色彩。光线又有了一轮变化，她感受着这新变化中恒定的部分，从某种程度来说，那也是她唯一认可的色彩。

大部分学生已画完，剩下的，也停笔站在李挪背后。她换了一支中号排笔，和上次不同，她没有在任何一笔颜色上迟疑太久。太阳越来越大，她不知道是心理作用还是光线本身的变化。照耀她的光亮催促她，她不得不停下来。越是关键时候，越要有耐心。现在把好不容易凝聚的力一点点放掉。她想：待会儿，还要往回收。

仿佛一层颜色盖上另一层颜色，她用笔厚重、朴拙。从近处看，每个细节串联着另一个细节。一些超出每块事物轮廓内的色彩表达，仿佛是外部环境投射在它们身上的影子，而这影子又构成整个画面的一部分。进去、出来，折过去、拉直。它们彼此包围，各自独立。她脑子里突然浮现出红色浮标和金色海岸线。一切看起来大刀阔斧的改变，和不改变没有本质区别。真正的改变是牵一发而动全身。

只有不断向前走才有"新世界"，除此之外，人永远在旧的世界中。李挪站起来，看见山的脉络，它一路从这头绕到了那头。原本被遮挡的一层山峦，此刻也似乎离自己近了。

她已经忘记从哪一年开始，画画的时候脑子里会浮现出所画对象的骨架。不管是大还是小的事物，她习惯去顺着它们身上的纹理转折去观察——正是不断的转折使它们无边。

"李老师，这些东西看起来都和昨天一样，可今天画出来的时候，怎么颜色、状态差别都那么大。"驼背瘦男生说。

"本来就差别大啊。"许何说。

"只过了一天，就不一样了？"

"是你不一样了，不是这些东西。"许何说，"早上六点和八九点的太阳，怎么会一样呢？"

"李老师，我看见您上次给我们看的很多画是不断重复铺色的，这样不会显得脏吗？"穿军绿色风衣的女生问。

"你只觉得那是重复铺色，怎么不知它们是打开之后再打开，画本就可以持续画下去。"李挪说，"有些颜料之所以流行，就是因为覆盖性强，另外，很多时候的'脏'只是因为不准确。"

"不断变化的东西，怎么能说'准确'不'准确'？"许何半咬着嘴唇。

"准确的转折才是变化。"李挪说，"有些人的准不是真准，是把对象浅化。大部分时候的'准'是现在意识的局限。画画没有终点。最好的方法是随时能停，随时还能继续画。"

"怎么判断随时能停，随时能继续画？"许何又问。

"让它每个阶段都完整。"李挪抬抬眼说，"把整个感受和观察的过程表现出来，画面就是一幅完整的成长曲线。成长是无止境的，画面也便是无止境的。"

"既然无止境，我们画短期作业有什么用？"许何说。

"短期作业也在'无止境'中啊。'无止境'的是绘画本身，不是作画的方式和时间。"

"……短期作业画初级状态，长期作业画复杂状态。"

"直接画到复杂状态，短期也可以有长期作业的效果。"

"……直接画到复杂状态，不是用不着一轮一轮去画和调整？"

"还是回到刚才的问题了。"李挪说，"再复杂的状态，还是简单状态。"

"已经直接画到复杂，怎么能说简单？"

"在整个变化之中，目前的复杂，仍是简单。"

"是一次又一次直接面对问题，才产生了作品的密度。"许何说。

"对。"

"光线、外部环境不也和我们自己一起在变吗？怎么能保证变和变同步进行？"

"既然你知道我们都在一个世界，那还分什么环境和自己？"

"你之前不是说我们不在一个世界吗？"许何说。

"我们可以选择和别人在不在一个世界，但不管怎么选择，这世界仍旧是所有人的。"

"我不明白，既然不管怎么选择对世界都没有影响，那我们画出来的东西，又有什么意义呢？难道纯粹是给自己看的吗？"

"画画首先就是给自己看啊。"李挪说，"画画，最终画的是背后的自己。"

"这样不会太自我吗？"许何说。

"什么画不是画自我，什么创作不是写生？"

"'自我'对别人又有什么意义呢？"许何说，"我不想画自我，我想对其他人有益处。"

"如果对自己的益处尚不知道在哪里，又怎么谈对别人有益处呢？"李挪说，"世界确实对谁都是这样的，但我们可以有自己的认识。别人怎么说，你不信，那依然没用，你信的才是你能画好的。"

许何听着，并没有讲话。他感觉这话是对的，又觉得不那么对，就像他看自己的画时，总觉得很多地方是对的，但也不那么对。他内心的志气让他觉得羞耻，又让他急切。

"听说这次写生她打算安排一个月。"

"我们要上山住？"

"有可能。"

周围同学的议论，让他突然有点高兴，又有点惧怕。正如他希望过这样的生活——画画，画画，画画，但他又觉得这样的生活未必是真实的，或者，至少不是全部，因此他总是不能放心。

"李老师，听说这个月你都安排了风景写生？那我们还去画室吗？"他问道。

"现在这不算画室？"

回家的时候已经九点。下山的路似乎比上山的路还要难。许何今天没有走主干线，而是从侧面下山，搭乘了回家最近的一趟快速公交。这座城市面积不小，但人少，所以看起来就显得小了。没有东部和中部城市堵车的问题，路上的车都开得飞快，加上中间停的站次少，他不一会儿就到了家。

近来多晴天，许何往天上看的时候，都是星星。按照李挪的课程计划，他们这帮人要连续写生一个月。在其他班看来，他们提前进入了集训。只是集训内容和考试内容并不一样，在整个年级看来，显得十分另类。

近来相关艺术类媒体号正在热转李挪的几幅画。那个被她单方面"炒鱿鱼"的"经纪人"，正在发布这些她本不愿卖的作品。甚至在一些小众的网站上，悄悄传播着她弃画从教的消息。这些原本让李挪不太高兴的事情，反而帮了她的忙。学校只当她是有名的画家，获过多个奖项，又受业内瞩目，所说的必然不会差。甚至连她带的这个班，也被学校默认为美术学院造型专业后备役。李挪倒不介意这些，她被外界认可的那部分，已经在被她抛弃。在无限精微和幽深的绘画艺术上，大部分人总是喜欢他们一眼看见的东西，并把那特质认定为才华。她不能对此说什么，毕竟她正是曾经因为特点被关注并获益的那部分人之一。

她此刻更担心的是学生。那些情绪化的作品、异化的现实，不该进入

273

他们的视野，甚至不该被他们知道。在打基础的重要阶段，她认为他们应该接受严格的教育——练习进入事物的内核，不被外界表面化的特立独行侵袭。自她接手这个班以来，有人依赖特殊工具，有人喜欢制造光洁或者雾蒙蒙的画面效果，但这些东西，多半和真正的准确无关。可她不能阻止这些，他们只能自己学会辨认。

——对此，她有时比他们更缺乏耐心。她憋着一口气，决定出去跑一圈。尽管已七点，但这里还是黄昏。她想起在另一块平原上，这个时间，天已黑下来。她所处的艺术区总是显得过于安静或过于热闹。那些艺术家们热衷聚会，她曾经也是其中的主角。那里人与人之间随时可以有不同别处的关系，但每个人却似乎都停止了生长。

昨晚没洗澡，她身上油腻腻的，突然生出一种"正好可以深入日常中"的错觉。一转身，感觉许何也是一副邋遢的样子，这让她对他生出莫名的"放心"之意。

"任何对事物没有促进作用的改变，都不该出现在画面中。"她说着，打开画纸。

"装饰性的复杂不必要。"许何刻意让自己的语速放慢，字正腔圆的，腿也不自觉抖动了一下，心里早就迫不及待了。

"复杂该在画里对象本身的多变上。"李挪说，"不是用一些装饰性的笔触，在事物本身的逻辑上再添一层东西。"

"重点不是走上一条大路，是每天都走同样的路，突然发现了周围的不同。那些先前没有发现的，不断成为新的事实，这才是活着让人振奋的地方。"许何突然说。

"画画的好处在于：很多东西先前不明白，画着画着明白了。其他的创作形式也如此。"李挪说着，突然想起刚进美术学院那两年，自己很不喜欢写生。那时她只道写生不过比临摹稍显高明，不再是接受别人的认识，而仿佛是学习进入客观世界的方式。她觉得那不是创作，脑子里蹦出来的才是创作。直到七年前，她试图画一幅大场景，却频频受挫。作为全系功底过硬的几个人之一，李挪为那幅作品准备了半年的草图和资料，试图用一种新型的方式呈现某个历史场面。可她很快发现这不可能。

她确实画清楚了不同人物的表情，甚至也根据他们原有的历史形象进行了自己的探索——可画完的那一刻，她觉得这完全是假的。她对那段历史根本不感兴趣，可受着某种对恢宏和寻找新型绘画方式热情的影响，她觉得自己应该画。那些聪明或高贵的脸、挺拔的臂膊，在她的画中，只显得精巧、光洁，内在的纹理仅仅是画上去的，和人物本身的质地没有联系。她用越多特殊的作画方式，问题就越明显。仔细想来，那时候她就想要改变自己画画的状态的，可某种早早被认可的自信，让她不舍得放弃那些曾经相信的东西，改变，就像是承认自己需要重新审视才华，这太难了。

这么想着，她又看向许何的画。他似乎比刚才清楚了一些，不再纠结于怎么画是对的，而是根据某种新的直觉，一点点呈现自己看到的东西。

"一切客观认识只有成为自己的认识之后，才具备继续生长的能力。"她突然说，"或者说，艺术家只有在这个基础上才能称之为艺术家。"

许何往她这边看过来，很快又别过头去。

"今天，我们做减法，只画大色块，其他的都不要。"她对着全班同学说，接着，又在自己的画架前坐下。

"李老师，我也要做减法吗？"许何突然说。

"你已经在减法中。"她说。

"我觉得画面有些干燥。"他低着头，咬着嘴唇。

"不是干燥。是看起来不那么清楚、画面不漂亮，让人觉得自己仿佛毫无才华。"

"我只是没信心。"许何说，"那些人的故事，那些画家的故事，在说的时候很振奋，可画的时候知道，他们离我很远。就好像自己比了解这些故事之前更差了。"

"你是你，他们是他们。就算他们比你好，他们的画也不能代替你的画。"李挪说，"知道自己差，是进步的开始。"

"我确实不能像之前那样画画了，可现在这样的，我也不知道算不算正确。"

"'正确'不是想的，是'做'出来的。在还没画出来之前，所有的'正确'都是设想。要画下去，在画的过程中不断清醒。"

"一到深入阶段就跟之前一样了，甚至比之前看起来更平庸，至少完全

275

不突出了，连特点也没了。"他看了她一眼，很快又低下头。

"特点？"她说，"你之前画得容易。别人三小时画出来的效果，你半小时就能画出来。你的画对比强烈，比一般同学更懂得利用光影。你太明白事物的转折。你很会营造画面的氛围。甚至有一段时间，你觉得这样画毫无问题，觉得自己很有才华。但是有一天，你就是觉得不能再这样画了，你没办法再这样画。但你想念过去那个无知者无畏的状态，你羡慕那个把情绪当创作深度的绘画状态。是啊，很多人都是这样，希望自己摸过的纸都能成为一幅作品。"

她一开始说得很快，后来语速又渐渐放缓。

他听着，看着她，双手时而交叉放在身前，时而一条手臂又挪向后背。

"我不知道这样画到什么时候才是头。"许何说，"在新的阶段中流畅起来。"

"画画没有什么'头'。"她突然说，"除非停下来，问题也会停下来。"

"我总要解决这个障碍。"许何说，"不然真觉得没什么自信了。"

"哪有什么解决？"李挪道，"所有问题都是一个问题，我们只能试图解决阶段性的，在这个试图当中，我们自己变得比之前更开阔，同时问题也在变化，它变得更复杂，又更清晰地指向某个地方——这才是努力'解决'的价值。或者说，为我们的努力'解决'，绘画回馈给我们的东西。"

"自信就出现在那样的时刻。"许何接着话头说下去，突然感到体内有一丝微微的温热，身体也像终于从紧绷的状态中舒缓下来。他站起来，接着又坐下。他有些焦灼，但焦灼又让他欣喜。一时间，他突然不知道怎么摆放自己的双腿，只好让它僵硬地吊在那里。

二人不再说话，保持了相当一段时间的沉默。李挪甚至不再看向别处，只是专注着自己的画面。有学生围过来，很快又散去。她不断调整着自己的坐姿。每当感到画面需要改进的时候，她就动一下。她不知道许何是不是也这样，但她觉得他应该会这样。

"我希望它能完整一点。"半晌，他终于说，"这样大量的空白让我觉得画面很虚弱，虽然这可能是行为本身的虚弱带来的。"

"除了最好的那几个，'完整'本就不存在，所有的'完整'是人让自己停下来的方式。"李挪道，"是不断的打开使之无限接近'完整'，在这个过程中，我们终于有可能获得'完整'。"

"如果'完整'是拒绝人的，又该怎么办？"许何说，"难道它还会等着我接近吗？"

"人一直在被各种筛选，这一点永不会变。"李挪眨了眨眼睛，"即使今天比昨天更好了一点，人也依然要被拒绝。"

"这样说起来岂不是很绝望？"

"人就是一遍遍过筛才变得更好的，只有这一条路可走。"李挪道，"被筛选是必然的，重点是什么在筛选一个人。"

"我想直接进入我看见的，可我不能。"许何说，"这让我觉得始终无法接近真实。"

"真实同样是被筛选过的人才能够承担的。"李挪道，"这些坚固又硬朗的东西，因为准确而让人感觉坦荡的东西，都要经过筛选。刚才故事里的那些人，海岸线那位，还有画红色浮标的那位，不都是这样的吗？"

"我不明白，那些原本突兀的东西因为在画面中的合理性，变得耀眼夺目，但它们本身又有什么可说的呢？"

"它们本身没什么，是画画的那个人特别，是那个人好。"李挪道，"我们画画，要获得的也是这个东西——因为一次次努力画好，我们不得不清理自己。那闪烁的耀眼的一层色彩，是它们能照耀的我们身上最好的部分。"

"'画完'是被筛选过的人才可能接近的。"许何说。

"当然。"李挪说，"一幅画挂上去，它的成长就结束了。画到最后，人在跟画比赛，哪怕你的心只是动了一点点，看得也非常模糊，可你依然可能画出这曲折和幽微。画一遍，就深一遍，直到有一天，你越来越清晰、干净地进入那个世界，你的色彩是轻轻薄薄的一层，但它们明亮的灰将照耀你。"

"明亮的灰？我没想过。"许何道，"这听起来让人心生希望。不断重复画一个东西，在不断调整中呈现出的灰色，很浑浊，也很笨拙，可它们一遍遍淘洗，最终让我们找到自己的那块灰色。从笨拙，到轻松地画出那一道灰色，灰色也从沉着的状态中转变过来——它可以成为任何一道色彩，灰色也可以是明亮的。"

"非常好。S·C在1923年鹿特丹巡回画展上就展出过一幅巨型的自画像，把自己二十岁一直到四十五岁间的几百幅自画像拼成了一幅画。传说那幅创作做好之前，S·C心存忐忑，直到看见最终效果，才突然有了信心。"

"因为效果比他想象得更好？"

"S·C在那之前一直是业余画家，有几年他忙于生意，感觉自己的成长是停滞的。他心里发虚，觉得自己那些年的画与过去相比并无多少长进。直到把那些画拼起来，他发现，那些年的自己并不是没有变化，相反，内心隐约的曲线正是那些年开始波动的。他的画终于让他察觉到了这一点。"

"画有时候比人敏锐。"许何说。

"还是人敏锐。"李挪说，"因为人敏锐，画才敏锐。只是人的敏锐需要画的敏锐去确立。"

周围都是开画箱的声音，许何用水胶带把画纸四面边缘紧紧贴在画板上，看着眼前要画的对象——那是一片时明时暗的绿色，只在缝隙处看得见一些棕黄色的山体，偶尔有沙尘拂过，因此许多地方显得不那么明晰。他的右脚下，踩着几颗小石子，稍一抖腿，便往下滚落。这里的山并不高，但因为山下都是平原，显得此处挺拔。许何站起来的时候，觉得自己仿佛背着山。

今天站的位置比前几日都要高。他不知道接下来的几天，是不是该爬得更高。但越往上爬，他就越觉得空间狭小。这种狭促感，让他有一种和父母一起在家的感觉。他突然为自己的这种心情感到羞耻。

他从自己和李挪之间的空隙看过去——李挪没画色彩，而是选择素描。自独立创作后，她的重点一直在油画和综合材料的尝试中，至多在前期草图阶段画一些素描小稿，很少再把素描当成正式的创作。

她伸直双腿，脚尖碰到岩石，仿佛想以一己之力推开一层阻碍，却又被抵住。她把腿收回来，削尖一支铅笔。像上学的时候，先是整体构图，接着是主体轮廓。直到形起得差不多了，她才看见一片小树林掩映下的岩画一角。

这块岩画不比其他的那些，看起来更像是某块岩石上切割下来的，被随意丢弃在这里。个头小，上面画的东西也混混沌沌的——不过岩画都是混混沌沌的，即使碰到线条刚硬的，轮廓也多毛毛糙糙。她走近看了一眼，觉得意思不大，又坐回位置上。

对她来说，这块岩画本身画的到底是什么根本不重要，重要的是观察到它，她的画面有什么变化。即使她不直白地把岩画上的东西画到画面里，她再看现在的景象，内心也该有不一样的地方。她想着，心思不自觉被岩石上的曲线牵动着，有些心神不宁。

太阳越升越高。

许何这次画得老实，情绪也不高。他心中似有明明灭灭的灯火，一会儿亮起，一会儿暗下去。他觉得自己反反复复，即使难得前进一步，也会再次出现之前存在的问题。排笔从右手手指轮番替换到左手手指上，他有些着急，却不明白到底该怎么做。他想要直接，却觉得自己无法信任此刻的直接，他总要再想想，尽管他明白此刻已经是这几年学画以来看得最清晰的一次。但他不得不迟疑，他不知道目前持有的这种准确，是不是很多很多人都曾经历过。

他放下笔，盯着天空。阳光一如既往地耀眼，他又低下头。这几日，因为盯着画面久了，他没有注意周遭的动向。这些东西好像都成为光斑，在空气中无限分解，让他觉得离自己很远，却又始终在画面内打转。这么想着，他突然又沮丧又雀跃。他弓着背坐下来，默默笑出了声。

"这么开心？"

"没有。我只是觉得状态好了许多，却始终少了点东西。"许何说，"光线始终在变，我不可能跟着它一直变。"

"跟着光线走没什么意义，关键要搞清楚光线的变化和整个画面之间变化的关系。变化一旦彼此断裂，就没用了。"

"我只是觉得，眼前似乎只有光线的变化是比较明确的。其他都含含糊糊。"

"具象的变化不如心里的变化清晰——尽管看起来是外露的变化更明确。除非这外露的变化真的被我们相信，可你的反应明显不是。"

她接着说："光线是现成的特点，容易表现，也容易表现得简单。有些人觉得伦勃朗不就是玩弄光影吗，可他们看不到伦勃朗光影的纹理。人的表情在光线的不同层次中进进出出，光影本身才有成立的可能。光影不是属于早晨和黄昏，也不是属于明和暗，它和我们所画对象本身的变化一起跳跃。"

"光影让变化的方向气象万千，丰富中更加清晰。看画的人能从这条脉络中理解它，从而接近了准确。"他突然说。

"说得好。"李挪道，"不过，还是说'从而有了接近准确的可能'贴切。"

许何又埋下头。他觉得刚才这套说辞自己以前就知道，只是李挪跟他对话的时候，他觉得通透许多，所以才能说出来。这样想来，之前那些，仍不是真明白。可这关过了，下面还是一团乱麻。如此想着，他的心又有点灰暗。

这几天，班级有人私下转发李挪最近拍卖的几幅画。这些画像纸面上的大型装置，甚至有标准的细节，像仪器，严密、沉甸甸。想象力如四射的火焰，在画面背景中奔腾。他未想到她居然画过这样的作品。他看到的李挪，应该创作那些深邃的现实主义作品，或者进行淡而悠远的抽象表现。可如果她不是这样，她还会那么早成名吗？他突然又想。这想法让他自己不禁一颤。在许何过去穿梭过的许多京城画室中，关于天才学生李挪的传说一直都有一些。

有人说她文化成绩很糟，是×省艺考历史上唯一靠着专业课成绩全国第一的名次进的美术学院。但她平时不住在学校。除了必要的课，她几乎不在课堂上出现。进大学第一年画素描雕像，被美术学院美术馆收藏并长期展示。而那幅作业旁边的几幅，都是半个世纪前从学院走出来的著名画家献给母校百年诞辰的作品。还有人说，她原本可以去欧洲继续深造，却因为语言关始终过不了，被迫放弃。很多人为她感到可惜，但她觉得在哪都是画，还能有什么比自己的内心更新吗？当年的她自信自己走在新绘画的前列——在某知名艺术论坛写过的几篇画论中透露过此意，那些文章在一些艺术青年群体中影响很深。

可是，这些传说终究只停留在所谓"天才"的层面，甚至，李挪真正的创作，大家在很长一段时间内都未得见。有人说，她摆不正写生和创作之间的关系，作品缺乏特点，没有个人风格，和不少青年艺术家一样，靠着扎实的学院背景和老师的扶持，作品得以零星出现在几个不出名的群展上。直到五年前，她的一幅超现实作品《宇宙、大地、水》突然得了"燎原青年艺术展"金奖。自此，每隔一年，京沪两地都有她的个展出现。但网络上除了一幅像素极低的海报，没有任何展览上的画作图片流传。据说，这是经纪人的运作——所有作品，一律不予拍照。就连她当年那幅成名作，都很快通过各种途径被删去信息。然，和画作的神秘不同，她作品的拍卖新闻却时常出现在艺术新闻中，据说，其中一幅叫《树与天空》的，拍出的价格比个别成名已久的画家还要高。也因此，这次李挪的作品在网上流传，吸引到不少好奇者。

许何是在画画的间隙看那些图片的。在这所偏僻的西部城市读艺术中学，他很多时候都是想着自己要怎么画，很少关注其他人做什么，或者现在的艺术环境又是怎样。李挪的这些画让他感到神奇。这神奇和他某种程度上被孤立的感觉类似，都让他兴奋又沮丧，沮丧是一个来自外面的、新世界的人在他身旁，而他对她还一无所知；兴奋的是这样一个人在他身边，让他觉得距离某种奢求已久的绘画状态近了一些。他变得很执迷画画——不只是想成为画家，而是画画这件事让他觉得自己终于自由了。当一个人想沉浸在他喜欢的世界，他总要有一个媒介，他找到的媒介就是画画。在这里，他的迟钝和羞涩都有了出口，甚至连带现实生活中的沮丧，也成为某种维持神勇的武器。可这一年来，他内心感觉到的困惑比过去更多，困难也更多。他期待从李挪身上获取一些新东西，尽管他不愿意承认。

这几天，他一直想找个时机跟李挪谈论一下她的画。可李挪似乎对此毫无兴趣，他甚至没有机会把话题切到她的作品上去。

已经是下午了，很多学生都画完了，三五成群开始聊天。李挪皱了皱眉，绕着整个班的作业看了一圈。

"这个俯视的山，到底哪来的?"

"不是可以自由构图吗?"

"自由构图当然可以。但这个构图，你们觉得准确吗?"李挪指着一幅俯视构图的画说，"这种构图看起来出挑，可它还是在你们脑子里，并没有落到纸上。"

"另外，"她说，"你们想俯视山峰，那要站在哪里呢?"

"站天上。"有人起哄，"当神仙。"

"我记得没有要求画人呀。"这位学生说。

"人不用画，你画出来的风景，就是此刻的心境。"李挪说，"神仙是很苦的，哪有人真的想当神仙。"

"难道不是一心想成仙才成了仙吗？"许何说。

"那是人的想象。就像你们画画，脑子里说着我要画好，那是没用的。"

"我觉得这幅还是挺好的，只是有点光滑。"许何道，"感觉颜色、轮廓，每一步都太合情合理了。"

"一般人想象出来的，都是简单又光滑。这不是特属于年轻，是任何不经反省的人任何年龄都可能出现的。而那种真正的顺畅感，是人内心的年轻，投射在作品中的。"

"我想起了《千里江山图》，王希孟十八岁画的。"许何说，"不过，那画倒不让人觉得光洁。"

"那幅画是清晰明亮，年轻天才的样子。"

"照前面那么说，那是把自己画进去的年轻；很多人有时候画的，是编排的结果。位置不该是事先安排好的，是它们之间的联系决定安放的位置。"许何说。

"是。"

许何看了看她，说："不过我想知道……"他迟疑道，"事物本身在一个集体世界，那事物该在的位置，不也是一个整体位置的局部？"

"局部也是整体，眼前的整体只是更大程度上的局部。二者不断交替、演变，才构成进步本身。"

"既然如此，为什么又要讲整体和局部呢？"

"我们自己的画有它的'整体'和'局部'，但那个画面之外的更大的世界，也有它的局部和整体。不必急着知道什么是局部，什么是整体，先把注意力放在眼前的画上。"李挪往一旁站了站，从这个角度，正好能看见下山最快的那条路。

"感觉个体清晰了，集体就乱了。"又有个男生说道。

"你真的知道哪是个体，哪是集体？"李挪抬抬眼，"你画得用力，画一个东西，眼里只有这个东西。"

"我觉得收太紧，之前有打开的。"男生说。

"打开？什么叫打开？"

"放松呀。我之前还是有放松的。"男生试图让自己显得不那么着急，反而让自己看起来更着急了。

许何听着他们对话，面露微笑，心里又激动又略略厌倦起来——这两个感觉互相交替，只因这问题他已清楚知道。

"打开的是作画状态，形式上放松了，东西本身没变。"李挪朝他说着，边看了一眼旁边的许何，"你要真正收，不是情绪上控制自己。把抖腿的那点情绪放进画面，内里自然茂密，外在也自然平静。"

"我想往前，但不知不觉还是缩回来了。"穿着军绿色风衣的女生说。

"退也是你的'进'，但每一次退，你要知道和上次退得有什么不同。"许何突然说。

"有东西隔着我，我知道。"她继续说，"'放松'的时候心里不踏实，'紧贴'着画也觉得不对。没办法朝前。"

"没贴上对象，就还是装饰。"许何听着这些话，渐渐有些没有耐心，只好不停接话。半晌，终于在自己的画前坐下，但很快又站起来，没有再坐。他眯缝着眼，注视着眼前的一团——它们是灰绿、灰黄、灰蓝的一片。他突然不再关心它们之间的关系——反正它们是一体的。他只需要知道，这幅要画的是什么，而不是要画"哪些"。如此想来，他突然又画得顺畅了。

"不是要画色块吗？许何怎么捣鼓了一团?"

"捣鼓一团，是要乱炖?"

"这叫一锅鲜。"他冲那个同学嚷道。

"煮在一起才好吃呀。"李挪笑道。

"许何在玩概念艺术?"

"真要'概念'，很容易画得清晰，才不会是许何这幅画里面乱七八糟的。"又有人道。

"很多很好的画也清晰啊。"高个儿驼背瘦男生说。

"好的画都清晰。但你能看到画家那个最终的清晰吗?"李挪问。

许何听着，又抠了一下裤腿。李挪看了他一眼，转身继续画自己的。刚才那些错误的线条被她擦除。有些去不掉的痕迹，被她处理成新的开始。她想起前几年，去看一个同学做的景观设计。在一片旧房子外，同学

283

按照它们原本的构造、色彩延伸出一层空间。远看过去，就像自然生长在上面的。她的食指抚过纸面。上学的时候，很多学生都喜欢揉搓画面。那些处在阴影之中的，都被虚过去；还有些暂时处理不了的，被分割成不同的区域，撑起画面的一部分。只要能显得坚固，就可以是对的。她一直被教导不要这样，当然，更主要的，是她想知道那被虚过去的阴影中，到底有些什么。

此刻，那些旧的痕迹与新的线条重新组合，似一股股参差不齐的力量，在她的画面中流淌。她感觉有许多新的能量从她眼前滑过。

身后的学生已经散去，有的看向许何，少数几个在原地看着李挪，但也走神严重，目光空落落的。她知道又到了评讲时间，这批学生因为考试时间限制，很多人心理上不愿意画超过三小时的作业，尽管人在座位上，却总在磨洋工。她看向许何，他已从画夹拿出一张之前的素描，用橡皮在之前的画面上动了遍"刀子"。先处理掉一些过于死板的边缘线，又利用反光对事物之间的影响关系做了细微调整。整个画面看起来通透许多。

她站起身，从笔袋里拿出圆规，冲着一些同学说："你们几个平日喜欢拿笔量的，来看看，这个有多少度？"

一个男生愣愣地说："五十度左右？"

"左多少？右多少？"她说着，马上用圆规又拉出一个钝角。

"这个呢？"

"这不是测量游戏，圆规的角度更直接，你们平时喜欢拿笔量，这次你们试试拿圆规量量看。"

有几个学生拿圆规对比眼前的对象，手快的已经在纸上画出新的形。测量的时候他们表情自信，可是落到纸上，眼中又有些沮丧。

"怎么觉得好像更不准了呢？"

"准不准不是因为圆规，是你们自己和准确之间的差距。"李挪说，"借助工具确实可以让画面效果更强，但工具不会教你准确。准确，只能从自己的眼睛和手上来。"

"不过，"许何接腔，"不是有那个故事吗？练习射箭的人为了练自己的准确度，一直对着一根针看，直到把针眼看得非常粗非常显眼了，老师才放他去射箭，结果从此百发百中。"

"故事讲得不错。射箭高手通过观察练眼睛敏锐度，我们看圆规，也是练眼睛的敏锐度。"

像把自己的少年时代回顾了一遍，李挪突然又生出一种坦途感。但真正的少年时代，这种坦途之感多少有些一厢情愿——因那时是成长带来的希望光辉催生出来的，而现在，她知道这感觉的根源，仿佛回到那个少年时代的自己，并理解了"她"。许何站在这里，瘦瘦的，沉默，却又因渴望进步的心显得明亮。这种气象再次通过另一个人传达给她，让她突然觉得没有什么是不可以实现的。

就像那个设计出"原生态村落"的朋友，那些看似和整个村庄完美结合的改造也终究是新加的，它们回不到那个"旧"中去，只好以新萌芽的姿态出现。真正的"生长"是不能预期的。真正好的秩序，也不是摆正位置，是让事物回到它自己——这些她早知道，但真画的时候又总忘记，现在想来当时仍旧不算真正知道。曾经，她带着横扫千军之姿肆意饱满地创作时，它们给她的光环就仿佛是给那个少年时的她以和蔼的拥抱。那个少年聪明、忠于自己，却唯独没能到人群中去。那些跟随心绪改变的外物，仿佛是一个个异化的她自己。可她知道，那时候自己了解到的自我，或许只是曾经某个心性上的自己。她对那早已生长得更复杂多层的自己长期漠视，所以才会在突然被激醒的一刻感到挫败。但现在，她已不再觉得这是件挫败的事，而觉得振奋——她毕竟通过了那样长的一段路，被获准进入现在的世界。

那个早已生长得更坚韧的自己，在看似情绪更饱满的"少年"们面前，似乎显得不够动人，还有些古板和过于认真，可这种认真恰是它内在的旺盛生命力未遭损害的原因。

她重新削尖了一支笔，线条先在天上丢几笔，再往地下丢几笔；甚至起形的时候，色彩也跟上来了。看起来很远的一些事物，也一齐跟着画面在推进。离近看，她面前纷繁混乱；放远看，却又清晰无比。

前些天为了给学生示范，她刻意控制了画面的秩序——看起来在整体推进所有写生对象，实际每个层次之间仍有空隙，这空隙让她的画面显得更有秩序，但终究过于讨巧。现在这幅，她觉得更符合自己所思，不过，这未能让她真的满意。从画画伊始，她就知道应该这样做。尽管在很多年

285

内，她执迷技术，只有写生的时候，技术与她之间才会隔一层。她明白自己的弱势——在还不知道应该画什么的时候，先知道了怎么画更好。知道自己真正想画的是什么的时候，她才发现很多从一开始被技术规避掉的问题，以至于现在的写生作品仿佛跟自由创作之前的水准无差。她得不断打破自己的局限，不断去追赶无限的事实。在这其中，她更要知道的，是自己的"真实"在哪里。真实的难度必须经过自身的磨炼和反省才具备意义。甚至，她必须把他人看画的心绪也考虑在内，才算是真正的清晰。那个理应勤奋的自我要求的，根本不是捕捉，而是创造。

许何已经开始画新的画。这次是他相对更擅长的速写。刚才的对话中，他说出了许多自己没想到的东西，这在某种程度上舒缓了他的紧张。

画了一会儿，手机在背包中开始震动。他想伸手把它按掉，但还是放弃。他希望它响几下就停掉，但它没完没了起来。

"不接吗？"李挪问。

"还是按了吧。"他说，"震动好像比直接响铃更引人注意。"

"有的人可能需要在心理上安慰自己——他们可能听不见那声响，所以振动。"

"可很多时候人们也未必不知道其他人知道吧？"

"关键是隐藏声音的行为——如果你明确表现出不想被一个人注意的行为，那人们多半不愿意注意你。这不是因为他们看不到，而是他们把不注意当成对你的安慰和尊重。"

"可惜双方总是不能互相知道。"他念叨着，顺便瞥了一眼未接来电的名字——这次是父亲的。

他没有打过去的意思，但还是有些担忧，他担忧的是晚上可能会没有睡觉的地方——他不确定家里现在还是整齐的。但他决心什么也不做，他用接受的方式去逃避。

"因为不能互相知道，才需要精神生活，这是人在补充缺失的交流，给人与人之间上一层润滑剂。人总需要消化自己，这是我们得以面对世界的条件。"

"没有精神生活的人呢？"

"任何人都是有精神生活的，只是方式和程度不一样。"

"这我知道。"他突然有些急躁，"有时候我觉得自己活得有些分裂。"

他皱着眉，迟迟疑疑地继续说："画画是一种生活，日常又是一种。"

"哈。"李挪看了他一眼，"按照你之前说的，你该觉得生活和绘画是一体的呀。"

"如果周围都是你这样的人，那或许画画和生活对我来说就是一体的。"

"谁能确保身边都是什么样的人呢？"李挪道，"就像你画画，大部分同学选的景致，不也被你绕过去了？"

"我觉得自己在用两种体系生活。适应一个，对抗另一个。"他思忖道，"更像躲避。"

"也是对抗的方式。"她说，"只要是对抗的，就还是有所纠缠，芜杂。"

"对抗不是一个明朗的态度吗？"

"真正的明朗是根本不会去关心那些不认同的东西。对抗，就还是有怒气，是让人拒绝进步的东西。"

"我该把这些当成对自己的锻炼。"他说着，口气有些尴尬。

"你要知道它让你生气的原因。就跟画画一样，一遍遍调整，一遍遍淘洗你的心。"

"我觉得这些事就是无解的啊。"

"你这么想才是无解的原因。"

"人怎么能处理好那么多事情呢？拒绝是保护精力的一种。"

"如果这就是你的责任，你还要拒绝吗？"

"责任？谁能限定谁的责任吗？"他突然说，又羞红了脸低下头，"你的意思我明白。"

"你在意，就还是感觉到了责任。"

"责任不是我能选择的啊。"

"所有人的生活，都是自己选的。"

"我只是觉得一回家就很浪费时间。"

"我们总希望一整天都在画画，除了吃饭睡觉。"

"是。"

"可其他事情难道不也是创作？只要思考没有停止，创作也就没有停止。"

"我只是想在画画之外的时间尽可能做个普通人。"

"谁不是普通人吗?"李挪说,"你只是心里觉得自己不应该按照普通人的步骤去生活。"

他突然不作声。

"我们总是设定一个场景——那就是我在创作,或者我在学习,仿佛这些之外的时间,就是某种现实生活。"

"画画也是生活,只是不太一样。"

"是啊,不一样,所以画画出现问题,人总会觉得是画画的问题,而不是生活本身出现了问题。有人喜欢说'我想做个普通人',其实就是'我玩不下去了,我想跑'——这就是他们最终只能'普通'的原因。"李挪说,"如果人能承担自己该承担的责任,他就已经不普通了。"

"万一真的承担不了呢?"

"刚才已经说了这个问题。谁让他不能承担得更好呢?"李挪说,"不过,那些真正好的人嘴里的指责,很多时候就已是维护。"

"这个是。但如果画画和日常是一体的,其问题也只是以不同形式表现,那很多杰出的画家生活一团糟又怎么说呢?"许何道,"是不是不在'修行'的状态中,就不能创作了?"

"创作本身就是人的'修行'。"李挪说,"很多人的生活都很糟,不是因为他们是画家或者艺术家,只是因为他们为人所知,但现在这倒还成了很多人脑子里天才的样子了。"

许何低头:"但那些真正好的画家,他们本身都并不想把生活过糟。"

"人不断解决问题,也是不断在清洗自我,这本身已经是收获。尽管即使如此,很多事情也不能朝着所谓好的方向发展。"

"真正好的艺术是能治愈的。"许何道,"你想说这个吧?可艺术的好与坏,与它讲述向上或者向下的东西有关吗?艺术创作本身难道不就是面对虚无的方式吗?"

"可问题是人还是想解救自己啊。你不是吗?不然你为什么不能用之前的方式画画呢?因为继续那样画已不能让你平静。"

许何坐下来,张张嘴想说什么,又最终没有说。

这一天过得似乎很慢又很快。许何坐下来，收拾了下心情，想把这幅画做个了结。李挪则走到其他学生扎堆的地方，评讲了大家的作业。今天下山时间有些迟，大部分学生选择在山上的民宿过夜，许何则执意要回家，李挪也决定回到山下。

他们一前一后走着，路过一家拉面馆的时候，坐下来要了同一款面。

"李老师，你怎么想着到我们这儿来教书呢？"许何问。

"可能因为这儿是平原吧。"

"平原？你也从平原来？不过你那边气候肯定要好些。"

"我倒觉得这边气候不错，虽然有沙子，但很干净，我们那边湿润些，但土质松软，不整齐。"

"我小时候，听说省城要迁过来一百万人口，后来楼就没命盖。反正我们这边很多土地本身种不了庄稼，不盖房子也可惜了。可谁知道房子盖起来了，人却没来。"许何说，"比如我们家那个小区，整栋楼就三家常年住人的。因为人少，我爹妈当时干脆选了临街的一套。可过来过去除了大货车，也没什么人。"

"我那条街人倒不少。"李挪道，"能均匀一下就好了。"

"你那条街，主要是咱们学校的家属。美术老师多是外聘的，流动性大，每年还有很多写生项目，要接待外面的画家，都住你那条街了。"

"不过，我那条街也挺新的，好像风都把脏东西吹跑了似的。"

"当然新啊，大部分老师来这边教个一两年就走了，有的只待三个月。房子刚染上人气，又空了。还有的，就用来堆杂物。气息都是混杂的，所以也显得陌生。"

"主要不是陌生，是因为它们随时可以是新的。"

"这句话听着同样很振奋。"

"不过，人总想重新开始，可哪有什么重新开始呢？"李挪说，"哪怕回到小时候，站在平坦的高处，觉得脚下的大地怎么走都可以；可那种新，又是未涉世的感觉。涉世之后的人，带着沉甸甸的过往，即使斩断，那这个新的自己也已经和之前那个新不一样了。"

"既然这个新的还是和最初的新不一样，那人的改变，岂不是没什么用了？"

"当然有用。自由从来不是挣脱，是即使在社会的标签和定义中，你仍然可以是你自己。重新开始，也不是斩断过往，而是走一条自己的路。"

"过去那些难道不是自己的路吗？"

"所有要斩断的，都是因为它们不是我们真正要走的路。"李挪说，"但所有走过的路都不是白走的，它们仍然有能量和能量的余温不断输送给我们。"

许何微微晃着右腿，感觉有些明白，这有些明白让他仍想跟李挪多讲几句。

只是她暂时不想说话，等着他把最后几口面吃完。

他们今天写生的地方靠近山下。许何一路走下来，只觉得四周围都缓缓的，像拉着一张百叶窗，一点点，透过傍晚的灰蓝色。他摸着口袋里的手机，把它拿起来，又丢下去，继而任凭它在口袋里蹦来蹦去。

"有时候我觉得，我们这儿是扁平的。"他突然说。

"这个说法有点意思。"

"我们这边人少，地多，楼也多，不像你们那边的平原，人多，密密麻麻的，所以显得厚。"

"这也不对，我觉得还是你们这边厚。"

"这又怎么说？"许何问。

"你们这边，天是天，地是地，有区别，却又包裹在一起。我们那边的人和树，楼房和斑马线，都紧凑地拼在一起，看起来更复杂，其实显得没有耐心。"

"你们那里不像我们这边发展相对缓慢，很多东西还保持着过去的层级关系。你们那边不是了，人心都是张开的，往哪冲都可以。"

"说得好。"李挪道，"今天脑子转很快。不过我认为不是人心张开，而是人人都觉得自己往哪冲都可以。"

"我突然想到白天说的打开和完整的那段话。如果人不断在去往完整的路上打开，那岂不是整个世界都是一体的，都是平面的了？"许何突然说。

"平面？哪种平面呢？"

"当然是互相流淌互为源头，从哪开始走都可以，因为内心有归处。"

他说，"既然都在一个世界，那这高低不平的山，往上往下的路，岂不可以都是互相流淌的?"

"这当然没错。但我把大家召集起来，也想让每个人都看看彼此是怎么选的：有的人选这一处，有的人选那一处，这个选择已经体现了你们的心性。每一个选择，都可能是一个短暂阶段。"

"我想站在人少的地方。"许何说，"你说这附近这么大的两个山头，怎么大家都喜欢聚集在一个地方?"

"山很大，但观景台就那几个。换条路走，成本又太大了，万一没有更好的风景呢?"李挪说，"不过，这不该是你想的问题。站在人少的地方，不是刻意避世，是你走到后来发现背后没有人。"

"我只觉得那些没什么人选的地方，可能更适合画。"许何道，"它们看起来更自然。"

"真正好的东西会严格选择它的主人。"

"那如果是山下呢?"许何突然说，"一片荒地铺过去，没有房子，没有庄稼，更没有人，也没有车，该如何画这样的场面呢?"

李挪看着他："难道不是那些障碍本就不该有?一切好都该是真的好，不是靠其他事物的衬托。你处理好自己，其他的，就会知道如何自处。"

"可如果是古典画家呢?"许何突然说，"我听说古代很多画师画画的时候，都是不署名的。画出来的东西多是大场面，大景观，人挨着人——那时候也没有写生这个东西，凡事都在心里，也没参与过。所画的都是陌生的，那时候又怎么放置自己呢?这种听起来像闭门造车的东西，又怎么说呢?"

"闭门造车?只要知道一个东西的能量，即使不去，也可以神游。画画表现的是客观世界，但更是人自己，或者说，世界落实到个人身上才有意义。我们无法感受一个莫名的'整全'世界，但我们能了解自己。走一圈，只是让自己可以近距离触摸，但这个触摸的过程可能已经是另一个故事。"李挪说，"你看过地图吗?"

"看过啊。"

"有喜欢的地方?"

"曾经喜欢俄罗斯，总觉得那是一个宽阔、整洁、爽朗的地方。后来也喜欢柏林，不知道出于什么原因，就是觉得柏林很坚强，觉得那是个自由的地方——虽然这样说很奇怪。"

"我以前喜欢纽约，后来去了一次，发现这种喜欢没有消散，只是渐渐演变成另外一种东西。"

"我都没去过。"他两边嘴角上扬道，"不过，倒神游无数次了。"

"即使空荡荡的、只有名称的东西，只要能对人产生能量，或者说这种能量还未曾消散，它就仍然是有意思的。"李挪说，"你觉得柏林坚强、自由，我倒是觉得乌兰巴托让我想到这两个词语——以前看过一个新闻，说乌兰巴托市民很多居住在下水道，每当清晨来临，很多人从下水道钻出来上班、上学；想想都是很好玩的事情。"

"我突然想到重庆了。从前没通地铁的时候，坐在车上也如同缓慢地上山；有时候觉得在平地上了，一转身发现下面还有三条街，仿佛那多出来的三条街都是脚下这一条街的影子。不过一切敏锐的感觉要提炼出来，才不只对自己有意义。"许何道，"把创作者作为通道，让自己成为联系不同东西的桥梁，让能量通过自己传递给他人。在这样的过程中，创作者自己也不断蓄满能量。"

"本来不就是这样吗？"李挪说，"画画就是把自己蓄满，如果不这样做，我们又如何向自己之外的人传递让自己激动的画面？在不断画画的过程中，人的生命力量在转移——画画本就先蓄满我们自身才得以进行的。"

"这听起来很激荡。"许何道，"我感觉自己被说服了。"

"说服？"

"画画本来就是生活，我不该把它们分隔开。"

"其实你早就这么觉得了。"

"但我还是疑惑：对真敏锐的人来说，万事万物在他心中，他如何把自己不同的敏锐糅合成一个东西，再把这个东西整个表达出来？如果这敏锐本就是分散的呢？它们难以被真的理解和吸收，自然不也被观看的人拒绝吗？"

"大部分时候，对什么敏锐不是人能决定的。那能感知到更多的人，只能承担更多，去维护内心不同敏锐之间的秩序——责任本就是这样确立的。"李挪说，"不是把不同的敏锐糅合，是让它们生长，成为整体。"

"这么说，一些比较好的画家可能被批评——他们随时会被新的宇宙撞击，很难始终保持清晰的面目，但某些平庸又精致的作品会大行其道？"

"这难道不是所有时代的现实吗？"李挪说，"如果不能更好，就只能被'平庸的勤奋'越过。"

"想成为一流本就得有足够一流的能力。这能力甚至不只在画画上。"

"画画本身是人面对自己人性的过程。"李挪说，"如果画面自身更完善，层级更高，它也会挑选它的观众。人不断画，是为了让自己的好更好，只有这样，好的这个能量生命力才更久，希望就从这里诞生。"

"行动是能产生能量的。"许何道。

"不同程度的事带给我们的能量不同。"李挪道，"敏锐，或者说观察力也好，都是如此。理解的东西不同，感觉到的开阔也不同。"

"敏锐要有深度才有真正的能量，否则就只是锋利了。"许何说。

"对。所以一切好东西都要挑选人的。上面说的这个，有可能是因为创作者真的不够好，但也有可能是他的程度高于很多人，看似分散，内在是聚拢的，只是这层级不是很多人可以看见的，是观众被过筛了。"

"但还是要承认敏锐是能带来特点的——当然特点也分程度。"许何说。

"这话说起来没错。可'特点'恰是真正好的人已经过掉的一关。"

"我大概明白。好东西会筛选人，它不可能被那么多人明白。而这样的东西，它的特点不会那么外露。"许何突然说，"我知道了。是对待细节的准确程度。"他继续道，"是对待细节的准确，决定'好'的层级。"

她突然微微一抖："没错。到某个阶段，可比较的就是这个。但更好的是不仅每个细节都准确，且随时可以从任何一个局部看起，每一处都好，能量在画卷上流淌。"

"西晋时期刘乙光的《东城赴宴》吗？"

"那幅可以。"

或许是说得太快了，二人都有些呆滞，以至于李挪觉得应该调整自己说话的语气。

"也是对待细节的准确程度决定画面是不是真的丰富。"许何补充道，"我的画还是太干燥了。"

"想要丰富并不难。你要记得准确的形式不止一种。"

"什么意思？"

"进入准确的路也是准确本身。"李挪说。

"路和目的地本就是一体的。"许何说。

他们已经走下山一会儿了，在昼与夜交接的灰光中，李挪隐隐约约看见一条路。她和许何一前一后走着，没有再说话，而这条路的前面，是一块更为坦荡的大陆，他们在余晖中窥见其一侧面貌。他们每天都走在这块大陆上，只是今天格外清晰。天色渐渐暗下来，遮住了一些视线内的障碍物，使之显得更为澄澈。李挪看着它，觉得似乎可以这样一直走下去，她不知道许何是不是也这样想，不过只一瞬间，她就不再去想许何了，因为比那更重要的是——她自己走在平原上。

选自《西湖》2018年第10期

评鉴与感悟

王苏辛以往的作品，不少是把儿童和少年时期因孤独、误解、管制而产生的寂寞、愤恨、不平，把自己在未成年时对大人世界的揣想，对摆脱限制的自由的向往，对周围凶蛮世界的敌意，都用变形的方式，写在了小说之中。有意味的是，她既没有人云亦云地去美化青春，也没有刻意地反其道而行，而是努力把自己青春时的感觉，又认真地感觉了一遍，然后用自己的方式表达出来。如此真实的面对终于有了进一步的成果，在这篇小说中，青春的影子淡化了，小说中的人物置身于更为艰难的进步之路上，而小说里的却又并不是具体的生活，而是某个人生最为关键的地方，在那个核心产生的聚变和裂变，将会极大地改变外在世界的样态，人物每跨出一步，似乎都关涉着更广大的世界和更广阔的平原。即便在怎样的变形之中，仍有某些东西真实不虚，我们也容易看出那里面切实的痛痒相关和某种向上的心思。如果说得坚决一点，也正是在这里，一个严肃的写作者，用她或许此前并不完全具备的耐心，一笔一笔写下了自己的命运。（黄德海）

声　明

　　本套"北岳·中国文学年选系列丛书"收录了2018年度众多优秀文学作品及文化时评类文章。在编选过程中,我们及各选本主编已尽力与大多数作者取得了联系,但仍有部分作者因故未能取得联系。见此声明,烦请来电,以便奉送薄酬及样书。

联系人:庞咏平

电　话:0351—5628691